菌行 著

花滑

湖南文艺出版社
HUNAN LITERATURE AND ART PUBLISHING HOUSE
中南出版传媒

博集天卷
CS·BOOKY

当你们抵挡住外界的攻击、对自己的质疑，硬着头皮坚持到这里的时候，奥林匹克女神会对你们露出微笑。

世界冠军，是每个运动员都想要得到的至高荣誉。

这颗冉冉升起的新星，
就是冰上的未来。

CONTENTS 目录

少年的时光不应是平庸的，

崛起吧，少年！

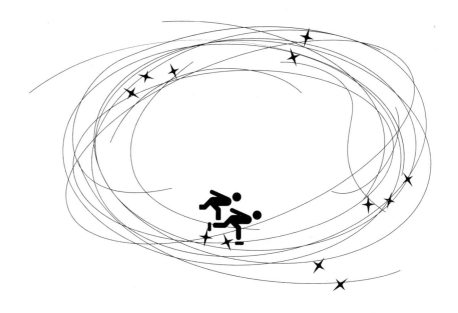

一　梦中回溯

1. 回溯

2010 年初，12 岁的张珏上完课，自己坐公交车回家。车开到一半，就落起了雨，后座的女孩伴着雨声轻哼一个台湾偶像组合新推出的主题曲。

张珏没有带伞，从车站跑回家的时候浑身湿淋淋的，楼梯上都是他踩出来的水印。妈妈训了他一顿，张珏笑嘻嘻的，双手合十，撒娇道歉，冲澡换衣，写作业睡觉，闭上眼睛。

张珏在发烧，他做了一场很长的梦，不知道那算不算噩梦，但真实得像作为另一个自己活过一次一般。

在梦中，他站在一个很大的舞台上，四周都是灯光，亮得他几乎睁不开眼睛。

有人说："这不是你的问题，张珏，你不要气馁。"

这是大火的选秀节目《梦想少年 307》的舞台，梦中，张珏是这档节目的偶像练习生之一，绰号民选之光，唱、跳、颜值俱是顶尖，只因赛前拒绝了一位富二代的追求，又得罪了另一位颇有背景的练习生，即使靠着粉丝的投票闯入决赛，恐怕也难以冲上出道位。

等这场选秀结束后，他就要被公司放弃了。

有人站在自己身前，问道："你知道自己要输了吗？"

张珏低头看着那人，眉间有淡淡的疲惫，但他嘴角带笑，看起来优雅又从容："我知道，只是就算知道是败局，以我的性子也肯定要拼到底才能甘心。"

张珏揉了揉那人的脑袋，用温柔的语气问："爸爸、妈妈、老舅和二德还好吗？"

那人回道："他们很好啊，你的爸爸、妈妈、老舅和二德不好吗？"

张珏说："他们不在了。"

灯光变换着，周遭环境变化起来，音乐响起，张珏决然转身，眼神凌厉起来，张口发出一道嘹亮的高音，华丽的金属嗓让粉丝的鸡皮疙瘩都要起来了。

张珏看起来很累，也很享受，过于明亮的灯光照得他身上发热，无数人的欢呼声传入他的耳中，让他的情绪不断上扬。

自从失去家人后，他时常陷在一种孤独的情绪里走不出来，最后他只能将那些负面的情绪全部宣泄到表演之中。

他喜欢歌唱，喜欢跳舞，也喜欢粉丝看着他，最好是只看着他，这样他才会觉得自己不是一个人。

这段愉快的旅程即将结束，所以他才更要努力燃烧自己，让这个结尾不那么遗憾！

一段电吉他 solo 正好在此时开启，这是队伍一起进行劲舞的阶段。

张珏此时没有站在队伍最前方，可他舞动的力度、肢体挥舞时的表现力、极富攻击性的神情、飞扬的晶莹汗珠都让所有人无法抑制地将目光集中在他身上。

此时此刻，他就是舞台的王！

在演出终了，张珏站在队伍最前方，满心不舍，他按住麦克风，努力露出一个笑。

"各位，能够来到这个舞台和你们相逢，对我来说真的是非常棒非常棒的事情，你们的声音，你们的支持对我来说都是最珍贵的礼物。"

然后他放下麦克风，直接把双手放在嘴边，仰着头，全凭自己的声音竭力大喊。

"谢谢你们——"

尖叫声响起，有人哭喊着回应他。

"也谢谢你，珏哥。"

"珏哥最棒！"

"珏哥我永远爱你！"

青年深吸口气，对着台下深深地鞠躬，或许今天之后，黑幕会将他们分隔两端，但在此时此刻，他无比感激能与这些可爱的人相遇。

然而在起身时，张珏的身体突然一僵，接着缓缓向前栽去。

2022 年，24 岁的张珏猝死在他最爱的舞台之上，如同一颗在黎明前坠落的流星。

…………

12岁的张珏睁开眼睛，恍若隔世。他心里难过得很，小孩子总会思考自己长大后会变成什么模样，可如果他的未来像梦里那样，他对未来的期待会直接归零的！

父母正靠在卧室门口说话，张珏听了一阵，发现妈妈说要爸爸记得带他去新开的肠粉铺子吃早餐，孩子学习辛苦，要加个蛋给他补充营养。

张珏的母亲叫张青燕，在抱着还是婴儿的张珏和家暴的前夫离婚后，跟现任丈夫许岩走到一起，两人一起回到东北老家，先是打工，后来开了饭店，生活蒸蒸日上，又过了三年，他们生下一个叫许德拉的男孩，是张珏的弟弟。

继父是好人，张珏从小到大从没觉得自己缺过父爱，弟弟则是张珏的"贴心棉袄"。在张珏调皮捣蛋的童年时期，每当母亲抄起晾衣架要教训他时，弟弟就会立刻冲过来救他。

张珏双手托腮，严肃地思考起来。

那个梦很真实，舞台上被大灯照出来的高温，震耳欲聋的呼喊声，甚至是队友的呼吸声，他现在都能清晰地回想起来。那种真实感让张珏很恐慌，尤其令他害怕的是，梦里他的家人都去世了。

清晨，张珏走出房间，看着在厨房里忙碌的父母，还有坐在桌边吃包子的弟弟。9岁的许德拉看到哥哥，凤眼一下亮起来，朝张珏挥手。

"哥，我背上刺挠，你帮我挠挠。"张珏走到他旁边坐下："既然刺挠，咋不让妈帮你挠？"

许德拉面露委屈："她和爸打啵儿①呢，我不敢去扰他俩。"

张珏在他背上挠了几下，许德拉终于舒坦了，立刻给他哥剥了个鸡蛋，屋子里充斥着暖意，弟弟一边吃一边冲他傻笑，张珏看向日历。

现在是2010年1月2日，上午7点25分。

张珏做了个决定，他今天下楼的时候不能是走下去的，他得滚下去，他不仅得滚下去，还得滚出气势，滚出力度，保守估计要崴个脚，这样就不用去芭蕾舞教室上课，梦里家人被醉驾的司机开车撞倒的情景就不会出现了。

如果能滚进医院，让爹妈今天只能围着他转，哪儿也去不成就最好了。

恰好他家住电梯房，但因为住在二楼，加上全家人都懒得等电梯，所以走

---

① 方言词，指亲吻——编者注。（本书中如无特殊说明，均为编者注）

楼梯居多，这为张珏的行动提供了有力的帮助。

少年怀着悲壮的心情将早餐一扫而光，拉着弟弟出门，趁着父母和许德拉还在系鞋带，他毫不犹豫地一脚踩空，如同一个小陀螺般骨碌碌滚了下去。

他成功地把自己送进了医院，病因是全身多处软组织挫伤。

2. 老舅

小孩子身子骨软，摔两下也不容易出大毛病，张珏运气好，没真的伤到筋骨，在医生那里上了药后便被老爹背回了家。

他们去的是市里最好的三甲医院，儿科急诊人满为患，光排队就排了一小时，所以这天不仅张珏没上成芭蕾课，许德拉也没去成小提琴班，全家人都被拖在医院里。

张青燕和许岩对于大儿子滚下楼梯这事没有多想。小孩子在成长过程中摔几下算不得什么稀罕事，长大了还能当个童年回忆，他们都想得开，看完医生后又带俩孩子去吃了炸鸡。

不知为啥，从张珏有记忆开始，肯德基和麦当劳总是开在一起，不过张珏是坚定的肯德基派，他非常喜欢吃这家做的土豆泥。

可口的土豆泥里掺入了黑胡椒鸡汁，舀一勺放入嘴里，黑胡椒的香气先声夺人，咸鲜的滋味也会迅速在舌尖绽开。用汉堡的面包蘸着鸡汁吃也很香，就连身体也会因为这些碳水化合物即将转化为糖分而本能地感到喜悦。

作为一个易胖体质的孩子，舞蹈老师巴不得张珏顿顿吃蔬菜配鸡胸肉。身为舞蹈教室里最被老师看好的孩子，他本是不适合享受土豆泥和汉堡的。

张珏眯起眼睛，露出沉醉的神情，许德拉坐在他边上喝可乐，吸管被吸得咪溜咪溜响。

这一刻，车祸、死亡远离了张珏的内心，那份由梦境带来的恐惧退却，只留下对未来的期盼。

张珏想，成为一个在舞台上绽放光芒的偶像，迎接那么多欢呼与掌声，感觉似乎不错呢！

许岩和张青燕要开饭店，许德拉过完元旦节假期便要继续去上学，窝在家里休养的张珏总得有人照看，两口子思来想去，最后决定把张珏的堂舅，也就是张青燕的小堂弟——张俊宝叫过来，给张珏做饭。

他自小就和自家老舅关系好。

张俊宝曾是一个花样滑冰男子单人滑运动员，退役后做了教练。国内的花滑中最火热的是双人滑，男单、女单和冰舞则一直是一蹶不振的状态。张珏梦到自己的老舅身为单人滑教练郁郁不得志，最后染上酗酒的毛病，得了肝癌，不久便离世了。

张俊宝如今才正式入职省队，成为教练的时间没超过三个月，每天都忙着适应新工作，直到饭点才急匆匆地赶到张珏家。

花滑是有艺术性质的竞技项目，教练们选材都爱长得好的，俊男美女自然不少。张俊宝就长着一张俊俏的娃娃脸，光看脸能冒充大学生。按张青燕的说法就是，她的老疙瘩①成天待在冰上，日子过得比较"保鲜"，老得慢也正常。

老舅一看张珏那双包得和粽子似的腿，立时嘴里啧啧有声，操着一口纯熟的东北腔调侃自家大外甥。

"啧啧啧，瞅你这点儿背的，下个楼还能把自己摔成这样，你也是个人才，还记得老舅和你说过的不？走路不能稀里马哈②，不然准坏事！"

话是这么说，张俊宝心里对大外甥十分疼爱，他买了猪蹄准备红烧，说要以形补形，又将腌好的黑椒牛肉放到锅里一煎，满屋子都是肉香味。边上的锅里用清水煮着菠菜，蒸笼里蒸了紫薯和胡萝卜。

他是个自律的人，直到现在依然维持在役时的饮食习惯，开饭后对猪蹄和米饭完全无视，只克制地吃了牛肉、菠菜和紫薯。老舅手艺好，猪蹄提前腌制过，又放在高压锅里走了一道，吃起来软烂可口。张珏埋头扒拉饭，吃得肚皮溜圆，想添第二碗的时候被拦了一下。

"别吃了，你不是以后要当芭蕾舞者吗？吃太胖就跳不起来了。"

他塞给张珏一包海苔，让张珏写作业的时候当零嘴吃，张珏恍然，对啊，自己要写作业的啊！

张珏念小学时跳了一级，今年读初二。他成绩不错，念的是市重点中学，成绩一直稳定在全年级前二十，梦想是在未来考上中农大，毕业后为解决世界人民的吃饭问题奉献自己的力量。

---

① 兄弟姐妹里最小的那个。

② 形容马虎粗心。

这孩子非常崇拜袁隆平爷爷。

甭管未来是要读农学还是去做偶像，张珏捧着海苔，觉得当务之急还是要想个法子让老舅戒酒才行，肝癌听起来好恐怖的，爱肝护肝，从远离酒精开始。

过了一阵，张俊宝接了个电话，进屋和张珏打招呼："小玉，我手底下有个学生摔伤了，得去看一眼，你自己写作业啊。"

老舅直接喊他小名。张珏的小名就叫小玉。

埋首习题集的张珏蒙了一下："又是练跳跃摔的吗？"

据他所知，花样滑冰的跳跃是"致伤大户"。

张俊宝露出一个牙疼的表情："不是，那姑娘最近发育了，体重上升得快，跳跃时的重心都找不准了。偏偏她今年进了青年组（13-19 岁级别），想和隔壁省的陆晓蓉抢参加世青赛的名额，一着急就想加训，今天趁着午休爬窗进冰场训练，落地的时候摔骨折了。"

发育是影响花滑运动员技术的"元凶"，尤其是女性。她们在发育期脂肪增多，身体曲线开始明显，体重增加，肌肉含量却没男性高，受到的影响会更大。多年以来折戟于发育关的花滑女单运动员可谓数不胜数，其中不乏发育前已经可以冲击世界冠军宝座的天才。

然而再厉害的发育关也比不得骨折伤势，骨头一出事，这个赛季就基本报废了。

张珏的老舅就是花滑出身。张珏 4 岁时就被牵着上冰，5 岁时接受专业训练，8 岁时便练成 6 种两周跳，开始攻克第一个三周跳，拥有扎实的童子功，曾一度被看好。但当时教他的教练性格过于严肃，给运动员的自由太少，什么都只让人照着做，加上练体育太苦，张珏的兴趣被消磨殆尽，最后干脆"弃冰从舞"。

如今想来，他已放弃花滑四年，偶尔拿上冰鞋去商业冰场玩一玩，也很少做高难度的动作。

花样滑冰啊，感觉已经是很遥远的过去了，张珏想到这里，继续埋头复习。

今年的期末来得早，张珏伤没养好就要拄着拐杖进考场。初中试卷自然不难，不过下学期就要进行生物地理会考，题的难度会高一些。好在生物一直是张珏的强项，地理只要努力背也不会考得差。等从考场出来，他狠狠松了口气。

下班后张俊宝把张珏背回了家，没法子，张珏的爹妈开饭店，中午和傍晚最忙，这会儿只能请老疙瘩来接人。

老舅很宠大外甥，回家路上给张珏买了糖葫芦吃，张珏被糖衣里的山楂酸得眯起眼睛，又露出跟在太阳底下睡饱的猫咪一样的满足表情。

张俊宝看得乐和，喊他："小玉，你觉没觉着自己最近胖了不少？"

小孩没法运动，偏偏父母疼孩子，送上餐桌的一水儿都是补身体的好菜，张珏长肉本就容易，这伤养了一阵，小肚子都长出来了。

他一摸肚子，下意识地就觉得回家以后得开始节食。

梦中自己在参加决赛前为了保持身材天天节食，加上身体的疲劳，被多方打压的心理压力，让他不堪负荷，最后倒在了舞台上。不管干什么行业，还是得有个好身板啊，不然就算有能出道的实力，也没出道的命。

他心里打定主意，饭要吃，肉不能长，那就只剩努力锻炼一个选项了，而芭蕾的锻炼强度还达不到让他边吃肉边瘦的程度。

他说："老舅，问你个事。"

张俊宝："说。"

张珏："你知不知道有什么运动既可以美体塑形，增强心肺功能，还能改善仪态，提升气质的？"

老舅帮张珏拿着一串糖葫芦，闻言反问："芭蕾还不够你忙活的？说说，你小子想把形体塑到什么程度？"

张珏利索地回道："肌群饱满但线条流畅，不要健美先生那种，太壮了，但最好有八块腹肌。"

小孩的表情挺严肃，看起来怪有意思的。张俊宝只当这是小孩子想一出是一出，也配合地撩起衣角，露出结实的腹肌。

"你要的是体脂低，运动起来很实用的那种肌肉吧？是不是这样的啊？"

张珏连连点头："对对，就是这样的。"

老舅咬着竹签，含糊道："这样啊，那你来和我练花样滑冰呗。"

3. 冰童

纬度较高的区域更适合发展冰雪运动，中国的冰雪项目便由东三省的运动员占据了半壁江山。张珏也是东北人，生于 H 省 H 市，H 省省队的花滑在全国都是出了名的强，尤其是国内双人滑项目的一哥一姐，已有两代都出自 H 省省队。

在这种情况下，作为单人滑教练的张俊宝其实很难。队里选材都是优先双人滑，如果遇到身材娇小适合练托举，跳跃能力也不错的女孩子，上头也优先考虑让人家练双人滑，男生那边要是有个子高天赋好的，同样往双人滑送。

没有人才，再好的教练也"巧妇难为无米之炊"。

张俊宝唯一的学生伤退了，现在他专心做队里的跳跃教练，带个外甥的空闲也有了，张珏在伤好后就被他领去省队的场地。

看门大爷见队草领着个比他还俏的男孩过来，一脸稀罕地问："小张，这娃长得俊，谁家的，多大啦？"

张俊宝搂着大外甥笑出一口白牙："是我姐的崽儿，今年12啦，带到队里来玩一下，小玉，这是吴爷爷，叫人。"

张珏乖巧地对大爷打招呼："吴爷爷好。"

"小伙子真有礼貌。"

吴爷爷乐呵呵地给张珏递了一张明信片。

张珏接过一看，明信片背面是国内最好的双人滑组合金梦和姚岚。

这算是花样滑冰明星选手的周边产品，可惜花滑在国内人气低迷，和球类的篮球、足球、乒乓球、网球都没得比，也没有像田径的110米跨栏一样能出飞人，这样的周边产品做出来赚不了什么钱，只能送人。

上冰之前要先在陆地进行热身，张俊宝平时是个好说话的性子，一扯上花滑，表情却严肃起来。

他拍拍手。

"先活动关节，然后围操场跑5圈，高抬腿200下，开合跳200个，深蹲跳50个，跳绳500下，开始。"

省队的操场是400米一圈，5圈2000米，加上其他动作，等做完这些，张珏也累得撑膝盖喘气。

张俊宝直皱眉："你这体力也太差了。"

张珏翻了个白眼，觉得老舅不讲理。运动员的身体机能和普通人差距很大，普通人一天跑5000米就觉得够了，运动员在开始训练前跑个10000米的变速跑，那还只是热身。能一口气完成张俊宝布置的"热身"内容，已证明了张珏是正常青少年里体力比较好的类型。

张俊宝念叨着"我都没让你绕操场蛙跳呢，算是照顾你的了"，带张珏去换冰鞋和护具。

冰鞋是很贵的消耗品，最便宜的入门级要 400—700 元，赛级冰鞋则近万元。练得勤奋的运动员一个赛季起码换一双，而且为了以防万一，最好还要有一双备用冰鞋。成长期的运动员脚也在变大，换的频率更高。

而且，冰鞋下面有冰刀，所以还要准备保护冰刀的刀套，护具也要花钱。请好教练上课时 200—700 元一堂，视教练地位定，如果要参加比赛，请人编节目的编舞费用、做考斯腾①的费用同样昂贵，所以花滑是烧钱的运动。

张珏当年没继续滑下去，和弟弟开始练小提琴、父母要供两个孩子实在吃力也有点关系，他不希望爸爸妈妈太辛苦。

未发育的身体不仅是恢复力好，而且非常轻盈，在适应了一阵后，张珏双脚呈八字，开始尝试着起跳。

张俊宝在边上看着张珏唰的一下以很标准的姿势起跳腾空，在空中转体 720 度（两周）后落下，落冰姿态虽不太稳，却也没摔，不由得惊喜起来。

"不错的 2S②，你真 4 年没练了？"

张珏回道："对，没训练，但偶尔会去上冰玩。"

张俊宝眼前一亮："还会其他的两周跳不？跳一个给我看看。"

张珏又尝试了 2lo 和 2A，依然落冰极不稳定，但无论是技术规范程度，还是空中转体周数都没得挑，尤其是那个 2A，直接把张俊宝给惊住了。

花样滑冰有六种跳跃，按难度与分值从上至下排列如下。

A（阿克塞尔跳）

lz（勾手跳）

F（后内点冰跳）

lo（后外结环跳）

S（后内结环跳）

T（后外点冰跳）

---

① 花滑表演服——作者注

② 后内结环两周跳——作者注

阿克塞尔跳是花滑六种跳跃中唯一跳跃方向朝前的跳跃，且需要比其他跳跃多在空中转体180度（半周），独特的发力方向、更高的转体难度，让它成了六种跳跃中最难被攻克、分值最高的一位。

所以阿克塞尔跳又被称为跳跃之王。

在国际赛场上，顶级男单选手们以四周跳为最大武器，然而有不少人能顺利完成四周跳，却跳不好3A。

张俊宝："还有呢？"

张珏："没了。"

张俊宝："怎么就没了？2T呢？这是六种跳跃里最简单的吧？"

张珏不语，直接试跳给老舅看。技术他是会的，周数也能转足，但身体轴心不稳，落地时会摔成滚地葫芦。

他有点尴尬地看着老舅，几年不练，丢技术也是没法子的事啊。

张俊宝沉默一阵，翻开笔记本记录了一下："你能跳的2S、2lo和2A都是刃跳，刃跳要求协调性好，点冰跳全部丢了，你这偏科挺明显的。"

每个人体质不同，运动方面的天赋也不同，这是基因造成的偏向。运动员也是如此，比如张珏，他耐力强，完成张俊宝给的热身项目后还能上冰做跳跃，但爆发力比较普通。

而张俊宝所说的点冰跳，就是T、F和lz，这三种跳跃都要用冰鞋前端的刀齿点冰借力起跳，对力量要求高一些，是张珏目前不擅长的跳跃。

好在张珏底子厚，练了一下午，就在老舅的指导下重新掌握了2T。

老舅告诉张珏，既然他连需要转体两周半的2A都能完成，可见其他跳跃都是没问题的，好好练，很快就能把所有技术都捡回来了。

张珏扶着膝盖喘得不行："老舅，我以前还能跳3T和3S呢，你觉得我能恢复到那个程度？"

三周跳和两周跳可不是一回事，如果说成年人开始练花滑，努努力可以拼到跳两周跳的水平的话，三周就是非有童子功不可了。他是有童子功，却也空了四年，还能把三周跳捡回来吗？

张俊宝却一副很看好他的模样："我瞧你不仅能把3T、3S捡回来，其他三周跳也能练，行了，别立刻停止运动，滑一阵让身体缓下来。"

张珏乖乖地去了，张俊宝站在场边，看着大外甥小小的身影，眼中浮现一丝兴奋。

省队的滑行教练明嘉靠在冰场边缘的挡板上，问他："老张，这孩子哪儿来的？是块好材料啊。"

按花滑选材标准，张珏身材比例不错，脸蛋好看，跳跃技术也规范，放哪儿都是教练们抢着要的孩子。

张俊宝骄傲地回道："我亲外甥，张珏，先前是练芭蕾的，花滑只在小时候接触过，我领他过来玩玩。"

明嘉看了一阵："嘿，是有点芭蕾气质，冰上姿态优美，正好宋总教练愁队里的青年组男单没好苗子冒头，你打算带他进省队？"

张俊宝随口应着："他丢了点技术，我先带他把三周跳练回来再说。他芭蕾那边也练得好，之前拿过市里的奖，那边老师恨不得他住在舞蹈教室里，哄他专心练花滑可不容易。"

要说张俊宝不眼馋外甥的天赋是骗人的，张珏练出第一个三周跳的时候可才8岁！

如今张珏自己说要练滑冰，张俊宝心里便琢磨着把这苗子从芭蕾那里挖过来。

张珏换了衣服背着包回来，就听到老舅在喊他。

"小玉，走啦，老舅带你去吃饭啊！"

张珏被领着到省队食堂坐好，老舅端了一份营养餐给他，盘子里有野藕、拍黄瓜、鸡胸肉、虾仁，饭是加了燕麦的杂粮饭，以及一份紫薯泥、哈密瓜和豆浆。丰富的食材将盘子塞得满满的，张珏看得嘴角一抽。

"舅，我找你是想控制身材，你怎么给我吃这么多？"

张俊宝摸摸他的小脑袋："不多，吃吧，运动量大的情况下不吃好的话，身体会受不了的。你放心，我算好了，按你的运动量，这些东西全吃完也胖不了。"

老舅想，不补充足够的蛋白质和维生素，人体哪儿来的能量长肌肉？没肌肉怎么恢复三周跳？看着埋头苦吃的大外甥，张俊宝露出了农民伯伯浇灌农田那样的慈爱笑容。

老疙瘩说以后每隔一天便来接张珏去练花滑，张珏的父母乐得在忙碌时把儿子丢给可靠的亲戚管。等省队的总教练宋城看了一次张珏的训练，连省队也默认了队里多出一个编外小队员。

张俊宝虽教着外甥，却从未因外甥的事耽误工作，带小孩吃营养餐都是刷自己的餐卡，借块场地又不算什么，要真能让男单有所起色，宋城还愿意给张俊宝加工资呢。

等张珏磕磕绊绊恢复了所有两周跳，开始练 3S 的时候，他老舅问了他个事。

"小玉，你这两天要去学唱歌和跳舞不？"

张珏想了想："放寒假以后兴趣课会上得比平时勤快，明天后天都要上课，上午声乐，晚上 7 点芭蕾。"

身处父母望子成龙的家庭里，学龄儿童张珏的日子就是如此繁忙。他还算好了，他有几个同学只要放假，一天起码有 8 小时都被兴趣班塞满。

张俊宝和他商量："你那边可以请假不？我们花滑的全国锦标赛就要开始了，缺个冰童，你要不要去客串一下？"

4. 红利

张珏最初是不想去全锦赛现场的，比赛可以通过电视看，大冬天的上冰场去亲眼看比赛，他不嫌冷吗？今年的全锦赛可是在东北比啊！在东北的冬天出门，寒风嗖嗖的，谁吹谁知道。

可老舅对张珏实在是太好了，张珏不是不懂事的孩子，他知道老舅不要一分钱地教他滑冰，带他刷卡吃营养餐代表着怎样的情分。如今老舅缺个冰童，张珏还能不去吗？

去就去呗，他把这事和父母说了，要申请兴趣班请假。

爸爸许岩是那种包揽家务，在孩子想要学什么的时候拼命赚钱给他们提供学习机会的家长，管理孩子的权力他却全交给了妻子张青燕。

他看向张青燕，张青燕看着张珏，没有说行或者不行，反而问道："你最近花滑练得怎么样了？"

张珏老老实实地回道："还行，开始恢复 3T 了，进度不错，老舅说我要是好好练，腹肌很快就要出来啦。"

说到这里，张珏自己也笑，其实只要体脂低就可以看到腹肌，而他的问题就是能吃，偏偏还是易胖体质，花滑是上好的减脂塑形运动。省队食堂阿姨业务能力过硬，给的饭菜都不让人发胖，他觉得继续这么练也挺好。

张青燕见儿子提起花滑时一脸开心，心中一动，批了儿子的假，拿起筷子："行，待会儿我给你声乐、芭蕾班的老师打电话，先吃饭吧。"

他们的晚饭是饭店大厨——许岩亲手所做，家里习惯吃饭之前先喝汤，许岩这次炖的是鲜美的冬瓜花甲汤，一口喝下去，整个胃都暖融融的。

一盘青椒焖鸭子在锅上焖了许久，口感肥嫩咸鲜，油脂与浓郁的汤汁完美地结合到一起，光拿汤拌饭都好吃。清蒸鲈鱼更是提前挑过刺，方便两个孩子大口吃鱼。白灼芥菜上淋了鲍鱼汁，清脆爽口。

张珏和许德拉吃得头都不愿抬起来，许岩则和张青燕聊起今年的生意。

说话的主要是张青燕，他们家的饭店主厨就是许岩，张青燕管理财务和人事。

她将鱼肚夹到丈夫碗里："快年终了，过阵子咱们也要放几天假。今年结余不少，原本我是想把钱攒起来，但现在钱越来越不经花，银行的利息跑不过通货膨胀，要不咱们还是买点保值的？"

许岩："都听你的。"

张青燕拍板："那行，咱们新的一年就把店面扩一下，把二楼也租下来，正好有客人嫌咱们包间少。还有结余的钱，我看看买点黄金回来。"

古人有言，盛世古董，乱世黄金，可见黄金这东西放在乱世都可以用，一旦出个什么天灾人祸，最先涨的也是金价，买这个稳。

父母商量家庭理财事务，张珏则给弟弟夹了一筷子蔬菜，盯着不爱吃蔬菜的弟弟咽下去。许德拉憨憨的，被瞪了也不恼，还对张珏憨憨一笑。

"哥，妈妈煮了姜汤给我们泡脚，我们一起泡好不好？"

总之，张珏实践了对老舅的承诺——去给他当冰童。

清晨六点半，闹钟响起，许德拉爬起来，进了哥哥的卧室，喊了两分钟，张珏才勉力突破棉被的封印爬起。

爸爸许岩起得早，张珏洗漱完时，桌上已经摆上热热的豆浆和肉夹馍。许岩剥好卤得香喷喷的茶叶蛋，给自己、老婆、俩孩子一人削了个苹果。

张青燕催促着孩子们："快吃，小玨，你冰鞋备好了没有？去冰场时记得多穿一件外套。二德，你的琴包呢？乐谱放进去没有？"

许德拉含含糊糊地回道："我东西都准备好了，昨天检查过了。"

张珏啥也没准备，正发蒙呢，许德拉又替他回答："哥也准备好了。"

张珏转头，就看许德拉冲他挤眉弄眼，一副"我早替你收拾好了"的邀功表情。

张青燕一看俩儿子的眉眼官司就知道怎么回事。她手脚忙不停，赶在 7 点前将大儿子送到小区门口，两分钟后，张俊宝开着他的座驾——一辆朴实无华的二手金杯牌面包车过来接人。

等到了地方，张珏发现了一个很伤人的事实——冰童们的年纪都没超过 10 岁。张珏 12 岁，是其中年纪最大的，然而他不是最高的。

张俊宝笑嘻嘻地揉着大外甥的头，一边揉一边心里庆幸张青燕只有一米五八，基因摆在那里，让张珏也这样娇小可爱，恰好能在此时帮他补上冰童的空缺。

他嘴上说着好话哄大外甥，让张珏翻着白眼换上一身红彤彤的小马褂，戴着小瓜皮帽，听工作人员和冰童们说注意事项。

"小朋友们记得，在选手比完赛以后呢，就把观众抛到冰上的花束什么的捡回来就好，如果没有就不用上冰了。然后等颁奖的时候，你们要和端奖牌的姐姐一起上冰，对观众和镜头笑一笑。"

"要遵守纪律，不要说悄悄话，不能打架，也不要哭鼻子。"

周围的小孩都奶声奶气地喊道："知道了。"

张珏揣着手站在其中，带着一张可爱的脸，暗暗发誓，他以后一定勤喝牛奶多睡觉，争取早日长高。

5. 一哥

花滑赛季一般分为两个阶段，前半段是 9 月至 12 月，其间最为重量级的赛事是花样滑冰大奖赛。

而到了 1 月至 3 月的后半段，1 月底到 2 月会举办欧洲花滑锦标赛、四大洲花滑锦标赛，3 月底会举办世界花滑锦标赛。

欧锦赛只有欧洲的花滑运动员能参加；四大洲锦标赛只有美洲、非洲、亚洲、大洋洲四洲的运动员能参赛；没人能同时参加欧锦赛和四大洲锦标赛。

现在是 2010 年 2 月份，温哥华将会举办四年一度的冬奥会，对花滑项目来说，这已经是曝光度最大的比赛，其金牌分量最重。而无论是欧锦赛、四大洲锦标赛、奥运会还是世锦赛，参赛名额均有限，各国滑联只会甄选国内赛成绩好的选手去参赛。

在冬奥会，中国花滑报了四项，双人滑、男子单人滑、女子单人滑、冰舞均有参赛名额，但名额并不多。国内的选手想抢到这些名额，就必须在全国锦标赛力压群雄取得冠军，以证明自己的实力。

"花滑是吃青春饭的，超过23岁就可以自称一声老将，随时可以退役了。对很多运动员来说，如果参加不了这次冬奥会的话，他们也撑不到下次了，比如沈流[①]。"

张俊宝趴在栏杆上，和张珏解说着："沈流在四年前实力不够，没资格竞争冬奥会参赛名额。现在技术够了，偏偏在去年9月摔了一跤，直接报销了半个赛季，伤还没好全就立刻恢复训练，因为他已经22岁了，现在再不去，4年后他都26岁了。"

而26岁在花样滑冰项目中是不折不扣的老家伙。

张珏挠头："舅，我记得沈流是咱们国内目前唯一能跳四周跳的男单选手吧？"

当前全世界能跳四周跳的也就那么十来个人，在中国这种单人滑的荒漠，会一个四周跳就是稳稳的本项目一哥了。

张俊宝点头。"那可不？小沈在国家队现在是这个——"老舅比了个大拇指，"但名额就那么一个，他要是不小心在全锦赛崩了，丢了这个名额也照样得认命，但他要是不去冬奥会，咱们也没别的选手拥有在冬奥会竞争前二十名的能力。"

张俊宝感叹着："偏偏冬奥会的参赛名额就是按世锦赛的成绩排名算的，沈流在上赛季被领导们勒令最好滑进世锦赛前十二，这样咱们国家的男单就能有两个冬奥会参赛名额、结果他压力太大，最后只滑了个第十三名，要是咱们的花滑人才储备厚度比现在强些，多出几个厉害的小男单选手，沈流当时的压力也不用这么大了。"

花样滑冰和艺术体操等跟表演沾边的项目，裁判都是"外貌协会"成员，

[①] 文中人物为作者虚构，有一部分有现实原型。

教练们选材也看"颜值"。正在冰场上热身的运动员们没一个丑的，张俊宝本人也是个娃娃脸美男子。

他一边说话一边瞥张珏，心想，自家大外甥也好看，而且经过一段时间的训练，小朋友已经成功瘦身，技术方面恢复了3S，甚至能做3S+2T的连跳，进展惊人，可见张珏本身的跳跃资质极高。

如果这孩子肯专注于花样滑冰的话，说不定就会成为那个减轻沈流压力的人。

张珏未必感觉不到张俊宝的殷切期盼，但当运动员太苦太累了，能到顶级赛场的没一个不是浑身伤病，性价比太低，还赚不到什么钱，一开始就不在他的择业范围内。

他嘴里还嘟囔着"天若有情天亦老，生活真的很美好"之类的话，提着冰鞋转身就走，避开老舅满含期待的目光。

他觉得做偶像比较适合自己，虽然出道之路也很艰难，可是比当运动员要少吃很多苦，还能赚钱，能受到很多的关注。

但是……张珏停住脚步，如果事情真的按照梦中那样发展的话，老舅以后遇不上自己这个水准的好苗子，他会愁得染上酒瘾，最后喝出肝癌，年纪轻轻便早早离世。

张珏喜欢老舅，他太怕那个梦成真了，他不想老舅死掉。

全国花样滑冰锦标赛为期三天，第一天的比赛项目有男单、女单、冰舞，选手们要在这一天比短节目。

短节目时长2分40秒，而单人滑项目的运动员需要在此期间表演三个不同的跳跃，包括一个单跳、一个A跳、一组连跳，以及一套步法、三组旋转。裁判会根据选手的技术动作，在基础分的基础上，进行GOE（执行分）的加减，最后加上表演分，才能得出选手的最终得分。

因为比的是国内赛，选手们对主场的环境熟悉，大多表现得不错。不过就张珏来看，在场上比赛的选手们技术标准，表演却很一般，连他自己上场扭一扭，说不定都能在表演方面胜过这些哥哥。

这也是中国花滑运动员的常态之一。为了得到更多技术分，大家都苦练跳跃去了，其他方面难免被忽略，表现力偏平庸，甚至有不少人由于太过看重跳跃，连滑行和旋转这些基本功都不够好。

直到沈流上场，张珏才觉得比赛有了点看头。

沈流的表演曲目是《卡农》。在本赛季，至少三个单人滑选手选择了这首曲目，沈流的表演却很独特。他的跳跃精湛，虽说肢体美感差那些经年舞者远矣，上肢很僵，但投入音乐中的情感无比真挚。

张珏从沈流的身上，看到了一种非常纯粹的对花样滑冰的热爱，而当表演者对舞台全情投入时，即使舞蹈的技巧不够高明，也依然能带给观者触动。

沈流能成为中国在国际赛场上唯一拿得出手的男子单人滑运动员，并不只是凭四周跳而已，他是一个真正的表演者。

即使沈流为了求稳并没有在短节目里上四周跳，可由于他在完成跳跃时的姿态从容而轻松，反而使得节目的完成度更高，表演效果更完整。

在这个节目结束时，只要是人都看得出来，沈流的分数会是全场最高的，观众们也给了他自比赛开始以来最为热烈的掌声。

张俊宝也高兴地鼓掌："这次沈流的短节目排得不错，只要自由滑不大崩，他去温哥华的名额就稳了。"

"你也说了是不大崩。"国家队总教练孙千不知何时站在张俊宝身边，神情严肃："沈流最大的缺点就是不稳定。他的心态不行，每次短节目比得越好，他就越想在自由滑方面也比好，结果就是给自己太大压力，最后被压力压垮。"

花滑本就是很吃状态的运动，运动员还自己给自己施压，这不是摆明了要在赛场上状态崩溃吗？

张俊宝看到来人，情不自禁地站直："孙指导。"

孙千主要带双人滑，但只要是进过国家队的运动员，都聆听过这位中国花滑教父的教诲，张俊宝早年也被这位老教练照顾过。

孙千挥挥手，示意学生别一副严肃的模样，继续说道："沈流的天赋比当年的你强得多，但凡他在比赛时更稳一点，世界排名也该进前十了。也不知道怎么回事，这两年国家队找到的男单材料不是天赋不够、上限太低，就是心态不行，要是沈流的跳跃天赋能和你的大心脏结合该多好？"

竞技运动的初级赛场是一群人拼努力的程度，顶级竞技赛场却是一群努力到拼命的人拼天赋。张俊宝当年天赋不够，最高难度的跳跃也只是3lz，但他心态好，比赛状态稳，在全国赛也拿过银牌，却没资格去更高级的国际赛场。

张俊宝尴尬一笑，转移话题："说起来，我也觉得近两年国内男单的好苗子有点奇怪，比如我现在带的这个，天赋绝对没话说，比沈流只高不低，心态应该不比我差，但是……"

他停了停，在孙千好奇的目光中，补完了后半句话："他没有做运动员的意思，嫌那个太苦，落下一身伤病还讨不着好，既没钱还没人气，所以他的人生规划里没有做运动员这一项。"

如此现实的拒绝理由让孙千嘴角一抽："你说的那个苗子多大了？怎么听着人小鬼大的？"

张俊宝一指下面的冰场："喏，就是正在清场的那些冰童里长得最好看的那个，是我堂姐的孩子。"

孙千摘下老花镜一看："嗬！你家娃儿还没 10 岁就那么精，把人生规划都做清楚了？"

张俊宝闻言嘴角一抽："孙指导，我外甥已经 12 岁了，他的生日在 6 月，离 13 岁也就小半年呢。"

孙千一顿，面露尴尬，语气越发痛心疾首："个子矮好啊，矮子重心低，做跳跃都比别人稳。你是不知道，沈流以前发育的时候，一口气从一米六三长到一米七二，我被吓的啊，做梦都盼着他别继续长了。"

张俊宝的外甥一看就是成年了也超不过一米七的，身材比例又特好看，这不是光瞅身材都让人觉得是为了花滑而生的吗？但人家小孩不想做运动员的理由也令国家队总教练无法反驳，最后总教练只能挥挥手，只当自己没听过张俊宝捡了个好苗子的消息。

张珏则度过了非常充实的一天。他和一群小冰童清了冰上的花束，还在比赛结束后去帮工作人员一起补冰，就此学到了补冰的技术。除此以外，他还借着离开场馆晚的便利，在这个赛级冰场上滑了滑。

赛级冰场都很宽大，而且冰面冻的时候还掺了牛奶，所以感觉特别顺滑。张珏只滑了一阵就"爱不释脚"，哗啦一声，少年在冰上跳起了他现在最熟悉的后内结环跳，也就是萨霍夫跳。

先是比较简单的 2S，这是不少比他还小的孩子都做得出来的跳跃，接着又是 3S。

张珏在这块才结束了全国比赛的冰上进行跳跃练习。银白的冰场很大，场馆的座位也是白的，置身其中时甚至会令人产生整个世界都是银白色的错觉，而现在这个世界只属于他一个人。

张珏幻想着周围的座位上坐满了为他而来的观众，不是全锦赛进行时那种上座率不足五成的小场面，而是整个场面都被冰迷们塞满了。他们专注地看着他的每个跳跃，为他的每次成功跳跃欢呼。

镁光灯闪烁着，仿佛他是一个超级巨星。

在跳第 11 个 3S 时，张珏尝试着在腾空时举手。

大部分运动员在跳跃时，他们的上身都会收紧，好让自己的跳跃轴心更细，转体速度加快，这样可以帮助稳定空中轴心，增加跳跃成功率。而张珏的举手姿态却完全违反了收紧上身的跳跃定律，他在空中转体时双手高举交握，姿态就如同芭蕾般优美。

清脆的撞击声响起，男孩稳稳地落冰，冰刀犹有余力地在滑出时画出一个优美的半圆，这轻盈的一跳恰好落入了走入冰场的沈流眼中，他满心惊叹，几乎失去了言语。

接着他就看到那个男孩的冰鞋卡在一个没被补好的凹槽上，小小的身体摔得在冰上滚出去老远，那男孩抱着脚踝发出熊孩子一样的号叫声。

"啊！疼死爹啦！"

沈流眨眨眼，内心莫名浮现出昔年第一次上冰时，教练反复对选手们叮嘱的话。

"记住了，跳跃是很危险的动作，一定要在有教练看着的时候做，一个人的时候不能练跳跃，不然摔断腿都没人管你，再重复一遍，不许偷偷单独练跳跃，听到没有！"

6. 雪夜

冬天冷得很，沈流看那小孩在冰上摔得沾了一身冰碴子，哭笑不得地脱了外套裹着他，把他背起送到场边的椅子上。

这位国家队男单一哥没什么架子，半跪在张珏面前，帮他脱下冰鞋："是伤到了左脚踝，对吧？"

张珏抹去眼泪，这当然是疼出来的，自己俯身脱了袜子，露出红肿的脚踝。在关节处绑运动绷带可以有效防止运动损伤，他的小腿、膝盖部位都绑着运动

伊利亚举高高张珏

张玨

昵称:小玉,小鳄鱼,tama酱
民族:汉
籍贯:H省
出生日期:1997年6月29日
职业:花样滑冰运动员
启蒙教练:鹿照升
教练:张俊宝,沈流
编舞:米娅·罗西巴耶娃,弗兰斯·米勒

运动成就:

2010年9月,花样滑冰大奖赛青年组美国分站赛金牌

2010年10月,花样滑冰大奖赛青年组中国分站赛铜牌

2010年12月,花样滑冰大奖赛青年组总决赛铜牌

2011年1月,全国花样滑冰锦标赛金牌

2011年2月,世界青少年花样滑冰锦标赛金牌,并打破青年组总分世界纪录

2011年11月,花样滑冰大奖赛青年组日本分站赛金牌

2011年11月,花样滑冰大奖赛青年组意大利分站赛金牌,打破自由滑青年组世界纪录

2011年12月,花样滑冰大奖赛青年组总决赛打破青年组短节目世界纪录,达成青年组金满贯

2012年3月,在世青赛上再次夺冠,完美升组

绷带。

沈流疑惑道："怎么不绑脚踝？"

张珏不好意思地回道："我总觉得脚踝也绑起来的话，滑行的时候不好发力。"其实他已经有点后悔了，因为如果他今天在脚踝处也绑了绷带的话，说不定就不会扭伤了。

"你这样肿着不行，你的家长呢？"沈流问清楚张珏的老舅是谁后，就立刻去找了工作人员帮忙找人，又去整冰车下面收集了碎冰，用袋子装着给张珏冰敷。

于是一哥给张珏留下的印象立刻从"专注的表演者"变为"这哥们儿人品不错"。

张俊宝没多久就赶了过来，看着大外甥的脚踝满是心疼。沈流则按着冰袋，和张俊宝说起话，张珏这才发现他们居然是认识的。

沈流出身于H省省队，和张俊宝是在同一个教练手底下待过的师兄弟，这两人的启蒙教练和张珏的启蒙教练还是同一个人，正是那位凶巴巴的让张珏不想再滑冰的鹿老头。

他们决定去找一位已经退休的省队前队医给张珏看脚，因为对方就住在离场馆不远的省队家属小区，离这儿最近。进小区的时候保安拦住了他们，张俊宝挠着头，拿出手机给老大夫打电话，张珏趴在老舅背上，眼珠子就不自觉转到路边的卷饼摊上。

沈流见状，转身便买了几份卷饼回来，递给小孩一份，还和张俊宝解释："师兄，秦大夫喜欢这一口，我给他带一份。"

张俊宝托了托大外甥的腿，对沈流感激一笑，叮嘱已经开吃的大外甥："小玉，在老舅背上吃东西可以，但你要敢把渣子落我身上，看我抽不抽你！"

张珏嘴里含着食物，嗯嗯啊啊地应着。过了一阵，有人朝小区门口跑了过来，等近了，沈流就发现这是个身材高大的男生，脸部轮廓深邃硬朗，瞳色是偏浅的灰，大冬天的只穿一身与眼眸同色的单薄毛衣，瞧着有点像雪原上的独狼。

少年俯视眼前这三人，心里回想着爷爷的描述。

"来的那三人，其中一个是瞅着很俊的矮个儿娃娃脸，另一个小帅哥也不高，只有一米七，他们应该还背了个娃儿。"

他抬眼一扫，娃娃脸肩头果然趴了个白白嫩嫩、眉眼干净秀气的男孩，正认认真真地吃卷饼，脸颊鼓鼓，随着咀嚼一动一动的，像只松鼠，看起来十分可爱。

秦雪君确认了三人的身份，张嘴是一口京腔："我爷爷是秦堂儿，他让我来接你们。"

秦堂就是他们要找的老大夫，有人领路，门卫终于放了人。进去的时候，张俊宝和沈流小声嘀咕："这就是秦大夫的孙子？身板瞧着真结实。"

张珏听了一阵，才知道秦大夫的妻子是俄国人，来接人的小伙子有四分之一的斯拉夫血统。秦大夫的儿子儿媳早早离婚，孙子被丢给老人养，近两年这孩子考了大学，平时便在京城读书，逢年过节才回来。

这位混血小哥看起来脸嫩，身高却起码有一米八五。张俊宝和沈流两人都是花滑运动员，而亚洲花滑运动员的平均身高只有一米七，和这位还是未成年的小哥相比，两个大人还要矮上一截。

卷饼上刷了一层芝麻酱，闻着就香喷喷的，里面还有嫩嫩的鸡蛋和鸡肉，张珏吃得专心，被老舅放在沙发上的时候正好吃完。张珏将包装的油纸卷成一团，正要找个地方扔，就有人把垃圾桶用脚推到他手边，他抬头，对好心人道谢。

"谢谢。"

那灰眼小哥应了一声，自我介绍道："秦雪君，16岁。"

张珏弯弯眼睛："我叫张珏，12岁。"

秦大夫是个头发花白、戴着老花镜的老爷爷。他今年60来岁，退休不到两年，精神矍铄。老爷爷不紧不慢地一捏小朋友的脚，沈流满脸担忧："医生，娃的脚没事吧？"

秦大夫也是一口地道的东北腔："娃的脚挺好，没伤着骨头，养两周就行，这阵子注意别激烈运动，担心的话，过两天带过来，我给他艾灸。"

说着，老大夫又用绷带给张珏进行了加压包扎，给了张俊宝几贴自己配的膏药。

张俊宝把张珏又训了一顿，张珏立刻举手发誓说以后再也不偷偷独自练跳跃了，但哪怕是旁观的秦雪君，只要看到小孩滴溜溜转的黑眼珠，都知道他肯定是嘴上说知错就改，实则下次还敢。

训了一阵，训话和认错的都口干，两杯水被摆到茶几上，张珏捧起来抿了一口，水里带着罗汉果的香气，润润的，水温不冷不热。给他们递水的秦雪君坐在靠阳台的椅子上，认认真真翻一本《柳叶刀》。

一位满头银发、穿着毛呢裙、仪态优雅的斯拉夫老太太邀请他们留下吃饭。沈流和张俊宝立刻站起来，尊敬地唤对方为"米娅老师"，又被秦堂叫过去说话。

秦雪君则拿起遥控器，将电视台调到央视六台，里面正好在播《驯龙高手》。

张珏觉得自己被当作小学生照顾了。

他告诉对方："我已经读初二了。"他自认不是那种还对动画片念念不忘的小学生。

秦雪君看他一眼，也认认真真地回道："我大四。"然后他又补了一句："《驯龙高手》很好看。"

好吧，既然他这么说了，张珏就专注地看着电视屏幕，秦雪君则继续看书，一时气氛居然还挺和谐。

张珏不着痕迹地打量秦雪君。

他隐约觉得自己认识秦雪君。

这位 16 岁的男孩，看起来是个很有教养的大男生，他会给家里的客人端水。不像同龄的男孩那样活泼冲动，他喜欢看动画电影，灰色的眼睛里满是真诚。

秦雪君注意到张珏的打量，回头问他："不喜欢看这个？换台吗？"

张珏摇头："不用了，这个挺好看的。"真的，《驯龙高手》比他想象中的好看多了。

秦雪君很温和地说："不喜欢可以看别的，我家有《哈利·波特》的全套光碟。"

张珏喜欢《哈利·波特》，他立刻就心动了。

晚饭是米娅女士亲手做的，都是俄国菜，炖牛肉、土豆焗蘑菇、红菜汤，以及奥利维沙拉。张珏胃口好，吃了一个餐包还想再吃，老舅立刻拍了他手背一下，用口型说"当心长胖"，小孩只能讪讪地收回手。

米娅女士看张珏一眼："这孩子也是滑冰的？条件不错。"

以米娅女士的眼光来看，张珏的身材比例很好，完美符合"三长一小"，也就是脖子胳膊腿都长、头小的标准。下身长度比上身至少长 18-20 厘米，即使是以最苛刻的芭蕾舞者选材标准来看，他也是块好材料。

张俊宝恭恭敬敬地回道："是，张珏天赋不错，不过他是易胖体质，长肉的速度和发面饼似的。平时我们都不敢让他摄入太多碳水，尤其现在是晚上，多吃一点都会显在体重上。"

米娅女士哦了一声，立刻把奥利维沙拉的盘子推到张珏面前："来，还没吃饱的话就用这个填肚子。"

沈流在旁边解释道："奥利维沙拉热量不高，米娅老师以前做过叶卡捷琳娜堡芭蕾舞团的首席，当时就是吃这个保持身材的。"

张俊宝也安慰大外甥："等明天白天，老舅再给你炖猪蹄吃好不？晚上克制点啊。"

张珏悲伤地往嘴里塞了一口沙拉，难道易胖体质就不配吃高热量食物吗？

是的，他真的不配。

秦雪君埋头往嘴里塞着牛肉，他吃饭没声，速度极快，没一会儿的工夫就吃下去四块餐包，张珏看得满心羡慕。自从决定身材管理要从 12 岁开始后，他就再也没这么肆意地吃过东西了。

米娅女士和张俊宝、沈流都很熟的样子，在他们聊天的时候，张珏得知这位女士在来到中国生活后，曾为省队里的单人滑运动员们编过比赛的节目，不管是符合比赛规则的赛用节目，还是赛后的表演滑，她都能编出很好的作品。

米娅女士的编排风格优雅，结构严谨，能打动她的运动员很少。这些年也就张俊宝和沈流，以及女单那边一个女孩拿到过她的节目。

等离开的时候，秦雪君在祖母的吩咐下送客，张珏看他穿得少，到了楼下就挥手："秦哥你穿得少，送我们到这儿就行了，快回去吧。"

秦雪君愣了一下，没想到这小孩还挺自来熟的，这就把哥喊上了。他忍不住翘起嘴角，看了外面一眼。

"外边下雪了，你们等我一下。"

少年转头冲上楼，没过一阵就带了两把伞下来。虽然东北人下雪不打伞，但张珏看起来太小了，他总想照顾一下。等张俊宝道完谢，背着外甥转身时，张珏感到自己手里被塞了什么，他垂眼，就见手心里不知何时多了颗紫皮糖，回头时就看到秦雪君把食指竖在嘴边。

哪怕隔着雪夜与灯光，也能看到那双灰色的眼睛带着笑意。

秦雪君站在原地看着三人的身影消失在视野尽头时，依然没想起立刻回去，直到铃声将他惊醒，他接起电话："老徐，怎么了？"

电话那头的人苦笑："嗐，没事，就是心烦。我不是签了死后全身遗体捐赠吗？这次回家的时候就和家里人说了一声，结果我奶奶现在还在家里哭呢。"

"要是爷活着的时候有谁想从爷身上扒走什么器官，我非得和丫拼命不可，但等我死了，这些东西留着进火葬场也没大用，还不如捐了，指不定就救了谁的命呢，她再这么闹，我恐怕得去你那里避避。"

秦雪君顺着楼道缓缓往上走："作为医学生，我赞同和敬佩你的选择，但也不用因此就闹离家出走，好好和他们解释一下吧。"

…………

7. 换糖

这段时间，张珏已看了两回大夫，好在每回都伤得不重，也就是属于正常范围的"日常的摔摔而已，并不会留后遗症"的程度。

芭蕾舞在伤愈前是没法跳了，张珏心安理得地在家养伤，由于寒假作业早就做完了，平时闲着没事，躺在家里就是吃吃喝喝看看书。张青燕早几天就买了一堆猪肚、猪耳朵、牛尾，熬了卤汁去炖，香气能飘出去老远。

张珏现在特别喜欢偷偷从装着卤菜的锅里捞卤蛋，仗着年轻不怕胆固醇高，吃了一个又一个。

张俊宝来他家的时候，就看到小孩穿一身毛茸茸的棕熊睡衣，趴在沙发上慢悠悠看《陶者轩教你学数学》，屁股上还有一个绒球。许德拉要出门练小提琴，穿得就板正一点，毛衣长裤，这会儿趴在茶几上剥瓜子。

小朋友手上不停，俩圆溜溜的眼珠盯着正在播《大秦帝国之裂变》的电视屏幕。张俊宝进来的时候，瓜子仁正好把一个半个巴掌大的小碟子堆满，许德拉推了一下张珏，张珏立刻爬起来，捧着小碟子往嘴里倒。

张俊宝想，这大概就是有弟的哥哥是个宝。

他手里提两个保温桶："别吃那么多瓜子，当心上火，小玉、二德，来吃饭，老舅给你们做了猪蹄，焖了大虾，饭煮了没有？"

许德拉立刻脆生生地回道："哥早就煮好了，我洗了白菜，烧了开水，焯一下就能吃。"

张俊宝一听面露稀奇："小玉还会煮饭啊？我还以为是二德照顾你呢。"

许德拉看起来就比张珏更勤快，而张珏……看他现在躺着的懒样就明白了。

许德拉听着，面上露出一丝不满："我哥可能干了。"

张俊宝见孩子不快，连忙笑道："是，是，你哥最棒了。"

许家父母都忙，小时候家里还没现在宽裕时，许岩和张青燕都忙着挣钱，照顾不了孩子。最初他们是请了钟点工接送，过了两个月才发现钟点工品行不佳，不仅偷东西，懒得做饭，只喂小孩零食，还打小孩。

张珏幼时虽漂亮得像个小姑娘，脾气却不软，有一次看到弟弟胳膊上的瘀青，直接大发雷霆，不顾自己身体瘦小，提着折凳朝作为成年人的钟点工打过去，这事以张珏被成年的钟点工打掉一颗门牙，许岩气得当场辞退钟点工，张青燕抱着孩子心疼得直哭为结局。

在那以后，张家父母就再也不敢考虑请钟点工的事，张珏也是独立要强的性子，放学回家时会顺手把弟弟从幼儿园领回家，然后踩着凳子煮面。许德拉站边上揪着哥哥的衣角，饿得眼泪和口水一起流。

但只要有张珏在，许德拉就不会饿肚子。早上哥哥牵着他去吃油条、肉粥、豆腐脑，中午两人吃幼儿园备的饭菜，晚饭一开始只能吃面条，等张珏把炒菜的技能学会后，许德拉三个月胖了六斤。

所以这小子现在养成个哥哥说往东他绝不往西的性子，也是可以理解的。

和张珏相处过的人都知道他待家人都是很好的，前些天做的那个梦，让他担心过度，害怕那个梦成真了。

如今的张珏啃着顶着一张俊俏娃娃脸的老舅给炖的猪蹄，碗里是香喷喷的东北大米饭，饭后许德拉洗碗，张珏被背着去看秦大夫。

他靠在老舅肩头，试探着问他："老舅，你真的特想男单崛起吗？"

张俊宝托了他大腿一下，肯定地回道："当然想，别看老舅以前参加过的国际赛事只有一回四大洲锦标赛，但那时候我们男单依然是没人的样子，老舅拼尽全力也只拿了十一名，前十名有九个是北美的，还有一个是日本的。那时我就想啊，要是咱们中国也能有个男单选手站上领奖台，把那红旗升起来就好了。"

"不过这事和你没关系，小玉，你想干啥就干啥，男单崛起是老舅的梦想又不是你的，现在国家经济好了，以后肯定会有更多好苗子涌进这个项目。"

张珏心想，国内男单的式微多年以后可能都不会改变。

他靠着老舅，犹豫了一阵，小声说道："老舅，我没有做世界冠军的志气，因为我知道，要走到那个程度需要付出的太多了，我不确定自己有没有那个毅力，可如果你想收个厉害的徒弟，我身为大外甥还是当仁不让的，嘿嘿。"

这话一出口，张珏立刻就感到张俊宝的心情指数级上升。

老舅乐呵呵地回道："那敢情好啊，正好我们省队青年组没人，18岁以下集齐五种三周跳的都没有，你要是今年9月前把3lo、3F和3lz练出来，老舅说不定能带你出国比赛呢！"

爷俩一言为定。

张珏想，虽然他不想从事运动员这种苦头一堆还没什么回报的职业，但只是参加比赛见见世面，增加资历，顺便帮老舅调节心情的话，他还是没问题的。

就算以后他要去参加选秀，去什么训练生运动会的话，他的技能表上能多个"职业级花样滑冰运动员"也不错啊。

这回还是秦雪君来小区门口接他们，这高高大大的少年一身热气，怀里还抱着一个篮球，一看就知道是才锻炼回来。

张珏认为秦雪君就是传说中文体结合全面发展的青年才俊，有结实高大的好身板、混血儿的英俊脸庞，还是顶级医学院的"学神"。

秦雪君也觉得张珏是个优秀的男孩子，小孩出门时没换衣服，还是那身可爱的棕熊睡衣，脚上被放了一排飘着烟的艾条，手里还有一本数学书。

秦雪君看了一眼："这本书主讲数学题的思路，很适合竞赛生看，你想参加数学竞赛吗？"

张珏心说他才应下了花滑比赛，再兼顾学业就够累的了，哪里还有力气参加数学竞赛这种"学神"专属活动？

他摇头："只是提前学习一下高中的数学知识。"

秦雪君眨眨灰色的眼睛，也不放《哈利·波特》了，就坐在他边上。

"有什么不懂的可以问我。"

张珏不客气地指着一道几何题："这个。我擅长分析和计算类的题目，几何弱一点。"

秦雪君应了一声："做题前先破题，你讲一下你的破题思路。"

张珏轻咳一声，莫名有点怕在学神面前丢了脸，谨慎又小心地说完自己的思路。秦雪君去拿了一册白纸过来，语速适中地给张珏讲题。他逻辑清晰，就算是初二小孩，依然能通过秦雪君的讲解弄懂这道高中的题目。

然后张珏就意识到了，秦雪君是刻意用了初中生也可以使的解题方法，这人看着不怎么热络，心却很细。

就在此时，本来和米娅女士说着话的张俊宝冲进客厅："雪君，我开个电视！"

他迅速调到央视五台，如今正值最冷的深冬，热门的球类田径运动大多已经落幕，滑冰的全锦赛也得以在上午拿了个时段直播，此时电视正在播报比赛结果。

"今年花样滑冰全国锦标赛的男子单人滑成年组赛事已圆满落下帷幕，来自H省的沈流在比赛中成功完成后外点冰四周跳这一高难度的动作，获得了本届冠军……"

张珏高兴地一拍手："舅，沈哥能去成温哥华了！"

张俊宝神情凝重地点头，电视里继续播报。

"男子单人滑青年组的冠军是来自J省的樊照瑛。这位小选手在比赛中成功完成勾手三周跳与后外点冰三周跳的高难度连跳，遗憾的是，他在最后一跳出现明显失误，自由滑结束后，已无法靠自己离开冰面……"

张珏看着电视里那个看起来十五六岁、十分俊朗的大男孩，疑惑道："老舅，你看的是樊照瑛吗？"

张俊宝长呼一口气，似是要将失望与遗憾一起吐出去。他搓着手指，低声解释道："小樊是国内现在唯一一个在16岁之前集齐了五种三周跳的，据说已经在练3A了，他练过探戈，表现力不错，本来是今年世青赛的种子。"

沈流是国内唯一一放到国际成年组赛事中也拿得出手的男单选手，樊照瑛则是唯一放到国际青年组赛场上也不跌份的青年组一哥。

结果樊照瑛却在比赛时摔成重伤，一时间张俊宝数遍自己知道的青年组男单选手，发现竟没有可担重任的。集齐五种三周跳的男单不是没有，可他们大多十八九岁了，再大点都要超过青年组的年龄限制，滑行、旋转、表演都有硬伤。

还是人才储备太单薄了啊，好不容易出了像样的选手，还个个伤病缠身，张俊宝心里憋闷，但看到大外甥含着担忧的双眼，他又隐隐放松下来。

幸好手边就拽着一个好苗子，这小子只要好好培养，至多两年就能放出去比赛了。

张珏不知老舅的迫切，离开时单脚站着，扶着老舅的胳膊鞠躬，向秦大夫、米娅女士道谢。礼貌又好看的小孩总是讨喜的，连不苟言笑的米娅女士在对着张珏时都面带微笑。轮到和秦雪君道别时，这位哥哥一伸手，掌心躺着颗紫皮糖。

张珏也对他伸手掌，上面躺着颗徐福记酥心糖。

秦雪君怔了怔，接过糖，就看到张珏笑弯了一双又黑又亮的眼睛，里面盛满了笑意。

"哥，咱现在可是换糖之交了。"

这孩子笑起来都生机勃勃的，有那么一瞬间，秦雪君几乎以为老家属楼楼道暗淡的墙壁都变得明亮起来，连带着他的心情也好起来。

他不喜欢小孩子，觉得比自己年岁更小的，甚至一些同龄的人都显得太过幼稚吵闹，张珏却是个例外，他喜欢和这个小朋友相处。

两天后，有人摁响门铃，秦雪君去开了门，就见张珏单脚站在门口，穿着身老虎睡衣，头顶保暖的雷锋帽，背着个大包，手里提着袋子，对他仰头一笑，语气熟稔。

"秦哥，我又来做艾灸啦。"

秦雪君看着他，惊愕地问了个风马牛不相及的问题："你衣服谁给买的？"

"啊？"张珏歪头，"我妈买的啊！现在外边的天气冷，这身穿着暖和，我出门的时候就没换了。"

东三省的冬天太可怕了，张珏出门的时候恨不得把自己裹成熊，形象当然往后靠了。小孩子嘛，暂时不用太在意形象，保暖最重要。

秦老大夫这时从孙子背后冒了个头："哟，你小子一个人来的？"

张珏乖巧地回道："是，我舅要去京城做培训，我干脆自己过来了，反正从公交站走过来只要两分钟。"他举了举手里的袋子："秦哥，我妈让我送点卤菜，你先让我进去成不？"

秦雪君终于让开，秦老大夫接过张珏手里的卤菜，看小孩走路还一瘸一拐的，连忙推了孙子一把。

"他还不能走，去帮一把。"

秦雪君哦了一声，把张珏抱起，张珏惊得下意识浑身紧绷，被放到沙发上的时候还有些恍惚。秦雪君抱他的时候用的是抱小孩的姿势，一只手托着，另一只手在张珏背后护着，在张珏的记忆里，上个这么抱他的人还是他妈妈。

就感觉怪不好意思的。

秦老大夫放好卤菜，提着药箱过来，捏着张珏的脚踝，慢悠悠道："你还是不能走啊，这样，等大后天，我让雪君接你。"

"这样不好吧？"张珏怪不好意思的。

秦老大夫大手一挥："没事，他成天待在家里也是看《柳叶刀》，你多陪雪君哥哥玩，别让他发霉，就当给爷爷帮忙了。"

B. 礼物

秦雪君隔了两天后来接张珏，在许德拉的注视下，张珏趴在秦小哥的肩上被背下楼，偶尔回头还能看到小弟趴在窗户后头不放心地望着他。

张珏对那边挥挥手，转头搂着秦雪君的肩膀，和他念叨道："秦哥你知道不？我弟弟今早量了身高，居然已经一米四五了。"

秦雪君随口应着："他多大了？"

"9岁。"

"9岁有这个身高不错了。"

秦小哥托了一下张珏的大腿，张珏下意识地吸了口凉气。秦雪君低头一看，立刻意识到不妥，良好的教养让他习惯在和别人相处时都使用"绅士手"，比如如果有异性在边上摔倒，他会扶人家的胳膊，但用手去搂肩、扶腰是不行的。

在背人的时候，他也没有用手掌去托张珏的大腿，而是用手腕托着，但他手上戴着手表，这就硌着张珏小朋友了。

他道了歉，换了手掌托张珏。16岁的小伙子没资格买车考驾照，两人只能坐公交，等上了公交，他先把孩子放下，去刷了卡，等坐在张珏身边时，他顺手把手表摘了塞到口袋里。

秦雪君自己没觉得这样做有什么不对，张珏看着他，却好感陡生。秦雪君是天才，相识之前，对张珏而言只是个陌生人，在近距离接触秦雪君后，张珏才体会到对方真的是个很优秀的年轻人。

他勤奋、自律、专注，对待年纪比自己小的孩子很有耐心，很尊重人。

张珏见过的人情冷暖、人心阴暗着实是不少了，秦雪君的身上却有一份足以令他尊敬的纯粹，秦雪君的教养也让张珏觉得与对方相处时很舒服。

秦雪君收好手表，发现他被小孩亮晶晶的眼睛注视着，忍不住笑出来："干吗？"

张珏诚恳地夸赞道："秦哥，你真的好细心，你爸爸妈妈一定超级好，才能教出你这么棒的儿子，等见到叔叔阿姨，我要多向他们夸夸你。"

秦雪君顿了顿，在他额头上弹了个响指："那你应该见不着他们了。"

张珏捂着额头，不解："为什么啊？"

"我爸爸陪他初恋女友去大兴安岭看雪了，我妈妈和她男朋友去参加同学会，他们都没空看我，何况是见你。"

一时间，两人沉默下来，过了一阵，秦雪君听到张珏低声和他说对不起，他回了一句"没事"。

秦雪君并不恨父母，因为他的确被教得很好，好到哪怕高考结束时发现父母已离婚一年，也没有任何过激反应。

有人认为他的性格过于冷淡，很少有情绪激烈波动的时候。这种冷静的性格上手术台应该很不错，可作为一个人，难免少了点人情味。

在快到站时，张珏突然将脖子上红红的羊毛围巾摘下来围到秦雪君脖子上，秦雪君侧头，就见到这个怕冷到天天戴个雷锋帽的男孩对他露出灿烂的笑。

"秦哥，我还是觉得你穿得太少了，这个借你挡挡风，这可是我弟弟亲手织的。"

张珏有点忐忑地看着秦雪君，就见秦小哥垂下灰色的眼眸，伸手在他头上一按，用力揉了一通："谢谢。"

下车时，秦雪君再次背起张珏，他的肩背比张俊宝还要宽一些，带着年轻人的热力。张珏靠着他的肩膀，脸颊蹭到围巾上又软又暖的毛，连冬季呼啸的寒风似乎都没那么冷了。

张珏不知道的是，秦雪君走到一半才想起一件事——张珏那个才9岁的弟弟居然会织围巾？

新年到来之前，张珏多了个顶级人形座驾，此座驾姓秦名雪君，水木大学出品，心细如发，智商极高，走哪儿都带着书，有时是《坎贝尔骨科手术学》，还有的时候是《实用骨科学》。

秦雪君不仅接送张珏去治疗，还把自己初三的教科书翻出来借给张珏。张珏今年初二，下学期初三，想预习以后的课程，这书正好派得上用场，张珏满怀感激，回家和许德拉念叨。

"秦哥这人是真不错，外冷内热。"许德拉神情微妙地看着哥哥手里的书，心想如果有人送他教科书，他可一点也不会高兴，这礼物要是送别人，怕是能因礼物而结仇。

直到最后一次治疗结束，张珏思来想去，觉着自己这次欠人家不少人情，该好好回报才是，干脆打开存钱罐，拿出三张红色钞票。

许岩和张青燕对孩子好，哪怕是家里经济条件还不算好的时候，张珏每个月都有新衣服穿，升到初中后零花钱涨到了一个月一百。他自己不乱花，存钱罐里也攒了小一千。

他先是去商场逛了半天，从一处偏僻的动漫周边店里花两百买了个乔巴手办，又去菜市场买了鲜肉等食材，回家挽袖子开始做菜。

许德拉练琴练到一半闻到浓郁的肉香，他循着味道找过去，就看到正在厨房中做炸酥肉的哥哥。张珏把堆满肉和蚝油、生菜的盘子推到弟弟面前："这是你的，爸妈说今天忙，晚餐我们自己搞定，饭已经在锅里了，你自己盛，记得开锅前先关电源。"

他絮叨了一通，许德拉打断了他的话："那你呢？你不在家里吃？"

"我出门送个东西，回来的时候再用水焯个青菜就行。我最近都没动弹，晚上不能再摄入碳水，所以不能和你一起吃。"张珏把另一份炸酥肉装到塑料盒里，背上装有乔巴的背包出了门，许德拉站在门口满脸关切。

"你去哪儿啊？什么时候回来？我算好时间提前给你把青菜焯好吧。"

张珏哪里放心让不满10岁的弟弟在没人看着的时候下厨，他连忙拒绝："不用你下厨，你去练琴吧，乖，哥哥就是去秦大夫那里送个东西，马上就回来了。"

他这么说着，将雷锋帽戴好，轻快地跑下楼，回头就看许德拉趴在窗户上看他。

张珏再次挥手，大喊："二德，不许碰燃气灶也不许单独出门，听到没？不然哥打你屁股。"

日头已经开始下落，出于对安全的考量，年仅12岁且细胳膊细腿的张珏出发前给父母、秦大夫家都打了电话，言明自己的去向。

秦雪君一边吃着蛋糕一边看电视，听到祖父的通话，知道了张珏要来，他看着钟表，算好了时间就起身出门。虽然小区保安早对张珏那张脸熟了，但他也习惯亲自接人了。

小伙子在小区门口站了20多分钟，连个人影都没看到，秦雪君眉头一皱，不太放心，干脆朝公交车站走去。

今天天气并不好，寒风吹着，小雪下着，除了一个老人在垃圾桶里翻水瓶，周围根本没别的人。秦雪君找了找，心中浮现一丝焦躁。

接着他就看到张珏从街头转角的地方跑了过来，一手提着个袋子，另一手提着肉夹馍和一杯黑米粥。

临近新年，好多店都关门了，而就秦雪君所知，肉夹馍店离这里得有两条街的距离。小孩脚步轻快，一路小跑到那老人面前，把装着肉夹馍和粥的袋子递过去，那老人刚开始面露惶恐，怎么都不肯收。

张珏也不急，就笑呵呵的，一直伸着手，嘴巴一开一合，不知道说了些什么。公交站上有广告牌，秦雪君就站在牌子后头，张珏看不到他，他却能把张珏的一举一动看得一清二楚。

等老人收下东西开始吃，张珏又把围巾解开，放在老人搁在地上的废品袋上，在老人反应过来前拔腿就跑，压根不给人把东西塞回给他的机会。

秦雪君知道那条围巾很暖和，用的都是纯羊毛，他低头一笑，等张珏跑远了，走到老人面前将伞一放，也是转头就跑。

张珏敲开秦大夫家的门时是秦雪君开的门，不知为何，这小伙子脸上带着两团红晕，像是才剧烈运动过似的。他心里好奇，也不多问，只提起手里的袋子。

"秦哥，我家做了炸酥肉，特意给你送来了，我特意多包了两层保温袋，应该还是热的。还有，我今天去逛商场，看到了这个，谢谢你背了我这么多天。"

张珏从包里拿出乔巴手办，双手捧着往前一递。秦雪君接过礼物，看着呆萌的小驯鹿乖巧地躺在包装盒中，不知怎的，心里就软了起来。

他半蹲着，温和地对张珏说道："谢谢你的礼物，这是我今年收到的最合心意的生日礼物。"

生日？

张珏一脸茫然，秦雪君自然地把他往屋里揽："吃了蛋糕再走吧，是杧果千层，你能吃杧果吧？我记得有些人对杧果过敏。"

张珏肯定是能吃杧果的，他身板挺好，从小就没遇到过会过敏的食物。他也喜欢吃蛋糕，可他现在不能吃蛋糕啊。

易胖体质太难了。

但他一看桌上只切了三分之一的蛋糕，感受着清清冷冷到不像是寿星家该有的氛围，再联想到秦雪君父母离婚的事，脚就挪不动了。

张珏满怀悲壮地接过秦小哥的蛋糕，心想这下回家也不用焯青菜了，他到时候还要做50个波比跳，跳1000下绳，再沿着家里的楼梯蛙跳10个来回。

9. 柔韧

直到国家队开拔飞往温哥华，张俊宝这批省队教练才结束培训，重新踏上东北的黑土地。

出于对秦家祖孙的帮助的感激，老舅连家都没回，先提着京城八大件点心上门道谢。

进门以后他放下礼物，左看右看，问米娅女士："雪君呢？我给这孩子买了双球鞋，得让他试试。"

米娅女士语调轻柔地回道："老秦看不惯佩佳整天待在屋里，就让小玉带他出门玩去了。"

张俊宝："佩佳？"

秦老大夫挥挥手："是雪君的俄语名昵称，我们自家叫着玩的，你要没事的话，就放下东西滚吧。小玉说带佩佳练滑冰，你去瞅瞅，别娃儿没人看着，把才好的脚又崴了。"

张俊宝一听也上了心，他问了张珏去了哪个地方，就急匆匆跑出小区，跳上自己的二手金杯。

张珏领着秦雪君去的是他以前最常去的商业冰场，建在一家商场中间，周围是各种商铺，上一次冰就几十块钱，倒也负担得起。张俊宝赶到地方的时候，就看到冰场周围有不少人，没人吵闹，但都专注地看着一处，他定睛一看，就见到张珏正在场中练燕式滑行。

燕式滑行是指表演者单足滑行，另一条腿抬起（抬起的腿也称浮腿）并高过髋部。基础的燕式滑行就是浮腿后抬，且滑行时表演者双手打开，就像是鸟儿飞翔一样，非常优美。

除此以外，浮腿往前抬起的燕式滑行姿态被称为仰燕，还有侧抬腿等变式。

燕式滑行是花样滑冰的标志动作之一，只要是花滑运动员都会练这个动作，算是基础动作，而能把基础动作做到绝美的人才是真的厉害。

张俊宝站在场边，看张珏在滑行了一阵后，浮腿后抬，上身没怎么前倾，浮腿也依然高过髋部，显现出优秀的柔韧性。

他的上肢在这个过程中自然地舒展，左臂打开，右手向上一拂，像是抚摸滑行时感受到的气流，整体姿态连贯且优雅，带着仙人般的飘逸。

黑发雪肤的少年本就让人赏心悦目，且滑行如风，当张珏以燕式滑行滑过小半个冰场时，围观者都不由得发出"哇"的惊呼声。

这一幕美得让人难忘。

当张珏停下时，张俊宝才注意到他这次滑行的目标终点是秦雪君。小秦同学穿着显然是租的鞋子，这会儿处于扶着才能滑稳当，不扶就滑得磕磕绊绊的阶段，但他神情淡定，看起来也不怎么狼狈。

"很出色的滑行能力，滑速很快，别人蹬一步顶多一米，他蹬一步能滑出去六米到七米。"

听到熟人的声音，张俊宝回头，发现来人是个一脸胡楂的青年，正是省队滑行教练明嘉，张俊宝耸肩："这是我外甥，以后都跟我练的。"

明嘉哭笑不得："放心，没人和你抢外甥，我就随口夸一下。现在的年轻人都喜欢专攻跳跃，我已经好久没见过这么流畅的滑行了。"

虽然张珏的滑行还不算完美，但他无论是变刃时对于小关节的运用，还是姿态的保持能力，都是肉眼可见的好。

张俊宝面露得意："滑行可是花样滑冰一切技术动作的基础，那些滑行好的运动员在跳跃时都能蹦得更远，所以我专门抓了他的滑行。"

"真是块好料子啊。"明嘉再次感叹着，"你外甥是 6 月的生日吧？这日子好，正巧赶在 7 月前满 13 岁，可以在下个赛季进青年组了。"

张俊宝闻言，神情里的轻快消退了下去，他故作轻松地耸肩。

"可不，但凡他再大一岁，总局也不用为世青赛没有人参赛而犯愁了。"

明嘉听出了什么，他皱起眉头："樊照瑛的伤很严重？"

"韧带严重撕裂，能练得起滑冰的，家庭条件都不差。人家父母心疼得不行，闹着不肯让孩子继续练，我和隔壁省队的教练打听了一下，樊照瑛已经在办退队手续了。"

也就是说，这好苗子已经废了。

明嘉沉默一阵，安慰张俊宝："会好起来的，我看你外甥这资质，只要不放弃，将来冲进世界前六都不是问题。沈流也成功回到了赛场，听说状态涨得挺快的，这届温哥华指不定能冲进前十。"

张俊宝对师弟的状态并不乐观，运动员的状态和比赛息息相关，沈流已经半个赛季没比赛了，而且他的脚踝伤势是隐患，指不定什么时候就炸得大家人仰马翻。

但他嘴上还是抱以期待："沈流要能冲进前十，等他回来了，我亲自给他炖鹅吃。"

说来也是可怜，明明两人都是老滑冰人了，却谁也没奢望自家男单选手可以在奥运会拿个奖牌。日本女单在 2006 年的都灵拿了金牌，中国双人滑有望在本届冬奥会争金，唯独亚洲男单一直被北美系和俄系压制，从未崛起。

就在此时，场边又传来一阵惊呼，张俊宝转头，看着看着，眼睛就睁得越来越大。

张珏先是进行了一组基础的燕式旋转，以张俊宝这种前国家队队员的眼光来看，这组旋转的瑕疵简直太多了，比如旋转时立足不稳，滑着滑着轴心就歪了，那刀刃偏得只差没在冰上画心形。

嘿，他的轴心还真偏到画了个心形。

这一切都说明选手的核心力量偏弱，转起来的时候稳不住，转速也不高，但接下来的一幕就让人吃惊了。张珏抬手抓住浮足冰刀，整个身体在旋转时变成一个圆，这是甜甜圈姿态。转了几圈，张珏又转为提刀燕式姿态。

这可都是女单选手才会在比赛里使用的、对柔韧度要求极高的动作！

张珏什么时候练出新的旋转了？

因为才康复没多久，张珏不敢在人多且没教练盯着的情况下练跳跃，玩旋转却没问题，他溜达到秦雪君面前，兴奋地问："有15秒了吗？"

两人打赌，只要张珏持续旋转时间超过15秒，秦雪君便请他吃糖葫芦。

也是秦雪君好心，知道小朋友是易胖体质，看着好吃的口水直流却就是不敢真吃后，特意给张珏一个吃糖的机会。

他看着手机屏幕上的18秒28，合上手机。很好的扭头甩头技巧，用上这一招后，张珏的旋转"续航"能力明显就上去了。

"恭喜，有15秒了，你腰不错啊，把自己拗成个圆圈的形状还能继续转。"

张珏得意道："那是，我练芭蕾好几年，老师天天掰我的腰腿，早练出来了。"

虽然开度200就是张珏的巅峰水准，而且等成年后就要开始退化了，但张珏还是挺骄傲的，这可是职业舞者的柔韧度。

"秦哥我告诉你，我还可以用脚够后脑勺！"

他说干就干，当场表演瑜伽特技，成功是成功了，但要不是秦雪君扶着，他差点脸朝下栽下去。等站稳了，耳边又响起熟悉的叫声。

"干什么呢干什么呢？你又想看大夫啦？"

张珏回头，如同一只受惊的雪豹般一蹦老高。

"老舅？！"

完了，他这糖葫芦怕是吃不成了。

先前还在冰场上惊艳一群路人的小天使，在老舅面前也只能耷拉着脑袋，先是照旧挨一顿训，接着便被提着耳朵拎去做体测。

张俊宝需要确定张珏在自己出差期间有没有把好不容易才练会的跳跃全部还给老师。

张珏两周跳没问题，两周跳加两周跳的连跳也表现良好，3T和3S的单跳则落冰不稳。

让张俊宝惊喜的是，张珏居然连受伤前才练出来的2A+3T连跳都没丢，除了状态要调整，他简直就像没受过伤！

就像那些球感上佳的球类运动高手，只要球一上手就知道如何应对球在击打过程中的力道变换，张珏也是如此，他的"冰感"让他练新招很快，且掌握了以后不容易丢失，这是天赋，别人羡慕都羡慕不来，而且张俊宝还发现一件事。

老舅打了个响指："来，你摆个提刀燕式的姿势，然后站着别动。"

张珏不明所以，扶着挡板，把右腿抬起来，一只手拉着。

张俊宝："浮腿再往上提，腿尽量伸直。"

张珏照做。

"继续。"

张珏努力了一下，苦着脸："老舅，到这儿是极限了，再抬就疼了。"

他的腰够软，开度也大，但腿往后抬到一定程度时，腹股沟也会疼，这是男性的生理构造决定的。

张俊宝也不勉强他，只是欣喜地看着这个完美的水滴。前辈有云，软开与爆发力不可兼得，他说为什么张珏总是力量不够强呢，合着是把天赋都点到柔韧那边去了。

秦雪君眼中也流露出一丝惊愕，他的祖父是 H 省花滑省队的退休老队医，虽然之前没怎么上过冰，该有的见识他还是有的。

张珏现在摆出来的是一个贝尔曼旋转的姿态。

贝尔曼旋转为提刀燕式旋转的变式，要求浮足从背后抬起，冰鞋的高度要超过头顶，全身形成一个水滴状，是瑞士女单运动员丹尼斯·贝尔曼在 20 世纪 70 年代花滑赛场上的招牌动作。

而张珏不仅能把腿抬过头顶，还超出头顶不少，高达 200 的开度甚至让他能将腿完全伸直！但就像他自己说的，完全伸直会让他很疼，摆出水滴状的贝尔曼姿态对他而言就相对轻松了。

张俊宝回头问明嘉："你看他这个动作怎么样？"

明嘉也摸摸下巴："这个旋转对柔韧度的要求非常高，但裁判们对有招牌动作的运动员印象更加深刻，给表演分的时候也会更大方。"

一个能做贝尔曼旋转的男单选手，当然是会让人印象深刻的。

张珏觉得贝尔曼旋转疼，不想练，但在滑冰这事上，老舅说的才算，张俊宝给了张珏一个名正言顺的理由。

"你跳芭蕾也需要练柔韧，那些训练比贝尔曼还疼吧？而且你的旋转能力偏弱，轴心不稳转速不高，真到了赛场上，你的旋转能评到 2 级都是裁判扶贫。有了贝尔曼就不同了，连续躬身转 8 圈后进入贝尔曼旋转可以加分，到时候评 3

级都不是梦！"

在花滑比赛中，滑行、旋转分为4级，最高的4级他们目前不敢想，评3级的志气总要有吧？

于是在冬奥会开始前，张珏不仅被揪着耳朵练跳跃，还开始了去跳舞时被芭蕾老师掰腿，去滑冰时继续掰腿的魔鬼软度训练。

沈流跨着时差给师兄打电话，电话一接通，都先听见一阵鬼哭狼嚎。

"不行啦！站不住啦！我要摔啦！"

顺便一提，张珏到底没吃着那串糖葫芦。

10. 举手

沈流被电话那边的动静吓了一跳："怎么啦？你那边怎么喊得和杀猪一样？"

张俊宝回道："杀什么猪啊，是小玉在练软开。"

此时张珏单脚站着，另一条腿笔直地抬起，小腿靠着后脑勺，他已经这么站了好一会儿了，这会儿累得腿都打战。

张俊宝扶住大外甥的肩膀让他站稳，教训小孩："别号了，你这才哪儿到哪儿，我以前去南方舞蹈学校参观，人家热身都比你这个狠，年轻人别怕吃苦。"

张珏眼泪都快下来了："我的亲舅舅啊，南舞是女孩子的聚集地，而且人家是国内最严格的舞蹈技巧培训学校，我能和她们比？"

作为男性，他本来就不可能在柔韧方面超过女性啊，生理局限摆在那儿呢！

张俊宝面无表情："那你控腿的能力也没见比人家姑娘强啊，我还看过北舞的顶级男性舞者，人家可是柔韧、爆发、控制全面发展。乖，再坚持一下，现在不吃苦，到了赛场失误了，裁判也不会看你长得漂亮就不扣分。"

张珏心里吐槽：你也说了那都是顶级舞者啊，拿那些人的标准来要求小孩子多不合理。

他摆着这个姿势听老舅和沈流打电话。

"师弟，在温哥华好玩吧？奥运村的人那么多呀？……哎呀，那以后小玉要是能参加冬奥会的话，我得跟他寸步不离了，省得他和谁跑了……嘿嘿，我觉着他肯定能参加。不是我吹，这小子的身体天赋绝了，我第一次见男孩的腿可以掰成那样的。他劈竖叉的时候，前腿能抬起放到两块砖上，和那些练过艺术体操的姑娘似的。"

张俊宝的语气听起来就像是濒临饿死的旅人看到了一桌满汉全席，吃饱以后满心幸福，这感觉隔着大洋都能听出来。

沈流也很欣慰，但还是叮嘱道："你还是悠着点啊，健康才是运动员最重要的资本，小玉说不舒服的时候你就给他缓缓。"

张俊宝："这小子其实跳芭蕾的时候都能上足尖了，他在歇息的时候还学隔壁教室的女孩子一边转圈一边踢铃鼓。我对他下手都是有数的，绝对在他的能力范围之内。"

他们聊了一段，张俊宝意犹未尽，放下张珏，朝他下指令。

"去做陆地跳跃，差不多了就换鞋子上冰。"

张珏应了一声，就地一个单手撑地前翻，然后一个旋身蓄力，抬脚来了一个陆地 2A。

这一跳看得其他在冰上训练的人都面露惊讶。别看张珏老被他老舅嫌弃爆发力不行，可那只是张珏的柔韧、滑行天赋太高，对比下来力量就不那么突出，实际上他的弹跳力在同龄人里也算是中上。

此时冰上进行的是跳跃课，身为滑行教练的明嘉闲着，干脆就趁张俊宝通话时，在边上帮忙盯着张珏。看着看着，突然有人拍拍他的肩膀，他吓了一跳，回头一看，松了口气，笑着叫出来人的身份。

"宋教练。"

来人正是 H 省省队总教练，宋城。

宋城眼睛看着张珏陆地跳跃的身影，用有点忧虑的语气夸了一句："这小孩的空中转速真是不得了，比那些没发育的女单选手都要快了。"

花滑选手的跳跃，一看起跳时的高远度，因为蹦得够高够远才能换取滞空时间来完成转体，二就看空中转速。

张珏并未发育，肌肉力量有限，所以跳跃高度平平。宋城的眼光老辣无比，一眼就看出张珏现在做陆地三周跳时靠的是转速。

然而重点在于，依靠转速完成的跳跃会有一个重大缺陷，就是一旦运动员身体发育，体重上升，不再轻盈时，他们的转速就会急速下降，这个时候运动员的跳跃技术就会大跌。

无数发育前表现优秀的女单选手在发育后沉入湖底，从此再也没冒过泡，正是因为这一点。

靠转速出高难度跳跃几乎是未发育的选手的专属技能，可张珏总有长大的一天，他不可能永远拥有这种空中转速。

张俊宝这时终于打完电话，他走过来说道："放心，小玉不是转速党，不信的话，我让他上冰给您跳一个。"

他转头朝外甥喊道："小玉，可以上冰了，你先做一组 3T，一组 12 个，然后再给宋总教练瞧瞧你新出的连跳。"

小孩应了一声，吧嗒吧嗒跑去换鞋。

看见张珏在冰上的跳跃时，宋城又被惊吓了一次。

张珏居然会延迟转体！

在跳 3T 时，运动员首先会左脚点冰，接着身体腾空，而关键就在腾空这个点——大多数运动员都是在点冰时便开始转体，这样才能在落冰前把三周转完，张珏的跳法却不同，他在腾空至最高点时才转完第一周，接着又在下落的过程中转完剩余两周，这就是所谓的延迟转体技巧。

在整个花滑项目中，延迟转体都是天赋党的专属技巧，能延迟转体，就意味着运动员对这个跳跃已经达到了游刃有余的程度。

至少在中国的花滑选手中，宋城这么多年只见过两位能用延迟转体跳三周的运动员，一个是沈流，一个是已经退役的前国内花滑一姐陈竹。

而且张珏不仅仅是跳 3T 的单跳时可以延迟转体，他跳 3S 的单跳，以及 2A+3T、3T+3T、3S+3T 时依然可以延迟转体，甚至连才练出来的成功率不足 30% 的 3lo，同样可以使用这项技巧。

对张珏来说，使用延迟转体进行跳跃已经是一种技术习惯了。

宋城也看明白了，这小子是个天才，难怪他老舅执教他以后腰不酸腿不疼了，天天精神得可以绕操场跑 50 圈。换他碰上这么个好苗子也得日日红光满面，走路都恨不得一蹦一跳。

再一想张珏的生日，好嘛，6 月出生，7 月 1 日前满 13 岁，下赛季直接就能进青年组。

宋城掰指一算："花滑赛季都是从 9 月份开始，上半个赛季是 9 月到 12 月，大奖赛是这期间唯一的 A 类赛事。正好大奖赛有一站就是中国站，我可以和国内的滑联上报，给张珏运作一个名额，只要他能进前四，我们就可以给他运作下一站！"

大奖赛总共有六站分站赛，运动员要参与其中两站分站，凭名次获取积分，最后总积分榜排名前六的进入总决赛。

悲伤的是，中国从未有过青年组男单选手在花样滑冰大奖赛中进入总决赛，成年组的赛事中，同样没有男单选手可以杀入总决赛。

但张珏的潜力已经高到让宋城愿意使用积累的人脉去为他运作参赛机会了。

张俊宝这时又露出献宝一样的表情："他可不只是会延迟转体而已。"

他又对张珏喊道："小玉，给咱总教练看个举手！"

张珏应了一声，在跳一个 3T 时，双臂并没有收紧在胸前以缩紧自身轴心，反而高高举起交握。看着这一幕，宋城的眼睛彻底亮了起来。

在花滑运动中，跳跃时举手会有 GOE（执行分）加成，让运动员拿到更多分数，单手上举的姿态被称为 Tano，由 1988 年冬奥会男单冠军创立。双手上举的姿态被称为 Rippon。

2 月 17 日，大年初四，温哥华冬奥会男单短节目正式开赛。

温哥华的男单比赛在大多数冰迷眼中都只能用两个字来形容——诡异。

大概是赛事主办方是北美，而北美男单近几年都没出过可以稳定地完成四周跳的选手的关系吧，反正国际滑联现在的比赛规则是这样的——节目完成度要高于跳跃难度，如果一个选手可以完成四周跳，可他失误的话，表演分就会大幅度缩水。

反之，一个选手即使跳跃难度不高，可他在比赛中足够稳定、没有失误的话，依然可以拿到高分。

这就导致了美国男单一哥虽然没有四周跳，但凭借极高的跳跃成功率以及滑联裁判们都说好的表现力，硬生生从本赛季开始，一直在各项赛事中夺金拿银，并成为本届冬奥会男单的热门夺冠人选。

而被誉为四周跳之王的俄国一哥，号称旋转王者的瑞士一哥，因为太英俊所以女粉丝一堆且同样会四周跳的意大利一哥……通通在美国一哥面前黯然失色。

毕竟其他一哥都会在节目里上四周跳，而顶级男单选手完成四周跳时的最高成功率也就 60%，他们哪里能和美国一哥比稳定呢？

而冬奥会四年才办一届，在冬奥会夺金是整个花滑项目的最高荣誉，为了赢，那些本来能上四周跳的运动员干脆也开始走稳妥路线。

于是中国一哥沈流发现，全场除了倔强的俄国一哥，居然只有他自己在短节目上了四周跳。他不仅上了四周跳，还在跳 3F 时玩了个举手。

对，就是他从张珏那里看到的在跳跃时双手上举的难度姿态。

虽然沈流这么做是因为使用难度姿态的跳跃可以让裁判给他更多的 GOE 加分，但在所有人都求稳的时候，拼难度的沈流俨然就是个悍不畏死的傻子。

这份拼搏的勇气让他得到了当前时代花滑男单的王者俄国一哥瓦西里的强烈认同。

等在亲姐家蹭饭的张俊宝将电视调到央视五台，准备观看冬奥会男单赛事时，他发现沈流因为上了四周跳，且所有跳跃都奇迹般地没有失误，在短节目中排名第三。

而在花滑赛事中，短节目排名前三的选手将可以参加小奖牌颁奖仪式。

也就是说，中国男单第一次出现了可以参加奥运会小奖牌颁奖的运动员。这简直就是奇迹！

沈流僵硬地站在台上，左边俄国一哥，再过去是美国一哥，另外两人脸上都带着得体的笑容，唯有沈流一脸"我居然领到了小奖牌？""我居然是短节目第三？"的飘忽表情。

在国际赛事上做了那么久的透明人后，沈流觉得自己迎来了职业生涯的高光时刻。

这还没完，俄罗斯一哥瓦西里领完奖牌，突然搂住沈流的肩膀，一脸坚毅地对媒体说道："参加这场冬奥会给我的最大感触，便是身为男人就要上四周跳！沈是一个真正的汉子！我很欣赏他！"

没上四周跳却在短节目排名第二的美国一哥面色一僵，沈流则依然一副在梦里的表情。

坐张珏边上的张俊宝喷出一口汇源鲜橙汁，在张青燕担忧的目光中，拍着大腿哈哈大笑起来。

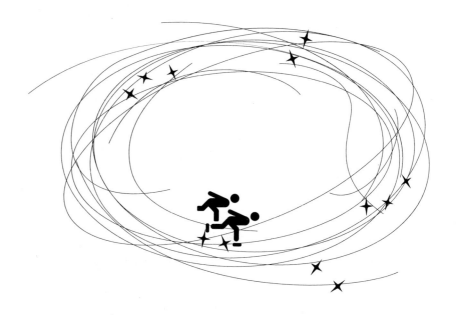

二　冰场训练

11. 付出

在包括张珏在内的许多人看来，温哥华冬奥会男单赛事的发展充斥着一股魔幻色彩。

赛前没有任何人看好，连自己都不看好自己的沈流，突然冲上短节目第三名，比第四名的日本一哥还高 6 分。

中国的冰迷看到这一幕时，第一反应都是揉揉眼睛。等确认这一幕是真实的时候，他们立刻由衷地为沈一哥感到高兴。

由于表现力不行，加上不是裁判青睐的欧美出身，沈流在国际赛场上一直混得不咋样，但仔细想想，他也是具备四周跳能力的运动员，旋转和滑行不说强，可也算不得短板。如今他凭能力拿到高分，大家恭喜就对了。

张俊宝却阻止了张珏给沈流打电话贺喜。

"别给他打电话，沈流的心态一直不稳定，你现在夸他只会给他增加压力，发个短信说加油就行了。"

张俊宝一张娃娃脸很严肃："前年他比世锦赛的时候也是在短节目完美发挥，然后一群人夸他，最后他自由滑的发挥就崩了！"

张珏很睿："他心态这么脆弱，是怎么混到现在的位置的？"

老舅无奈："因为全国能跳四周跳的男单选手只有这一个啊！"

万顷地一根苗呢，沈流不一哥谁一哥？

张俊宝想，如无意外的话，自己的大外甥将来也会面对独苗一哥不得不独自在国际赛场上单打独斗的局面。

三天后，最有技术优势且表现力一流的俄国一哥在冬奥会自由滑中因膝盖伤势复发，出现失误，因此屈居总分第二。美国一哥靠着没有失误的表现成功登顶拿下金牌，法国一哥马丁则突然爆发，取得了第三名。

至于沈流，他在比赛前夕脚踝伤势复发，不得不打了封闭[1]再上场，最终拿了第五名，屈居意大利一哥麦昆之下，然而这已经是中国男单在冬奥会创造的新历史了。从总局到冰迷们，所有人都欢欣鼓舞，大赞沈一哥在本届冬奥会前所未有的争气。

而张珏今年一边看电视里的冬奥会比赛，一边被老舅普及了一肚子顶尖选手的技术特点与优劣势。

比如没有四周跳的那位美国一哥，他并非真的只靠国籍闯天下，能成为奥运冠军[2]，就代表这人还是有两把刷子的。

张俊宝看着电视，眼中带着对奥运赛场的向往，又很快回过神来："雷克出不了四周跳原因只有一个，就是他太高了，一米八八的大块头决定了他的重心过高，轴心也比你这样的小身板粗得多，所以转速也上不去。"

"但长手长脚的身材看起来赏心悦目，他的表演也不错，加上连跳节奏特别好，技术规范，跳起来也够高够远，连跳节奏轻松利落。凭着这两点，他成功跻身一线男单选手的行列。"

有的运动员在进行连跳时跳完了第一跳，第二跳会有接不上的情况，因此会显得动作迟缓。还有的人接第二跳的时候过于仓促，同样动作不好看。雷克的连跳能力却很强。

许德拉不懂花滑比赛，却有多年练习乐器养成的敏锐乐感，他看了一阵，疑惑道："这个人的音乐里是不是埋了很多重音？"

张俊宝赞赏地点头："没错，雷克的教练团队会刻意在他的节目背景乐里埋重音，并训练雷克在重音响起时起跳和落冰，最后出来的效果你们也看到了。"

运动员踩着节奏完成一个跳跃，会更容易带动观众的情绪，对裁判来说，这就是表现力的体现。

有这些重音在，选手在表演时卡节奏也会更轻松。

张珏知道这种小技巧，他曾看过一些舞蹈表演，有的人只要上台跳舞，没有一首音乐是不带重音的，没想到花滑里也有这些道道。

---

[1] 指打封闭针，将激素类的药物和局部麻醉药物混合在一起注射到疼痛或者炎症的部位，达到快速止痛、消炎的作用，但长期大量应用会有副作用。

[2] 文中涉及各类真实赛事的冠军均为作者虚构，有一部分有原型。

张俊宝揉揉张珏的头发："行了，电视时间结束，小玉，起来换鞋子，活动关节，然后开合跳 50 下、波比跳 30 下，跳绳 500 下，先热个身，别以为放假在家就可以躺着不动弹了，身体状态就是要天天练才能维持。"

等张珏热好身，张俊宝已经将茶几上的果盘零食都收拾好，丢给张珏两个 4 磅的哑铃。

"单脚踩茶几，另一条腿发力蹬地，蹬地的那条腿在起来的时候提膝，用膝盖找你的手肘，左右各 50 下，开始。练完之后再来保加利亚深蹲，左右各 30 下，平地深蹲 50 下，火烈鸟深蹲左右各 25 下。"

张珏呼哧呼哧地锻炼，张俊宝还和许德拉解释："这几个动作练臀、腿和髋关节，这些地方有劲了，他的弹跳力才会变强。"

张珏现在完成三周跳时的跳跃高度是 30 厘米左右，对男单选手来说确实是低了，张俊宝希望把他的力量也练上去。

如果，他是说如果，将来张珏真的能滑到国际赛场上，四周跳就是必须攻克的动作，而一个男单选手完成四周跳的最低跳跃高度是 50 厘米，也就是半米。

为了加强张珏的节奏感，老舅还在张珏训练的时候放音乐，说是让他在跳的时候自己去踩节奏。过了一阵，张俊宝将专门带来的敏捷梯在走廊中铺开，让张珏继续跳，最后再围着整栋楼鳄鱼爬。

这些训练量对运动员来说并不大，顶多让身体不至于因为长久的休息变迟钝，张珏爬完以后还有余力在楼底的地上玩雪。

漫天的雪花纷纷扬扬地落下，张珏仰着头看灰蒙蒙的天空，绽开大大的笑脸。运动后上涨的内啡肽让他心情大好。

小孩深吸口气，冲到雪最厚的地方，单手撑地侧翻，接着是右侧翻、前空翻，连翻了好几个跟头后，他捧起一把雪往上一撒，回头对趴在窗台的许德拉大喊。

"二德，哥哥练完啦，下来打雪仗吗？"

出门时把自己裹成一头熊、怀里抱着热水袋的许德拉目瞪口呆。

这……这就是运动员吗？这体力精力太强了吧？感觉他们和正常人完全不是一个物种啊！

而对张珏来说，训练并不是最苦的，训练结束后的拉伸与按摩才可怕。

高强度运动后进行正确的拉伸，可以舒缓疲劳的肌肉，减轻酸痛，有效地保障运动员的健康，但张俊宝那一手拉伸手艺实在太粗暴了，是个人都受不了。

若有外人此时进张珏家，隔着门都能听见张珏的鬼哭狼嚎。

背景乐是交响乐《天鹅湖》，张珏顺着音乐有节奏地大号。

"啊！我的肌腱要被揉断啦！筋！筋也要断啦！"

张俊宝掰着他的大腿，让小孩的脚尖去够后脑勺，面无表情地说："别号了，我收着力呢。"

想要有一个好身板，需要的无非七个字——好吃好睡多锻炼。锻炼和睡觉都可以由运动员自己完成，吃这方面，就需要家人多多支持。

清晨，许岩哆哆嗦嗦地出了门。东三省的冬季有多冷，懂的都懂，张嘴吐白气是常事，就连车轮子都被冻住了，开都开不动，他只能自己在雪地里一步一个脚印地往前迈，待到了菜市场，现场找不到几个开张的摊子。

奔到唯一一个肉摊前，许岩指着一块牛前腿肉，连价格都不问，直接就说："要这个，给我称一下。"

看摊的是一个戴眼镜的少年，瞧模样也就是初中生的年纪，他放下手里的辅导书，拿起牛肉扔秤上。

"八十块。"

买好肉与蔬菜水果，许岩两手提满了食材，走进家里的第一件事，就是将那块牛肉清洗，加盐送进高压锅。

张珏结束训练的时候，正好牛肉也煮烂了，许岩又淋了卤汁去炖，炖到收汁，拿出来切成厚厚的肉片。

许德拉说："爸，你多切点。"

许岩头也不抬地回道："已经切了很多了，再加肉，你哥肚子里就没地方搁饭和蔬菜了。"

为了张珏，现在全家都不吃白米饭，而是陪着他吃杂粮饭、杂粮窝窝头。

坛子里炖了鸡汤，汤面金黄，浓郁的香气飘出去老远。这鸡是许岩和张青燕两口子昨天联手杀的。鸡血与鸡杂炒了给晚餐添菜，两个孩子都爱吃。

许岩将一个鸡腿夹出，用筷子夹着，菜刀在上面刮了几下，鸡皮就被完整地脱下来。许德拉捡起鸡皮塞嘴里，将被刮下来的鸡肉，以及一枚已经剥好的水煮蛋、西蓝花、紫甘蓝、窝窝头一起放到盘子上摆好。

人脸大的盘子上堆得满满当当的，许岩一看，觉得够分量了，便转头喊了一嗓子。

"小玉，吃早饭啦！吃完你老舅就要带你去省队报到啦！"

张珏早起后先锻炼，才完成第 60 个保加利亚深蹲，此时正饥肠辘辘，闻言就朝餐桌奔了过去。

暴风雪结束后，张俊宝带张珏前往省队办理入队手续。

进门前，张俊宝再次询问张珏："小玉，老舅再和你说一次。虽然进了省队就能享受津贴，以后免费吃食堂的营养餐，还可以光明正大地用这里的冰场，但一旦你走上这条路，就不能轻易反悔了，知道吗？"

张珏转头看着老舅年轻的脸。因为经常锻炼，加上有一张娃娃脸，现在的张俊宝看起来至多二十四五岁。

他面色红润，浑身肌肉健硕，看起来就很健康，和张珏奇怪的梦里被癌症折磨得只能蜷缩在病床上，缩成一小团的老人判若两人。

张珏微笑起来："我想好了，花样滑冰蛮有意思的，老舅，我想滑下去。"

"我想滑下去，滑到那些顶级的赛场，然后将我的教练，也就是你也带到那里去。"

12. 开学

温哥华冬奥会结束后大约一个月，张珏就开学了，天气还有点冷，他手里捧着个热水袋，靠着课桌打瞌睡。才过了年，班级里的小伙伴都显得有些散漫，他这副模样也不显得突兀。

等班主任老周进来的时候，张珏立刻就醒了。

老周是个端着泡有枸杞的保温杯的秃头中年，穿着厚厚的夹克，表情严肃。他叫几个膀大腰圆的男生去帮忙搬书，接着是发书，讲班规，训了 20 分钟的话让学生们醒醒神，话题主旨无非"好好学习，莫要辜负好时光"。

张珏依然没啥精神，原因无他——能量在训练的时候耗光了。

他读的是省重点初中，爹妈支持他滑冰是一回事，但他们绝对不会让他疏忽学习，所以张珏只能清早起床，坐老舅的车到省队训练。这么做最大的代价就是张珏需要经常看到凌晨 5 点的 H 市。

但加入省队依然是件好事，这意味着张珏将不用挑着正式队员不用冰场的时候再去蹭冰场。

身为省队的新晋队员，他可以名正言顺地使用一切队内的训练器材，拿正式队员的补贴，拥有自己的食堂卡，吃食堂阿姨做的免费营养餐，接受其他省队教练的指导。

最重要的是，张珏终于可以摆脱他老舅狂野的按摩拉伸了。享受过队医的拉伸的第二天，张珏便斥十块钱巨资买了五个酱香肉包赠予队医以示敬爱。

一般来说，省队的青年组男单运动员主要由一位名为王艺的教练带着，但张珏情况特殊。

大家都知道张俊宝以前带过两个好苗子，结果没过几天，那俩孩子就被哄去练双人滑了，这是因为中国的双人滑在国际上成绩更好，领导们更重视。

尤其在本次冬奥会上，双人滑的一哥一姐金梦与姚岚携手夺金，取得中国花滑在奥运会的第一块金牌，大家就都更愿意去练双人滑了。

如今张俊宝好不容易把外甥拉过来，再有人去挖他的墙脚，他能和人打起来。于是宋城总教练亲自发话，谁都不许和张教练抢张珏，哪怕张教练的大外甥真的是让所有教练都看着眼馋的好苗子，也没人敢打他的主意。

当然了，这次双人滑不来抢人，主要还是因为双人滑的男伴是要托举女伴的，而张珏的身板太小，用双人滑教练陆瑶的话说就是"女伴举他还差不多"。

经过张俊宝的争取，张珏周五不用上课，而是直接去省队进行一整天的训练。

早上六点半，小姑娘小伙子们开始围着操场晨跑，带队的那个教练大声喊着。

"先跑四圈，跑最后一个的绕操场蛙跳！"

听到这句话，小朋友们立刻认真起来，一个个甩开腿使劲跑，为了跑最内一道，有几个还抢起道来。

张珏不紧不慢地吊在队伍最后头，没真的让自己掉队，也不参与抢道。

宋城总教练对张俊宝笑道："你外甥现在是最后一个呢。"

张俊宝对张珏很有信心："这小子是耐力型的，你看他现在跑最后一个，主要是为了让别人挡风，等最后两圈肯定就冲起来了。"

张教练对自己的外甥兼亲传弟子不可谓不了解，操场一圈是 400 米，四圈是 1600 米，等到最后一圈，当别人因为先前的抢跑都开始疲惫时，张珏的步频变快，细细的长腿迈得和风火轮似的，直接就冲上第一位。

原本领跑的是 14 岁的柳叶明，他个子最高，看着最壮，本是同龄人中最具体能优势的那个，谁知队伍里最瘦小的那个居然逮着机会把所有人都反超了。

教练们纷纷乐了："嘿，好小子，体力是真的好，到 1600 米的末尾还能加速的。"

"心态不错啊，在末尾时不急不躁，而且拖到最后一圈才开始加速，艺高人胆大啊这是。"

"这小子对自己的能耐心里有底，知道自己肯定不会跑最后一名，挺稳的。"

他们锻炼的地方就是体校，一个长跑队的教练路过的时候还开玩笑似的说道："张俊宝，你徒弟后程不错啊，腿蹬起来有劲，可惜跑起来上身晃悠，按理说个子矮的重心低，晃成这样是重心不稳啊，改天带他去我们那儿练练？我看他还能再快点。"

老舅立刻警惕起来："谢谢你的好意，他太矮了，腿也没那些个高的长，真去了你们那里，张珏谁也跑不过，只有被打击的份儿。"

大家又不约而同地笑起来："放心放心，咱们真的不挖你墙脚。"

听他们这么说，张俊宝也觉得自己太敏感了，便改口道："那我以后要带着张珏去你们那儿玩，你们可不能赶人啊。"

教练们这边说话，体能教练则还在带孩子，他大声吼道："开始踢臀跑，交叉步跑，认真点啊，动作到位，腿抬起来，让我逮着动作不到位的，绕场蛙跳10 圈！"

对职业运动员来说，10000 米只是热身，跑个 1600 米而已，除了那个跑最后一名的要去绕场蛙跳，其余人只是缓一阵便又要开练。

张珏以前没做过体育生，按理说基础本不如老队员们，但他有个魔鬼老舅，折腾起他来从不留情，这才让他迅速适应了省队的训练。

等到晨练结束，大家去吃早饭，张珏打了个哈欠。

柳叶明瞥了张珏一眼，咳了一声，别别扭扭地提醒："你待会儿吃饭快点，然后多缓一下，争取缓起码半小时，不然练的时候容易吐。"

另一个叫马晓斌的男生附和道："对，我上回就练吐了。"

这帮练体育的男孩子性子都很直，只要有实力就可以获得他们的尊重。而且别看花滑号称冰上芭蕾，听起来好像多优雅，实际上大家经常顶着太阳在操场上操练，那种属于年轻人的活力、热情与小太阳般的充沛精力，在这帮花滑男生身上一样看得见。

食堂与操场间还隔着宿舍楼，花滑队走到一半的时候，就看到有一栋宿舍楼的一楼挤挤攘攘的。

马晓斌看那边一眼，纳闷："这些人怎么都围到一块了？"

跑最后一名被罚蛙跳的郑家龙打了个响指："各位稍等片刻，待哥去打听一番。"

只见郑家龙一溜小跑过去，找到一个看起来高高大大跟他长得挺像的哥们儿说了几句话，又溜达回来，面上带着忍俊不禁的笑意。

"奇事天天有，今天这桩特逗。我和你们说，有个倒霉鬼去宿舍楼偷东西啦。"

该小偷先是被田径队的追上，接着被散打队给围了。这小偷命挺硬，愣是在绝地之中瞅见一处缝隙冲了出去，现在正躲在一个宿舍房间里，拿家具堵着门口，而举重队的在商量要不要一起撞门。

光是听郑家龙的转述，张珏都能感受出小偷此刻的绝望。

在铅球队、标枪队过去凑热闹之前，宿管阿姨悠然拿钥匙开了门，抬脚踹开那堆桌椅板凳，上前一个十字固将小偷放倒了。

十字固是非常危险的柔道动作，一旦成型就无解，这时再稍稍一用力就可以将对方的胳膊卸下来，顺便来个 360 度旋转。

而宿管阿姨年轻时是专业的柔道运动员。

等附近的警察过来接人时，小偷感恩戴德地被带走，去蹲暖气片居然成了一个小偷此刻最幸福的事。

晚上九点半，张珏上完芭蕾课，回家一边写作业一边和秦雪君通着电话。

"……就是这样，那个贼嗷嗷哭着扑到警察叔叔怀里的样子，我怀疑自己这辈子都忘不了了。"

他吐槽那个小偷："他还不如去偷军校呢，好歹人家有纪律管着，抓着人顶多揍一顿就会转送警局，顺便给警察叔叔完成个业绩，偷到体校简直是找死。"

若不是小偷幸运地钻进宿舍躲了一阵，小偷被送到医院的时候只剩半条命都是祖宗保佑。

秦雪君理性地评价道:"这小偷不简单,我记得职业运动员跑马拉松最后400米的速度,都比常人跑400米要快得多,他能在重重包围下逃出去,的确有两把刷子,怕不是田径项目的沧海遗珠。"

他说的好有道理,于是张珏又乐了。

此时花样滑冰还不是张珏的生活重心,除了花滑,他还要上学,练芭蕾。

直到3月末,世锦赛结束,才满23岁没多久的中国男单一哥再次于短节目取得前三。

自从在温哥华冬奥会崛起以来,他正变得越发自信,许多人都认为一哥大器晚成,将要带领中国男单创造历史。

然而在自由滑开始前的六分钟练习时,他在试跳一个勾手三周跳时重重地摔了一跤。

13. 点冰

命运就像过山车,上上下下,没人猜得到会发展成什么样。可能你以为要上去了,唰的一下,这辆破车又一个猛子朝下扎去。

中国花滑男单的命运就是如此,大家本以为这个项目就要崛起了,谁知下一秒就跌入低谷。在青年组的领军人物因伤病退役后,成年组的领军人物也跟着倒下。

在花滑中有个俗语,就是表演分涨得难,但涨上去不会轻易掉,之前中国男单一直崛起不了,和国际赛事的裁判不青睐他们的表演也有关。

沈流在温哥华爆发一遭,他的表演分待遇一下涨到了一线,加上他有四周跳,接下来只要好好滑,世界排名上升是板上钉钉的事。谁想天有不测风云,国内唯一可以跳四周跳的一哥,最后却栽在了一个三周跳上,跟腱都断了,最后只好退赛。

张珏不知道沈流的具体伤势,如果没有受伤,沈流本还能作为一哥,在国际赛场上奋战好几年的。

花滑比赛一直都是六人一组,实力最强的那六人则在最后一组出场。在

2010 年世锦赛男单比赛最后一组的六分钟练习时间里，俄国一哥瓦西里曾与美国一哥在冰上发生过撞击。

事后人们一度认为这是瓦西里对于美国一哥在奥运会夺金感到不满的报复行为，而瓦西里也差点被舆论逼到退役。

沈流在冬奥会崛起，从冬奥会到现在的世锦赛，他的短节目一直都是前五名，在自由滑时进入最后一组也是正常的，但张珏没有想到最后进行六分钟练习的人居然变成了沈流。

跟腱是运动员的阿喀琉斯之踵，没一副好跟腱，其他部位的肌肉练得再好，运动员也使不出劲。跟腱一旦断裂，就算通过手术进行修复，沈流也不可能再做四周跳了。

可能这就是命吧。

国家队总教练孙千长叹一声，还是专门在没人的楼梯间叹的，就怕别人看到了又说些乱七八糟的，去扰了沈流的心情。

别看他被称为双人滑项目的教父，可身为总教练，哪个撑起中国花滑在国际赛场上的荣光的运动员不是他的心头宝？

沈流独自撑着这个项目这么多年，孙千看着他从青涩走到如今，心里疼着呢。

另一边，被众人担心的沈流反而非常平静。

瓦西里走入病房时，就看到这位英俊的亚洲男人正在看书。他下意识地问："这是什么书？"

沈流抬头，对着俄国一哥友好一笑："是西班牙语，我是这个专业的研究生，最近教授让我准备毕业论文。"

练花滑的家庭条件都不错，父母既然舍得送孩子去滑冰，自然也舍得在孩子的学习方面投入大量资源。沈流的成绩一直不错，自己通过高考进了外国语大学，是学霸运动员群体的一员。

瓦西里哦了一声，低下头："对不起，你是因为我才受伤的。"

花滑赛场没别人想的那么干净，这不仅是裁判打分时更偏心欧美运动员的问题，还有些运动员也不是好东西。

在比赛正式开始前，运动员会有六分钟的练习时间，供他们最后一次熟悉场地，调节赛前状态。瓦西里准备试跳一个四周跳，并开始了助滑，接着他就发现自己的助滑路线上出现了其他运动员，于是他只好避开。

接下来他又在试跳时遭遇几次类似的干扰，直到最后一次，他避到了沈流的起跳路线上。

这就是沈流受伤的原因，他为了躲开瓦西里，在起跳时使用了不正确的发力方式，落冰时一个趔趄，就造成了如今令人遗憾的结果。

瓦西里身为目前花滑项目的粉丝公认的，在跳跃与艺术两方面取得高成就的男单一号，即使错失冬奥会金牌也无损他的实力和人气。他才21岁，坚持一下，参加下一届冬奥会也是可以的，在这场意外中，他没有丝毫损失。

而沈流呢？他本就年纪不轻了，又受了这么重的伤，眼下只有退役一条路可走，连带着中国的男单也跟着断档。

瓦西里愧疚无比，沈流却宽容地对他说："没关系，这不是你的错，你也是受害者。"

大家当时都在场上，对于瓦西里的困境，沈流心知肚明，可他这么一说，瓦西里就更抬不起头了。

这个金发蓝眼的俊美青年感到自己的呼吸开始变得沉重和缓慢，沈流发现，对方的眼圈都在发红，可又倔强地不肯落下眼泪，只是不停地说着"sorry"。

他心里无奈，只觉得这位著名的跳跃天才也只是个年轻人，就好脾气地安慰了几句，然后瓦西里就真的哭了。

沈流内心只剩下一排省略号，他默默扯了几张纸巾递过去。瓦西里接过擦了几把，将纸巾按在高高的鼻子上，发出响亮的一声。

一哥由此判断出这个斯拉夫人应该有鼻炎。

瓦西里缓过来以后觉得怪尴尬的，坐在病床边问沈流："你以后有什么打算？继续读书，还是做别的？"

不少花滑运动员退役后会参加商业演出，在冰上表演节目并以此为生，可沈流的脚已经这样了，显然是不可能回到冰上的。不过他看起来很擅长学习，瓦西里觉得他以后会从事专业相关的职业，比如翻译。

沈流看着自己的脚，沉思片刻，说道："瓦西里，一直以来，我都梦想着能够为自己的国家在国际赛场上争取更多荣耀，现在我的职业生涯结束了，但这不代表我的梦想会就此停滞不前，中国男单依然有崛起的希望。"

"我会去做教练，把梦想赌在那个希望身上！"

想起那个举着双手在冰上轻快地跳起的娇小身影，沈流眼中闪过一丝坚定："不需要几年，你就可以在国际赛场的教练席上看到我了。"

得知沈流的决定后，不管其他人如何惊讶，孙千却坚决给予了沈流最大的支持。在这位花滑教父的支持下，手续很快落实，沈流得到了返回 H 省省队任教的任命。

等到伤势痊愈，他登上了回家的飞机，运动员退役后最想做的可能就是敞开吃喝，然后在家里做一阵懒虫，毕竟之前自律了那么多年。这也是运动员退役即发福理论的由来。

沈流却来不及享受，他在下飞机后第一时间就朝省队的训练馆赶。

对很多运动员来说，他们都是从小训练，然后从市队、省队一步步地往上走，直到进入国家队，开始为国家在国际上征战。所以 H 省省队就是沈流的家，他熟悉回到这里的路，闭着眼都能走到地方，而他回来的目的只有一个，便是为中国花滑男单培养一位比他更强的接班人。

进了省队，宋城亲自过来迎接他："路上辛苦了，你早告诉我你要来，我直接开车去接你。"

沈流拖着行李箱，单手拄着拐杖慢慢地走，嘴上客套着："哪能让领导来接我啊？张师兄和小玉呢？"

宋城了然："他们在练陆地跳跃呢，还是老地方，你要是着急的话，就先过去吧。"

见年轻人匆匆忙忙地朝训练馆走，脚步都有些不稳，宋城摇摇头。

伤势还没全好就急匆匆地跑回来，这年轻人也太急了，但作为一个抱有崛起之梦的老滑冰人，他也能理解沈流的心情。他们都太想改变中国在国际花滑赛场上的弱势地位了。

此时是周六，张珏在省队接受着自家主管教练张俊宝的严苛训练，在教练的指挥下，他蹦上 40 厘米高度的跳箱，接着右足轻轻一点，身体旋转着落地。

这是一个 3F 的陆地跳跃训练。

张俊宝严肃地训斥道："我说过后内点冰跳是内刃起跳，你的动作怎么那么别扭？到了冰上你的刃要往内侧压，你现在起跳的时候脚是平的，这放到冰上就是平刃，是不规范的，你知道不？"

张珏苦着脸："老舅……"发现张俊宝瞪着他，他迅速改口："教练，我在陆地上压不出内刃啊，这姿势和脚往内侧撇了一下似的。"

"你练陆地 2F 的时候怎么就能压了？"

张珏辩解着："跳两周和三周花的力气完全不是一个级别的，用的姿势也不可能一样啊。行了行了您别瞪了，我再试一次。"

他这么说着，又蹦上跳箱来了一次陆地 3F。

张珏在花滑方面是个偏科儿童，除去最简单的左脚点冰的 3T，余下学会的 3S、3lo 全是刃跳，而作为点冰跳的 3F 和 3lz 至今都没练好。

要说这是因为张珏爆发力不足的话，也不对，三周跳要求空中转体 1080 度，张珏是能在跳 3S 时延迟转体、双手上举的人，说明他对转完 1080 度游刃有余，张俊宝偷偷算过他的空中转体极限，1200 度都快了。

要求空中转体三周半的 3A 也不过是 1260 度，根据国际赛事的规则，只要度数距离足周的差距没有超过 90 度，这个跳跃就算是成立的，也就是说张珏的转体能力甚至够他去挑战 3A！可他就是练不出比 3A 简单的 3F。

他看着张珏的背影满心不解："以他的能力不应该这样啊。"

张珏也纳闷，舅甥俩站在器材边探讨着这个问题。

张俊宝指出："小玉，你要知道现在已经是 5 月末了，再过 3 个月国内的测试赛就要开始了。9 月中旬，第一站的花样滑冰大奖赛青年组的比赛就会开始，你在这之前必须把 5 种三周跳练齐，最好再出一个新连跳。"

不仅是跳跃，张珏还要在赛季开始前准备好短节目、自由滑，以及制作比赛时穿的考斯腾。

要做的事情多着呢，他们不能一直被一个 3F 卡着。

张珏也苦恼，他嘴上答应老舅开始运动员生涯，以后也要去参加比赛，不想问题卡在了自己的能力不足上。

被 3F 卡了这么久，张珏也很纳闷，他不是天赋很好吗？明明刃跳都练得那么轻松，怎么点冰跳就不行了？明明跳跃高度也上去了啊？

难道他的天赋高只是一个假象，实际上 3F 就是他的天花板了吗？

"让他先改掉每次起跳都使用延迟转体的习惯试试。"

一道清朗的声音从两人身后响起，张家舅甥一同转头，就看到了沈流正挂着拐杖，气喘吁吁地对他们微笑。

"张珏习惯在做任何跳跃时使用延迟转体，这很好，技巧优越且游刃有余的跳跃裁判也喜欢，看到了一定会给你们更高的 GOE，但做一个跳跃的第一要素就是先完成这个跳跃，而不是将它完成得多好看。"

沈流是张珏出现前国内唯一能使用延迟转体的跳跃高手，有关这方面的经验，他可比张俊宝和张珏丰富得多。

"张珏，你试试在跳 3F 时，第一周就立刻收紧身体全力转体，等你可以搞定这个跳跃后，再将延迟的技术加进去也不迟。"

张珏眨眨眼睛，乖巧地点头，在张俊宝的注视中重新开始了练习。

这一天，宋城宣布省队内又多了一个副教练——沈流，目前他的主要职责是帮助主教练训练学生，传授他最擅长的跳跃技巧。

继张俊宝这个主管教练后，张珏又多了一个沈一哥专门教他练跳跃。

张珏满脸遗憾地看着沈流的脚："你的脚真的好不了了吗？"

张珏心想："大哥，我觉得比起做教练，你还是做运动员比较靠谱啊，而且你是学霸，退役以后可以当高校老师啊？为什么现在要当我的教练啊？你清醒一点！搞体育没有做学术和做翻译家有前途的！"

沈流摇头："真的好不了了，但凡还能滑下去，我都不会退役。"

他半跪在张珏面前："以后我来教你四周跳好不好？"

张珏看张俊宝一眼，张俊宝满脸都是"快点答应他"。张珏转头，面对着沈流眼中的期待，到底点了点头。

"好。"

反正他已经接下老舅的梦想了，再加一个沈流似乎也没什么，可是这一刻，张珏罕见地产生了强烈的心理压力。

这两个人都想看他滑出个名堂来，可是通过 3F 这事，张珏是真的觉得自己没他们想的那么厉害。

沈流却像是看出了什么，摸摸张珏的柔软的黑发："不要有压力，我只是觉得如果你想滑到更高的赛场上，一定会需要我的帮助，别忘了，我可是全世界最擅长跳跃的花滑男单运动员之一，仅说点冰跳技术的话，我不比瓦西里差。"

说到跳跃，哪怕手里还有个拐杖，沈流的气场依然肉眼可见地自信明亮起来。

张珏心想："我当然知道你的跳跃技术好了，要知道，国际滑联用的那些男单运动员的跳跃剪辑规范四周跳的视频，你是唯一一个入选其中的黄种人啊。"

不管现在亚洲男单在国际上的成绩多差，沈流的确是扛起了黄皮肤男子单人滑的旗帜。

自他加入省队后，不出一个月，队伍里那些跳跃习惯不好的小朋友的技术被起码纠正过来一半，张珏更是进步神速，在沈流开始教导他的第二周就攻克了 3F，并尝试了 3F+2T+2T 的三连跳，开始攻克 3lz。

与此同时，张珏的节目编排也开始排上日程。

一般来说，省队有固定合作的编舞，都是省里舞蹈学院的老师，而且除非是水平很不错、已经有希望去参加国际比赛的小朋友，仅仅只比国内赛的话，一些小朋友都不用编排属于自己的节目，拿着师兄师姐的节目上场都行。

而身为编制内的运动员，他们的考斯腾也由省队拨款，请服装设计学院的老师帮忙设计，然后送到专业的考斯腾制作工作室加工。

张珏的待遇比较特殊，由于沈流的请求，以及秦雪君的帮忙，他成功邀请到了目前为止能够找到的最好的编舞老师为他编新节目。

当米娅女士出现在训练场的时候，好几个在运动员时期被她骂哭过的教练都下意识地站直，全身绷紧。

而满头华发、神态优雅的米娅女士扫了场内一眼，用带着东北腔的汉语问宋城：

"俊宝和小玉在哪儿呢？"

14. 编舞

张俊宝在空着的训练室里练巴西战舞，张珏去参加生物地理会考，今天不来训练。

米娅女士来之前没打电话，和张珏完美错过，她也不急着走，找了个瑜伽球坐着，双手搭在腿上看张俊宝练完战舞后又开始练核心力量，前面还有个平板电脑在放电影。

很少有运动员退役后不仅不发福，甚至肌肉越来越多的，张俊宝恰好是其中之一。对花滑项目来说，过重的体重会影响跳跃质量，张俊宝在役时也一直保持着纤细的身形，退役后却把自己练成个猛男。

米娅女士问："佩佳之前还把他初中时的笔记寄回来托我转交给小玉，这孩子成绩怎么样？没被训练耽误吧？"

张俊宝一边做着单手俯卧撑，一边对米娅女士竖大拇指："小玉成绩可好了，今年期中考了全年级第三，要不是英语拖了后腿，第一和第二也得被他拉下马。"

张珏的各科成绩算得上均衡，唯独外语天赋平平，看到语法就晕，好在沈流是外语系硕士，本身精通英语、西班牙语、日语和俄语，训练完了就顺便给孩子补补课。

也是因为沈流的存在，张珏的妈妈才打消了给张珏减少花滑训练时间，好给他再报个英语补习班的想法。

米娅女士慢吞吞地说："那行，我和你聊聊他的训练。"

张俊宝："训练？"

米娅女士提出希望张珏增加芭蕾训练并亲自教导他的要求。

张珏本身的芭蕾基础不差，放在他自己的舞蹈老师眼里，是足以去参加比赛的程度，然而米娅老师认为张珏还有更进一步的空间。

他身上有不少放在 12 岁少年身上无伤大雅的缺点，这让他的舞蹈看起来稍显粗糙，而米娅女士想做的，就是进一步精细打磨，把他粗糙的技巧磨到精巧，把表演磨得更加细致。

待张珏考完试归来，看着厚了半个手指的训练菜单面露茫然，张俊宝按着他的肩膀，语气十分沉重："提醒你一句，接下来要做好心理准备，米娅老师是个很严格的人。"

生物地理会考的成绩在一周后即可查询，张珏不出意料考了个好成绩，他却连庆祝的时间都没有，便身陷训练的地狱之中。

身为俄罗斯著名芭蕾舞团的前首席，米娅·罗西巴耶娃曾以高超的舞蹈技巧与古典沉稳的表演风格闻名舞坛，若非在 26 岁那年出了车祸，她本可以在自己热爱的舞蹈事业上更进一步。

不过从她依然苗条的身材与挺直的身板就可以看出来，米娅女士离开舞台后，依然维持着自律的生活，她从未放弃对舞蹈的热爱，在退休之前，她的舞蹈教室曾培养出好几位杰出的芭蕾舞者。

据说这位女士在教学时曾骂哭班上一半的人。

张珏自认脸皮比较厚，上课后却直接被训得狗血淋头，差点掩面逃出教室。

"张珏，你的腿被车轱辘轧了？打直！"

"张珏，你的脚背怎么绷得和羊蹄子一样？你的优雅到羊肚子里去了吗？"

"张小玉，我是让你像天鹅一样展翅，不是让你淘粪！"

"张小玉，你的灵魂是飘到大西洋去了吗？投入舞蹈里的感情呢？"

天知道这位斯拉夫奶奶用东北腔骂人的样子怎么那么熟练。当米娅女士压着张珏，说要给他进一步撕腿撕胯撕腰的时候，张珏终于明白他原来的舞蹈老师对他是多么温柔。

他躺在一条长长的垫子上，两个教练摁着他，而米娅女士两只手将他的腿往下压。

张珏刚开始还忍着，等疼到忍不住了，就挣扎起来："不行啦，我脚要碰到地了！"

米娅女士惊喜道："你的柔韧天赋真的很好。"

语罢，她真的让张珏保持着撕胯的姿势，将他的脚摁到可以触碰地面。

张珏惨叫："啊——"

虽然撕胯是练舞的人都要经历的一道坎，但张珏觉得这道坎还是太可怕了，他回家的时候走路都打晃。

张俊宝还安慰他："没事，米娅老师这么多年给好多学生开过胯，从没出过事，她下手可有分寸了。"

张珏悲愤地学着名主持人说话："真的吗，我不信！难不成你被她这么掰过？"

张俊宝满脸遗憾："我成为她学生的时候都 18 岁了，老胳膊老腿的，她说已经没有掰的价值了。你在她眼里是值得精雕细琢的玉材，我就是只配进炉子烧的木柴。"

幸好米娅女士给的节目很棒，看完她给的节目后，张珏觉得吃点苦也值了。

他的短节目是《黑天鹅》，据米娅女士所说，她给张珏编短节目的灵感，来源于他和舞蹈教室的小伙伴偷吃零食的一幕。

那是在一个周二的夜晚，米娅女士出发去张珏的舞蹈教室，然而在到达目的地后，她才发现张珏的课已经上完了。

小朋友没换衣服，穿着舞鞋和几个同龄的男孩说说笑笑，然后另一个男孩从楼梯上跑下来，手里高高举着一个装满芋头干的塑料袋。

"张珏，这是我姥姥自己烘的芋头干，吃不吃？"

"吃！"

张珏抬头对楼梯上的男孩露出一个笑，踮起脚去接芋头干，那一幕落在米娅女士眼里，让她莫名想起了天鹅觅食的画面。她站在原地想了想，直接回家，第二天，她就完成了这套节目的大致框架。

张珏听着，又提出一个疑问："那为什么您让我滑《黑天鹅》，而不是《天鹅湖》呢？"

米娅女士："因为我知道，你一定可以滑好《天鹅湖》，却未必滑得好《黑天鹅》。"

花样滑冰的别称便是冰上芭蕾，《天鹅湖》更是无数前辈选过的节目主题，在很多人看来，一个青年组选手只要展现出足够的芭蕾美感，他滑的《天鹅湖》就是成功的，张珏在这方面完全没有问题。

可是这么做的话，张珏也没了可以展现自己的表现力，让裁判给予更高表演分的余地了。

与之相应，黑天鹅疯狂而狡诈，因此要求表演者拥有更强的情绪张力和表现力。如果张珏能滑好这个曲子，绝对能力破中国男单选手只有技术没有表演，在表演分上被裁判"歧视"的常态，对他的长远发展很有好处。

说完短节目，张珏的自由滑选曲也是芭蕾题材——《胡桃夹子》。

《胡桃夹子》是由一部叫作《胡桃夹子与老鼠王》的故事改编的芭蕾舞剧，讲述的是女孩玛丽在圣诞节得到一个胡桃夹子，而胡桃夹子在她的梦中化作一位王子，带着她与一群玩具与老鼠士兵作战，带她去果酱山玩耍，带有强烈的童话与梦幻色彩。

在国外，《胡桃夹子》是最适合在圣诞节观看的"圣诞芭蕾舞剧"，也是世界上最出色的芭蕾舞剧之一。

这是一个非常适合性格活泼、能带动他人情绪的少年去演绎的主题，张珏的外形不错，演绎王子也恰好合适。

2010年的上半年，张珏正式确认将会为了参与2010—2011年度花滑赛季的青年组赛事努力，并开始与他的短节目《黑天鹅》、自由滑《胡桃夹子》进行磨合。

因为太忙，张珏放在学校里的时间越来越少，临近期末考试时，张珏捧着复读机背单词，一个戴眼镜的男生走到他面前冷冷丢下一句。

"周老师叫你去三楼楼梯间。"

周老师就是张珏的班主任，眼镜哥是副班长刘坤，张珏不疑有他，起身跟了过去。谁知人到了楼梯间，除了几个男生，连个老师的影子都没有。张珏也不紧张，双手抱胸，扬起下巴："哥几个特意假传圣旨找我，有何贵干？"

刘坤走到一边，双手插兜里冷冷地看着他，为首一哥们儿走到张珏面前，冷笑一声。

"娘娘腔。"

说着，他伸手就要拍张珏的头，张珏灵活地避开，心里莫名其妙，不懂自己怎么招惹上这帮人。但他也不是受欺负还不还手的人，当下打开复读机，将里面的磁带翻了个面，念单词的声音立刻变成一曲激昂的摇滚，接着张珏撸起裤脚，露出结实的小腿。

虽然个子不高，看起来很瘦，但身为一个集齐五种三周跳的花滑选手，张珏的腿部力量真的足以把现场所有人都踹进医院。

运动员和正常人之间的体能是有差距的，能在省队和一群男生打打闹闹，训练完了还有精力和他们去踢足球，去散打队打沙袋的张珏，收拾几个中学生一点问题都没有。

以查克·贝里的"Johnny B·Goode"为背景乐，张珏把这几人捶了一顿，最后以十字固锁住为首的高个子，冷冷问他。

"你小子哪个班的？为什么找你爷爷我的麻烦？"

那高个顿了顿，屈辱地大喊："我是和你一个班的，说，你是不是陈思佳的男朋友！"

陈思佳是张珏的同班同学，一个看起来文文静静的小女生，张珏终于想起来了。

"你就是那个嘴巴不干不净的人！"

张珏要忙的事情太多了，芭蕾和花滑都要占用大量的时间，回家还要给许德拉补课，难免对学校里的事不怎么上心。除了学习，其他事一律不放入心里。

在这种情况下，他连同班同学都认不全。陈思佳在会考的时候坐在张珏后面，两人也就互相借个橡皮擦的交情。

而在他们考完生物的时候，这位高个子突然提着一杯奶茶跑进来要请陈思佳喝，陈思佳拒绝后，他直接转头对个小混混模样的男生喊。

"哥，这女的不好追，她不喝奶茶。"

另一个男生就回喊："让她喝，她说什么你就听什么吗？"

作为一个正直的普通人，张珏毅然决然拿出出发前许德拉塞给他的苹果，朝那个混混的脑袋砸了过去。

砰的一声响，那混混连鼻血都被砸了出来，要不是下一场考试即将开始，恐怕一场恶斗在所难免。

但因为后来事情也没个下文，张珏就干脆不放在心上了，而陈思佳在回去的路上也小声谢过张珏，后来还把那个苹果补给了他，两人算是见了面能打声招呼的普通同学关系。

张珏松手，起身拍拍裤子上的灰，懒得和不懂事的小孩纠缠。

"哥几个这就没意思了，欺负小女孩被收拾了，还要事后打击报复见义勇为人士，你们这不是自己把自己归类到社会渣滓的行列里去了吗？都是应该好好念书学做人的年纪，你们这是何必呢？"

他捡起已经放完"Johnny B·Goode"开始放"Highway to Hell"的复读机，在刘坤头上扇了一把。

"能耐了，卖自己的同班同学啊？"

刘坤个子不高，被张珏一脚踢脸上，这会儿脸肿着，解释的声音听着也含含糊糊。

"刘光是我堂哥。"

张珏呵呵一笑："等你们成年了再干这档子事，爷爷能搜集证据让你们蹲监狱去，你们怎么就不学点好的？干这种混混才干的下三烂的事！"

他不解恨，又扇了这帮人的脑袋几下，一转头，正好看到陈思佳气呼呼地站在边上，班主任老周一脸玩味地看着他。

老周对他竖了个拇指："年轻人还听 AC/DC 的歌啊，有品位，来，和这几个……"老周指着几个渣滓，对张珏示意。

"跟老师去办公室一趟。"

15. 十三

班主任夸张珏品位好是一回事，但打架是不对的。

身为在校运会的 100 米、3000 米、跳远项目夺得冠军，差点被校田径队挖去的体育尖子，张珏的速度让全校的人只能跟在他后边吃灰，他大可以跑到办公室和老师告状，而不是一个人把一群人打得鼻青脸肿。

看完全程的老周觉得这孩子太能打了，年轻男孩又普遍冲动，得适当治一治。

他对张珏说："500 字检讨，明天交过来。"

至于刘坤，助纣为虐，直接被撸去副班长职务，1000 字检讨。

要张珏来说，等到了大学，有的是人不愿意担任班干部职位，省得学习之余还要忙杂务，而刘坤却看起来痛不欲生的样子。

他想，但愿这人能吸取教训，以后好好做人吧。

由于他现在身体还是瘦小了点，打 5 个比自己高大的男孩也不会太轻松，下手时没法将力道控制得太好，所以几个混混身上还是有比较明显的伤痕。

该请的家长还是要请，刘坤和刘光的家长很讲理，按着两小子的头直接鞠躬给张珏道歉，让张珏都怪不好意思的。

陈思佳则早早被老周赶回教室，这个捧保温杯的秃头中年老师压根不打算将作为受害者的女学生扯进这件事里。

另外几个混混的家长则一脸习以为常，家里孩子调皮，他们都习惯被老师请到学校来了，其中一位混混的家长压根懒得到场，只让老师多给孩子罚点作业了事。

结果家长反应最过激的反而是张珏这边。

许岩和张青燕都在工作，听到消息赶过来的是张俊宝。老舅一进办公室，二话不说先拎张珏的耳朵："长本事了？才和体校那帮人玩过几回，居然连群架都敢打了？以后不许去散打队打沙袋，也不许去柔道队蹭课听到没有！"

这话说得，挨揍的几人都露出胃疼的表情，总算明白为什么张珏打人的动作那么专业。

老舅又接着训道："你是运动员，健康是你最宝贵的资本，万一在打架时伤到什么地方，你说你该怎么办？等过了 7 月你就要升青年组了，你觉得你现在的状态能不能去国际上拿好成绩？"

"你勾手跳的成功率还不足六成，后内点冰跳的内刃总是压不好，旋转不精，滑行平平，就这你还有心情打架？"

沈流在一边劝说着："他也没你说得那么差，滑行还是可以的。"

张俊宝挥手，一脸恼火。

最重要的话他没当着外人说，那就是身为运动员，要是被卷入暴力事件，而被打的人执意用这件事缠着张珏不放的话，省队领导绝对会给张珏处分，到时候他还能不能参赛都是未知数。

噼里啪啦的，由于张珏被骂得太惨，明明他才是打赢的那个，那几个混混、刘坤、刘光和他们的家长却都有点同情张珏。

别看张俊宝个子矮，他浑身都是肌肉，如今正值夏季，他就穿了一件去年买的白T恤，饱满的胸肌撑得衣服紧绷，往那里一站格外有威慑力。

其中一个家长凑过来："好了，孩子也是不想被欺负才动手的，这事错不在他。"

另一位连连点头："是啊，要不我请你们吃饭吧。"

虽然家长们一片好心，但张珏是运动员，猪牛羊肉只能在省队的食堂吃，省得不小心摄入什么不该有的激素。张俊宝婉拒了他们的好意，提着张珏的领子离开。

省重点中学的其他同学都要上晚自习，张珏却不用，因为越是临近比赛，教练们越是毫不留情地下狠手操练他，张珏也只能安慰自己，这就是运动员过的日子。选择是自己做的，再辛苦他也认了。

日子过得忙忙碌碌，等到6月29日，张珏结束了一组3lz+2T+2T的三连跳训练，就看到米娅女士站在冰场边朝他挥手。

在冰上的训练结束后，他就要去米娅女士那里练舞，少年咻溜一下滑过去，高高兴兴地打招呼。

"晚上好，米娅女士。"

米娅女士嗯了一声，递给他一个绑着蝴蝶结的礼盒。

张珏不解地接过："这是什么？"

"你的生日礼物，佩佳让我转交的。"

张珏知道佩佳就是秦雪君的俄语昵称。他怔了一下，拆开盒子，发现里面躺着一张书签，书签上压着一朵形状如同禾雀的花，书签背面有一行优美的字。

他缓缓念道："禾雀贺寿。"

禾雀花，又叫白花油麻藤，是一种盛开于清明前后的花，花语是欢快、快乐，张珏在秦雪君的速写本第一页见过这种花的彩铅画。

禾雀花的盛开时节就在清明前后，秦雪君说过出生时，家里的禾雀花正好盛开，家里人都说他和这种花有缘，险些给他起名叫秦禾。

米娅女士轻描淡写地说："你在佩佳生日的时候不是送了他乔巴，前阵子又给他邮寄了护手霜吗？他说很好用，这是回礼。"

张珏没啥护肤习惯，但东三省的寒风谁吹谁知道，到了冬天不擦润肤霜，脸真的能裂开。加上他觉得医务人员总是要进行消毒，一双手饱受消毒水、滑石粉等的摧残，有些人20出头，手却看着比40多的还要沧桑，便在买润肤霜时，顺手买了几管郁美净护手霜寄给年轻的秦医生。

于是等张珏的生日快到的时候，秦雪君提前将礼物做好，寄到了祖父祖母这里，托他们在张珏生日当天送给他。

张珏终于满13岁了。

按照国际滑联规定，在本年7月之前满13岁的运动员，将在赛事中被划分到青年组（13—19岁），两天后，7月1日，张珏就正式成了青年组的一员。

其他教练都纷纷说张珏这生日好，掐着点满13岁。

女队的教练尤其羡慕，说这么好的生日给张珏一个男孩十分浪费。

花滑女单的花期非常短，巅峰也来得早，比如先前省队有过一位一姐，在没发育时成绩超强，差点冲进世界前十，但自她到了17岁，身体开始发育后，体脂变高，身体变沉，技术下滑得严重，最后只能黯然退役。

偏偏滑联规定运动员要在7月前满15岁才能升成年组，省队一姐的生日在12月，也就是说比其他人晚了大半年才升组，而且当时正是都灵冬奥会举办之时，她也因此错过了四年一届的冬奥会。

但凡那位一姐有张珏这样的好生日，以她巅峰期的实力，也是有希望和沈流一样在冬奥会爆发的。

8月中旬，在暑假过了大半时，张珏和马晓斌、柳叶明、郑家龙，以及同是青年组的女单、双人滑、冰舞的小运动员，在宋城总教练以及各自主管教练的带领下，登上了前往京城的火车。

参赛名额是有限的，所以总局要求省队在赛季正式开始前将自家的种子选手带过去，进行一场内部测试赛，谁赢谁拿名额。

这次 H 省队的队员中，张珏是希望最大的那个。柳叶明是之前的省队青年组一哥，张珏没冒头那会儿，他是国内仅次于樊照瑛的青年组男单之一，在樊照瑛重伤后，他还代表中国参加了今年 4 月举办的世青赛。

但柳叶明比崩了。

在花滑赛事中，短节目的前 24 位可以进入自由滑，柳叶明只比了短节目，也就是一轮游，可见当时输得有多惨。

据说当世青赛结束，冠亚季军登台领奖时，柳叶明的眼圈都是红的。他带着那么多人的期待出征世青赛，最终不仅没能为自己的国家带回荣誉，甚至连自由滑都没进去。

柳叶明的纸面实力其实不错，五种三周跳齐全，还有 3S+3T、3T+3T 两种 3+3 连跳，但他也有很致命的弱点，那就是不擅长向前起跳的 A 跳，2A 的稳定性非常差，而且滑行平平，表现力同样平平，他的表演分怎么也上不去。

然而就算这样，柳叶明也是那段时间内国内最好的男单小选手了，有些资深的冰迷看到他的脸都能叫出来名字。到了国家队的冰场时，孙千总教练也点了他的名，说是看了他在训练时跳的 3lz，够高够远，十分美观。

总教头和蔼地鼓励着年轻人："只要稳定性再好些，你就更棒了。"

说起稳定性，H 省省队的人全不自觉地看向张珏，这位真正的 H 省男单头号种子。

H 省的队伍在出发来京城前，已经先进行了一次比试，然而无论比多少次，当别人因为紧张发挥失常，摔得七荤八素的时候，张珏永远十分稳定。

这种临难不惧的大心脏，在花滑这种极为考验发挥的项目中，比身体天赋还要重要那么一点点。

孙千看向那边，由于视角问题，他没能看到全队最矮的张珏，而瞥见站在张珏边上的沈流。

总教头脸上的笑意更深了些："小沈也来了，不错，就算退役了也没胖。"

趁着大人们说话，柳叶明拉着张珏，给他介绍其他省队的运动员。

目前国内的冰雪项目由东三省这些高纬度地区的运动员占据半壁江山，南边只有比较富裕的一线城市才会建冰场，培养的花滑人才也有限。

"执教魔都队的陈竹教练是南方唯一厉害的教练，她主要培养女单，但手下也有一个男单选手掌握了四种三周跳的，他叫石莫生，15 岁，会延迟转体的技术，你看，就是那个脸上有点小雀斑的。"

陈竹就是中国第一个在世锦赛夺冠的花滑运动员，她创造的历史在国内一直没有后来者打破，这是个传奇式的人物，每逢举办重大花滑赛事，她也会受邀参加赛事解说。

穿黄色裤子的是 L 省的金子瑄，16 岁，今年 5 月去俄罗斯外训了。他的 A 跳很厉害，有人说他在练 3A，滑行也很好。

张珏摸出一包芋头干，塞了一根在嘴里，表情严肃地嚼了嚼。

"嗯，听起来都好厉害的样子。"

16. 测试

"这次花样滑冰大奖赛有六站分站赛，中国会举办其中一站，我们作为主办方可以给自家选手三个名额，但参加别的分站赛，就需要本国冰协去运作了。"

这次内部测试赛争的主要是中国分站赛的三个名额，而需要冰协运作的那个出国的名额，则只有测试赛的最强者可以拥有。

沈流告诉张珏，进入总决赛的前提就是必须参加两站比赛积累积分，而且积分要是前六名。

张俊宝直接一些，他对张珏呵呵一笑："听着，你拿到参加两站分站赛的名额，老舅亲自去省队食堂提新鲜猪蹄给你红烧，你要能冲进总决赛，我给你炖肘子，你要是在总决赛拿到奖牌，我给你做一盆比 KFC 还香的鸡汁土豆泥！"

因为省队规定队员不许外食，已经好久没吃土豆泥的张珏不自觉地咽了下口水。

他颤颤巍巍伸出小手："一言为定？"

张俊宝和他击掌："一言为定！"

然后老舅把张珏的芋头干没收了，说是临近比赛，不能让他吃这些淀粉含量高的东西，省得他又像吹气球一样长胖。张珏看着老舅拆开袋子和沈流一起分享自己的芋头干，满心悲伤。

如果说哀兵必胜的话，张珏今天的心态是绝对"哀"到让他原地夺冠的程度。

大家都是青年组的选手，加上中国男单目前的实力也就那样，张珏也没啥心理压力，哪怕是这会儿纸面实力最强的金一哥也未必是自己的对手，这和技术都没关系，主要是张珏自觉心态比较好。

金子瑄此人，中国冰迷在听到他的名字时都会忍不住叹气，因为此人的技术非常全面，怎么看都应该是国际赛场上的一线选手，但他硬是从没冲进过一线。

因为金一哥有一个重大缺陷，就是抽风，越是重要的比赛越严重。

金子瑄简直是"抽风机"转世，一场比赛能失误三次以上，节目完成度远远低于其他人，所以金子瑄明明实力很强，却一直寂寂无闻。

张珏热身的时候，魔都队的几个小选手已经开始上场了。

有意思的是，明明男单选材都是挑那些重心低的孩子，但这次过来的小选手，有一个算一个全比张珏高，不过这和张珏年纪最小也有关系。虽说选的是青年组的小选手，但大部分人都是 14 到 17 岁，13 岁的只有张珏一人。

陈竹作为曾经的中国女单一姐，也是国内第一个在世锦赛取得金牌的花样滑冰运动员，在 20 世纪 90 年代就已经集齐了五种三周跳，技术相当过硬，教出来的学生也都看起来不错。

沈流看了一阵，评价道："这些小朋友的技术都很扎实。"

技术很标准，滑行也不差，旋转方面颇有陈竹的风格，但有一点，就是他们都太扎实了，以至于没有个人风格，表演有点死板。

但好在对青年组运动员来说，能好好地把技术动作做完，不要有大的失误，在国内的教练们看来就已经不错了。

其中石莫生的技术最好，他在短节目安排的三组跳跃分别是 2A、3F 与 3lo+3T，均圆满完成，跳 3F 时使用的延迟转体技术也很不错。

在他的表演结束时，教练们纷纷鼓起掌来。

如无意外的话，中国站分站赛肯定有石莫生一个名额。

小伙子下场时也很兴奋，跑到教练边上时被拍了拍头，一个打扮时髦的女士搂着他满脸高兴。

张俊宝感叹："南方那边能滑得起冰的真的都是有钱人，陈竹上一节 30 分钟的 1 对 1 课程就要 700，一周至少要维持三到四个小时的上课频率，才能保证竞技水平提升，一年下来就要 20 万，这一家肯定经济状况不错。"

张珏也知道石莫生家有钱，因为石莫生妈妈那一身行头，连衣服带包包、鞋子就已经超过了 3 万。

接着上场的是 L 省队，这一队的王牌金子瑄是全场最受瞩目的那个运动员，作为目前国内青年组唯一一个据说在练 3A 的运动员，大家都知道他是本次测试赛最有力的竞争者。

石莫生紧紧地看着金子瑄上场的动作，双手握紧。

在对手们紧张的目光中，金子瑄在第一跳便摔了个七荤八素，这人摔了不说，还抬头看向他在场边的妈妈。

张俊宝看着这一幕都忍不住着急："看外头干什么呀？摔了就摔了，赶紧爬起来继续啊！"

短节目总共才 2 分 30 秒，要完成的技术动作却有 3 组跳跃、一套步法和三组旋转，抓紧时间把剩余的技术动作、表演部分都好好做完还能补救一二，这小子发什么愣啊？

沈流直接别开脸，不想再看场上蒙了的孩子。

明眼人都看得出来，金子瑄的第一跳是 3A，也就是三周半，虽然他的落冰很不成功，但在摔跤之前，他也的确是把三周半转完了，可见底子扎实。

要是金子瑄摔完以后的表现能好点，指不定就被国家队的教练看重，直接带入国家队，哪怕这个赛季的前半段派不上，到了世青赛的时候放出去，也能给中国的青年组男单选手们把去年丢的面子挣回来。

结果现在一看，金子瑄的心理状态还远远没到可以参与竞技的程度。

对心理脆弱的运动员来说，开场第一个技术动作失败，直接就影响到了他们之后的发挥，金子瑄这次测试赛的短节目表演可谓惨不忍睹。

张俊宝不断皱眉头，只觉得这孩子的比赛看得他心脏病都要犯了，回头一看，张珏居然还满脸淡定地在柳叶明的帮助下，往自己结实紧致的小腿上打运动绷带。

沈流蹲在旁边问道："把脚踝也绑上吗？"

张珏坚定地摇头："不绑，绑了脚踝就没法发力了。"

不管场上的运动员表现得是出色还是差劲，其余的人是惊呼还是鼓掌，张珏始终不受外界干扰，自顾自地做着准备，只有在自家队友上场时，张珏才会抬头，对他们握拳喊一声"加油"。

这就是很好的运动员心态了，甭管对手咋样，先做好自己的事。

张俊宝对沈流嘀咕："你看小玉这模样，是不是有几分我当年的风采？"

老舅当年在役的时候，也是以大心脏为优势呢，别看他没有四周跳，但只要身上的伤病不发作，他从没因为心态的原因失误过。

沈流赞赏地点头："是啊，他比你能跳，比你柔韧，还有和你一样的大心脏，简直是你的全方位加强版。"

张俊宝心说，我没我大外甥那么能跳、那么柔韧真是不好意思啊。

测试赛的场馆并不对外界开放，选手们上场时也不用换考斯腾。张珏上场时只套了一身黑色的 UA 紧身衣，这种衣服显身材，不少教练看到张珏时都眼前一亮。

陈竹夸了一句："身材很适合滑冰。"

张珏摘掉刀套上冰，站在挡板前和张俊宝握手。

老舅叮嘱道："该说的我都说了，你自己心里有数，好好发挥就是了。"

张珏应了一声："但我还有事要拜托你们。"

老舅："说。"

张珏："给我拿张纸，这儿太冷了，我要擤个鼻涕。"

沈流摸出一包纸巾："快擤，擤完把纸给我。"

张珏呼呼地擤鼻涕，抬手一抛，纸团子就落入距离他好几米远的垃圾桶里。

看着他滑向冰面中心，一边滑一边捶打大腿、臀部肌肉群的淡定背影，不少人都看出来了，这小不点是真的不紧张。

有人问宋城："那是张俊宝的外甥吧？心态这玩意难道也可以遗传不成？"

宋城回头一看，发现来人是国家队的滑行教练江潮升。

他竖起大拇指："你就瞧好吧，这是我们队的种子选手，别看他小，实力比柳叶明还强。"

江潮升饶有兴致地回道："那我就拭目以待了。"

陈竹看向这次的比赛名单，缓缓念道："张珏，H 省队的青年队运动员，出生于 1997 年 6 月 29 日……才满 13 岁不到两个月，短节目《黑天鹅》。"

小小的少年跪于冰面，双臂柔软地向前抬起，如同一只沉静的天鹅。

直到《黑天鹅》的音乐响起，少年才起身，周身气势一变。他选用的《黑天鹅》是德国柏林爱乐管弦乐团的版本，交响乐自带的恢宏与激昂，瞬间让人们明白了张珏演绎的不是优雅温柔的白天鹅。

双簧管的声音响起的那一刻，音乐中穿插着重音，小天鹅踩着节奏进入燕式旋转，接着旋转姿态一变，变为将整个身体拗成圆形的甜甜圈姿态。

这已经是今天场上出现的最柔韧的旋转动作了，如果说这还能算是小男孩身体软的话，张珏在结束这组旋转后，又进入了步法，独特的节目编排再次把所有人看得一愣。

因为选手在节目后半段会体力下降，大家都是把分值高但容易失误的跳跃放在节目前半段完成，步法和旋转压在后面，张珏这套节目却完全反其道而行。

可是令人吃惊的是，他居然完全撑起了这样的编排，哪怕是单纯的滑行展示，搭配着优美的肢体表演，他也成功地抓住了所有人的眼球。

江潮升是滑行教练，此时不住地赞叹："非常好的芭蕾姿态，乐感也好，所有动作都与音乐达成一致，合乐能力也不错，滑速很快，张俊宝教得不错啊，但是……"

孙千也提出了疑问："他把跳跃压到后面，体力能跟得上？"

张珏的体力当然跟得上，直到节目进行到 1 分 40 秒后，音乐开始进入高潮，完成步法的张珏终于开始了他的第一个跳跃。

在节奏越发紧凑的管弦乐中，少年右足冰刃前端的刀齿在冰上干脆利落地一点，左脚刀刃往外侧压，接着整个身体腾空而起。

这是一个质量极高的 3lz。

还没完！

张珏才落冰，立刻左脚点冰再次跳起，接了一个 3T，而且在这一跳时，他使用了双手高举的 Rippon 姿态，直接惊艳全场。

石莫生张大嘴巴："厉害！"

这不是由美国选手 Rippon 开创，并由沈一哥在温哥华使用的双手高举跳跃姿态吗？没想到这小不点连这招都练出来了。

而随着表演节奏的加快，少年的眼神变得极具攻击性，黑天鹅的疯狂与阴暗在他的手臂挥动间毫无保留地展现着，洁白的冰面化作舞台，而张珏就是舞台上唯一的焦点！

这样的感染力在国内别说是青年组了，在成年组都很难看到，灵动、流畅、疯狂，对一个青年组运动员来说，这样的表演已经足以去国际赛场上吊打别的同龄人了！

接着张珏再次右足点冰，左脚压成内刃，跳了个 3F。由于 3F 是张珏最不擅长的三周跳，这一跳没有延迟转体和举手，落冰时也有轻微不稳，但张珏在即将摔倒时果断一个转身，硬生生地稳住没摔。

这一幕看得孙千总教练的表情都欣喜起来。

"这孩子反应很快。"

根据赛事规则，跳跃完成后摔倒和仅仅是落冰不稳是两种情况，摔跤就代表必须多扣一分，落冰不稳顶多 GOE 难看点。而且张珏在失误后依然没慌，最后一个跳跃 2A 又稳又漂亮，可见这位小运动员在失误后立刻调节好自己，完全没耽误下一个动作。

这正是一个顶尖运动员该有的心理素质！

当那个贝尔曼出现的时候，哪怕张珏的旋转一直被老舅吐槽转速不高、轴心不稳，但只要是明眼人都明白——张珏赢了。

17. 酸奶

张珏的表现力对其他的同龄运动员形成了降维打击，在普遍专攻跳跃、表现力不佳的国内男单选手中，张珏这种能把表演当优势的青年组运动员可谓前所未有。

反正在他的短节目结束后，全场立刻响起一片哗啦啦的掌声，可见他的表演得到了业内人士的广泛认可。

比完赛以后第一件事是冷却身体，尤其是心率在运动时飙得偏高的话，就应该慢慢再活动一会儿，让身体有序地、缓慢地恢复。

张珏体力比较好，一套短节目耗不了太多体力，但沈流还是搜集了碎冰给他冷敷关节。

一个人蹦起 30 到 40 厘米的高度转体三周再落下，必然会让关节承受相当于自重 4 倍以上的压力，尤其张珏还在长身体，一些保养措施是必须早早就开始注意的。

他一边敷着，一边给张珏做赛后总结。

前一哥眉头紧皱："你的 3F 怎么又压不下内刃了？是疼吗？"

张珏不好意思地回道："我就是觉得压太深了会崴脚。"

沈流："你压 3lz 的外刃时不怕崴脚，压 3F 的内刃怕崴脚？什么毛病？"

沈流和张俊宝一起负责张珏的训练。张珏是个懂事的孩子，虽然有时候太累了也会嘴上抱怨两句，但教练给的任务再重也会咬牙完成。

然而，这孩子调皮起来也是真调皮。

张珏喜欢在训练结束后踢踢足球，连倒挂金钩都练出来了，有一次差点让足球队的小队员一个滑铲铲进医务室，把在边上看着的张俊宝吓了一跳。他自己却没放心上，该咋玩咋玩，气得张俊宝差点把这破孩子提去揍屁股。

除此以外，这娃被逮到对着好吃的流口水走不动道已经不是一两回了，偏偏他还是易胖体质，为了让张珏克制点，沈流、张俊宝、营养师轮流上阵给小孩做过思想工作。

无论怎么训，沈流总是唱红脸的那个，毕竟一哥一看就比老舅脾气好。

可在花滑相关方面，沈流也是个严谨的人，明明张珏连分值更高的 3lz 都没问题，还能在后头连个 3T，3F 却屡屡在跳跃时出问题。

沈流严肃地说道："等着，回去以后我非治好你这个毛病不可。"

至于现在，他们还要先准备自由滑。

不出预料的是，张珏拿到了这次测试赛中青年组男单短节目的最高分，因为他以前从没参与过少年组的赛事，以至于这次他在其他人眼里就是一匹突然冒头的黑马。

成年组男单选手们当然也有测试赛，然而他们的跳跃配置都不高，只有国家队的两个男单选手放出了 3A，其余没放 3A 的省队运动员的短节目分数居然还没张珏高！

论跳跃配置，张珏可是放了 3lz+3T、3F 和 2A，真不比一些成年组的三线选手差什么，但他作为青年组选手反超成年组选手的事迹依然震撼了许多人！

在女单那边，青年组选手技术比成年组的强并不罕见，毕竟女单选手最强的时期就在青年时期，发育关一来，多厉害的天才都得吃一波削弱。

男单选手却不同，他们的肌肉力量是会随着发育变强的，大多数男单选手的巅峰期都在 18 岁到 22 岁之间，青年组反超成年组是一种很稀有的现象，非天才不能做到。

一时之间，张珏备受瞩目，成了他人口中"那个做贝尔曼的小男单""表现力特别好""H 省省队的好苗子""旋转很强的那个"。

天地良心，张珏的旋转可是和 3F 并列为他的两大弱项，多了个贝尔曼后，大家居然都觉得他旋转能力不错了，可见国内男单的人才储备多么薄弱，矮子里拔高个的情况多么严重。

为了运动员的体力考虑，自由滑要到明天才会比。

青年组男单的自由滑节目时长是 4 分钟，要求选手完成 7 组跳跃、2 套步法、3 组旋转，对于运动员的体力以及各方面素质要求更高，届时摔的可能性也会更高。

张珏在练习自由滑时，还从没有真正意义上的 all clean 过。

all clean 就是指一名运动员的所有技术动作都成功执行，且 GOE 加分为正，没有因失误被扣分。

而今天的短节目比赛，青年组只有石莫生达成了 all clean 的成就。

张珏在跳 3F 时打滑了一下，这个 3F 的 GOE 便是 –1，吃了一个减号，而那个漂亮的 3lz+3T 的 GOE 则是 +2，之所以张珏的分数比石莫生的高，全靠他的基础难度。

石莫生的最高难度跳跃是基础分 5.3 分的 3F，张珏的最高难度跳跃是 6 分的 3lz，他还会举手和贝尔曼呢，纸面实力略胜一筹。

成年组也有两个选手拿到了 all clean，如无意外都会是种子选手。

第二日，张珏登场时，已经成了全场最受关注的焦点，不少人都是来看他转贝尔曼的，还有不少运动员跑去找沈流询问举手技巧。

都是运动员，看到这种能加 GOE 的技术，谁能不眼热？哪怕跳三周时举不了手，跳两周时也能试一试。

询问的人中甚至有一个 J 省省队的青年组双人滑的女伴。小姑娘才 13 岁，是全场倒数第二小的，看起来比张珏更瘦更矮，走起路来蹦蹦跳跳，活力十足。

女孩名叫黄莺，说话声音也如黄莺一般清脆，但配着东北腔就格外可爱："沈哥，您那举手是咋整的？你说我被抛跳的时候也举一个怎么样？"

她的男伴关临立刻反驳："举手动作对身体轴心的把控能力要求那么高，你被抛跳的时候，轴心看的可是我这边使的力。"

黄莺嘟嘴："那我被抛捻转时总能举吧？临哥，这动作只要练成了就可以加 GOE 呢。"

关临一听，摸摸下巴："这个倒是可行，下次我把你抛高点，你先试试举一只手吧。"

两孩子一来一往的，就决定好了之后要尝试的新技巧，进取心看着就让教练欢喜。

张俊宝偷偷和沈流说："这是孙指导的大徒弟老马带的孩子，小字辈里最好的双人滑，这个赛季肯定要被派去参加世青赛。"

沈流小声回道："是挺不错的，可惜男伴矮了点。"

双人滑的男伴最好高大有力，才能托举得动女伴，关临今年17岁，身高却只有一米六八，还不如练单人滑的沈流、张俊宝高，对双人滑这个项目来说，他的个头太矮，上限恐怕有限。

就在此时，两位教练同时听到一阵叹气声，张俊宝都不用回头看，就知道张珏肯定又在跳3F的时候摔了。

老舅面无表情："回去以后还要治他一顿。"

沈流赞同道："对，要狠狠地治，以他的小关节灵活度，内刃压深一点也不会撇，怕崴脚真的不应该。"

张珏还不知道自己之后的悲惨命运。除了3F，他在节目末尾的燕式旋转姿态也没保持好，轴心歪到人差点栽到地上，这要放在正式比赛里，又得吃裁判一发减号。

然而在上场的选手里，张珏居然是失误最少的一个。金子瑄才滑完下场就哭了，可见摔得多惨。石莫生稳一点，也摔了一个2A和3lo，若非撞上张珏这匹黑马，说不定就赢了。

孙千对小黑马的态度非常亲切，开口就让张珏在暑假结束前都别走了，留在国家队练几天。

宋城立刻露出警觉的眼神，他面色不动："孙指导，张珏可是张俊宝的亲外甥，沈流也教了他不少，张珏这孩子正处于成长期，可离不了两位教练。"

言下之意就是国家队要抢人也不能现在抢，你好歹等人长成完全体啊。

孙千乐呵呵地说："哎呀，我当然知道不能轻易给孩子换教练嘛。我看俊宝的执教能力比以前进步不少，也留下来和国家队的教练们沟通沟通，沈流在这边也有不少熟人，正好叙叙旧，指点指点后辈们的跳跃，一块儿留下来不就好了？"

孙指导的言下之意就是：连张珏带他的两个教练，他都想要。

宋城总教练陷入沉默，不愧是花滑教父，这一波比脸皮，是他输了。

张珏的暑假作业老早就做完了，能在高水准的国家队训练几天，对运动员来说是求之不得的事情，张俊宝硬是顶着宋城的小眼神将事情应承下来。

孙千立刻干脆地保证，小运动员们在国家队集训的花销，全部由体育总局报销。

除了张珏，双人滑的黄莺和关临、女单的米圆圆也被留了下来，其中米圆圆是京城本地一个花滑俱乐部的成员，水准相当不错，国家队的赵教练早早就看好她，想要带她填补女单在国际赛场上的空缺。

夜晚，张珏一边平板支撑，一边看着从学长那里借来的初三教材，突然，背包里传来一阵欢快的"噜啦噜啦咧"。

张珏一骨碌爬起来，翻出一个小巧的白色手机，来电显示上是明晃晃的"骨科神医"四个大字。

他接起电话："喂，雪君哥。"

秦雪君言简意赅："我在你们酒店门口。"

张珏眨眨眼，立刻拿了房卡跑出门。

正在倒立的张俊宝憋出一句："多大的年纪了，还拿《猪猪侠》主题曲做手机铃声。"

沈流看他一眼，呵呵一笑："你要不看《猪猪侠》，怎么知道那是主题曲呢？"

张珏看到秦雪君的时候，发现这人比上次见面时又高了一些，估计快到一米九了，张珏要很努力地仰着头才能看到他的脸。

而秦雪君一见张珏就蹲下了。

8月的京城充斥着活力与热力，白天的太阳亮得发白，到了晚上也闷热得很。秦雪君穿一身蓝色的运动衣，白球鞋，乌黑的头发末梢滴着汗珠，手里提个塑料袋。

"我路过这边，顺路给你带点吃的，这是我们食堂的酸奶，奶源很安全，你也可以吃。"

在网友们搞的京城高校美食争霸赛中，顶级名校连供应学生的牛奶都有固定奶源的事已经流传甚广了，张珏对此事也有所耳闻。

他哇了一声，接过酸奶，惊喜地问道："这就是传说中用民国时期漂洋过海的菌种做的酸奶吗？"

秦雪君灰色的眼珠里带着笑意："我也不知道菌种是哪儿来的，不过我们学校的酸奶和冰激凌都很好吃。"

两人到最靠近空调的沙发上坐着，张珏迫不及待地开始品尝水木大学特产酸奶，酸甜的奶制品入口即化，口感好得让小孩一下就满足得眯起眼。

"棒棒的。"

秦雪君拿纸巾擦额头，看他吃得开开心心的样子，心情也好："喜欢的话，以后考到我们学校来啊？到时候哥请你去吃麻辣香锅。等等，运动员不能吃麻辣的，那我请你吃别的吧，我们那儿食堂挺多的。"

张珏："呃……你们学校分数线太高了。"

虽然是省重点中学的年级前三，但张珏对冲击前二的名校没什么信心。训练耗费了他大量的精力，秦雪君所处的学校动辄就是 680 到 690 的分数线！

秦雪君说："你可以做体育特长生啊。"

他不说这个还好，一说起这个，张珏就悲从中来："哥，你们学校不招花滑的特长生！"

他都进了省队了，难道还没考虑过用体育特长生的身份上更强的学校吗？但是张珏一查，心立刻凉了半截。

冰雪运动的普及比不过田径、游泳、球类运动，人家顶级院校压根不招！

小朋友愤愤不平："连击剑都可以被特招，花样滑冰就不行，小众项目没人权啊！"

发现这点的时候，那股意难平差点让张珏当场发誓成为世界级明星运动员，扩大花滑项目在国内的影响力，好让人知道"今天你对我爱理不理，明天我让你高攀不起"。

然而小孩才幻想了 10 秒不到，老舅让他去绕操场蛙跳 5 圈的吼声便让他回到现实。

算了算了，已经定了农大这个目标了，生是农大人，死是农大魂，哪怕是为了 8 块钱一份的松鼠鳜鱼，张珏也要投入农大的怀抱。

18. 斗志

张珏也是后来才知道，其实今年国内的测试赛举办时间偏晚，所以在测试赛结束后没几天，8 月 28 日，2010 年花样滑冰大奖赛的第一站分站赛，就在意大利都灵正式开赛了。

彼时张珏正在国家队的场馆里，被国家队的跳跃教练、沈流、张俊宝三个人盯着，努力修改跳 3F 的姿势。

花滑的训练其实就是不停地摔，再厉害的顶级花滑选手都是摔出来的，这也是很多运动员在训练时都要戴上护臀，使得本就翘的屁股看起来更饱满的原因所在。

真不是为了好看，毕竟练花滑的男生就没有屁股不翘的，比赛时扫过去，全场一水的翘屁股帅哥。

张珏却是那种一旦加了太多防护，就不知道如何发力的类型，他连运动绷带都不喜欢，更别提护臀了。

这就导致他在训练时摔得硬是比别人扎实些，砰砰砰的声音听得别人都替他疼。

沈流还站在一边喊："张珏，把刃压下去！"

张珏默不作声地在一段助滑后再次以内刃起跳，蹦了个 3F，这次落冰比之前稳了点。

这毅力看得旁人也是心惊肉跳。

孙千就问张俊宝："你外甥以前真的说过不想走运动员这条路？这不是很努力吗？"

张俊宝满脸骄傲地回道："张珏只要下定决心去做一件事，不管那件事是什么事，都一定会把事情做到力所能及的最好。我就是喜欢他这性子，才一直盼着他练花滑的。"

竞技体育竞争激烈，所以光有天赋不够，必须是这种心性无比坚定的人，才能在天才遍地的国际赛场上攀登巅峰。

等张珏结束这天上午的训练下冰时，早就摔得浑身都是瘀青，尤其是小腿有一块擦破了皮，看着血淋淋的。

队医给他疗伤时，张珏不住地抽冷气，感叹着："这就是做运动员的代价啊。"

老舅递给他一盒酸奶："还能撑得住不？"

张珏竖起大拇指："必须撑住啊，男人不能说不行。"

老舅立刻乐和起来，接着脸色一变，扇了张珏一下："你和老舅咧咧什么呢？"

张珏捂着后脑勺叫一声，有点委屈。

不是张珏吹，他的外表可以说是难得一见的俊美。

顶着这么一副清纯无辜的外表，那些省队的大男生连一些过分的玩笑都不敢在他面前开，张珏有时候蹦出一两句自己觉得没事的话，老舅还要打他。

沈流给张珏揉脑袋，转移话题，告诉张珏，技术标准可以让他在赛场上少吃很多亏，一旦起跳时的刃错了，裁判就会判用刃模糊，然后扣 GOE 扣到肉疼，既然如此，不如提前把自己的技术改好。

想要走到顶峰，就必须让自己无懈可击。

张珏嘟哝了两句，又老老实实滚上冰训练。

等到去食堂吃午饭的时候，电视里正好在转播意大利分站赛的男单比赛。这个食堂里的全是花滑国家队成员，一个个都捧着餐盘坐在最靠近电视的地方看着。

有人看到张珏，还和他开玩笑："张珏，你要仔细看啊，电视里那些全是你的竞争对手呢。"

张珏埋头大吃，闻言抬头露出一个萌萌的笑，对手不对手的小玉不知道，小玉饿坏了，现在只想吃饭。

张俊宝和心宽的大外甥不同，他与沈流对视一眼，默契地紧盯着电视屏幕。

目前在比赛里排名第一的是俄罗斯选手伊利亚·萨夫申科，他在短节目《一步之遥》中放出了 3A（8.5 分）、3lz（6 分）与 3F+3T（9.4 分）的跳跃配置。

萨夫申科是一名精致的金发美少年，他继承了俄系选手芭蕾功底优秀的特点，冰上姿态优美而潇洒，跳起来又高又远，滑行和旋转都很有水平。

虽然和成年组的男单比起来，这少年还有不少瑕疵，但比起张珏在国内测试赛见过的对手，萨夫申科绝对强出不止一个档次。

张俊宝掐指一算，好家伙，俄罗斯少年光是跳跃基础分就有 23.9 分，再算上 GOE 的加分、旋转和滑行分，他的技术分足有 42.7 分，身为俄系男单在青年组的种子选手，裁判给他的表演分在 30 分以上，合计 73.5 分，在青年组，这个分数已经算很不错了。

江潮升在他们边上坐好，说道："萨夫申科是目前青年组最被看好的选手，他师从圣彼得堡的俄罗斯男单教父鲍里斯，技术全面，跳跃尤其厉害，已经练成 3A+3T 的连跳，听说近期正在练 4T。"

萨夫申科今年 15 岁，如无意外的话，俄滑联应该是期望他参加四年后举办的索契冬奥会，与瓦西里成为俄罗斯男单夺金的双保险。

温哥华冬奥会过去了，下一届冬奥会将会在俄罗斯的索契举办，身为主办国，俄滑联必然会拼尽全力挺自家选手上位。

张俊宝嘴角一抽："我说这小子的 GOE 加分，还有表演分的待遇怎么那么好呢，合着俄系裁判现在就开始为四年后做准备了？"

沈流却露出理解的神情："只要是搞体育的，谁不重视冬奥会啊？小玉今年 13 岁，四年后 17 岁，也是能参加冬奥会的岁数呢，到时候他和萨夫申科就是竞争对手的关系了。"

不，应该说，在他们这一辈的运动员里，张珏想要去世界顶端，萨夫申科就是他最大的对手，瓦西里毕竟比张珏大 9 岁，等张珏进成年组打拼的时候，瓦西里也离退役不远了。

张珏被一口米饭噎住，连忙开始使劲捶着胸口，张俊宝立刻给他倒水，等这口气咽下去，张珏才露出哭笑不得的表情。

他对沈流说："教练，您太瞧得起我了，我这水平哪能参加冬奥会啊……"

小朋友只是为了讨老舅开心，顺便美体塑形才跑来参赛的，冬奥会那种顶级比赛，对张珏来说太遥远了，他想都没想过。

话音刚落，桌上的另外三个成年人都用一种古怪的表情看着他。

这傻孩子怕不是到现在都没认清楚自己作为国内青年组男单一哥的身份，在成年组已经没人，青年组就他最厉害的情况下，四年以后中国要派男单选手参加冬奥会的话，可不就是你张珏打头吗？

张俊宝摸摸大外甥的头："行了，你继续吃饭吧。"

江潮升也换了个话头："张珏，领导们已经决定让你参加第二站的美国分站赛，以及第五站的中国分站赛。"

"第二站？"沈流皱眉，"我记得第二站就在 9 月 4 日，这个时间是不是太紧了？"

江潮升露出一个精明的表情："不紧，这一站厉害的人少，张珏去参赛更有希望上领奖台。"

他掰着手指头给三人算账。

现在青年组最厉害的是萨夫申科、日本的寺冈隼人、美国的安格斯·乔，萨夫申科和寺冈隼人都有 3A，在第一站撞上的时候，斗得那叫一个狠，和他们一站的其他运动员只能争第三名。

而根据大奖赛的规则，运动员是根据比赛排名获取积分的，排名越靠前，积分就越多，最后总积分前六的进总决赛。

萨夫申科接下来要参加第三站的俄国站，寺冈隼人则会参加第六站的日本站，领导们刻意让张珏避开这两人所在的分站赛，就是为了让他更有机会冲进决赛，可谓一片苦心。

也就是说，再过一周，张珏就要迎来自己的第一场国际比赛了。

想到这里，张珏咀嚼食物的速度慢下来，他喝了口水，问江潮升："所以我在美国站要面对的最大对手是安格斯·乔，对吗？"

安格斯·乔是美籍华裔，因为混血儿的俊美长相一度备受中国冰迷的喜爱，由于国内男单不争气，很多冰迷在比赛时都会替这位同宗同源的运动员加油，安格斯·乔也借此在国内的商业冰演里捞了不少钱。

但这安格斯·乔不喜欢中国，被长了脑子的冰迷揭露这点后，他立刻成了国内冰迷最讨厌的国外花滑运动员。

江潮升肯定地回道："对，他的最高级跳跃是 3lz+3T，和你一个水平。"

"张珏，你要加油啊。"

张珏眼中骤然燃起一股老舅看了都吃惊的强烈斗志，他用坚定的语气回道："我一定会赢他！"

9 月初，张珏匆忙地去学校参加了开学典礼，接着就扛着行李，在张俊宝、沈流、宋城的带领下，与同样参加美国分站赛的黄莺、关临，登上了前往普莱西德湖的飞机。

19. 偷周

张珏斗志昂扬地上了飞机，内心默默发誓，和别人比赛时发挥得如何另说，在美国站一定要力压群雄。

结果等到下飞机的时候，准备力压群雄的张小玉差点摔了个大马趴，让黄莺、关临、宋城还有 J 省那边过来的马教练都吓一跳。

他迷迷糊糊的，感觉自己被老舅单手提起来，沈流蹲着哄他："小玉，自己走，等到了酒店再睡。"

张珏苦着脸，没想到自己头回出国，居然差点被时差给整趴下。

参加国际比赛的最大难题不仅是语言问题，调时差也是一门重要的功课，所以沈流硬压着张珏不许他在飞机上睡觉。

也是因为时差，张珏都没来得及欣赏普莱西德湖的风景。在车上摇摇晃晃那一阵最难熬，明明越摇越困，周围的人就是不许他睡，小孩只好苦着脸，掐着耳垂上的黑色小针让自己清醒点，等砰的一下倒床上时，张珏几乎是立刻就陷入睡眠。

好在小孩子的身体犯困容易，恢复得也快，张珏睡了 12 个小时爬起来，立刻重新变得精神抖擞，跑到自助餐厅去了。

美国的早餐没国内那么合他口味，张珏只挑了薯饼、水煮蛋、奶香玉米棒、牛油果沙拉放到盘子里，找了个地方坐好开吃，过了一阵，其余教练和运动员也纷纷过来。

遗憾的是这里只有牛奶，没有豆浆，张珏随口抱怨了两句，沈流安慰他："在国外就算给你豆浆你也不能喝，万一他们没把豆浆煮沸呢？那你喝了还不得拉肚子啊？身为运动员，对入口的东西再怎么谨慎都不为过。"

马教练在旁边连连点头，和他谈起自己过往的经验："我 2004 年的时候去韩国参加四大洲锦标赛，喝了赛事主办方提供的酸奶，结果那酸奶可能是过期了，害得我得了肠胃炎。"

马教练是国内的前花滑双人滑一哥，孙千的开山大徒弟，国际赛场经验同样丰富，但这么多年下来，最让他印象深刻的还得数韩国的酸奶，小小一杯酸奶，硬是一下让数十名运动员在赛前集体拉肚子，也算罕见。

要不是当时在队里的秦大夫用针灸救他一把，他连上场都是问题。菲律宾的一个运动员就是因为拉虚脱了，自由滑摔得很惨。

秦大夫正是秦堂，老爷子在 2004 年那会儿还没退休呢。

张俊宝接着又调侃大外甥："张小玉，老舅原本还以为你的时差倒不过来呢，能调整就好，别忘了你这次要是比不好，浪费了滑联给你争取的分站赛名额，不说别人，参加测试赛的其他人肯定觉得还不如他们上。"

张珏嘴里塞满了食物，口齿不清地回道："我这名额也是自己堂堂正正赢过来的好吧？他们再不满，有本事在测试赛赢我啊，竞技运动不就是谁行谁上吗？"

嘀，小伙子还挺狂，但他说得有理，张俊宝就不啰唆了，沈流则摸出一张满是英文的纸。

"小玉你吃着，我和你说说情况：男单的比赛时间是在明天下午 4 点，但今天早上 9 点咱们要先去赛事主办方那边进行抽签，好确认上场顺序。这次参加本站的选手共有 28 人，你们会被分为 5 组。"

今年美国分站赛强者不多，唯一拿得出手的是安格斯·乔，他曾在去年的大奖赛总决赛拿下铜牌，同时还是世青赛的第四名。

除此以外，值得多注意的就是韩国的崔正殊、法国的亚里克斯，这两人都是 17 岁，去年上过分站赛领奖台，如无意外的话，明年就要升成年组了。

他说的这两人也正好在餐厅里，转头就能看到人。崔正殊剪了个蘑菇头，刘海很厚，脸大眼睛大，可爱有余，英俊不足。亚里克斯是个棕发棕眼的帅哥，和身边的人说笑时十分阳光。

张珏是这次分站赛最小的参赛运动员，只算年龄的话，他算越级打怪。

虽然双人滑和冰舞那边也有才满 13 岁的小女伴，但张珏这个 6 月 29 日的生日太绝了，无论怎么算，他都是今年最小的青年组运动员。

张俊宝说："你应该还是这次参赛的男运动员里最矮的。"

张珏一扬下巴："等我站上领奖台，就算我比他们矮，他们也照样得仰视我。"

行吧，看到他这么有信心的样子，教练们也放心了。

沈流原本还怕张珏像自己一样，在进入国际赛场的第一年由于过度紧张而上演花式失误，见状也安心了一点。

接着张珏就在抽签时抽到个让教练们头疼的出场位次——第三组第一位。

按照惯例，过往成绩出色的选手总是被放在最后一组出场，不仅如此，每组第一个出场的选手还会被裁判按惯例压分，免得第一个出场的分数太高，后面的也不好给太低。

第三组出场意味着在裁判那里评价不高，小组里第一个出场意味着压分。

张珏看了一眼自己抽到的破签，也有点不好意思。他的签运向来不好，久而久之便不得不养成做任何事都不靠运气只靠实力的习惯。

而关临和黄莺的签运就比张珏强得多，两人出抽签的大厅时喜气洋洋的，黄莺蹦蹦跳跳，手里举着护身符。

"我们抽到了倒数第四组第五位出场。"

张珏捧着自己的破签，露出羡慕的表情。

运动员在比赛之前要去赛场进行合乐训练，算是熟悉场地。在别人眼里，中国运动员在今年出场时的氛围格外不对，以往都是发福的教练领着小朋友进场，在场边对孩子进行一番谆谆教训，接着孩子认真点头，十分紧张地上冰。

今年的中国队进场时，打头的却是一个看着绝对不超过20岁的娃娃脸矮个青年，这青年矮归矮，却肌肉结实，胸肌鼓到白衬衫都显得紧绷，手里提一个比他胸肌还鼓的运动包。

好一个人间极品！

娃娃脸帅哥边上跟着的人大家就更熟了，那不是在温哥华的短节目上了四周跳，被如今的世界男单一哥瓦西里亲口认证的真汉子沈流吗？

这两人中间走着的小学生同样引人注目。这小孩走路时双手插兜，戴着一副不知道哪里来的墨镜，走着走着突然摸出一根巧克力棒叼在嘴里，姿态很酷。

张俊宝才把包一放，就看到张珏嘴里的零食，他立刻把巧克力棒扯开，对着小孩的屁股扇了两下。

"你哪儿来的巧克力？啊？"

张珏捂着屁股蹦到一边，摘下墨镜悲愤大喊："这是低脂黑巧克力棒！我在自助餐厅领的！只吃一根怎么了啊？"

张俊宝训他："罗马不是一天建成的，肥肉不是一天长成的，你就是控制不了嘴，体脂才一直下不去！"

沈流翻着白眼，把张珏的冰鞋拎出来，然后上去劝架："师兄，算了算了，这里是国外，给小玉留点面子。"

张俊宝指着张珏，和沈流抱怨："你瞅瞅这破孩子，一眼没看到立刻就开始吃了，他那张嘴总也停不下来。"

沈流继续安抚他："好了，师兄，等回去以后咱就买西南大学的魔芋丝给他做代餐，过几天零脂肪的日子，这体脂自然就下去了，小玉要合乐呢，先别骂孩子了。"

崔正殊看着那边，小声嘀咕："中国队这吵架的样子怎么看起来怪眼熟的？"

这种熊孩子闯祸，老爸教训孩子、老妈劝架的感觉简直太明显了，宋城总教练露出惨不忍睹的表情。

就在此时，大家听到一个响亮的、冰刀与冰面交击的声音，张珏转头，就看到安格斯·乔用右足足尖重重地砸了一下冰面，整个人腾起，跳了个 3F。

这一跳其实还挺有气势的，沈流看了一阵，判断道："捶冰起跳很严重啊。"

捶冰起跳其实就是指选手在起跳时，用来点冰的腿不够直，且点冰过重，动静大得和捶冰一样。

这种跳法对足尖的伤害且放一边，就沈流所知，裁判通常是更欣赏跳法轻盈的选手的。

宋城教练更老辣："不仅是捶冰起跳，他有提前转体的习惯，起跳的时候先在冰上拧了半圈。"

一般人是起跳时开始转体，这没什么，但如果在起跳前身体已经先在冰上拧了大半圈，就可以说是提前转体过度，也就是偷周了。

难怪安格斯·乔一直以来不仅总是输给萨夫申科，连没有国籍优势的亚洲选手寺冈隼人他都赢不了，他的技术确实不如那两人好。

张珏这时也穿好冰鞋，嗖的一下上了冰，他胆子大，在到处都是竞争对手的冰面上毫不怯场，立刻开始助滑起跳。

他跳的是 3F，落冰时毫无意外地摔了个屁股墩。

"唉……"三个教练齐齐叹出声来，觉得他们的心还是放早了。张珏的心态没问题，比他老舅当年更傻大胆，可他准备比赛的时间太短，3F 的毛病还没来得及治好呢。

张珏早就习惯了摔跤，跌一跤也不觉得难堪，爬起来就要继续练习，然后他就听到一声带着嘲讽意味的"little girl"。

张珏回头，就看到安格斯·乔对他伸出手，用生涩的中文问他："你还好吧？"看起来还挺友好的，刚才听到的"little girl"仿佛是幻觉。

张珏毫不客气地拽着对方的手站起来："Thanks。"

然后他第二次开始助滑，这一次，他跳的是 3lz，而且使用了一个非常明显的延迟转体，正靠着挡板喝水的亚里克斯突然喷笑出声，一口水溅到冰上。

延迟转体对上提前转体，对业内人士来说，张珏这一跳简直是在向安格斯·乔挑衅。

张珏跳完以后还特意对安格斯·乔笑了一下，纯真的脸配纯真的笑，简直能把人心都笑化了。

9月的东北温度适宜，凌晨4点，柳叶明爬起来走到食堂，打开电视，电视里正好传来广播声。

"Representing China，Ying Huang（黄莺）and Lin Guan（关临）·"

先开始的是双人滑啊。

明嘉教练走到边上坐好："沈流打电话的时候说双人滑在下午2点开始，男单短节目在下午4点。"

黄莺和关临作为J省的王牌，也是国内最被看好的新生代双人滑组合，实力相当过硬，两人开场就来了一个抛3周捻转。

值得一提的是，黄莺被抛起来的时候，还特意举起了右臂，这飘逸的空中姿态让他们轻松地获得了全场观众的惊叹。

柳叶明捂脸："什么时候连双人滑那边都开始练举手了。"

明嘉呵呵一笑："一种可以获得更高分数的新技术出现的时候，必然会有更多人去钻研，他们练这招的时间应该不长，成功率不高，敢直接放到比赛里用也是胆子够大的。"

在沈流退役后，大家有一阵以为金子瑄才是下一代的一哥人选，当时不少教练都说怎么连续两代一哥的心态都那么不稳定，没想到后来张珏异军突起，那比他老舅还夸张的大心脏让不少老滑冰人都欣喜不已，而双人滑的下一代也同样胆大。

明嘉暗暗感叹着，认真地看着电视屏幕，在他看来，黄莺和关临的滑行还不够好，滑得慢，单跳不够强，螺旋线瑕疵过多，可这些缺点依然掩盖不住他们的默契与表演时的灵气。

这就是中国花样滑冰的幼苗，他们是如此生机勃勃，散发着旺盛的生命力。

果不其然，黄莺和关临初战便拿下了美国站分站赛的短节目第一名。

等到男单比赛正式开始，柳叶明掐着时间，两分半一个节目的话，算上赛前时间30秒和赛后行礼时间，一组比完就是20分钟左右，张珏是三组第一位。

他们还要等40分钟左右。

比赛的都是青年组的孩子，不是所有的小选手都有3lz+3T、3F+3T这种基础分值超过9分的高级3+3连跳，大部分人用的都是3T+3T、3S+2T、3lo+2lo这种简单的低级连跳，但只要表演得流畅，观众们也不吝惜掌声。

而花滑项目以女单人气最高，成年组比赛更有看头，这种青年组的男单比赛，赛场上座率能有五成就不错了，所以现场的掌声也稀稀拉拉的。

前两组比赛中，最高分是一个拉丁裔男孩创造的 65.8 分，直到凌晨 5 点 45 分，食堂里又多了几个人，他们也终于看到了熟悉的身影。

一个身材纤瘦、脸蛋惊人的漂亮的男孩站在挡板前，听着教练的赛前训话。他穿一身白色为底、由黑色水钻在背后镶出一个深 V，露出蝴蝶骨的一字肩考斯腾，手上戴一双雪白的纱质手套。

场地应该很冷，他抽了张纸擦鼻子，鼻头微红，他耳上是一副黑羽形状的耳钉，额上也绑了一圈黑羽编织的额饰，仅看造型，就像是丛林中跑出来的天鹅王子。

张珏转过身，张俊宝在他背上一推，吼了一声"加油！"，张珏就借着这股力朝冰面中心滑去。

"Representing China, Jue Zhang（代表中国出场的是张珏）。"

沈流看着弟子的背影，眼中闪过一丝复杂的情绪，似是期待，似是欣慰。

他默默念道："去吧，张珏，去惊艳这项运动，惊艳这个世界。"

我知道你做得到！

20. 扬长

在运动员热身的时候，为了保暖，张珏在考斯腾外面罩了一件外套，当时大家也只是觉得这个男生的额饰与耳饰很别致。

直到六分钟练习时，张珏脱下外套，露出其下精致的考斯腾，观众席立刻热闹起来，人声混杂着咔嚓声，摄像头的闪光灯对着冰面不断闪烁，许多人都对着张珏不停地拍照。

玛丽莎是一个 30 来岁的冰迷，她从少年时代开始，便一直追逐花滑运动员们优雅而健美的身影，她不仅喜欢那些技艺已经成熟的成年组男单运动员，也很乐意关注那些身材纤细、潜力无限的青少年运动员。

在比赛开始前，玛丽莎就从作为工作人员的朋友那里得知，今年来了一位亚洲小选手，外形条件很是优越。

玛丽莎对此保持质疑，这孩子难道能比伊利亚·萨夫申科更漂亮吗？萨夫申科在 13 岁时就像是童话里的小王子，迷倒了不知道多少人。

朋友感叹着："亲爱的，这孩子比伊利亚还好看，他就像个大号的瓷娃娃。"

她的朋友说话总是非常实在，Jue Zhang 是一个美丽的孩子，比赛即将开始，玛丽莎稳稳地举着她的摄像机，镜头一直对准少年的身影。

这孩子在正式开赛前不断地捶打着大腿和臀部，以此唤醒这些部位的肌肉群，好在比赛中表现得更加敏捷与灵活，他在胸前画"士"字确定身体轴心的动作也很熟练。

玛丽莎小声感叹着："这趟比赛来对了。"

安格斯·乔习惯了在北美主场受到裁判、对手、观众们的最大关注，看到这一幕时，又小声骂了一句"ladyboy（异装癖者）"。

他的父亲压住他的肩膀，小声而严厉地训斥他："慎言，要是让别人听到你的话，可会让你在舆论方面狠狠喝一壶。"

"这小子的腿太细了，他的肌肉力量不足，绝对不会是你的对手，安格斯，你要更关注亚里克斯和崔正殊，他们都已经完成发育，有年龄优势。"

就在此时，场上的音乐已经开始，玛丽莎惊讶地发现，这位东方小选手在开场后的第一个技术动作居然是一组旋转。

在一个滞空感非常棒的 butterfly（蝴蝶旋转）后，张珏进入了燕式旋转。他的转速不高，技巧却是范本一样标准，接着他又姿态一变，变成了男单中很少使用的面包圈姿态，接着又换成更加漂亮的提刀燕式旋转。

技术组裁判皱眉："出色的柔韧性，但轴心不太稳。"

旋转时抬起的腿是浮足，用来支撑身体的则是滑足，张珏的滑足在旋转过程中偏离最初的轴心至少 10 厘米。

然而与此同时，这个少年在不换足的情况下换了三种旋转姿态，其中面包圈旋转周数已经超过 8 圈，旋转时有变刃，这些都达到了提级标准。

只能给 3 级，不能更高了。

各位裁判确认了自己将要给出的评级和分数，会场上方的屏幕亮起。

FCSp3（跳跃接燕式旋转 3 级）

BV（基础分）：2.8　GOE（执行分）+1.1

CURRENT（当前选手技术分）：3.9【中】

LEADER（目前领先技术分）：35.6【美】

在这组旋转后，张珏依然没有开启跳跃，反而进入了步法表演中，米娅女士并没有给张珏编排过于复杂的步法，但他的滑速高得惊人，冰刃的变化清晰而流畅，显现出良好的功底。

少年的肢体则柔软而不失力度，俨然是一位水平上佳的冰上芭蕾舞者，面部表情也配合着露出黑天鹅奥吉莉娅应有的狡诈与疯狂，伪装成天鹅公主奥杰塔的模样一步步接近王子，哄骗他许下爱的誓言，这是欺骗，也是诱惑。

要演绎这样一个角色对青年组的运动员来说是一场难度不低的挑战，但随着练习，张珏已经能够越来越熟练地完成这出黑天鹅的欺骗之舞。

正在候场的亚里克斯看着场上的少年，神情认真起来："他的表现力很强。"

他的大光头教练赞同地点头："是的，很成熟。"

光头教练在心里补充，这孩子的表演已经超出青年组的级别了。

在以跳跃为最大看点的花滑项目上，能仅用表演就抓住观众眼球的，有一个算一个都是不用为表演分发愁的人。

负责旋转评级的另一位技术组裁判非常欣赏这个孩子的滑行，她慷慨地给出了 4 级的评价，然而一个选手的任何技术评分都需要综合所有裁判的评分，因此在结果出来时，这段步法的评级依然是 3 级，只是 GOE 达到了 +1.5。

StSq3（接续步 3 级）

BV（基础分）：3.3　　GOE（执行分）+1.5

CURRENT（当前选手技术分）：8.7【中】

LEADER（目前领先技术分）：35.6【美】

虽然这样的加分看起来很慢，很寒酸，不过连一线成年男单选手也不能保证自己每场的滑行、步法都能稳定在 3 级以上，张珏此时的表现已经超出赛前教练组的预计。

张珏向所有人展示了他的才华，并得到了数位业内人士的"很不错"的评价。

直到短节目进行了 1 分 40 秒时，张珏的对手，韩国小选手崔正殊眉头抽了抽，从现在开始就是节目的后半段了，而根据国际滑联的新规则，在后半段完成的跳跃，将会有基础分乘以 1.1 的加成。

而张珏正是将所有的跳跃都压到了节目后半段！

小小的黑天鹅一点也没有初次登上国际赛场的紧张感，他没有像其他人一样在开始起跳前有明显的减速，与之相反的是，他的滑速越来越快，最后干脆利落地右足点冰，左脚压了个崴脚似的深外刃，身体腾空而起。

这正是他在合乐训练时用来对安格斯·乔挑衅的延迟转体的3lz（6分），这一跳完成后，张珏再次左足刀齿点冰，起跳时双手高举，接了一个3T（4.3分）。

这是今天场上出现的第一组高级3+3连跳，在乘完1.1后，光是基础分就达到了可怕的11.33。

玛丽莎看得惊呼出声："漂亮！"

这次她喊的漂亮与张珏的外貌无关，而仅仅是出于对这一跳的欣赏，不夸张地说，这是她在青年组赛事中见过的最出色的一次连跳！

伴随着越发急促的管弦乐，张珏再次右足点冰，这一次，他的左脚却是往内撇，压成了内刃。

张俊宝和沈流、宋城等教练都紧张起来。

别摔啊，张小玉，你这时候可千万不能掉链子！

啪的一声，张珏落冰，身体不着痕迹地晃了晃，却大体算得上稳当。

张俊宝激动地一挥拳，胳膊上的肌肉鼓起，唬得站在他边上的韩国教练连退两步。

"好！"

这个3F绝对算不上完美，但只要不摔不跟跄，就已让教练组心满意足。

好歹人家还拿到了GOE+0.8呢！

马教练感叹："张珏绝对是大赛型选手，甭管训练时怎么摔，在比赛时能稳住就比什么都强。"

过了3F这个坎，张珏也更放得开了。

他肆无忌惮地将自己的情绪挥洒在音乐中，强大的肢体感染力竟然带动着观众们开始伴随音乐打节拍。

对其他参赛运动员来说，这种感染力简直太可怕了，在今天之前，他们何曾见过这种滑着古典芭蕾节目，都能把观众的情绪带动到这种地步的同龄人？

最后一跳，2A！

在 H 省省队有句话，叫作"张珏的刃跳是 bug"，其中 A 跳更是他最擅长的跳跃，空了几年没练，上了冰都能照样跳 2A，更别提现在了。

这个 2A 被他跳得从容到仿佛可以在原有基础上再多来一圈！

结束最后一跳，张珏以 illusion（非基本姿态旋转的一种）难度姿态进入了躬身转，之后直接拉着浮足往头顶一提，身体被拗成一个美观的小水滴。

许多人都为这个水滴形的旋转姿态惊呼起来。

玛丽莎的胳膊微微颤抖："真是太令人吃惊了，瞧我在一个青年组的比赛中看到了什么？一个由男孩完成的贝尔曼旋转！而且他使用了难度进入躬身转，转足 8 周后才更换姿态，这个旋转应该被判为 4 级的！"

音乐的最后一个节点落下时，黑天鹅上身后仰，双翼展开，气势尽显，热烈的掌声响起。

这是美国站比赛开始后，所有人见到的滑得最利落的一套单人滑节目，所有技术动作都没有明显失误，表演与音乐配合得天衣无缝，《黑天鹅》的情绪被表演者展现得淋漓尽致。

节目结束了，张珏重新站直，欢呼与掌声让他无比享受，他向着裁判席、观众席鞠躬、挥手，脸上带着自信开朗的笑容。

方才他还是疯狂的黑天鹅，现在他却变回了那个精致的瓷娃娃。

这一刻，张珏能清晰地感受到冰迷们对他的喜爱，他们不是那种经纪公司买的职业粉丝，得到他们的喜爱只需要实力，而且他们在张珏每一次跳跃、旋转时的反馈同样热情而真诚。

这么想着，他捡起一束被塑料包裹的花束，对抛出花束的冰迷露出一个甜甜的笑，接着立刻又有好几束花和两个浣熊玩偶被抛到他身边。

普莱西德湖曾举办过两次冬奥会，其中浣熊就是 1980 年冬奥会的吉祥物。

沈流抱着满怀的礼物回到场边，宋城教练接过花束玩偶，沈流则立刻给他披外套，脸上带着灿烂的笑意。

"恭喜啊，张珏，第一次 all clean 就是在国际赛场上。"

张珏有些意外："我的 GOE 全拿了加号吗？我怎么记得 3F 落冰时晃了一下来着。"

张俊宝大掌压在外甥脑袋上揉了揉："你是晃了，但晃得不明显，裁判没下狠手抓，算你运气好。"

几人说说笑笑间走到 kiss&cry，即花样滑冰的候分区。

过了一阵，屏幕上出现他的最终得分。

技术分：40.28
表演分：32.85

张珏的短节目最终得分是 73.13 分，这也是本次比赛中第一个突破 70 分大关的短节目。

教练组都挺高兴的，他们都明白张珏的表演分与他展现的水平并不匹配，可见裁判还是压了分。不过一来张珏的出场次序太坏，二来因为他一身黄皮肤，出身亚洲，三来他还是首次在国际赛场上露面，压就压吧。

反正都习惯了。

沈流按着自己的经验判断："后面还有几个水平不错的，这个分数能不能排到短节目前三还要看他们的发挥。"

张俊宝想得开一些："没事，小玉体力好，只要短节目的分数不太寒酸，咱们可以在自由滑追回来，小玉，有信心没有？"

小玉握拳表示他信心十足，但现在比起分数，他更关注其他问题。

在比赛开始前，为了防止他到了赛场上想要上厕所，所以教练组不仅把他的午餐分量减半，连水都不让多喝。

张珏的肚子响亮地叫了一声，他捂着肚子，不好意思地笑笑。

孩子饿了。

张俊宝没好气地拿出他之前没收的那盒巧克力棒塞到他手里，张珏叼起巧克力棒，再度变身酷小子。

崔正殊神情凝重地望着 kiss&cry："他很强。"

亚里克斯的教练面露赞叹："这套节目的质量非常高，张力十足，难以想象这么小的孩子居然能有这么好的情绪爆发力，体力也相当不错。"

跳跃放在后半段有体力红利大家都知道，可这份红利也得有实力才能吃得到！

"这孩子的教练组很厉害，仅看节目编排就可以看出他们充分利用了规则，仗着运动员的体力将跳跃往后压，Zhang 的旋转有硬伤，他们便给 Zhang 的旋转里加入了很多提级的要素来弥补。"

不管是旋转时的姿态变化、脚下的变刃还是那个 8 周的躬身转，都是一种扬长避短的手段。

当然，要扬长避短，首先得运动员本身有长可扬，对教练们来说，竞技运动就是运动员有牌，教练才能出牌。张珏本人的实力绝对不容忽视。

而且由于人种优势，亚洲运动员的发育关普遍比欧美运动员好过，这孩子看着又矮又瘦，将来栽在发育关的概率很低。

教练叮嘱小弟子："亚里克斯，东方的花样滑冰正在崛起，我们要关注的不仅是寺冈隼人。"

亚里克斯郑重地点头，是啊，他又多了一个无法忽视的对手，回去以后必须开始 3A 的训练了。

当张珏再次双手插兜晃晃悠悠地走过时，其他运动员看他的目光中都多出了一份敬畏。实力永远是最好的通行证，明眼人都知道，只要张珏在自由滑不崩盘，肯定是领奖台的有力冲击者。

路过安格斯·乔的时候，张珏又朝对方露了个笑。

看似友好，实则挑衅，安格斯·乔内心一阵气闷。他在心里嘲讽着：得意什么？在这里，你表现得再好也赢不了我！

在实力不相上下的情况下，欧美运动员永远比亚洲运动员更受裁判的青睐！

而在别人看来，张珏和安格斯·乔这个互动还挺和谐，加上他们都是黄种人，不少解说员都认为这两位选手在场下的交情不错。

唯有秦雪君捧着牛奶杯，唇上半圈奶胡子，嘴里嚼着列巴，灰眼珠里满是疑惑。

"小玉怎么看起来很讨厌这个人？"

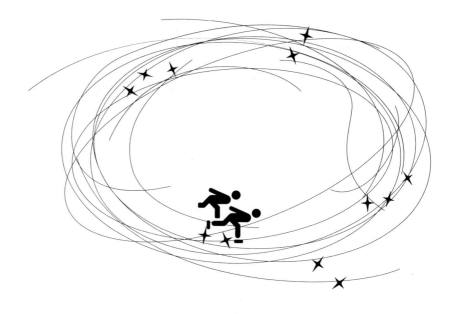

三　初露锋芒

21. 翻译

即使国内正处于凌晨 5 点，央视五台的解说员们依然兢兢业业地工作着。

电视里传来解说员清朗的声音："张珏的国际赛场首秀非常好，他成功地完成了所有技术动作，而且看得出来，国外冰迷们也很喜欢这个小选手。"

自这一站比赛开始后，张珏是唯一一个捡花束和玩偶捡到差点抱不动的小运动员。

另一位解说员赞同："张珏 6 月底才满 13 岁，是今年参加国际青年组比赛的运动员中年纪最小的一位，但他的潜力很大，不仅技术全面，表演也非常有感染力，这一点在青年组是很罕见的。"

"而且张珏的旋转能力独一无二，目前为止，他是世界上第一个在比赛中做出贝尔曼旋转的男子单人滑运动员，仅这一点，想来很多冰迷都会对他印象深刻。"

"是的，看到那个贝尔曼的时候，我都惊呆了，这孩子的柔韧性太好了。"

只要是对冰雪运动了解深一点的人，都清楚国内的花滑男单运动员们在国际赛场混得有多惨。沈流在役时还好点，毕竟一哥有教科书级别的四周跳撑场面，等他退役以后，今年国内男单便彻底断档，连个可以顶上的人都找不出来。

所以如今看到沈流出现在电视里，哪怕他不上赛场，只坐在教练席上，也是不折不扣的惊喜，等看到沈流的学生实力强劲后，解说员们当然鼓足劲地吹捧。

反正国内每年都有新冒头的天才少年、少女被这么吹捧，少年少女能不能真的滑出成绩，在国际赛场上捍卫中国运动员在本项目上的尊严，就是另一回事了。

竞技运动是真正的千军万马过独木桥，能真正走到巅峰，让广大运动迷看到的却少之又少。

张珏以后要面对的压力可不会小。

人才凋零的结果，就是国内对于男单崛起的期待将会全部压到张珏这根独苗身上。张珏才13岁，他扛得住吗？

好在张珏不会一个人面对这些压力，虽然不是每个人都有和他一样的天赋，但这不代表其他人会放弃前进。

在张珏被不断夸赞时，他的队友柳叶明在电视前露出坚定的神情，魔都队的石莫生振奋地起身，准备出门晨跑，而金子瑄已经在母亲的督促下开始做拉伸运动。

国内并非每项运动都像乒乓球、排球一样聚敛着大量人气与人才，如这种小众项目，以往就是靠着一群天赋不足却无比拼命的运动员将旗帜扛了起来，他们的成绩未必骄人，但他们同样拥有运动员的坚韧与自尊。

又是两组比赛过去，张珏的73.13分一直待在短节目排行榜的首位，在他之后，其他的青年组运动员都没有那样惊艳的高级连跳、延迟转体与举手的能力，观众们的情绪也没有被带动起来。

直到广播中传来一声"Representing France，Alex Testino（代表法国上场的是亚里克斯·特斯蒂诺）"，冰迷们才纷纷振作精神。

亚里克斯穿一身纯黑镶银色亮片的考斯腾站在冰上，他的短节目是圣桑的《骷髅之舞》。

沈流介绍道："圣桑的曲目有很多花滑选手演绎过，亚里克斯往年走的都是轻快的爵士风，现在他已经完成发育，应该是想转型了。"

张珏嘴上的巧克力棒一翘一翘的，心想，自己在发育后肯定也要转型，大老爷们总是走中性风的路线也不是个办法。

小提琴声响起，大家停止说话，纷纷将目光投到赛场上。

《骷髅之舞》又被称为《死神之舞》，是圣桑创作的浪漫的交响乐。虽然光看曲名有点毛骨悚然，然而这首曲子要展现的，却是一个死神为墓地的骷髅们拉奏小提琴的情景，曲风热闹得宛若一场舞会。

亚里克斯演绎的角色是死神，他是个很有活力的年轻人，不仅成功地将那种热闹的舞会氛围表现出来，也带动了不少观众的情绪，但正因如此，他反而没有成功表达出死神该有的样子。

无论曲风多么欢快，死神就是死神，他可以邪魅，可以浑身充斥着不祥与死亡的味道，却不能参与骷髅们的快乐。

张俊宝评价道："年轻人光顾着滑，把转型的事忘了吧？"

场边的大光头教练也无奈地捂脸。

好在小伙子的表演跑偏了，技术动作却都很稳当，他的三组跳跃分别是3lz、3F+3T与2A，完成的质量非常高，裁判给表演分时也没吝啬，亚里克斯最终拿到了75.65分，把张珏挤到了第二位。

看亚里克斯跳2A的架势，沈流凭经验判断着："他的周数比上个赛季富余很多，高远度进步巨大，恐怕是开始练3A了吧。"

这么一说，其实小玉的2A也很富余啊！

沈流若有所思。

之前他们的目标是让张珏在7月前掌握五种三周跳，以及尽可能地练出高级3+3连跳，熟悉米娅女士给的两套节目。

原本以为时间会很紧迫，但张珏硬是在测试赛开始前，把该练的技术都练出来了，如今除了3F还有点小毛病、旋转轴心稳不住这些需要用时间去打磨的问题，似乎也该开始让张珏攻克新技巧了。

崔正殊在亚里克斯之后登场，这位来自韩国的可爱系男子仅比张珏高6厘米，也就是一米五九，但他确实已经完成了发育。

然而与身高相反的是，崔正殊在花滑方面的成就相当不错，低重心带来的是高稳定性，自从出道以后，他clean比赛的概率永远比同龄人高。

对很多花滑运动员来说，整个职业生涯能clean一次都算不错了，一个稳字就能带来巨大的优势。

崔正殊的节目是一首慢节奏的吉他曲，整体表现不好不坏，所有动作都clean，唯独观众没啥反应，也就在崔正殊跳跃成功时鼓鼓掌。

他的短节目得分是73.5，还是比张珏高。

黄莺愤愤道："这就过分了吧，他的表演比白开水还没味道，这也能压小玉头上啊？"

张珏本人比较淡定，他无所谓地耸肩："没事，比赛排名看的是总分，自由滑追回去就行了。"

崔正殊只比他高0.37分，追起来很容易的。

在场所有运动员中，真正让张珏警惕的还是安格斯·乔。

不为别的，此人在跳跃时的偷周非常严重，可裁判不抓，让他硬是成了青年组中仅次于萨夫申科、寺冈隼人的存在。

亚里克斯和崔正殊的表现可都不比安格斯·乔差，打分待遇却明显不如安格斯·乔。

要击败这种人，就必须展现超越国籍福利的实力才行。

轮到北美青年组一哥登场时，现场冰迷们的反应都热烈起来，安格斯·乔也朝这边招手，示意大家给出更多的掌声。

他的短节目是一支小号曲，曲调活泼，安格斯·乔的表演也十分卖力，肢体动作幅度极大，表情丰富，观众们都很给面子地开始打节拍。

张珏眼中流露出一丝遗憾："哎呀，这人在坑自己啊。"

黄莺不解地问道："他怎么坑自己了？这不是表演得很好吗？"

有一说一，安格斯·乔的技术不干净，表现力在青年组里还是很可以的，所以江湖人称"大艺术家""艺术水母"，意思就是这位的分数高，全靠艺术分的水分。

张珏根据经验解说着："除非是那种本身节奏感很明显的曲子，否则让观众跟着打节拍不是好事，因为他们的拍子未必在节奏上，而表演者在音乐的节拍、观众的节拍之间是容易紊乱的。"

跳跃是否合乐、不突兀也是 GOE 加分要素之一，安格斯·乔很明显是想踩着音乐的节拍完成跳跃，节奏的紊乱却让他在起跳时产生了迟疑，这一迟疑，就让他整个 3lz 的轴心都歪了。

观众们遗憾地叹气。

这一跳的落冰明显不稳定，选手要靠手扶冰才能站稳，GOE 肯定要吃减号了。

张珏对黄莺摊手："你看，失误了吧，希望与观众互动，有更多掌声都没什么，只要表演精彩了，愿意到现场看演出的观众总不会吝啬那点掌声的，但坑自己这种事还是算了。"

黄莺哇了一声，露出"学到了"的敬佩表情。

由于出现了明显失误，裁判心中再是偏爱，也只能给安格斯·乔 70.8 分，其中 37 分都是表演分。

在花滑评分中，一般都是技术分比表演分更高，这种表演分倒挂技术分的情况，大家也是头一回见。

下午 6 点，男单的短节目比赛结束，排名第三的张珏在主办方工作人员的引导下，前去参加小奖牌颁奖仪式。

颁奖的气氛肯定是越轻松愉快越好，主办方安排了一个小型的领奖台，让三位小运动员分别坐在各自的位置上，给他们颁发完奖牌后，就有主持人过来采访他们。

张珏最矮，坐的地方也矮，看着小小的，主持人特别喜欢他，谈话时不断把话筒放在他面前。

"Zhang，你喜欢普莱西德湖吗？来到这里后有没有出去玩？"

小朋友满脸疑惑，沈流默默走到他旁边做翻译，张珏才露出一个甜美乖巧的笑容。

"我没有出去过，光倒时差就废了老鼻子的劲了，哪儿还有力气出门逛啊，而且我这人只要逛街时看到吃的，肯定忍不住要去尝尝咸淡，我教练都防着我离开酒店呢。"

教练们：你小子说话也太实诚了吧？

沈流摸摸他的脑袋，张口就是一串流利的英语。

"张珏说，他很遗憾自己并没有出去游览，因为这是他第一次出国比赛，所以他在倒时差这件事上消耗了很大的精力。"

此话一出，许多人都露出惊讶和敬佩的表情。

稍微资深点的冰迷都知道若非出场次序不好，张珏才是今天的短节目最佳，可这位小运动员甚至不是在最佳状态下参加的比赛。

真是个了不起的孩子！

22. 王子

如果说短节目的出场次序与选手本身的世界排名、抽签时的运气相关，自由滑的出场次序就要看短节目的排位了。

短节目成绩越好，出场就越晚。

为了让张珏有一个好状态，在比赛正式开始前，张俊宝就提着大外甥，用按摩、辅助拉伸的手段帮助张珏热身。泡沫轴被他用得和擀面杖一般，滚得张珏直吸凉气。

张珏平时嫌弃老舅手劲大，这会儿却一声不吭。之后沈流在地上放好一根棍子，伸手让张珏扶着他站棍子上面前后甩腿，放松髋关节。

沈流鼓励小孩："自由滑是比短节目更大的挑战，但你别紧张，到了场上该怎么滑就怎么滑。"

张俊宝补充道："到了六分钟练习的时候，你别太兴奋了，把那股劲压着，到了比赛的时候再一口气爆发出来。"

然而真到了六分钟练习的时候，场上的气氛与其说是其乐融融一起熟悉场地，倒不如说是一群正值叛逆岁数的年轻人互相挑衅。

安格斯·乔总是挑着张珏即将滑过的地方跳 3F，要不是张珏避得快，恐怕就得和这人来个冰上撞击。亚里克斯也不甘示弱，在冰上尝试了一次 3A，虽然摔了，但他足周了啊！

2A 的基础分是 3.3，3A 的基础分是 8.5，只要足周，哪怕落冰不成功摔一跤，被裁判判罚 GOE-3，外加摔跤必扣的那 1 分，也还有 4.5 分。

这是一种对对手的威慑。

崔正殊也不甘示弱，抬脚来了个 3T+3lo。

3T 是五种三周跳里分值最低最简单的，只需要左脚点冰即可，3lo 却是对腰力要求极高的刃跳，在连跳里接 3lo，意味着运动员连助滑蓄力的时间都没有，只能拧着腰去干拔，难度更高，相应地，分值也更高。

张珏这才发现，原来大家在短节目时都求稳，到了自由滑才开始上绝活呢。

所谓国际赛，就是一群在国内的比赛中拿到冠军，击败了一群同龄人后才得以冲到国际赛场的天才为了更高的荣誉而拼搏，大家都不可能只有短节目时展现出来的那点实力。

他瞥了安格斯·乔一眼，突然跳了个 3S+3lo，接着一个翻身，接了个 1lo，又接 3S。

张珏就这么开启了 1lo+3S+1lo+3S 的无限连跳，娇小纤瘦的身体如同小陀螺一般在冰上骨碌碌地转，看得所有人目瞪口呆。

玛丽莎听到她的友人惊叹："这孩子的腿里是安了弹簧吗？"

他也太能跳了！

张珏的连续跳跃不仅惊艳到了外国友人，他的队友黄莺也张大嘴："'刃跳 bug'果然名不虚传，是不是只要不疲劳，他的 3S 可以无限连下去？"

宋城总教练解释道："不仅是 3S，他的 2lo 和 2A 也可以无限连。"

除此之外，张珏的技术储备中，还包含了 3lz+3T+3lo 这个基础分值达到了 15.4 的三连跳，遗憾的是这组跳跃在训练时的成功率仅有三成，放在赛场上使用的成功率恐怕连两成都不到。

宋城认为张珏是个连跳天才，跳跃衔接间的节奏感非常强，这甚至不是训练的成果，而是他本身自带的天赋。

天赋，一个束缚了太多运动员的词，放在张珏身上却是如此令人欣喜。

张俊宝毫不客气地拉起小天才的手拍了两下："你觉得你威慑住了你的对手，现在很得意是吧？啊？和你说了正赛开始前要保存体力、调整状态了，你把老舅的话当耳边风啊！"

除了打屁股这种肉厚的地方，张俊宝扇张珏的后脑勺、拍手掌心的时候用的力道都很轻，孩子压根都感觉不到疼，教训的意味大于惩罚，但观众席上不少人都露出惊恐的表情。

上帝啊！那个教练居然体罚他的学生！那孩子长得那么可爱，他怎么忍心？

沈流连忙拉住张俊宝："行了行了，孩子要比赛呢，别骂了，来，张珏，喝口水，擤不擤鼻涕啊？"

张珏接过水瓶，豪迈地仰头就倒，又扯过纸巾呼呼地擤。

张俊宝又忍不住提醒他："别用力擤，当心鼻炎。"

张珏吐了下舌头，将鬓发撩到耳后，音符形状的耳坠在他的脸颊两侧摇晃着，折射出炫目的光彩。少年穿一身深蓝色的连体衣，布料轻薄富有弹性，背部有一部分采用了半透明的网纱设计，上面同样用水钻镶出一个音符，腰间是闪亮的流苏。

他看起来像是童话里音符化身的精灵，仪态却隐隐显出一种贵公子式的矜贵，修长洁白的颈项在略长的乌黑发尾间若隐若现。

沈流在他面前伸出手，张珏扶着他的手在冰上跳了跳，闭上眼睛深呼吸，立刻冷静了下来。

张俊宝拍着挡板，气势十足地吼了一声。

"张珏，上！"

张珏点头，转身朝前滑去。

无论多少次，运动员转身奔赴战场的背影都能打动玛丽莎的内心，她打开摄像机，对准这个娇小的东方少年。

她有预感，这具小小的身体里蕴含着巨大的能量，迸发出来的那一刻将会震撼所有人。

早上 8 点，石莫生打开电视，正好看到花样滑冰大奖赛的美国站青年组男单自由滑的赛事直播。

张珏上身无力地垂着，如同一具沉睡的木偶立于冰上。

《胡桃夹子》讲述的是一个发生在圣诞节的、少女克拉拉与胡桃夹子王子冒险的故事，因此在故事的最初，场内响起的是一阵风铃形成的 "Jingle Bells" 的曲调。

音乐响起，少年如梦初醒，睁开眼睛，抬起头打量着周围的世界。

他面带微笑，令人联想起看到圣诞姜饼人的孩子，可他看向前方的眼神，又让人想到童话中看到公主的王子。

这份注视不带暧昧，却足以令人心醉，他的情绪比测试赛的时候更到位了。

张珏的第一跳是他最不擅长的 3F，少年轻盈地点冰、腾空，然后在落冰时打滑，整个身体向旁边倒去，还是张珏反应快，手往冰上一撑才站稳。

3F，张珏的阿喀琉斯之踵，短节目那会儿张珏没犯毛病，大家还以为他好了呢，结果该摔的还是得摔，躲不掉的。

张珏在第一跳的失误让教练组的冷汗都下来了，好在第二跳时，张珏已然调整好了状态。

清脆的点冰声再次响起，张珏轻盈地腾空，从起跳到落冰，全程轻飘飘的，延迟转体明显到肉眼可见，双手上举的 Rippon 姿态也让人眼前一亮。

这是一个漂亮的 3lz。

竖琴声流泻成悠扬的音乐之河，小王子摆出一个邀请的姿势，神情天真而梦幻，嘴角的笑意甜美可爱。

张珏身上介于少年与儿童之间的天真和稚气，以及他成熟的表现力，正是米娅女士为他挑选这个自由滑主题的原因。

《胡桃夹子》是圣诞时节的梦幻芭蕾舞剧，带有浓烈的童趣，适宜合家观看，所以由现在的张珏来演绎这段童话故事特别好。过了这个岁数，哪怕还是他本人来滑这个节目，感觉也会不对了。

少年在冰上轻快地滑过，滑到一半时，他上身后仰，像是在拥抱雪花，接着唰的一声，冰刀滑过冰面，他接了个3S，有懂行的冰迷被这一幕惊艳得叫了一声。

很少有人前脚还在做下腰鲍步，接着抬脚就能蹦3S的！可张珏做到了！

屏幕上，小王子此时进入了一组把身体盘成薄饼一样的pancake蹲转，转着转着，他的身体逐渐直立，浮足直直抬起，换成了Y字转，与这组动作相配的，则是他喜气洋洋的笑脸。

无论做什么动作，张珏都没有忘记持续为音乐搭配上相应的表演，一场竞技比赛因这份坚持，俨然有了芭蕾舞剧的氛围。虽然场上的舞者只有张珏一个，但当他看向观众席时，许多人都产生了一种"小王子在看我"的互动感。

这当然是张珏在练芭蕾时学到的舞台技巧之一，放在花样滑冰项目中也同样好用，圣诞夜晚，白雪落下，小王子指挥着木偶击败老鼠士兵，带着少女前往糖果王国。

张珏对于表演的用心，以及舞蹈的赏心悦目，让他所有的动作都与音乐完美契合，一切好得浑然天成。待节目进入后半段，有心人已经看出来了，张珏把分数更高的连跳全部压在后半程，说明他要在自由滑中继续发挥他的体力优势，去拿基础分乘以1.1倍的加成。

好戏从此刻开始正式上演，他的第一组连跳是2A+3T+2lo，这一跳加上GOE，一下就让张珏的技术分栏目往上涨了12.5分。

第二组，使用了举手的3S+3lo。

第三组，延迟转体的3lz+3T。

干净利落的两个连跳再次为张珏增加了整整25分！像火箭一样嗖嗖往上涨的分数栏让不少小运动员看得目瞪口呆。

不过自由滑的跳跃数量到底比短节目多了一倍不止，哪怕是张珏这样的体力达人，在做完所有跳跃时，也能感受到强烈的疲惫。

他的肺部火烧火燎，大腿肌肉酸胀，发力也不再顺畅，身体在提醒张珏极限的到来，他却仍有一段舞蹈步法未完成，这时只能用意志力去撑。

轻快的钢琴声响起，整套节目最为热情奔放的阶段来临，张珏无视疲惫，神情越发欢快，双臂展开朝两边挥着手。

小王子在冰上开心地蹦跳着，就像在漫天糖果雨中奔跑，不知不觉，观众席响起了整齐的节拍声，整个场馆的气氛都活泼起来。

张珏强大的感染力甚至让一些观众忍不住摇摆自己的身体，想要与他一起舞蹈。

这一段表演成了张珏走上国际舞台时的成名片段，他无与伦比的表演天赋在此刻彻底展现出来，并迷倒了在场所有冰迷。

直到音乐结束，小王子的手在唇上一印，对观众席抛出一个大大的、可爱的飞吻，伴随着一位女冰迷的尖叫，张珏双臂一振，摆出结尾姿势。

观众们兴奋地站起来，为这场精彩的表演奉上热烈的掌声。

张俊宝兴奋地跳了起来，他转身和宋城、沈流用力一抱，沈流则高兴得眼圈都红了。

老舅抹了把脸："看到他第一跳崩成那样，我还以为后面要跟着崩了呢，没想到他这么争气。"

张俊宝从事花样滑冰这么多年，一直盼着看到有中国男单选手在场上完美地展现自己的节目，然后在节目末尾获得花滑赛场上的最高荣耀——standing ovation（全场起立鼓掌）。

在今天之前，老舅还以为这一幕离自己很遥远，但张珏做到了，他用一个并不算完美的节目，博得了所有人的喜爱。

其实这会儿张珏还没下冰，大家都没看到分数呢，但教练们已经开始在心里庆祝胜利了。

作为首秀，张珏表现得足够出色，甭管最后拿的牌子是什么颜色，这全场冰迷们表现出的热情与喜爱都已让小运动员和他的教练组心满意足。

被张珏迷得情绪激动的外国大哥大姐们也是实在人，一个个恨不得用花束、玩偶将张珏埋起来。张珏捡东西捡得满头大汗，等他再次抱着一大堆东西下冰时，教练们笑容满面地迎过来，簇拥着他到 kiss&cry。

现场观众的反应让想要压分的裁判也不敢下太重的手，所以张珏这次拿到了一个非常漂亮的分数——142.9。

加上短节目的 73.13，他的总分突破两百大关，达到了惊人的 216.03！

难以置信，张珏首次踏上国际舞台，就从苛刻的外国裁判手中拿到了两百以上的分数。

张俊宝被这分数乐得合不拢嘴，搂着大外甥发出爽朗的笑，一口一个好小子。沈流也开始往张珏手里塞水，不断地问他回国后要不要吃烧鹅。

石莫生看着电视里露出惊喜笑容的教练们，不知为何，心中涌起一份酸涩。一直以来，国内的教练们都在等待一个可以让世界看到中国男单实力的人，他们等得太久，近乎放弃了希望，现在那个人终于来了，却不是石莫生自己。

其他运动员却在张珏带来的压力之下快崩溃了。

向来以稳定性著称的崔正殊还好，亚里克斯却在自由滑后半段连摔两次，彻底丢失短节目带来的优势，安格斯·乔则从短节目一直崩到现在，压根没好过。

于是在美国东部时间晚上 8 点 30 分，来自中国的青年运动员张珏创造了一个奇迹。

作为从未被花滑项目青睐的黄皮肤运动员，张珏成了亚洲第一个首次登上国际舞台，便在 A 类赛事夺金的男子单人滑运动员。

张俊宝满心不敢置信，喜气洋洋地抱起大外甥转了一圈，眼中含泪："我的娘啊，没想到咱第一次带队出国比赛，就可以听国歌了！"

沈流同样激动不已，这也是他第一次在国际男单赛场上听到中国的国歌啊！

23. 煲粥

窗台上，张俊宝一只手搭在膝盖上，嘴咧得老高。

"谢谢孙指导……放心，我一定督促小玉，绝不许他骄傲……这熊孩子也就是比赛的时候特别争气，训练的时候能把我气死，时不时来个突发状况，我这个肝啊，早晚被他气炸……"

门口，正和曾经的队友聊天的沈流语调轻松而愉快。

"主要是小玉出场次序好……他第一个出场，恰好状态好，能给后面的运动员带来压力，也算错有错着吧……什么把人打崩了，这又不是打球，花滑是没有对抗性的，成绩如何都看运动员自己，张珏滑好了，别人没滑好，那就张珏赢呗……"

沙发上，宋城红光满面。

"这次赢得不容易，张珏这孩子一到美国就先被时差祸害得不轻……可不嘛，看他短节目被压分压得那么惨，我还以为能夺得奖牌就不错了，谁知道能夺金呢……"

张珏抱着一盒巧克力威化饼干吃着，脸颊鼓鼓，觉得作为话题人物的自己在这个房间里反而有点多余。

明明美国东海岸和中国差了13个小时，但从比赛结束开始，三位教练的电话就没停过，全是恭喜的，就连张珏的父母都把电话打到张俊宝那里，大概在这对夫妻眼里，自己的儿子就是个不靠谱的熊孩子，老疙瘩才更加可靠。

被无视的孩子只好把专注力放在嘴上，挂着金色的奖牌专心吃饼干。

也不知道男单的状况是有多惨，这群人才会连自己赢个青年组的分站冠军都兴奋成这样。

在他比这一场前，中国似乎真的没有男单选手在青年组、成年组的所有大奖赛赛事中拿过金牌。也就是说包括沈流在内，一群男单选手从在役到退役，居然都没人在国际赛场上拿过冠军，沈流整个职业生涯都没听过因自己响起的国歌。

好像是挺惨的。

张珏不明白人才断档这件事对中国滑冰人的刺激有多大，自沈流退役后，国内再没有在国际赛场上具备竞争力的运动员，连带着冰迷们都不看男单的赛事，而他的出现就像是往干涸的田里引入了水源，带来新的希望。

叮咚一声，张珏手机上多了条短信。

【骨科神医：什么时候回来？带你去京深海鲜市场，我请客，吃到饱。】

瞧瞧，这才是实在人，海鲜属于运动员外食时也可以吃的安全食材，但因为比较贵，张珏也没想过吃海鲜打牙祭，没想到秦雪君这么大方。

【小玉：后天回，明天要参加表演滑。】

张珏一边回信息，一边算了下自己的存款，觉得到时候还是和秦雪君AA比较好。他饭量大，总不能让好朋友请完自己后，只剩吃土的钱。

就在此时，那边又来了一条信息。

【骨科神医：央视五台会转播你的表演滑吗？】

【小玉：只是青年组的分站赛表演滑，央视五台不会转播的，不过H省少儿频道会播。】

由于年龄和外表的关系，所有人都很自然地将张珏列入少儿行列，加上他本人也算 H 省内最杰出的青少年花滑运动员，所以少儿台是有派工作人员过来进行拍摄的。

这就是来自家乡的支持啊！

表演滑节目不需要按照比赛规定进行技术动作，选手想加动作就加，不加的话，只随着音乐进行滑行表演也可以，相当随意自由，却也常有经典节目出现。

有些运动员战绩不佳，却因为表演滑颇有特色，退役后也能在职业商演的领域发展得不错。

而一个出色的，能够让裁判和冰迷们喜欢的表演滑节目，可以为选手博得更好的印象分，让他在之后的比赛中更加顺利。

比如 2002 年冬奥会男单冠军在 20 世纪，曾滑过一个叫"Banana"的超级搞笑节目，此节目后来被冰迷们视为"花滑圈三大禁片"之一。

张珏今年的表演滑却很朴实，节目是张俊宝挠着脑袋编的，表演服是在淘宝上买的小鳄鱼连体衣。花滑是烧钱的运动，很多人光是承担训练费、车旅费就已经很不容易了，不少二三线的选手，在表演滑的时候也就穿身休闲装，一套节目滑好几个赛季的情况也不稀奇。

张珏虽然有省队给发的补贴，但本人还没什么名气，没有赞助商的支援，也只好省着点了。

他的表演滑节目是"Schnappi"。

当拖着一条大尾巴、浑身绿色的小鳄鱼跑到冰面上的时候，许多观众都忍俊不禁，好几位阿姨直捂脸。

仗着年龄优势尽情卖俏的张珏十分放得开，开场先摇头晃脑地绕场快速滑了一圈，然后跳了个举手的 3S。

这一跳把不少人都惊到了。能跳 3S 的有不少，这种带着老粗一条大尾巴，还能照样举手跳的人就是高手了。

张俊宝一脸了然："他练得最好的还是 3S。"

张珏也在练在连跳中接 3lo 的技术。最先练出来，并且最稳定的就是 3S+3lo，两个刃跳的组合让张珏跳着十分顺滑。

3S 也是张珏唯一可以拖着条尾巴完成的跳跃。

接着张珏就在场上秀起了花样跳 3S 的技术：举双手跳、举单手跳、叉腰跳……

这个节目的编排并不精致，观众们却前所未有地买账，表演滑结束时，还有不少冰迷过来要求和张珏合影。

张珏回头和沈流对视一眼，沈流鼓励地点头："去吧。"

张珏："教练，我看你，是想请你把他们的话翻译一下，我听力不好。"

沈流："你这个样子，将来中考的时候可怎么办啊，就算其他科目考得再好，也不能就放弃英语了啊。"

张珏心说他没放弃英语啊，只是放弃了听力而已，他笔试水平不错，就是听不懂也说不好。

也不知道沈流怎么和冰迷们说的，那几个冰迷在合影时规规矩矩地站在张珏边上，不敢搂肩，不敢碰胳膊，穿着鳄鱼连体衣的张珏配合地对镜头露出礼貌的微笑，看起来可爱之余还有点搞笑。

等分开的时候，一位金发大姐递给他一个小鳄鱼玩偶，又是叽里咕噜一大串。

沈流告诉张珏："她说祝你在接下来的赛季百战百胜，她会买票去中国看你比赛的。"

他一边翻译一边心里惊叹：乖乖，长相好、实力强就是好。

张珏捧着玩偶，露出一个乖巧的笑，回了一句"谢谢您的支持"。

瓷娃娃乖巧的笑容，让金发大姐心花怒放，她忍不住伸出手，想要和张珏握个手再走。

张珏双手握住她的手晃了晃，发现这大姐手挺冷，还很诚恳地关心一句："在冰场里多穿点，记得多喝热水，别着凉了。"

甭管心里怎么想的，面对粉丝时必须温柔再温柔，绅士再绅士，要尊重和感激他们。

花样滑冰运动员的主要收入之一就是参加商业演出，而商演市场就是冰迷们撑起来的。理论上，冰迷和娱乐圈的粉丝性质差别不大，只是一个追的是偶像，一个追的是花滑运动员。

张珏对冰迷的态度都是尊重礼貌加感激，沈流翻译着翻译着，差点以为今天的张小玉被人掉了包。

怎么所有话都不用改，直接原话翻译就行了呢？

24. 捐献

在被称为京大，别称圆明园职业技术学院的大学门口，张珏蹲在地上看叶子落在地上的阴影，偶尔有路人打量这个过于精致漂亮的孩子，有些疑惑。

过了一阵，一个极高的大男生朝他跑了过来，白 T 恤的背部早已被汗水浸湿，汗水流过深邃的眉眼，乌黑的睫毛上吊着一颗汗珠要掉不掉。

张珏递给他一块手帕："来，擦擦汗，没想到京城 9 月份这么热。"

"谢谢。"秦雪君胡乱擦了把脸，"不好意思，有个学长叫我来这里拿东西，他在这儿当老师。"

张珏哦了一声，也没问为啥水木人会跑到京大做老师。

协和早年和京大合作，后来才改成跟水木合作，所以协和医学生也分为京大协和生、水木协和生。两家学校之间总是有各种各样的恩怨纠葛。

秦雪君撑起一把遮阳伞挡住头顶，伞面下的阴影盖住身旁少年小小的身影，秦雪君又抹了把汗。也许是因为祖辈都生活在高纬度区域，他总是很不耐热，一到夏天连球都很少打了。

反倒是张珏，哪怕身处 37 度以上的高温环境依然无汗，仿佛将冰上的冷气带到了日常生活中。他有一搭没一搭地和秦雪君聊天气和感受："这里比普莱西德湖热好多啊，果然还是纬度不同吧，你喜欢在高纬度地区生活还是低纬度？"

秦雪君下意识地回道："高纬度吧，凉快一点，反正到了冬天也有暖气。"

张珏一脸赞同："是吧，到了冬天还是需要暖气的，我还好，平时都待在冰上，秦哥在这样的天气里还要跑出门上课，会不会很热？"

秦雪君："还好，教室里开了空调，而且去解剖室的时候特别凉快。"

小孩在说话时总是会努力抬头看着秦雪君，并及时对每句话给出反馈，让人觉得他听得特认真。

谈及解剖，张珏兴致更浓："那雪君哥对人体的腿部结构也很了解对吧？"

秦雪君肯定地回道："是，我打算以后去骨外科发展……"

然后他的话匣子正式开启，和张珏说了一堆人体的腿部结构如何的话。

他们之间总是如此，才碰面的时候都是张珏抛出问题，大家聊聊风景、天气，以及各自的体验，到了后半段，就基本是秦雪君在说了。

他知道自己平时没什么表情，也很少因为一件事产生激烈的情绪波动。从小到大有无数人评价他性情冷淡，难以深交，现在说得上话的只有同寝室友和导师。

张珏不是那种喜欢叽叽喳喳不断说话的孩子，但他总能让自己看起来愉快。和换糖之交相处让秦雪君觉得舒服，哪怕平时见面不多，这段年龄差 4 岁的友情却维持得很不错。

等到了海鲜市场，秦雪君咳了一声，拿出钱包晃了晃："开始吧。"

张珏欢呼一声，脚步加快，小跑着进了市场大门，背包上的鳄鱼钥匙扣一晃一晃的。

清蒸花螺大闸蟹，甲鱼扇贝三文鱼。

作为全国十强海鲜市场，京深海鲜市场的海鲜种类丰富，品质新鲜。张珏挑海鲜的动作十分熟练，对着眼珠、鱼鳃观察一阵，选好三文鱼，接着又去买皮皮虾，选虾时只挑腹部有王字的母皮皮虾，母虾肉多。

这里的鲅鳓十分便宜，一斤只要 15 块，张珏也果断买了一条。零零散散地选下来，他买的最贵的食材，也不过是 180 块一斤的智利对虾。

食材选购完毕，秦雪君领着张珏去三楼的加工区，周围吵吵嚷嚷，四处是人，张珏左右看了看，摸出一个 MP3，举起一只耳机。

"听吗？"

秦雪君点头，坐在他身边。鉴于身高差，他们默契地趴在桌子上，耳机线才刚好够。麦当娜的"La Isla Bonita"传入耳中，仿佛要将每个听到歌声的人带去圣佩德罗。

直到这时，秦雪君才注意到少年的眼下有一片不明显的青黑，虽然在路上，张珏就提过自己被教练们强迫在飞机上睡觉，最开始却根本睡不着，等迷迷糊糊睡过去的时候，飞机已经在京城降落了。

灰色与黑色的眼珠对视着，张珏小声问道："雪君哥，你刚才提起解剖，我想问你个事，就是如果一个人签订了遗体捐献协议，他的身体最后会出现在解剖台上，那他的内脏会在那之前被送到需要的人的身体里吗？"

秦雪君回道："会的，有的人会因为大体老师生前留下的善意重获光明，还有许多人会因为这份善意延续生命。其实人死后哪怕洪水滔天也碍不着什么了，好多医学生都签了遗体捐献协议。"

"我成年以后也签。"

少年露出一个干净的笑："说不定隔个几十年，咱俩还能在讲台上重逢呢，到时候我一定是所有头骨里牙齿最好看的那个。"

说着，他露出一口整整齐齐的白牙。这孩子牙齿是真的挺漂亮的。

秦雪君也笑了，张珏第一次发现这人有个酒窝，不明显，笑的幅度不大都看不出来。

他顺着张珏的话说道："那我一定是眼窝最深的那个。对了，如果我死的时候牙齿掉得不严重的话，我应该会比常人多四颗牙。"

"为什么啊？"

"我的智齿长的位置很正，所以没拔，很好认的，如果你在讲台上认出我，还能和我打个招呼呢。"

两个男孩不约而同地笑出声来，慢慢地，张珏闭上眼睛。

他是真的不擅长倒时差，去地球的另一半比赛，最让张珏受不了的不是晕机和陌生的语言环境，而是作息的紊乱。身为运动员，他能很清楚地感受到自己不如在国内时体力充沛，尤其是自由滑，张珏其实是硬着头皮滑下来的。

这一觉睡得不长，十几分钟过后，秦雪君就把他摇醒。耳机不知何时已经被摘掉了，MP3的电源被关掉，好好地放在张珏的手边。

张珏坐直，鼻头动着："哇，这个椒盐皮皮虾好棒。"

秦雪君摸摸他的头："还有皮皮虾饺子，特别鲜，来，开吃吧。"

说着，张珏手里被塞了一双筷子，还是已经用开水烫过的。

两个男生都饭量不小，吃起东西的速度都不慢，餐厅里还有个电视在重播南非世界杯比赛，张珏可是滑完冰就抱着球冲上球场的人，一听哨声，眼珠子立刻就转过去了。

小孩吃饱喝足以后，精气神立刻就回来了，只见他小手一挥："秦哥，你把我当兄弟就别拒绝和我AA，大家都是穷学生，身上没几个钱，我不能只让你花钱，不然我以后都不好意思和你出来玩了。"

秦雪君欲言又止。

虽然只是学生，可秦学神在高中的时候参加了化学竞赛拿了金牌，所以是有新生奖学金的，整整40000块，学校分4年发给学生，加上父母给的生活费，平时没什么大花销的他真的不穷。

然而张珏刚才吃得比他还多呢，他坚持不让秦小哥负担全部花销，秦雪君只能哭笑不得地和张珏 AA，然后打车把小孩送回了酒店，目送他跑进大门。

在他转身时，张珏又喊道："雪君哥。"

秦雪君下意识地转身，一颗巧克力在空中画了一道弧线，落到了他的手中。

张珏朝他挥挥手，笑得灿烂："晚安！"

25. 考验

9 月中旬，大奖赛的第三站在俄罗斯莫斯科举行，拥有青年组男单第一天才美誉的伊利亚·萨夫申科出战。

国内没有直播俄国站的比赛，张珏只好在吃午饭的时候和队友们一起看其他信号源的转播。

萨夫申科状态极佳，短节目结束时就与第二名拉开了 10 分的分差，自由滑结束时，他已经比银牌高出整整 30 分。

这位颜值不输明星的金发美少年在短节目、自由滑中总共放了 3 个 3A。

3A 的分值高达 8.5 分，与 4T、4S 这两种四周跳仅差 2 分，与其他三周跳家族的成员相比，从难度到分值都有天壤之别。

裁判对萨夫申科的青睐肉眼可见，GOE 噌噌地上涨，让张珏看得羡慕不已。他从未在比赛里享受过这么好的加分待遇，就算经常使用举手、延迟转体这种罕见技术也一样。

柳叶明安慰张珏："现在你才是青年组，裁判的确不好给太高的分，等你到了成年组，打分待遇还是会涨的。"

他们可不能和俄滑联的太子爷比待遇，张小玉只是区区中国男单的希望，能不被压分就不错了。

张珏语气悲伤："我不求裁判对我多好，只要公平打分就可以了。"他们一偏心，张珏要赢那些欧美选手就更艰难了！

不过平心而论，比起安格斯·乔那种裁判使劲给高分，却依然能输掉比赛的选手，萨夫申科属于能被捧起来的类型。

他的舞蹈功底扎实，表演时有一种典型的斯拉夫式的艺术风格，气势很强，跳跃能力出众。在青年组，这么全面的选手可不多，所以观众不会觉得萨夫申科的成绩有水分，只会认为如寺冈隼人、张珏这样的黄皮肤运动员得到的分数与他们的实力并不匹配。

为了让处于生长发育期的运动员将来有个好身板，教练会要求他们必须睡午觉。

张珏没住省队宿舍，老舅就专门为他在办公室里摆了个行军床。东北夏季的气温不高，室内没开空调，只有一架小电风扇呼呼地吹。想着小孩应该睡沉了，沈流轻手轻脚地走到门口，朝张俊宝挥手。

"师兄，来一下。"

张俊宝放下手里的哑铃，走到门口，掩好门，沈流递给他一份文件："宋教练说理解你现在想专心把张珏带出来的心情，所以给你挪到主管教练的位置，我做跳跃教练。还有，他希望我们能多带一个人，也是单人滑的。"

他说单人滑，没说性别，张俊宝就懂了："是个姑娘？"

"对，叫徐绰，市队上来的，前几天才满13岁，明年进青年组，会四种三周跳，三种3+3连跳，是上头比较看好的女单苗子之一。"

"那她水平不错，怎么轮得到我教？"

张俊宝下意识地把手伸进裤袋摸烟，却掏了个空，见沈流露出看透一切的笑意，他赧然地移开眼，盯着窗外的树荫。

沈流垂下眼眸："你把张珏带得这么好，大家都知道你厉害了，像徐绰就是看完张珏的比赛后，自己提出想跟你练的。"

国内好的双人滑教练不少，好的单人滑教练却是凤毛麟角。陈竹算一个，但她的收费太贵了，学生也多，未必排得上。张俊宝人在省队，学费不贵，手底下的徒弟还只有张珏一个，正是拜师的好去处。

气氛安静下来，两人都没再说话，沈流靠着墙，专注地打量张俊宝的脸，露出怀念的神情："娃娃脸就是好，人都老得慢些，再见面时，看着还和在役时一样。"

张俊宝轻笑一声："怎么没变了？我这几年做无氧运动，比以前重了10公斤。"

沈流摇头："你也是易胖体质，退役后不努力点，岂不是要和张珏一样，多吃一点东西，就跟吹气球一样鼓起来了？"

过了一阵，他问："戒烟难不难？"

张俊宝闷声辩解道："我本来就没烟瘾，只是以前出于好奇偷偷抽过两回，每回都被你逮着了。"

说来也奇妙，他们还一起在省队的时候，就曾约定过一起为了中国花滑崛起而奋斗，后来先后成功加入国家队。谁知张俊宝还没滑过瘾呢，就因伤退役了。

追梦的旅程那样美好，梦碎却如此简单。

两人本以为就这样了，张俊宝在省队做教练，沈流退役后大概率继续念书，将来留在高校做老师，结果天上掉下个天资卓越的张小玉，让这对分隔两地、情谊深厚的师兄弟再次为了同一个目标聚在一起，就像一条河流在中途分成两个分支后，最终流入同一片大海。

一想到张小玉，老舅就忍不住叹气。

要说他对张珏，真是从饮食到训练无一处不精心，结果养了这么久，小孩的身高还是只有一米五三，现在是一米五三点三了，那0.3厘米换把尺子可能就找不见了。

虽然重心低的人练花滑有优势，可老舅也不想自己的大外甥最后成为一个没有崔正殊高的、真拿身高换取绝世容貌的小男孩，这孩子长胖那么容易，怎么长个子却比戒烟还难？

沈流忍俊不禁："没事，他还小呢，等到了发育的时候，肯定一下就冲起来了。"

他递给张俊宝一盒饼干："给你吃，记得别让小玉看见了。"

真让张珏瞅见老舅偷偷吃好吃的，以他的性子肯定是要来蹭一口的。

张俊宝嘀咕："又是奥利奥，上次是草莓，这次是香草啊。"

大奖赛的青年组和成年组比赛是放在一个时段、一个比赛场馆里比的，因为成年组的分站赛开始得比较晚，所以今年的大奖赛总决赛要在12月初才会举行。

在那之前，教练组要求张珏进一步跟节目磨合，并改进他的3F。原本大家是想让张珏拼一拼，把3A给练出来的，不说一定要放在节目里，但是多一项技术，上赛场时也会多一份底气。

偏偏在比赛中向来稳定的张珏，却接连在3F上栽跟头，教练组思来想去，还是觉得有没有 3A 不着急，张珏还小，未来可以拼搏的时间还很长，所以现在先给孩子的技术打个补丁，规范他的技术更妥一些。

于是等训练的时候，张俊宝告诉张珏："中国站在 10 月 2 日开赛，正好是国庆节假期的时候，到时候我们要去魔都比赛，现在我会增加 3F 的训练量。在参加中国站的比赛前，你得把这个跳跃的成功率提高到 70% 以上。"

张珏眨巴眼，乖巧地说了声好，上冰，开跳。

那娇小的身体在冰上摔得跟滚地葫芦似的，这么一天摔下来，张珏的 3F 有没有进步不好说，他摔跤的技巧却大幅提高。

原本张珏老是摔得半边身体都是青的，睡觉只能侧着躺，现在的他在摔跤时已经可以熟练地在身体倒下的同时，让大腿、臀部先着地，然后柔软地滚出去卸力。

徐绰跟着母亲进来的时候，正好看见自己的准师兄骨碌碌地滚出去好几米，撞到了挡板上，发出响亮的一声。

张俊宝冷酷地拍手："起来，继续。"

娇小的少年爬起来，拍拍屁股继续助滑、跳起、摔跤，这个过程重复了很多次，3F 却一直时灵时不灵，有时能成，有时却在起跳时身体轴心便歪成了 60 度。歪轴的跳跃就算足周了也没法落冰。

这就是国内第一个在男单赛事拿了分站赛金牌的天才少年了。

徐绰的母亲也是花滑教练，看到这一幕，她不自觉地说道："他这个 3F 的跳法有点奇怪啊。"

不是说张珏的技术不干净，有偷周之类的毛病，天地良心，这个擅长延迟转体的少年从出道开始，便以跳跃周数充足、技术规范著称，拿着他的视频当跳跃教科书都没有问题。

但正常的花滑选手在跳 3F 时，都会用右足内侧点冰，这样腾空时身体会更好地朝逆时针的方向发力，而张珏却恰恰相反，他是用右足的外侧足尖去点冰，而且劲特别大，所以他的 3F 高度特别高，比他的 3lz 还高得多，跳跃高度接近45 厘米。

沈流走过来，和徐绰妈妈握手："你也看出他的问题来了？张珏说用正常的跳法的话，他就压不好内刃，所以我们让他用自己觉得舒服的方法试试……他现在使用的跳法并不违反规则，但对运动员本身的腾空能力要求更高，而且要比别人多转一点。"

如果说正常的 3F 只要转三周的话，张珏现在的跳法，会让他比常人多转 0.2 周，有点仗着自己转体能力强就乱来的意思。

不过张珏自己说这么跳舒坦，而且在使用这种新跳法后，他 3F 的成功率终于开始稳定上升，教练组就默许了。

跳完 50 次 3F，张珏下场喝水，张俊宝才匆匆忙忙过来和来人打招呼。

"不好意思，上头都说要张珏把中国站的金牌拿回来，他压力挺大的，我只能盯着他练，这就是徐绰吧，条件不错啊！"

他迅速估量了一遍小姑娘的身体数据，目测身高一米四左右，身材瘦小，扎两根羊角辫，柳叶眉、月牙眼，天生的微笑唇和苹果脸搭在一起，看起来很讨喜。

张俊宝语速略快地说道："宋总教练说了你的情况，带冰鞋了没有？"

得到肯定的回答后，老舅朝边上一指："去热身，上冰溜一圈给我看看，先摸个底。"

另一边，张珏在沈流的帮助下上了吊杆，在冰上助滑一阵后，朝前一跃，沈流举着吊杆一提，小孩就在辅助下完成了一个 3A。

徐绰一边原地小碎步，一边不自觉地看着那边，阿克塞尔跳，王者的跳跃，3A，传说中的梦幻跳跃。自日本传奇女单运动员伊藤绿在 1988 年跳出女单历史上第一个 3A 后，到目前为止，世界上完成过 3A 的女单选手少之又少，几乎每一个都有至少一项 A 级赛事的冠军头衔在手。

和随着成长越来越强的男单运动员不同，女单运动员一旦过 18 岁就算老将，徐绰决定找上张俊宝，便是因为对方是国内最有可能带出拥有 3A 的单人滑运动员的教练。

她暗暗心喜，热身动作做得越发用心，待上冰后，张俊宝空出一个地方，让小姑娘演绎了一遍经典曲目《望春风》。

明嘉辅助张俊宝记录女孩的数据："徐绰的滑行有点慢，冰刃变化不够活，做步法的时候匆匆忙忙的，这不行，越想出好跳跃，越要滑行功底深厚。"

张俊宝面色冷静："旋转不错，轴心很稳，转速偏慢，但贝尔曼拉得有点勉强……她应该偏力量型，柔韧和刃跳都一般，协调能力需要改善，点冰跳很强，爆发力强劲。"

是和张小玉相反的类型，他合上笔记："行了，这个徒弟我要了。"

老舅不知道的是，在他搞测试的时候，张珏不经意间往这边瞥了一眼，内心一震，那不是徐绰吗？

他听说过，这位徐绰天赋极高而且家境很好，原本应该在俱乐部自费训练，后期跑去魔都成为陈竹的弟子，怎么现在加入省队和老舅混了？

张珏纳闷了一阵，接着内心便对张俊宝无尽地同情，他原本以为老舅碰上自己这个易胖体质的已经够惨了，没想到，上天丢给张俊宝的考验不是一个，而是两个！

大外甥在内心为老舅高歌一曲《哈利路亚》。

10月初，张珏登上飞往魔都的航班，迎接即将到来的中国站分站赛。

原本想趁国庆长假和亲哥一起上魔都见见世面的许德拉也因易胖体质，在暑假成功把自己吃成一个球，此时只能被亲妈塞进某武馆，开启了吃成沙拉精的减肥之旅。

26. 坏了

有不少运动员参加的第一场国际赛事是在本国举办的大奖赛分站赛，而对中国的花滑运动员来说，能够在国内进行 A 级赛事第一战，还是近几年才发生的事情。

带着石莫生走入场馆时，陈竹感叹道："你们也是赶上好时候了。"

换作她那个年代，中国还没有申请成为分站赛举办地的资格，有时候运动员就算在国外被欺负得呕血，最后也照样申诉无门。

陈竹自己还好，她的实力够强，在分站赛时没受过什么委屈，但在 1996 年世锦赛上，她明明滑出了职业生涯最好的两套节目，却输给了裁判那只按计算器的手，仅仅排在第二位。

那一届的世锦赛金牌得主，是一位北美选手。

这就是当时中国花滑选手的困境——连一姐的世锦赛金牌都会因为国籍劣势被黑掉。

而到了现在，至少在自家的地盘上，国内的运动员是能拿到公正的评分的。

最有人气的双人滑现在是成年组和青年组各有一对撑场面的选手，也是国内唯一有奥运金牌撑场面的花滑项目，但在温哥华夺金的那对组合年纪已经大了，男伴 31 岁，女伴 27 岁，两个人都伤病缠身，现在只等黄莺和关临升组，他俩就要退役回老家结婚。

女单这边在陈竹退役后，再也没人进过世界前十，但她们比男单好点，陈竹在役时拿遍冬奥会金牌以外的各种荣誉，之后女单的历代一姐也不乏在分站赛上领奖台的。

男单比较惨，沈流伤退后直接断档了，大家的期望只能放在一个年仅 13 岁的娃娃身上。

至于冰舞……大部分国内的冰迷连国内的冰舞一哥一姐姓什么都不知道。

在这种花滑四项都只有少数几个支柱撑着的情况下，大家有一个算一个都是全国的希望，都是领导捧在掌心的宝贝。

在国内比赛的另一个好处，就是不用倒时差了。

才在美国站创造历史的张珏就曾在采访时说过，倒时差十分辛苦，很影响运动员状态。当时张珏那个东北腔让不少从事冰雪运动的国人都觉得老鼻子亲切，沈一哥的翻译水平也意外地出色，央视五台转播这段采访后立即让一众冰迷笑翻了。

石莫生心想，其实今年运气最好的是张珏。

由于是在断档的时候冒头，领导们愿意花心思将他运作到对手少的第二站参赛，加上对手通通发挥不佳，于是成功夺冠，创造国内男子单人滑的历史。

第五站又是国内赛，最厉害的参赛运动员除了张珏自己，也就是捷克的尤文图斯·布拉托夫。但尤文图斯实力并不强，只是年纪偏大，各方面技术比小孩子们成熟，在第一站时，萨夫申科、寺冈隼人竞争得激烈，其他选手通通被打崩，尤文图斯就通过一个稳字拿到了一枚铜牌。

既然张珏能赢安格斯·乔，那他就没理由输给尤文图斯，一旦张珏拿下两枚分站赛金牌，他就能像已经拿到了第一站、第三站金牌的萨夫申科一样，以最高的 30 分积分稳稳挺进总决赛，创造又一个新历史。

此时的张珏距离新历史已经只有一步之遥。

石莫生并不嫉妒，想要抓住创造奇迹的机会，首先自己要拥有创造奇迹的实力，以及足够稳定的大心脏，两者缺一不可，如果实力强，却没有好心态的话，就会像金子瑄这个张珏崛起前石莫生最为重视的对手一样，在明明具备技术优势的情况下输掉了珍贵的参赛名额。

竞技体育，能赢才是正道，他连测试赛的机会都把握不住，就不能怪张珏抓住机会乘势而起。

青年组的比赛上座率不高，所以场馆管理并不严，走入场馆时，冰上已经开始有运动员熟悉场地，也有一些本地的冰迷坐在前排，拿着摄像机进行拍摄。

石莫生不经意地抬头，正好看到一个熟悉的人影。

小麦色皮肤、俊朗英气的脸，正是因伤退役的青年组前一哥樊照瑛。大概是养伤时没怎么运动，樊照瑛的肩背宽厚许多，身上罩着一件保暖的呢子大衣，正专注地看着冰场。

石莫生顺着他的目光看过去，正好看到张珏在场上交叉进行燕式滑行、蟹步，以放松和拉伸身体。但就是这种对专业运动员来说十分基础的动作，由张珏做来却优美得令人心动。

少年如清风吹过冰晶凝结的雪白场地，飘然若仙，仅仅是舒展身体的动作，便已令人赏心悦目。

过了一阵，张珏开始尝试跳跃，一组 3lo+3lo+3lo 的三连跳出现，除了第一跳有助滑，后面两跳都是直接跳起，简直让人怀疑他的脚下有个弹簧。

要在连跳中接 3lo 的难度不言而喻，目前世界上许多一线男单选手在进行连跳时，也是以接 3T 为主，实在是因为接 3lo 对轴心的控制力、协调力，以及腰力的要求太高了，失误率也高，不能保证稳定性的话，还不如接 3T 划算。

过了两个月，张珏的连跳能力似乎又变强了。

石莫生暗暗对比自己与对方的实力，遗憾地发现自己的连跳绝没有张珏这般轻盈从容，这大概和身体条件的差异也有关。张珏的骨架在男性中偏瘦小，跳跃时的轴心更加细，所以空中转体速度快，跳跃时也更加轻盈。

但骨头长多粗真是先天性因素，他人羡慕不来。

樊照瑛也暗暗想着张珏的情报数据。

这位 H 省省队的男单王牌身高一米五四，体重只有 42 公斤，乍一看似乎还好，实际上运动员的 42 公斤和正常人的 42 公斤完全是两码事，因为同等重量下，脂肪的体积是肌肉的 5 倍。

正常男性的体脂是 14% 到 18% 就算健康，运动员尤其是花滑运动员的体脂必须在 10% 以下。

张珏的体脂非常低，整个人瘦得只剩脸上有点婴儿肥，可见这 42 公斤的体重中，肌肉占了多大比例，又为他带来多少力量。

极低的体脂也是张珏成天惦记着找东西吃的原因，当人体的体脂低到一定程度时，身体会自动督促他们去进食找补。

像张珏还算好的，女单选手那边为了保持低体重，好让跳跃更加轻盈，个个都把体脂压到很低的程度。但女性的体脂一旦低于 15%，甚至会不来月经。

樊照瑛也看到了石莫生，他挥挥手，脸上带着礼貌的笑："好久不见。"

石莫生走上前："好久不见，你怎么到魔都来了？"

樊照瑛淡淡回道："趁着国庆假期出门逛逛，也不知道去哪里，最后还是来这里了。"

石莫生心想，既然放不下，当初又何必退役呢？明明只要好好养伤，还是可以继续滑的。

不过这位曾经的最强之敌已经退役，石莫生就转头关注起现在的最强之敌了。

"张珏作为对手比你难缠。"

樊照瑛露出赞同之色："的确，他的技术优势很大，不仅是纸面上的跳跃难度高，起跳前的助滑时间不超过 7 秒，而且步法衔接流畅，滑行非常强，我就算没受伤也不是他的对手。"

按照规则，运动员在跳跃前后要有步法作为衔接动作，不然运动员整个节目只有助滑、跳跃和旋转的话，节目也会很空，显得没有内容。

不过即使如此，很多实力不足的选手在跳跃前也要先助滑个 10 来秒，衔接只是最简单的转三①，而张珏却能前面做下腰鲍步，紧接着直接蹦出个 3S，可见其在跳 3S 时的游刃有余。

樊照瑛在退役前，已经到了练 3A 的程度，然而滑行不够优秀，拖累得他迟迟练不出 3A。

如果是张珏的话，一定比他更有希望练出 3A，樊照瑛才想起这件事，就看到张珏又开始了助滑，这次他的滑速非常快，滑了差不多 10 秒才抬腿往前一跳。

---

① 转三和鲍步都是花滑步法。

一个远得惊人的跳跃，仅凭目测，樊照瑛就知道张珏这一跳绝对超过了3米。

是3A！

樊照瑛和石莫生不约而同地紧紧盯着张珏，发现他这一跳的轴心很正，而且在空中转足了三周半，按照经验，如此漂亮的一跳在落冰时都不会出什么问题，应该是很成功的一跳了。

张珏确实成功落冰了，然而两秒后，他突然脚一软，整个人一下坐在冰上。

石莫生叹气："可惜了。"

樊照瑛却皱起眉头，觉得哪里不对，按理来说，张珏已经成功站稳了，怎么还能平地摔呢？是不舒服吗？

在场边的张俊宝、沈流比任何人都操心张珏的健康状态，说句不夸张的，每次张珏摔跤的时候，两位教练比张珏自己还紧张。

看小孩自己爬起来了，拍拍屁股还能继续滑，沈流才暗暗松了口气，打消穿冰鞋上冰的念头。

滑了一阵，张珏到场边伸手："要喝水。"

"你等会儿！"

张俊宝连忙开了瓶运动饮料递过去，张珏仰头灌了两口，扯着衣领。

"可能是摔多了，我怎么觉得浑身肌肉都酸痛呢。"临近比赛，运动员自己觉得不舒服，那就先别练了。

张俊宝带人回去吃饭，发现张珏没精打采地跟在自己身后，心里有点怪怪的。等张珏坐在椅子上，有一口没一口地扒拉鸡腿和浇了汤汁的米饭时，老舅和沈流对视一眼，都觉出不对来了。

这可是张珏啊，听到吃饭跑得比田径队的还快，吃饭神态和小猪一样的张珏！

张俊宝立刻起身去叫队医，沈流一摸张珏的额头，表情立刻变了。

他喃喃道："坏了。"

在中国站比赛开始的前天，一直健健康康、可以在东北的冬天跑出去玩雪的张珏突然发起了高烧。

27. 不甘

这次张珏出行时，身边跟了个队医，是秦堂老爷子的徒弟，叫杨志远，眼镜片厚得堪比啤酒瓶底，高高壮壮，腿比张珏腰粗，气质硬朗。

听说这哥们儿以前练双人滑，后来女伴伤病严重，他就干脆跟着一起退役，和女伴一起念书高考，为了女伴学运动医学，在眼睛度数即将冲破八百大关时，成功和女伴步入婚姻殿堂。

是国内不知道第几对滑着滑着就结婚的双人滑组合。

杨志远擅治外伤、推拿理疗，给小运动员瞧病也不含糊。温度计才拿出来时是冰凉的，此时摸着却有人体的余温，杨志远仔细看了一阵。

"是晕机和水土不服导致的免疫力下降吧，他上回去美国的时候，在飞机上应该也不舒坦。"

运动员不能乱吃药，否则容易药检出问题，所以张珏两次晕机都没吃晕机药，只抱着一床毯子缩在座位上硬扛。小孩子的免疫力本就不如成人，身体不适加上在冰上待了那么久，生病是很正常的事。

张俊宝满脸自责："他坐飞机时两次看到卖零食的餐车都没犯馋，我那时候就该觉出不对的。"

张珏扁桃体发红，咳出来的痰泛黄，队医说他的发烧是由链球菌感染的炎症导致，身体肌肉酸痛是发烧时的常见反应，发烧又是人体免疫系统和入侵者战得正酣的表现，只要没烧到 38.5 摄氏度以上，情况便算不得严重。

"放心，张珏的身体好，恢复起来很快的，一些常规消炎药有麻黄碱，吃了会导致药检阳性，先补充点维生素 C。"

队医说着，将一张退烧贴摁在张珏脑门上。

老舅担心得很："要不要给他煮个红糖姜汤？我以前在比赛前生病的话，宋教练就是这么照顾我们的。"

队医挥手："那是风寒感冒才能用的，张小玉的扁桃体有炎症，这在中医里属于热症，姜汤是温性，给他喝不合适。"

一通折腾下来，张珏连晚饭都没吃，不过他本来也没食欲，只草草喝了一碗粥，便躺倒睡觉。小脸烧得红扑扑的，偶尔还要咳两声，教练们心里都不是个滋味，见惯了小鳄鱼吃个没够的好胃口，他现在这模样真是让人不习惯。

张俊宝嘟囔："等他好点，我给他炖猪蹄吃。"

老舅早年出现伤病时相信吃啥补啥，有一阵天天吃猪蹄，虽然伤没好，却练出来炖猪蹄的好手艺。

原本张珏成绩好，省队领导打算给张珏升级伙食，让他吃上冠军运动员才能享受的小灶，从此脱离大锅饭，张俊宝却出乎所有人预料，坚决反对。

老舅也吃过冠军小灶，可这世上没人能永远是冠军，如果有一天运动员状态下滑，又回到大锅饭行列时，那种心理落差对运动员其实很残忍。

人不可能一直维持巅峰的身体状态，张珏自然也不能，可老舅会一直爱大外甥，所以他不让张珏去吃小灶。但只要张珏想吃好的，张俊宝就会亲自给他做，就算他馋的是老舅暂时不会的菜式，老舅也会偷偷买菜谱在家里练好。

沈流想，张俊宝总是不遗余力地保护张珏，如今张珏病了，最心疼的就是他吧。

他提示道："小玉现在不适合吃大鱼大肉，等他全好了再炖吧。"

比起猪蹄，现在有一个更严峻的问题摆在他们面前，后天就比赛了，不知道张珏能不能及时康复，就算退烧，他的状态也肯定会受到影响，如果来不及退烧的话，要让张珏退赛吗？

原本已经裹在被子里闭上眼睛的张珏噌一下坐起来，坚定地喊道："我不退赛！"

沈流和老舅都被吓了一跳，这熊孩子居然没睡？

张珏咳了一声，先急匆匆灌了两口水，才倔强地说道："我不退赛，进总决赛必须先参加两站分站赛积累积分，我已经赢了一站了，如果放弃这一站，等于我在这个赛季前半段的所有努力全部作废！"

一个运动员只能报两站分站赛，放弃了这次，再想比大奖赛就要等明年了！他不退赛！

张珏这会儿其实不太清醒，他也不知道怎么了，明明最初练花滑是为了强身健体，参加比赛是为了老舅，可只要一想起放弃比赛这个念头，他便发自内心地不甘。

小朋友通红的脸蛋因为生气鼓起来，看得沈流特别想去戳一下，他忍住逗小病人的冲动，好声好气地哄："行，不退，你先睡吧，等你退烧了，想怎么滑就怎么滑，谁再说退赛就让你老舅去揍他。"

张俊宝瞪着他，而张珏认真打量着大人们的表情，确认他们没有骗自己，才缓缓躺回去。

张俊宝欲言又止，宋城一直想要开口，却又怕惊动床上那个小祖宗坐起来，三个大男人拉拉扯扯出了房间，关好门了才开始说话。

宋城看着沈流："小沈，你刚才哄孩子吧？带病比赛受伤的概率有多高，你比我有数，要是比得差了还打击孩子心态，这个赛季还有全锦赛和世青赛两场大赛，大奖赛退了就退了，咱又不是退不起。"

他把张俊宝想说的话都说了，张俊宝便只好站在宋城教练边上，满脸赞同。

沈流沉默一阵，缓慢地回道："宋总教练，这是张珏头一次表现出这么强烈的比赛意愿，我真的没法拒绝他。"

别人看不出来，沈流却是个敏感的性子，他一直都知道，张珏对花滑赛事并不热情，应付媒体时也漫不经心，完全没有经营自己形象的意思。

可他能和粉丝处得那么好，说明张珏的情商不低，也很清楚如何待人处事。

张珏以前那些"做运动员没啥好处"的言论沈流也听过，并且无法反驳，很显然，张珏是不打算长久滑下去的，如今他这么努力地训练，恐怕有一部分是为了张俊宝。

徐绰其实是沈流招进省队的，而张珏对花滑的态度，便是沈流支持徐绰进入省队的最大理由。张珏仿佛对花滑没有多少执着，那么身为教练，自然该多寻觅几个良才。又不是张珏以后不滑了，他们就不做教练了。

直到今天，沈流第一次改变对张珏的看法，他想，如果张珏真的要参赛的话，那么身为教练，他会支持张珏到底，张珏是他的大弟子，是他寄托梦想的少年，沈流对张珏抱有的期待甚至超过了对曾经的自己。

他在张珏身上看到了成为世界冠军的希望，并对张珏投入了全部心血，他也疼张珏啊！

夜风徐徐吹过走廊，10月的魔都还很热，沈流转头看向窗外，发现一片乌云也被风吹开一点，露出云后的星光。那是一颗被魔都上空严重的光污染掩盖却依然执着地发着光的星星。

短节目开始那天，张珏依然在发烧，可是一旦退赛，就等于他自动放弃了大奖赛的征程。张珏一脸固执的表情，耳边是老舅的唠叨，宋城的叹息，在沈流担忧的目光中他踩上冰面。

张珏在抽签时戴着口罩，说话声音嘶哑，认识他的人都知道他在生病，只是没料到这小孩这么犟，都这样了还不肯放弃。

孙千恰好在现场，见状便顺路过来问一嘴："张珏的病好了？他状态怎么样？"

"他没好。"张俊宝抓着张珏的外套，表情严肃，"是他自己硬要上，您也知道，运动员嘛，在比赛面前哪有乐意主动退缩的？我是真不忍心押着他退赛，结果就成这样了。"

孙千愣了一下，才缓缓点头："哦，那他还挺犟，怎么样？他为了上场顶你们嘴了没有？"

张珏还真顶了。

听到回答，孙千内心满是惊讶，但凡是好的运动员，必然有争强好胜之心，他们不甘接受失败，充满斗志，孙千做教练这么多年，见过的带伤硬上的运动员早就数不过来了，可他从未想过张珏会是其中之一。

张珏是老教练此生见过的天赋最好的男单选手，跳跃天赋、表现力都好到足以让任何教练惦记到抓心挠肝。以孙千的性格，本该早在测试赛那会儿就想法子把张珏拉进国家队。他之所以没这么干，便是他还记得张俊宝说过，张珏无意做运动员。

运动员多苦啊，练了一身伤病还未必能成世界冠军，成了冠军也未必有钱，运动粉群体里不乏唯成绩论的，只要运动员比赛时成绩不好，这帮人骂得多狠，真是谁听谁知道。

不做运动员是正常的选择，从不愿意做运动员这事，孙千就觉得张珏是个很聪明的孩子，他长得也好，会跳芭蕾会声乐，去做别的也许路子更宽。

然而就是这么个聪明孩子，居然也会干出带病上阵这么冲动的事。

张珏站在冰面中心的时候也心中疑惑，他明明只是为了减肥才来练花滑的，怎么现在犯傻了要带病上阵？

滑冰烧钱却不赚钱，不能让他成为顶级明星，甚至连帮他拿到顶级大学的特招名额都做不到，还害他每次抽签的时候，都要被工作人员和对手们用同情的目光注视，被一遍又一遍地提醒自己的手有多臭。

在明知肯定会出现失误的糟糕状态下，他踏上了冷飕飕的冰场。

他这种爱做吃力不讨好的事的毛病没能改掉，真是太傻了。

可是在《黑天鹅》的音乐响起的一瞬，张珏的脑子在刹那间变得一片空白，在反应过来前，他已经开始随音乐起舞。

H市，米娅女士打开电视，看着少年的节目，渐渐地，这位芭蕾舞团前首席，露出了惊艳的表情。

她用俄语喃喃："真难得，他居然还能这么认真。"

《黑天鹅》这套节目自现世后，从未变得如此受关注过，看到运动员在场上拼尽全力地表演，观众的热情仿佛也要被点燃了。

陈竹看着张珏的表演，同样赞叹，这孩子灵气四溢，身为运动员，却将天鹅的姿态展现得栩栩如生，完全不输职业舞者。

在陈竹看来，张珏的表现力天赋比他的跳跃天赋更加可怕！在张珏之前，陈竹从未见过表现力如此出众的单人滑选手。

要知道上次能用一套节目让她完全移不开眼的，还是20世纪90年代的冰舞霸主，冬奥会两连冠的GP组合！可冰舞素来以表演为主要看点，专攻技术的单人滑选手如何能与他们比？

持续发烧，脑子在比赛时也是蒙的，这样的状态自然演绎不出黑天鹅的狡诈与诱惑，可表演者不自知的专注和投入的情感，却让这场表演具备了可怕的感染力。

张珏摔了3F的单跳，做燕式旋转时差点一头栽到地上，可是在比赛结束时，并未满座的比赛场馆，却险些被如雷的掌声掀翻了屋顶。

就算张珏失误了，这也绝对是今天最精彩的节目！张珏神志不清地下场，一边喘气一边想起自己在场上的失误。

"别着凉了。"沈流连忙给他披上外套。

张俊宝一把将大外甥搂住，语气前所未有地柔和与欣慰："张珏，滑得好，你今天滑得很好。"

真的是滑得好啊，观众无比热情地为他鼓掌欢呼，那个真的来看张珏比赛的金发大姐丢了一个半人高的小鳄鱼玩偶，现在还在尖叫。

张珏闷不吭声地走到kiss&cry坐好，过了一阵，他的分数显现出来。

62.23

这是张珏开始比赛后，拿过的最低的短节目分数，小孩的眼圈霎时微微发红。

他握紧双拳，神情前所未有地坚定起来。

现在张珏已经不再纠结自己傻不傻了，他满脑子只剩一个念头，那就是——

"在自由滑，我一定会把丢失的分数追回来！"

28. 坚韧

短节目结束时，张珏排在第七位，看到这个结果，教练组不知自己该喜还是该悲。

他们本来都做好张珏的排位掉到十名开外的心理准备了，现在还能在第七位已经是最好的结局，但这也说明中国站的青年选手之中是真没什么厉害角色。

这届年轻人不行啊！

沈流看得出来，以张珏在比赛中的两次严重失误，裁判要是下手狠点，再苛刻些，他就算只拿四五十分都不稀奇，但这一次张珏拿的表演分前所未有地高，才硬是将最终得分拉到 60 以上。

这是张珏的表演分最高的一次，充分说明裁判再偏心也只能在细节处偷偷使力，如果选手本身实力强到一定地步的话，裁判也不能明着压他。

之前青年组中突破了这一限制的亚洲选手是寺冈隼人，身为一个既是黄皮肤又是亚洲国籍的小选手，他居然能和俄系"太子"萨夫申科打得不相上下，在许多人看来简直不可思议。

张珏如今突破了中国男单的"表演分歧视"，他的表现力太强了，没人昧着良心说他的表演不好。

看分的时候，孙千满心遗憾，要是张珏的跳跃、旋转没失误的话就好了，就他这个表现，估计能在青年组就滑出 80 分以上的短节目分数。

但老教练也就是心里想想，他看得出来，张珏并非从小一直学习花滑，并且将成为花滑运动员视为人生目标的那类孩子，加上他天资卓越，从测试赛到美国站一直压对手们一头，他从未有过这种奋力一搏争取胜利的意识。

像今天展现的拼尽全力的投入式演出，放在状态好的时候反而出不来，因为他不用拼全力就赢了，但是相应地，张珏在劣势下能爆发出比平时更强大的能量，充分说明他是个典型的大赛型选手，压力越大爆发得越狠。

这种性格的运动员并不多见，但只要身体条件跟得上，有一个算一个都是冲击世界顶峰的好苗子，比如乒乓球队的那谁、跳水队的那谁。

可惜张珏这次实在病的不是时候，不然他肯定是能拿着两块金牌进总决赛的，孙千知道金子瑄有 3A，但这两个孩子的心理素质差太远了。

不是孙千吐槽，但就算张珏的纸面实力暂时不如金子瑄，以他的表现力，以及总是第一个出场的倒霉签运，只要张珏先行上场，金子瑄八成会压力陡增。

偏偏现在是张珏的短节目先崩了……第四、第五、第六名的分数只比张珏高一两分，前三位却都与张珏拉开了 7 分以上的分差。

金子瑄：70.5

尤文图斯：69.21

石莫生：69.15

在花滑赛事中，3 分以上的分差便已不可小视，因为一个 2A 的基础分也就 3.3 分。

青年组的男单自由滑都是跳 4 个单跳、2 个二连跳、1 个三连跳，除非有很大的技术优势，否则要在劣势极大的情况下逆袭，便是一场巨大的挑战。

张珏将额饰扯下，黑发散乱地垂在脸颊两侧，他扯了几张纸巾胡乱地擦了把汗，看着分数板语气笃定说了句话。

"这个分差可以追。"

他正发着烧，身处逆境，却看起来那么自信，仿佛大幅落后这件事完全不能打击到他。

身为一个未尝败绩的青少年运动员，首次受挫时即使情绪失控也很正常，教练组已经做好安慰他的准备，小朋友本人的状态却非常平稳。

张珏在走下冰场后便立刻从黑天鹅的疯狂中脱离，脸颊因剧烈运动和发烧而通红，眼神却冷峻，没有丝毫混乱和挫败感。

他慢吞吞走到场边的冰童聚集处，孩子们将冰迷抛到冰上的玩偶、花束都堆到一张桌子上，张珏过去捡起一个小鳄鱼玩偶，对观众席挥了挥，礼貌地鞠了一躬，转头离开。

明明少年面无表情，全然没有以往乖巧甜笑的模样，但那身淡定沉稳的气质，硬是让人觉出他的坚定与强硬。张珏的排名是第七位，意味着他会被排到倒数第二组出场，经过抽签，张珏居然拿到了第二位的出场次序。

小孩有生以来头一遭拿到这么好的出场位次，他捧着签跑到老舅面前，说话的声音微微颤抖。

"老舅，我第二个出场！"

张俊宝瞪大眼睛，一把将大外甥举起来原地转了一圈，不知情人士看到他俩欢天喜地的表情，恐怕还以为张珏又夺冠了呢。

大概是人逢喜事精神爽，加上短节目那会儿运动量足够，身体发了不少汗的关系吧，等到晚上，张珏的体温终于和食欲一起回归正常。

老舅念在他小病初愈，亲自下厨给做了一碗汤面，里面加了鸡肉丸和鸡蛋、青菜，清淡却鲜美。

魔都此时秋老虎正凶，室内又没开空调，张珏抱着那个人头大的碗努力吃面，呼噜呼噜像头小猪，没过多久便吃得背后汗湿了一片。

张俊宝不敢让他病才好就吹风扇，便拿着把蒲扇在一边扇着，沈流则一本正经地给张珏分析赛况："那些已经比完两站比赛的运动员中，积分榜第六的那个才拿了20分，第五位是22分。"

根据大奖赛规则，在分站赛金牌可以积累15分，亚军13分，季军11分，第四名9分，第五名7分，第六名5分，第七名4分，第八名3分，往后没有积分。

张珏埋头大吃，只来得及给个熊猫叫声一样的回应："嗯！"

沈流："你已经有一个15分打底，只要这次滑进前四名，就可以获得9分，总分24，届时你就能在积分排行榜上排到第五。"

总决赛六个名额，能进积分榜前六就够了。

张俊宝摇头："不，寺冈隼人还没有比日本站，可他一定能赢，到时候名额会被他占掉一个，张珏必须上领奖台，才能确保自己的积分稳进总决赛。"

张珏捧起碗，把汤也喝得一干二净。

宋城总教练提醒小运动员："张珏，悠着点啊，你这个赛季不光要盯着前半段的大奖赛，全锦赛和世青赛也在后头等着呢，这场没了还有下场，上场时适当把连跳难度降一降。"

张珏把碗一放，干脆利落地回道："不降。"

宋城："你身体还没恢复好，万一受伤就不划算了。"

张珏很固执："不试试怎么知道？我发烧的时候都没降难度，现在我病都好了，干就对了！"

他可是个小能干人，不光擅长吃饭，干赢对手也没有问题！

张俊宝竖大拇指："好，这才是纯爷们该说的话！"

宋总教练头疼得叹气，他以为自己当年带张俊宝的时候已经够头疼的了，没想到这臭小子的外甥居然和张俊宝一副德行，果然不是一家人不进一家门，这俩都不是让教练宽心的主，现在一起折腾他来了。

张珏见教练们还想再劝，便站起来认真地看着他们。

他一字一顿道："教练，我想去总决赛，我讨厌输，所以我一定要拼。"

面对运动员坚持的神情，三位都曾是运动员的教练面面相觑，心中满是无奈。

第二日，比赛正式开始，作为倒数第二组成员的张珏进入热身室，在教练们的注视下铺好瑜伽垫，开始进行基础拉伸。

石莫生作为最后一组的运动员，要在倒数第二组开始比赛后才会开始进行热身，省得热身过度，消耗过多体力，此时小伙子便搬了张椅子坐在角落里观察对手们热身的动作。

张珏劈了个竖叉，前腿下面垫了块泡沫砖，上身后仰，一只手向后摸小腿，这个动作不仅考验腿部韧带，更考验腰，拉开身体后，张珏起身活动关节，便脱了外套开始进行陆地跳跃。

少年小跑几步，毫不犹豫地朝前跳去。

石莫生想，他是在练习 2A 吗？

接着张珏便消除了他的疑惑，张珏跳的是一个陆地 3A。

运动员在正式开始冰上跳跃前，必须先开始陆地跳跃，陆地跳跃能成，不代表冰上跳跃能成，但光是能在陆地完成 3A 的人，在国内便已经屈指可数。

如果说冰上的 3A 看起来优雅轻盈，陆地 3A 便是气势非凡，不管张珏现在的身体多么纤瘦，当他腾起半米的高度，于空中转体 1260 度落地时，关节承载着相当于体重四五倍的力量，脚掌重击地面，发出砰的一声，沉沉地砸在所有人心上。

金子瑄停住整理运动背包的动作，看着张珏的动作睁大双眼。

在中国站开始之前，金子瑄在训练中的 3A 成功率便已经达到 60%，按照理论，这个跳跃已经可以放入正赛之中，可在经历过测试赛的失败后，为求稳妥，他在教练的建议下，选择在中国站放弃 3A，并通过 clean 的节目取得了短节目第一。

张珏，在这个赛前最被看好却因病失利的天才少年，在美国站结束后不到一个月的时间里，居然也练出了 3A。

下午 5 点 30 分，张珏将刀套摘下，放在沈流手中，然后踩上冰面。

他背对着挡板站着，前方是洁白的赛场，宋城语气郑重。

"注意安全。"

张珏应道："好。"

张俊宝将手放在他的肩上，往前一推。

"张珏，上！"

熟悉的推力顺着温暖的手掌传递到张珏身上，他顺着这股力道向前滑去。

广播用中英双语播报着："Representing China，Jue Zhang。"

"接下来登场的选手是中国运动员张珏。"

孙千坐在观众席前方，腿上是一本摊开的牛皮笔记本，手上拿着一支笔。有资深冰迷认出这位陪伴着数位国家队一哥一姐上过 kiss&cry 的人是国家队总教练。

冰迷偷偷打量着孙千专注的神情，不禁咋舌，没想到场上那位在短节目中摔成那样都能得到花滑教父这般看重。

遥远的 H 市，米娅女士打开电视。身为一个眼光挑剔的观众，寻常表演根本入不了米娅女士的眼，像这种对某场表演满怀期待的心情，她已经很久没有过了。

当初她给张珏编舞，一是出于对张俊宝、沈流两个曾经的学生的喜爱和关照，二是认同张珏的潜力，但她并不认为现在的张珏是一个优秀的舞者，哪怕亲自狠狠训练过他，张珏在她眼中也只是将将合格，放出去不丢人罢了。

然而在看过《黑天鹅》后，米娅女士惊讶地发现，张珏并不是仅拥有表演方面的灵气，而是已经具备成熟的表演能力，在他认真发力时，他便是舞台的掌控者。

米娅有预感，接下来张珏演绎的《胡桃夹子》，将会超过练习版本不止一个档次，或许他的自由滑同样能为她带来惊喜。

下一瞬，乐声响起，冰上的少年睁开明亮的双眼。伴随着琴声，张珏在几个芭蕾风格的舞蹈动作后，开启为时大约 7 秒的助滑，接着双臂用力向前一甩，带动着整个身体朝前跃起。

银色的冰刀掠过空气，刀面折射出耀眼的白光，刀刃落在银白的战场上，发出清脆的响声。落冰后，刀刃在冰上流畅地画出一个半圆，一层细细的冰雾在冰鞋两侧出现，张珏双臂舒展地打开，双掌朝上，随着上扬的曲调一振。

从这场比赛开始，张珏便知道即使自己有一个漂亮的开场，接下来的情势也依然严峻。

因为他的状态真的很差，肌肉仍然酸痛，浑身乏力，但既然人都上冰了，他剩下的任务便只有一个——完成这场比赛！

冰刀再次敲击冰面，场上的少年再次以右足点冰，左脚呈内刃起跳，这是一个 3F，张珏在落冰时身体一歪，啪的一下扑在冰上，观众席响起一阵遗憾的叹气，他却快速爬起继续表演。

这一摔其实很疼，张珏的下巴被磕了一下，眼泪都快痛出来了，但他能立刻爬起来继续，脸上的表情依然是符合音乐的纯真欢快。他不会因失误挫败，立刻调整好了状态，在下一跳完成了 Rippon 姿态的 3lz。

就算是在这样的情况下，张珏的每个跳跃都规范扎实，转体周数充足，跳跃前后有衔接。

诚然，这不是一个完美的节目，七组跳跃中，张珏失误了两次，但他百折不挠的坚韧和勇气却使这个节目多出了一份强烈的生命力，因而具备了打动人心的力量。

在比赛结束时，场馆里响起热烈到惊人的掌声，那位从美国追到中国魔都的金发大姐又给张珏抛了个小鳄鱼，现场还有国外记者在吹口哨，场面一下热闹起来。

张珏站在冰面中心，双臂打开，优雅得体地向四周行礼，神情快乐而自信，这一刻，他耀眼得不可思议，这一刻，他就是赛场唯一的主角。

金子瑄看着场上的少年，不知为何，心中涌出一股莫名的感动和敬佩。

教练走到他身后："看到了吗，他身上有你最为欠缺的东西。"

金子瑄应了一声："我知道。"

不管成绩如何，这一刻的张珏以运动员的身份赢得了在场所有冰迷的心，他是一个很棒的选手。

张俊宝重重舒了口气，明明张珏还在场上捡玩偶，分数压根还没出来，他却用一种很放心的语气和沈流、宋城说："比得不错，回去就给他炖猪蹄。"

沈流表示赞同，宋城咳了一声，提醒他"少炖点"，不然张珏吃完以后又得去减肥了。

这一天，尤文图斯以稳定的发挥拿到金牌，短节目落后的张珏则在自由滑绝地反超，一口气追到第三名，拿下了铜牌，金子瑄则拿下银牌。

等站上领奖台，金子瑄听见尤文图斯用敬佩的语气对张珏说道："你是一位很棒的花滑运动员，我喜欢你的技术，期待与你在总决赛见面。"

而张珏则眨眨眼睛，露出一个礼貌乖巧的微笑："Thanks。"

张珏心想，这大兄弟的英语口音好重啊，完全听不懂，不过他看起来是在表达友好的样子，沈教练说过，面对这种情况，只要说谢谢准没错。

看到小朋友可爱的笑脸，尤文图斯也还以一个阳光灿烂的笑，又给了张珏一个代表友谊的拥抱。

坐在观众席上的孙千沉默许久，缓缓合上笔记本。

他想，是时候让国家队招新了。

29. 对手

10月的魔都尚有秋老虎的余威，吃完汤面要热出满头大汗，10月的东三省却秋风渐凉，张珏参加完表演滑回到H市时，才下飞机便被迎面而来的秋风吹得一个激灵，他忙将外套拉链拉到最高处。

一缕稍长的刘海被风吹得掠过张珏的眼缝，他眯起眼睛，随手将头发捋到耳后。

沈流摸摸他浓密柔顺的黑发："头发有点长了，要不要剪？"

其实不剪也没事，张珏原来是乖巧的学生头，如今头发长长，看起来像娃娃头，还挺可爱的。

老舅闻言笑起来："小玉还留过长发，上小学前才剪的，辫子现在还留在家里呢。"

花滑~

这是他们老家的风俗，一些疼爱孩子的人家怕小孩养不活，会给孩子用胎发留一条命辫，意为用小辫子拴住孩子，天灾人祸都抢不走，等孩子长到"立住了"的岁数再剪。张珏才出生的时候新生儿黄疸迟迟不消退，张青燕就给他留过命辫。

张珏顺口回道："那我去只修个刘海好了，其他地方不动。"

几人一边说话，一边离开了机场。此时距离赛后表演滑才过去一天，国庆长假还剩两天，张俊宝大手一挥，让张珏在假期结束前就别训练了，好吃好睡把身体休养好。

张珏嗯嗯啊啊应着，出租车还没开到家，人先靠着教练开始打瞌睡。车辆摇晃着驶过蜿蜒的公路，过了一阵，有人扶着他趴上熟悉而温暖的肩背，有人背着他稳稳当当地往前走，耳边是行李箱的轮子滚过水泥路的声音。

前夜才下过雨，空气中的湿气很足，老舅好像说了一句"瞅他睡成这样，被人偷了都不知道"，沈流压低声音回了句什么。

张珏把脸埋在老舅颈窝里，惬意得只差没打起呼噜，等开门声响起，他被塞进柔软的被窝，有人伸出手摸他的额头，还有人给他盖毯子，张珏就知道自己是到家了。

在回东北前，张珏曾收到来自国家队的邀请。当备受国内花滑人士敬爱的国家队总教练孙千半蹲在张珏面前，和蔼可亲地说话时，宋城总教练立刻露出满脸的疑惧。

当面挖墙脚，孙指导不道德！

而且孙千不只要挖张珏，他对张珏的两位教练，甚至张珏的师妹徐绰都很有兴趣。

但张珏拒绝了对方，不是说他不知道加入国家队后，他现有的资源就能再次升级，体管中心甚至还能给他拉点代言赞助什么的，让他不至于连个表演滑考斯滕都舍不得做。

可就是因为这点，张珏才更不能接受孙千的好意。

现在他瞅着只有一米五四，可等过几年，到了该发育的时候，这具小身体就要进入生长期，万一长得太高了怎么办？花滑是一项精密的运动，要求运动员精准掌控自己的身体，张珏平时多吃点都觉得跳跃时会更重，真一口气蹿个儿的话，他还能稳住跳跃重心，保留现在的技术吗？

更别提生长期除了长个子，体重也会上升。

他压根不觉得自己能过发育关，而且等到那时候，他也该进入高中学习最繁忙的阶段了。张珏不是什么过目不忘的天才，顶多学习能力强点。

所以他还是留在省队比较好，省得孙指导因为他产生什么男单崛起的错觉，最后白白高兴一场。

至于最近两年，张珏觉得自己可以帮老舅、沈流多挖掘几个有潜力的好苗子。

不是不喜欢花样滑冰，不是不想多滑几年，张珏承认自己享受比赛，冰迷们也很可爱。经过魔都一行，张珏已经领略到竞技运动的魅力，但他能保留现在这副模样的时间是有限的，等到技术因发育下滑时，张珏愿意保留花滑运动员的身份，但恐怕也滑不出什么好成绩了。

在那天到来之前，他就好好地滑吧。

张珏抱紧小毯子沉入睡眠，遥远的彼方却因他掀起波澜。

圣彼得堡，俄罗斯男单一哥，也是现役的世界男单第一人瓦西里打开电视，一个优美的女声响起。

"2010 年度花样滑冰大奖赛的中国分站赛青年组的比赛已在昨晚落下帷幕，我国 16 岁小将金子瑄摘得银牌，13 岁小将张珏摘得铜牌。"

俄罗斯电视台播放国外的电视、新闻时不会删原音，而是加一条音轨，相当于同声翻译，这在其他国家的人听来或许奇怪，他们本身却很习惯。

瓦西里托着下巴沉思，这个叫 Jue Zhang 的孩子就是 Shen 退役后专注教导的所谓中国男单的希望？

花滑在俄罗斯算是很有人气的运动项目，相当于中国的乒乓球，连带着青年组的比赛也很受重视，所以电视台也会转播其他国家录下的青年组分站赛。瓦西里一开始只是轻松地靠着椅背，但随着电视里的黑天鹅越发疯狂，他渐渐坐直，神情变得古怪起来。

这孩子的状态实在太不对了，跳跃和旋转一起崩盘，表现力却堪称震撼人心，Shen 是一个以四周跳惊艳四座的男人，他的学生怎么像是走艺术路线的？

等到《胡桃夹子》开始时，那个漂亮的 3A 出现，瓦西里又意外了一下，他收回前言，这个男孩的跳跃轻盈利落，质量相当不错，短节目大概是发挥失常，但到了自由滑，他用一种令瓦西里十分欣赏的坚韧将局面扳了回来。

而且这个男孩还会贝尔曼，滑行和表演又那么棒，要不是短节目拖后腿，他绝对会是中国站无人可敌的冠军。

就在此时，一声疑问从瓦西里背后响起。

"他是谁？"

瓦西里回头，就看到小师弟伊利亚·萨夫申科。

他耸耸肩："是你的对手，叫 Jue Zhang，今年才升入青年组，却已经拿下美国站的金牌和中国站的铜牌，不出意外的话，你们会在总决赛碰面。"

伊利亚慢吞吞地走到电视前，那个亚裔男孩已经穿上可笑的睡衣滑"Schnappi"了。

他微微皱眉："他像个小学生。"

瓦西里："容我提醒你，你在发育前也像个小学生。你可当心点，亚洲近两年涌现了不少人才，寺冈隼人在第一站和你表现得不相上下，那一场赢得有多惊险，你自己心里有数，这个男孩也不好对付。"

俄系太子爷的身份并非不破金身，伊利亚在赛季开始前一个月才结束发育，长高了 8 厘米的他正处于适应阶段，小伙子可别在总决赛的时候大意翻车啊。

伊利亚扫他一眼，冷淡地抛下一句话："寺冈也就算了，我不觉得一个连 3F 都跳不好的小孩子也能威胁到我，花样滑冰是竞技运动，光擅长表演可不能成为冠军。"

与此同时，日本神奈川，夜晚 7 点，寺冈隼人写完作业，摘下眼镜捏了捏鼻梁，起身去客厅倒水喝。

他妈妈正在看电视，看到儿子终于出门，她语调轻快地挥手："隼人，我刚才看了中国站的转播。"

寺冈隼人应和着："嗯，冠军是那个在美国站夺冠的孩子吗？"

寺冈由佳遗憾地摇头："不，记者说他发烧了，在带病出战的情况下，Zhang 在短节目中摔得很惨，自由滑拼命地追也只拿了铜牌，冠军是尤文图斯。"

铜牌也有 11 积分，那孩子还是能进总决赛的。

花滑在日本也是人气运动，张珏这个美少年自出道后，得到了不少"颜控"冰迷的看好，他的滑行、表演以及惊人的柔韧度也的确很棒。

但张珏还是太青涩了，他的跳跃高度不够高，3F 的跳法诡异，寺冈隼人认为张珏起码要再成长两年才配成为他的对手。

30. 限制

在日本站分站赛开始的时候，张珏进入了一段连电视都不能看的封闭状态，期中考试来了，身为初三的学生，张珏也是有学习压力的。

他下学期就要中考，张青燕给儿子下了死命令，要继续学花滑，甚至是请假去训练和比赛都可以，但如果张珏的成绩被花滑影响，下个学期没考上 H 市三中的话，嘿嘿……

亲妈冷笑完，张珏习惯了被老妈抓学习，倒还没觉得有什么，旁听的老舅却被吓得一激灵。

张青燕是个鹅蛋脸的娇小女人，即使年纪大了，依然肤白胜雪，眉目如画，仿佛碧湖中盛开的江南粉荷，光看外表是个秀美温婉的中年妇女，实际上却是说一不二的狠人。

她能在前夫家暴时毫不犹豫地抄起折凳反击，最后两人被送到医院时简直分不清谁的伤更重。她还能无视前夫的跪地挽留，以及一群亲戚的劝和，抱着还在喝奶的张珏毅然决然地离婚了。

张珏的外貌以及倔强的性格都随了母亲。

张俊宝一直敬畏这位堂姐，所以现在老舅比张珏本人还怕他考不上三中，就连宋城总教练现在也养成了时不时问两句张珏学习如何的习惯，生怕张珏一时大意落榜，被亲妈拖去补课，使省队失去最大的王牌。

现在 J 省省队的黄莺、关临是双人滑项目明日之星，青年组最好的女单选手米圆圆隶属京城队，L 省省队有金子瑄和陆晓蓉分别扛起青年组的男单、女单，H 省省队拿得出手的则是张珏。

说句不夸张的，全国上下都等着孩子长大接任国家队一哥的位置呢。

唉，也是花滑过于小众，连顶级学校都不招这个项目的体育特长生，让好好的花滑一哥在训练之余还要背着考名校的压力。

张珏就比较淡定了，中考是下学期的事，急啥，张俊宝与其盯着他写卷子，还不如去炖个肘子，之前老舅就承诺过，说只要张珏进入总决赛，就给他炖肘子吃。

日本站的比赛昨天才结束，寺冈隼人成功夺冠，以一枚银牌、一枚金牌共计 28 的积分排在积分榜第二位，张珏则和尤文图斯并列第三，占了两个名额。

张珏稳稳冲进了总决赛，老舅应该实现诺言了。

成为运动员后，张珏便没少过肉，牛肉、鸡肉等高蛋白、低脂肪的肉类，省队食堂一直不要钱似的使劲往他盘子里塞。

正常情况下，成年人一天吃 2500 卡路里的食物就已足够，而运动员的饭量可以达到常人的 4 倍以上，张珏去体院的时候见过成年运动员吃饭的样子，他们光是餐后水果都够塞饱一个大人，但就算这样，运动员们也普遍保持着精瘦的身材，可见平时的消耗多大。

要不是食物种类搭配得科学健康，训练量大，恐怕他早就胖成比许德拉还圆的球，而非体脂仅有 9% 的小瘦子。

五花肉、大肘子这种肥嫩的高脂肪肉类平时不会出现在张珏的餐盘里，人却偏偏就是越吃不着什么越惦记，加上体脂过低会让人体产生强烈的补充脂肪的渴望，张珏现在天天想肥肉吃。

当天中午，张珏在许德拉满是羡慕的目光中独自啃完一个大肘子，哪怕吃完这一顿后有氧训练要翻一倍，他也完全不后悔。

这是他凭自己本事长的肉，张珏减得十分幸福。

10 月末，国际滑联正式公布了大奖赛总决赛青年组的比赛名单，宋城迫不及待地打开官网，戴着老花镜在一堆英文里寻找青年组男单选手的名单。

伊利亚·萨夫申科（俄）

寺冈隼人（日）

尤文图斯（捷克）

张珏（中）

亚里克斯（法）

安格斯·乔（美）

运动员的名字在国际滑联的官网上，都是以英文字母的形式书写，但在看到 Jue Zhang 这行字母前，宋城先看到了这个名字后面的小旗帜，红色的，上面有世上最亮的星。

这是宋城头一次在男单的总决赛名单里看到中国的红旗，哪怕只是个青年组的，他心里也高兴极了。

他回头喊："俊宝，小玉进决赛了！"

张俊宝拿着手机，满脸焦虑："知道知道，等等啊……"

张俊宝的手机响了两声，老舅看了几秒，整个人都松了口气的样子："太好了，小玉这次期中考了年级前三，这下我姐肯定准他在总决赛前请假加训了。"

宋城探头一看，正好瞧见那小小的屏幕上是张珏的短信。

张有钱：考了年级第三，沈教练的补习很管用，这次英语进步了 10 分。

虽然不是很懂张珏为什么不愿意张俊宝给他备注大外甥，反而将其改成张有钱，但看到"英语"二字，宋城也不由得感叹一句："是笔试进步了 10 分吧？"

张青燕在张珏读小学的时候，就往所谓音标速成班、口语演讲班砸进去小两万，最后张珏还是只学出个聋哑英语，反倒是从来没补过课的理科经常满分。

天赋这玩意吧，有时候不认都不行。

"沈流呢？"

"开车接小玉放学去了。"

别看张珏从来不上早晚自习，为了比赛还常常一请假就是一周，偶尔还会因为打架被罚检讨，甚至是全班唯一打耳洞的人，乍一看似乎挺叛逆的，但等期中考试的成绩一出来，老周还是对张珏露出菊花般灿烂的笑脸。

这位人到中年的秃头教师被学生们折磨出满脸褶子，笑起来也怪像个和蔼的老爷爷，回到教室后他当着班上 47 个人的面把张珏一通夸。

张珏这次考得真不错，尤其化学，拿了全年级唯一的满分，本学期的化学卷出得很难，全年级一大批人都被难得不要不要的，听到老周嘴里蹦出化学满分几个字，大批栽在化学上的同学就开始拍桌子。

"珏哥，牛×！"

张珏淡定自如地站起朝周围拱手："谢谢各位，祝各位以后也考的全会，蒙的全对。"

"承珏哥吉言。"

"谢谢珏哥。"

大家都在笑，教室一时间成了欢乐的海洋。

老周咳了一声："张珏，记得回家再补补作文，多背背满分作文的模板，你这次作文扣了7分，不应该啊，小同学还是有继续进步的余地嘛。"

张珏从小学开始一直坐第一排。不到一米距离，使他不管干啥都是老师们的重点关注对象，被点名，他习惯性地乖巧点头。

他这次化学能拿满分其实是个巧合，试卷上有好几道题，他都在秦雪君给的笔记上看过，拿过化学竞赛金牌的学神的笔记果然不凡。

有了来自秦雪君的帮忙，张珏复习初中知识，预习高中课本时便轻松许多，只要照着笔记上的思路捋过去就行。

夸完孩子，老周又开始训话，主要内容依然是给孩子们紧紧心态，考得好的别得意，考得差的别气馁，距离中考还有一个半学期，大家都要继续加油。至于成绩下滑严重的，以张珏对老周的了解，他八成会挑课间休息时间把孩子叫到没人的角落好好聊。

即使面对的是差生，老周也总会尽力给人留面子，小时候张珏没觉出什么，长大后才知道老周真是个好老师，教学厉害，也愿意尊重青春期少男少女的想法。

想明白这点的时候，张珏为自己当时经常管老周叫"地中海"而羞愧了十秒。

同样，张珏拿到美国站金牌那会儿，校长差点要给张珏开表彰大会，甚至叫人捧着花和横幅去机场接机，幸好老周力排众议，先打电话询问张珏的想法，张珏当时果断拒绝了校长的好意，这才免去不少麻烦。

他不是个爱张扬的性子，老周不说，其他同学都以为张珏是因为想走体育生的路子，才总是请假外出训练。校内和他情况相似的人不少，艺术生中也不乏请假党，张珏在其中也不显得突兀。

而且花滑在国内的人气有限，青年组赛事更是只有老冰迷们才会关注，这会儿校内竟没几个人知道张珏已经在国际赛场上赢了两块奖牌。

陈思佳是知情者之一，她的父亲是省队的冰球教练，有次随口说了句花滑省队挖了个超级天才，她才知道张珏在今年居然还去过国外比赛。

等到12月上旬，也就是再过一个月，张珏就要再次前往首都，参加在首都体育馆举办的花样滑冰大奖赛总决赛，那将会是聚焦全世界冰迷目光的顶级赛事，张珏则是第一位参赛的中国男子单人滑运动员！

难以想象，那么小的身体里，居然有那么大的能量。

张珏的成绩很好，打架更厉害，从初二到现在，光是打架导致的检讨都写了近十份，连教导主任看到他都能熟稔地打声招呼："是张珏啊，今天也好好念书，别惹事啊。"

但他从不欺负弱小，反倒是校园内的霸凌团体被他揍了个遍。陈思佳长得漂亮，性格内向，以前总被欺负，但从这个学期开始，竟再没人敢来找她的麻烦。

张珏也许不知道，他在校内其实很有人气，大家都觉得他可爱又厉害，像童话里的小王子，虽然没有白马，没有皇冠，却有可以刺破阴霾的勇敢与正直。

不用上晚自习后，张珏的放学时间比别人都早，他斜挎着迷彩书包走在人群之中，外套袖子挽起，周围全是穿着肥大校服的青少年。

微凉的秋风卷着一片红枫叶飘过他的视野，校园里去年才种上大批挪威红枫，到了秋天，整座校园就像被火烧云盖住似的。张珏捡起一片完整的枫叶，打算带回去做书签用。

校门口停着辆看起来历经沧桑的小金杯车，这破车连车窗都是手摇的，沈流对张珏挥挥手，张珏跳上副驾驶位，手里便被塞了个保温杯。

沈流拧车钥匙，整辆车发出一种诡异的，仿佛老态龙钟的大爷绝望嘶吼的声音。

"今天的训练量会比较大，喝点蛋白粉，给你的钙片和维生素片有没有按时吃？你爸爸有按时送你去秦大夫家里做针灸保养吧，他忙的话就叫我来接你。"沈流说了一大串，张珏嗯嗯学熊猫叫，拧开杯盖吹了吹水汽。

沈流不住地叹气："唉，我本来不想这么早教你四周跳的。"

谁知道这熊孩子练个 3F 要死要活的，出 3A 却那么利索，简直像为阿克塞尔跳而生一般。在 3A 后面接连跳的训练也进行顺利。

"我会限制你的训练次数，隔一天才练一次，每次的跳跃次数不能超过 15 次，练到什么程度看你自己，就算你练不好，也要等 15 岁后，我才会给你加训练量，我不在场的时候不许偷偷练，那玩意一个不小心就要受伤的，听到没有？"

张珏露出乖巧的笑："听到了听到了。"

看他这副模样，沈流更加不放心，差点就要当场反悔。

真是被猪油蒙了心，沈流暗暗后悔，他当初怎么就答应张珏，只要张珏练成 3A+3T 的连跳，就让这熊孩子开始四周跳的训练的？

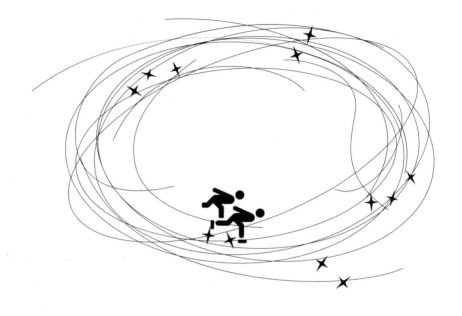

四　巨大潜能

31. 师弟

下午 6 点整，徐绰与其他省队的运动员跟着明嘉教练上滑行课。

明嘉采用了 Tabata 的运动理念，一旦音乐响起，运动员们就要开始用最大速度滑行，其间左右足要交换使用转三，20 秒后停止，歇 10 秒，然后重新开始冲刺。

如此循环往复 8 组，也就是 4 分钟，明嘉就会给他们将步法动作从转三换成其他的。

这是一种又练体力又练滑行的训练方式，最初是张俊宝对张珏的体力不满意，他的体脂也偏高，便让他用这种 Tabata 的节奏进行最大速度的冲刺滑。

明嘉看到以后，认为这是个折腾运动员的好方法，便将其用到滑行课上。自从进了 H 省省队，徐绰不仅滑行有了进步，体力都变好了，吃饭也更香了，偏偏教练对体重管控得非常严格，徐绰因此经常处于一种极其渴望食物的状态中。

和张珏一样，徐绰也是听到吃饭跑得比田径队还快的人，自然，这种基础训练张珏也是要做的，这是他们下午最后的训练，也是集体大课。

张珏的冰上最大冲刺速度十分惊人，普通的单人滑、双人滑运动员压根追不上他，也就一对成年组的冰舞组合和他差不多。但滑行可是冰舞的核心技术，只是能和张珏差不多而非超过他这一点，已经足以让在场的冰舞运动员内心羞愧了。

丢人哪，连个青年组男单选手都滑不过。

徐绰追师兄追得也很辛苦，在她累得半死的时候，一个留着锅盖头的男孩却闷不吭声地紧跟上去。

这是上周才开始在这里训练的男孩，叫察罕不花，蒙古族，名字翻译成汉语是白犍牛的意思，10 岁，在三中附近的桂花香小学读四年级，父亲早逝，母亲在菜市场卖牛羊肉，还有个哥哥在三中念书。

单亲家庭，还要供俩孩子，察罕不花的家里自然没钱给他找教练上课，平时他就在公园里滑滑冰。这孩子身子骨好，摔来摔去的竟然也没怎么伤过，就这样练出了四种两周跳。

张俊宝原本趁着周末带两个外甥去公园里喂鸽子、骑马拍照，然后在公园的冰场看到了察罕不花磕磕绊绊地练两周跳。小朋友有着蒙古族特有的结实骨架，空中转速不行，蹦起来的高度却相当惊人，而且滑得很快，张珏过去和他聊了一阵，就知道了不少关于他的事。

因为身高差不多，察罕不花刚开始以为张珏和他一样是小学生，所以一点戒心都没有，张珏问什么他说什么。

这小朋友有学民族舞，但没专门练过花样滑冰，跳跃全是自己在公园看别人的动作练出来的。旁听的张俊宝一惊，心想这好像是个人才，于是张珏退场，老舅上前做了几个测试，转头就给宋城打了电话。

现在察罕不花已经被安排进了市队，每个月有几百块的补贴（这是察罕不花的家人愿意送他过来训练的重要原因），而从他的训练场地在省队，每天也在省队食堂吃免费营养餐来看，宋城是不打算放过这个人才了。

幸好他现在把察罕不花忽悠过来，不然以察罕不花的天赋，可能很快就会被其他教练捡走。

察罕不花最大的弱点是基础不好，但他毅力惊人，而且身板极其结实，怎么练都不受伤。他的风格充满了蒙古风情。

这次下课的时候，张珏没有第一时间去吃饭，而是坐在场边，让杨志远为他处理伤口。

他太累了，上滑行课时摔了一跤，被路过的运动员的冰刀划了一下，胳膊上多了道口子，这会儿杨志远给他包纱布，叮嘱着："回去后别让伤口碰水啊。"

张珏苦着脸："你昨天也这么说，我两天没洗澡，人都臭了。"

他不是体味重的类型，但架不住运动员天天挥汗如雨，不洗真不行。

杨志远面无表情："谁叫你昨天也摔破皮了，还摔的是右胳膊，这下你可左右对称了。"

他咳了一声。他昨天受伤是练四周跳练伤的，因为本身的跳跃高度、转体能力都还不足以完成四周跳，但他偏喜欢跳，典型的人菜瘾还大，教练们看着都头疼。

等处理好胳膊上的伤口，他自己俯身脱下冰鞋。张珏的脚踝上有一圈淡淡的瘢痕，这是长期穿冰鞋训练，皮肤与坚硬的冰鞋摩擦导致的，是花样滑冰运动员的标志。只要看到这么一圈瘢痕，不用说，不是花滑就是速滑，要么就是打冰球的。

张珏的左脚大拇指有一个高强度训练磨出来的水泡，现在水泡破了，脱袜子时疼得他直吸凉气。

从年初恢复花滑训练到现在已有近 12 个月，在此期间，张珏不仅集齐了六种三周跳，各种 3+3 连跳，付出的代价也相当惨重。他年纪小，有长辈精心保护，脚踝暂时没出现花滑选手常有的变形，但这种磕磕碰碰的皮外伤却早就习见了。

沈教练蹲在边上，将冰袋压在他脚踝上，又心疼又苦恼："咱们明天就要出发去京城了，伤成这样可怎么搞啊。"

张教练也蹲着给张珏压另一只脚："没关系，我们这次特意提前几天过去，正好他每次坐飞机都不舒坦，让他好好歇一天，合乐练习开始前都不上大强度训练了。"

这时张珏把脏袜子往运动包里塞，张教练骂他："干啥玩意呢？袜子那么臭，能和水壶、擦脸毛巾这些碰脸的东西放一块吗？拿塑料袋包一下。"

骂完孩子，张俊宝和其他学生交代训练的事："大师兄要比总决赛，教练得带他去京城，你们要不要跟着去看看？队里包食宿，去见见世面挺好，还可以借国家队的场地训练，如果不去的话，就让明教练带你们。"

徐绰上前一步，坚定地说道："我要去京城。"

张俊宝点头，转脸露出个慈祥的微笑，问最听话的小徒弟："不花呢？我问过你妈妈了，她说看你自己。"

察罕不花憨实地挠头笑："我……我也去。"

32. 语言

本次花样滑冰大奖赛总决赛在 12 月 9 日正式开赛，张珏 12 月 5 日就到了京城。这次他不再掩饰自己晕机的毛病，进了酒店连晚饭都没吃，就砰的一下倒在床上睡个昏天黑地，和他住同一间的察罕不花小朋友轻手轻脚地放行李，生怕打扰了师兄的好眠。

徐绰靠在门口招手："不花,快来。"

两个小朋友坐电梯到了二楼。这家综合酒店的二楼是茶苑,走廊有一面落地窗,两个孩子便靠在窗边,看到一辆大巴停在酒店门口,不断有穿着有枫叶图案的运动外套的运动员走下来。

大巴附近围着不少记者,他们围着运动员,如同众星捧月。徐绰小声说道:"是加拿大的运动员,他们的冰舞是强势项目,不花,你看那两个才下车的。"

察罕不花看过去,一位高大俊美的白皮肤男性正扶着一个妖娆美艳的拉丁美人走下大巴,还顺手将对方的背包扛到自己肩上。

小孩不由自主地惊叹道:"他们长得好好看。"

"他们是温哥华冬奥会的冰舞冠军,朱林和斯蒂芬妮,今年分别 19 岁和 21 岁,号称是自 20 世纪 90 年代的 GP 组合后最有天赋的冰舞组合。"徐绰撇嘴,"其实他们的水平和亚军差不多,主要是温哥华冬奥会就在加拿大举办,主场作战,而且他们两个是这一届冬奥会里长得最好看的。"

在有表演成分的艺术型项目里,长相好的运动员总是更容易出头,朱林与斯蒂芬妮的长相好到第一次参加冬奥会,便被媒体冠上温哥华冬奥会最养眼运动员的头衔。

裁判在他们和一对更资深的美国组合之间纠结许久,最后把他们捧上了冠军宝座,这对看资历打分的冰舞项目来说,也算是奇迹了。

察罕不花懵懵懂懂:"那师兄以后参加冬奥会的话,是不是也能加更多分?"

徐绰摇头:"他的脸应该能抵掉一部分的压分吧,加分是不可能的。"

加拿大选手属于北美系,待遇不是亚洲选手能比的。

花滑吃的是青春饭,运动员们都满脸胶原蛋白,加上在室内运动,虽然汗没少流,新陈代谢比较好,但又不会晒到太阳,一个个甭提皮肤有多好了,再加上身材好、比例棒,怎么看都不会丑。

察罕不花知道自己骨架太过粗壮,他永远没法和师兄一样穿着闪亮的考斯腾在冰上飘然若仙。他的跳跃也不够轻盈,而且还特黑,到了晚上就找不见了,小朋友觉得自己这辈子是吃不到长相福利了,以后想要有好成绩的话,除了努力别无他法。

150

徐绰又和察罕不花唠叨了一通什么现在外国的双人滑、冰舞都喜欢炒 CP①，比如朱林其实已经有了女朋友，但为了让自己和女伴的表演更有 CP 感，所以他们只要在媒体面前露面，就一定会表现得很暧昧。

偏偏冰迷和媒体还特别吃这一套，由于双人滑和冰舞有不少都是自小搭档，青梅竹马一起长大，最后成了真情侣的也很多。

花样滑冰大奖赛的分站赛阶段，青年组和成年组都是分开比的，比赛地点也不同，总决赛却会放在一起比。其中人气低的青年组在下午比，成年组的比赛放在晚上。

经过分站赛的激烈竞争，能够留到总决赛的只有该项目最强的前六名，他们也可以被视为 2010—2011 赛季的上半段，用实力证明自己是地球最强的六位选手或组合。

为了能从容地倒时差，大洋彼岸的加拿大、美国运动员今天都已抵达京城，加上北美系花滑实力和成绩相当好，每次有大巴抵达酒店门口时，徐绰和察罕不花便能看到闪光灯不断地闪烁。

对冰迷们来说，这些运动员就是他们追逐的明星。

徐绰对花滑项目的所有知名运动员如数家珍，一个个地为察罕不花介绍着。等美国队过来的时候，她指着一个亚裔少年说："看，那个就是安格斯·乔，被师兄在美国站打崩了。"

察罕不花瞅了一眼，立刻收回目光："师兄比他帅。"

徐绰满脸赞同的表情。

没错，师兄才是最帅的。

张珏睡醒的时候，窗外晨光熹微，摸过手机看了看，早上 6 点，他在昨晚 8 点被喊起来吃了份老舅带的蔬菜沙拉，之后又匆匆倒下，这会儿算算，竟是断断续续睡足了 12 个小时。张珏彻底清醒，浑身轻松。

小孩悄无声息地完成了洗漱，换上运动服，往长了水泡的伤处贴上创可贴，在走廊活动了关节，便离开酒店，开始顺着街面慢跑。12 月，北方的寒风迎面扑来，张珏冷得一个激灵。

幸好跑起来就暖和了，他晨跑了半个小时，回酒店时顺路进便利店，就看

① 网络流行语，指并非情侣的两个人为了炒作，故意做一些暧昧的举动，让人误以为他们在处对象。

到一位英俊的斯拉夫少年站在柜台前，和店员比画着说着什么。

"#%&*#……巴（弹舌）拿（弹舌）……"

店员满脸疑惑，她努力地用友好的语气重复用英语问："呃，请问您到底是需要什么东西呢？"

张珏捧着两瓶水发了阵呆，见他们用嘴说不清的样子，便上前和店员打招呼："姐姐，有纸笔吗？"

张珏用"聋哑英语"拯救了两个可怜人，通过书写，他得知金发少年想知道在哪里能买香蕉，富含钾的香蕉可以有效缓解肌肉疲劳，增强饱腹感，提高血糖，是运动员最青睐的水果之一，连张珏都习惯了在上场比赛的 15 分钟前来根香蕉。

张珏叹气："这儿没香蕉，和我来吧！"

他勾勾手指。

"Follow me。（跟我来。）"

张珏对这一片也不是很熟，干脆直接带人去了最近的菜市场。

清晨的菜市场很是热闹，到处是涌动的人流。伊利亚有些无所适从，那个漂亮过头的男孩一直和他说"Follow me"，伊利亚便紧紧跟着他。

以他的口语水平，万一走丢了，想问路都难。张珏顺手扯住俄系太子的袖子，带他找到一个水果摊前，指着一大把香蕉。

"老板，香蕉多少钱？"

老板一称，比了个数："12 块。"

"我还要一盒菠萝。"

"20 块。"

张珏付了钱，用水果摊自带的剪刀剪了半把香蕉递给伊利亚。

"喏，banana。"伊利亚·萨夫申科捧着香蕉，拿出钱包问他："多少钱？"这句张珏听清楚了，他连忙摆手："不用给钱，香蕉好便宜的。"

香蕉是最便宜的水果之一了，张珏真不好意思和他要这点钱，而且伊利亚的钱包里只有红彤彤的百元大钞，张珏找不开，也懒得找。

菜市场门口还有个豆制品专卖店，老板点了最新鲜的豆花，张珏路过那里的时候，用一种渴望的目光盯了豆花好一阵。隔壁早餐店里飘出才炸好的油条的香味。

碳水化合物和油脂对张珏这种被迫保持低体脂的运动员来说有着致命的吸

引力，张珏忍痛移开目光，耷拉着小脑袋往回走。伊利亚依然紧跟他的脚步，眼中浮现一丝兴味。

张珏的长相和体形都很有辨识度，只要见过就不会忘，伊利亚在看到他的第一眼时，就认出了张珏，不然他也不会轻易和一个才认识的人走。

伊利亚相信张珏也认出了自己，证据就是他们都没有互道姓名，但等进了酒店电梯时，张珏很自然地按了 21 和 22。

俄罗斯代表团住 21 楼并非秘密，他们本来是住 23 楼的，但昨天有一个疯狂的男冰迷溜进去，然后扑到现役世界第一的女单选手芙罗妮亚的面前求婚。事情闹得挺大，赛事主办方就给他们换了楼层，运动员这边都知道。

伊利亚所在的楼层到了，他走了几步，突然转头指着自己，冰蓝的眼睛带着笑："伊利亚。"

张珏也指着自己："张珏。"

话音才落，电梯的门合上，将两人隔绝分开。

他们还有一句相同的未尽之语，由于语言不通的问题没有说出口，那就是"期待与你的比赛"。伊利亚有预感，这个天赋过人的中国少年，将会和寺冈隼人一样，与他在赛场上斗上很多年。

张珏一脸严肃地盘腿坐在床上，然后拿了根香蕉剥开，咬一口，嚼嚼。那就是继瓦西里之后俄罗斯的希望之星伊利亚·萨夫申科，虽然看起来的确不是好亲近的样子，但也没传言中那么不苟言笑嘛。

如果能在退役前赢伊利亚一次就好了，这样以后吹牛的时候，也可以说自己是赢过世界冠军的人。

张珏知道自己的技术相对伊利亚来说还很粗糙，除非他有四周跳，否则在面对这位青年组霸主时，张珏只有三分胜算。然而张珏的四周跳只能用一个字形容——菜。

张珏人菜瘾大，却有自知之明。

他的空中转体能力只到 3.6 至 3.8 周的水准，这要是张珏的技术脏一点，来个提前转体，使劲偷周，觍着脸说自己完成了四周跳，似乎也能骗骗外行人。

可惜他这人偏偏是个脸皮薄的。

不对，张珏突然想起个事，就是其实在比赛中，裁判对于周数的判定是，只要周数不足没有超出 90 度，那么这个跳跃就可以被视为成立，届时裁判会根据选手的完成度来给他们加减 GOE。

四周跳足周需要转体 1440 度，张珏全力以赴的话可以转体 3.8 周，也就是 1368 度，离 1440 度差了 72 度，在 90 度的范围内呢。

但如果拼尽全力转体的话，张珏将会没有余力落冰，因为他的腿部、核心力量都不够，四周跳的落冰冲击力太大，张珏根本稳不住。

为了进一步提升张珏的稳定性，张俊宝已经给他安排了增肌训练，说要张珏狂吃增重，再把那些重量全部练成肌肉。由于训练是可以预见的辛苦，又临近总决赛，沈流便做主将训练推到全锦赛之后。

全锦赛在 1 月，世青赛在 3 月末，到时候张珏可以有两个多月的时间专注力量训练。即使增肌是不能速成的事，但在世青赛之前，他绝对能进一步提升自己。年轻人的身体就这点好，总是有无数的潜力可以挖掘，进而创造令人惊叹的奇迹。

对张珏来说，全锦赛并不是什么难度很高的比赛，毕竟金子瑄和察罕不花现在都很稚嫩，国内没有可以和他抗衡的对手。

张珏下决定，他要提前力量训练的时间，等总决赛结束就立刻开始。

他本不用这么急迫，恢复训练的时间连一年都不到，在所有人看来，张珏只要再训练两年，就能达到更高的地步。

但伊利亚和寺冈隼人都比张珏大两岁，他们会一起在下个赛季满 15 岁并升入成年组，想和他们在青年组交手的话，就只有在这个赛季了。

本赛季的总决赛和世青赛，是张珏唯一可以挑战两位有成为世界冠军潜力的对手的机会。

张珏想，他不甘心。就算注定要做流星，他也要是最让粉丝们感到遗憾和无法忘怀的流星。

瓦西里不是擅长调时差的类型，加上昨晚还有冰迷捣乱，这天便起得晚了。发现师弟不见的时候，世界冠军先生差点急得报警，幸好伊利亚及时提着香蕉回到了房间。

瓦西里看着香蕉，脸上是满满的疑惑与担忧："伊柳沙，你的香蕉是哪儿来的？是粉丝送的吗？"私下里，瓦西里更爱使用昵称称呼伊利亚。

反正肯定不是买的，就伊利亚那口英语，连瓦西里这个俄罗斯人都听不懂，就算中国的水果店老板想赚钱的心情突破天际，也绝对没法突破语言限制赚到这小子的钱。

伊利亚回道："是 Jue 送的。"

就在此时，寺冈隼人乘坐的飞机终于抵达京城，他的教练是个走路都慢吞吞的胖老头，队医则是个顶着鸡冠头的视觉系摇滚青年，这三人站在一起实在很奇怪，一路走来吸引了无数路人的目光。

寺冈隼人抵达机场的第一件事，便是想要找到免税店。

小伙子拿着出发前从妈妈姐姐那里领的清单，用怪腔怪调的中文询问地勤人员："劳烦……请问卖化妆品的免税店在哪儿？"

33. 错字

"中央电视台，中央电视台，这里是 2010 年花样滑冰大奖赛的总决赛现场，经过分站赛的激烈角逐，花滑四个项目最优秀的运动员们齐聚总决赛，现在正在进行的是青年组女子单人滑的短节目比赛，下面登场的是意大利的玛拉·塞尔乔亚，她的节目是《回旋》。"

陈思佳与父亲并肩坐在观众席上，不远处便是两位正在进行现场解说的央视解说员。

音乐响起，打扮得如同一只粉蝶的少女在冰上飞舞。

今年的青年组女单用颜色来比喻的话就是五白一黄。两个欧系选手，两个俄系选手，一个北美选手，五个发色、瞳色都很浅淡的白人姑娘围攻一个日本姑娘白叶冢妆子。

但赢面最大的偏偏就是白叶冢妆子这位亚洲选手，因为她拥有对女单来说是秘密武器的连续 3lo 的能力，在日本站分站赛她跳成了基础分值高达 10.4 的 3F+3lo，光是技术分就比别人高一截。

花滑界有句评价女单的俗语，即俄系善跳跃，日系滑行好，欧美系表演分高。

前两句讲的是俄日两系女单选手的特色，欧美系的表演分高则讲述了一种常态，那便是同等实力下，欧美系运动员更受裁判的青睐。

滑行好的人与音乐也会配合得更好，加上日本花滑选手特有的细腻表演风格，与尚且青涩的对手们相比，白叶冢妆子已经是技术、表演都很成熟的一线水平运动员了，如无意外的话，她将会在明年升入成年组。

陈思佳的父亲却看得不住叹气："自从陈竹退役后，我们都多少年没有女单选手进入总决赛了？"

陈思佳捧着相机，眼中满是期待："其他项目不是有进决赛的吗？"

这次中国闯进总决赛的选手共有五个，双人滑项目的成年组、青年组各有一对，然后就是青年组男单的张珏。

陈父面露无奈："要不是为了他们，你觉得我会专门花钱来现场？"

就在此时，央视记者舒峰带着话筒进入后台的热身室。

他吐字清晰地说道："各位，这里是首都体育馆的选手热身区，即将登场的六名青年组男单选手都在这边，其中就有我国的小将张珏，他在美国站分站赛，完成了世界上第一个男单项目的贝尔曼旋转。"

拍摄组停在热身室门口没进去，只用摄像头对准了正在热身的青少年们。金发蓝眼的伊利亚在进行陆地跳跃，他的跳跃高得可怕，15 岁的少年能在助跑后跳到 60 厘米以上，脚板落地时发出砰的一声响，气势十足。

摄像机拍到这一幕的时候，看直播的观众都心口一跳。乖乖，这小帅哥真能跳。

寺冈隼人则戴着耳机，在热身室的另一头复习自己的短节目步法，亚里克斯在拉伸，尤文图斯在骑动感单车，安格斯·乔在跳绳。

热身室里几乎没有闲人，只有张珏给人的感觉格外不同，小孩坐在瑜伽球上面无表情地吃着香蕉。

香蕉最好是在赛前 15 到 20 分钟的时候吃，若是吃完香蕉后立刻就去剧烈运动，对肠胃可是巨大的考验。张珏以前这么干过，后来直接吐在冰上，从此省队众人都觉得他是个肠胃娇弱的孩子。

但张珏觉得自己肠胃还算好，有些选手赛前一紧张就拉肚子，这毛病还有学名，叫肠易激综合征。张珏赛前别说拉肚子了，还老是饿肚子。

舒峰敏锐地发现，这孩子的发型和分站赛时期不一样了。

双人滑的前辈姚岚借给张珏发胶，让他把头发打理了一下。经过双人滑一哥的帮助，现在的黑天鹅更加冷酷，具有攻击性。

看到舒峰的身影，姚岚眼前一亮："淑芬！你来啦！"

舒峰："我是舒峰。"

不是淑芬。

姚岚热情地上前捶了他肩膀一下，和众人介绍道："淑芬是老记者了，水平很不错，从来不乱说话乱造谣，孙指导都特别喜欢他。"

舒峰沉默一阵，转移话题："我来是专门采访沈流的，自从他退役后，咱们可是好久不见了。"

沈流从容地站出来和舒峰握手："的确是好久不见了。"

沈流作为花滑项目的前一哥，他是有忠实冰迷的。这部分冰迷得知他在退役后跑去教小孩，尤其是他明明教了孩子，却连主管教练的头衔都没拿到，仅仅担着副教练、跳跃教练的名头，都十分疑惑。

张珏到底是何方神圣，才能让前一哥连主教练头衔都可以不要地待在他身边。

舒峰举着话筒："现在我们都知道张珏是一个天赋极佳的孩子，但是您在去教张珏的时候，他还没参加过国内的赛事展现实力，请问您是为何做出这项决定的呢？"

沈流淡淡一笑，张嘴就把他在全锦赛时被张珏的 Rippon 跳跃惊艳到的事情说了。

说起这些往事，沈流感叹："其实我本来是不打算做教练的，但张珏让我看到了希望，我觉得我们的男单是可以在国际上获得更好的成绩的，所以我决定去帮助张珏更好地成长。"

可以这么说，在出发前往 H 省的时候，沈流就已经决定好，将自己未来至少 10 年的时间，把自己最好的岁月押在张珏身上，去换一个中国男单崛起的未来。

沈流看着镜头诚恳地说道："张珏真的是一个很努力的孩子，也希望大家多多支持他。"

舒峰感叹道："听你这么说，我感觉张珏就和热血运动漫画的男主角一样啊，国家队前一号男单选手退役后，为了他选择做教练。"

双人滑的一姐金梦在旁边附和道："张珏长得也很二次元，第一次近距离看到张珏的时候我都惊了，真没想到现实里有这么好看的男生。"

金梦和姚岚也快要退役了，这时候便不遗余力地在镜头前提后辈们的名字，希望可以为他们带来更多人气，也是一片苦心。老一辈总会退出舞台，未来如何，还是要看这些孩子们。

舒峰很能体会这些老滑冰人的心情，又配合着问了不少有关黄莺、关临、张珏的事。

张珏默默做了最后一组拉伸时，有人低声说道："要开始了。"

女单短节目结束，赛用冰场已经开始修整，选手们现在就要去候场区域，等待冰面平整的那一刻，上冰进行赛前六分钟练习。

穿过漫长的选手通道，尽头是不断闪烁的镁光灯。鼎沸的人声传入耳中，让张珏有些恍惚。这里是可以容纳上万名观众的首都体育馆，观众席上坐满了来自全球各地的冰迷，他们说着不同的语言，却用同样期待的目光看着运动员们。

花样滑冰大奖赛总决赛作为这项 A 级赛事的终点，聚集着全世界花滑爱好者的目光。

六个青年组男单选手依次滑入冰场内，伊利亚打头，广播最先叫出这位唯一以两枚分站赛金牌进入总决赛的天才少年的名字。

"Representing Russia, Elijah Savchenko.（代表俄罗斯上场的是伊利亚·萨夫申科。）"

几乎场上所有冰迷都欢呼起来，可见萨夫申科的高人气。

接下来是寺冈隼人，"Representing Japan, Hayato Teraoka"。（代表日本上场的是寺冈隼人。）

寺冈隼人是一个眉清目秀、气质干净的少年，贵妇粉与少女粉多得惊人，自他出场后，场上的"干巴爹"①之声不绝于耳。

张珏和尤文图斯的积分相同，同样以 1 金 1 铜冲入决赛，但主办方肯定先介绍自家孩子，于是第三位就是张珏了。

当他的名字被广播报出的时候，典型的中文名，与精致的亚洲男孩面孔，让本土观众们立刻热烈地鼓起掌来。甭管认不认识张珏，既然是自家同胞，挺他就对了！

石莫生看着张珏的身影，眼中含着羡慕，然后他就看到旁边的樊照瑛猛地站起，先是身体一个趔趄，接着双手放在嘴边大喊。

①"加油"的日语音译。

"张珏！加油！"

张珏闻言扭头，朝这边挥挥手，他认出了他们。

石莫生没忍住，干脆也站起来扯着嗓子吼："张珏，加油！"

央视导播看那边一眼，面露欣慰："那是其他省队的青年组小将吧？看不出他们和张珏关系不错啊。"

哎呀，这就是青春与友谊吧。

他和同事说道："小王啊，把镜头转过去拍拍他们，冰迷们也一定喜欢看到这些。"

正在此时，金子瑄和同队的青年组女单选手陆晓蓉一起展开一条红色的横幅，上面是四个大字。

"张钰加油。"

但奇怪的是，看到这条横幅后，原本还开开心心招手的张珏动作一顿，整个人露出呆滞的表情，接着默默转头滑开了。

京城队小选手米圆圆满脸不解："啊，他怎么不理我们了？"

樊照瑛看着横幅，一拍大腿："这横幅谁弄的？这么大一错别字，赶紧的收起来，可别丢人了！"

一群少男少女手忙脚乱地把这玩意叠起来往包里塞，陆晓蓉还挺蒙。

"这横幅是我弄的呀，怎么就错了啊？"

金子瑄露出恨铁不成钢的表情，恨恨地去戳陆晓蓉的脑门。

"哒！你这呆子！这个字是金字旁，念 yù！张珏那个珏是王字旁！"

石莫生按住金子瑄的手，用一种忐忑的语气说："各……各位，咱们好像丢人丢到全世界的冰迷面前了。"

场馆上方的大屏幕上不知何时正映现着他们的身影，一群孩子抬头一看，集体僵住了。

等……等会儿，镜头拍他们拍了多久了？

34. 潜能

下午 4 点 20 分，人声鼎沸的首都体育馆响起一片愉悦的笑声，笑声的来源主要是国内观众。

孙千忍俊不禁地看着大屏幕，用和蔼的语气感叹着："训练固然重要，但也不能放下文化课嘛。"

他身后是 J 省、L 省、H 省的三位省队总教练，闻言俱是一窘。

L 省的林教练抹了把汗："我回去以后会多关注陆晓蓉的成绩的。"

宋城总教练舒了口气："我家孩子的成绩都挺好，张珏和他师妹徐绰都是重点中学的学生呢。"

J 省的马教练则比较沉默，黄莺是个"学渣"，但她的男伴关临成绩却很好，上周才被抓到帮黄莺写作业。

幸运的是，除了张珏本人，场上的其他五位运动员都搞不懂为啥刚才场馆响起一阵笑声，这让他总算能稳住心态继续进行六分钟练习。

灯光落在冰面上反射出刺眼的白光，六名小选手在冰上穿梭，六分钟练习是花样滑冰运动员最后一次熟悉比赛场地、调整自身状态的机会，比如张珏，他就试跳了好几次 3F，反复确认着这个跳跃。

不夸张地说，张珏其实是一路摔进决赛的，其中让他失误最多的就是 3F，到了总决赛可不敢再摔了，不然张俊宝能让他捏着耳垂蹲在桌子上，用中气十足的声音训他大半个小时。

老舅骂他时基本不会刻意避开旁人，所以被他骂固然身体层面的伤害为零，但是伤面子啊，张珏可爱面子了。

在他跳的时候，寺冈隼人正好滑过附近，看到这诡异的跳法出现在自己面前，日本少年不忍直视地别开眼，转头朝另一边滑去。

唉，诡异，总觉得看得多了，自己的 3F 也会被带歪。

与此同时，萨夫申科完成了一个 3A，他微微皱眉，对这个跳跃并不满意。场上的观众们却很给面子地鼓起掌来，另一边，如同较劲一般，寺冈隼人同样完成了一个 3A。

江潮升是本次央视花滑大奖赛总决赛的解说员之一。

他和解说搭档赵宁说道："这两个运动员年龄接近，实力相当，在赛场上一直是针尖对麦芒。"

赵宁赞同："是啊，有他们的地方，观众们都看不到别人了。"

"那倒未必。"江潮升对此有不同的看法，"张珏在中国站也跳成了 3A，他的实力不比这两人低。"

张珏是东道主选手，而且在横幅那个乌龙事件以后，看得懂汉字的现在都觉得张珏与他的小伙伴们特有意思。

赵宁不解道："既然张珏也有 3A，为什么他不跳呢？"

江潮升说："可能是因为对他来说，3A 是没有必要去确认的跳跃吧，如果你看过他以往的比赛，就知道他的刃跳从来没失误过。"

在美国站结束前，张珏几乎没怎么练过 3A，可他愣是在美国站与中国站间隙的一个来月中将 3A 练成了，这就是天赋。

3A 是目前青年组男单选手可以攻克的最大难度跳跃之一，更难的四周跳不仅需要运动员具备极强的爆发力，还会对关节造成巨大伤害，所以在他们发育之前，出于对安全的考量，很多教练不会让孩子们练四周跳。

万一把好苗子早早地折腾出伤病，教练们也会心痛。

张珏尝试了在跳 3F 时使用了举手姿态、延迟转体均成功后，他暗地里舒了口气，这时又不经意间在观众席上看到了自己的名字。

那是观众席前方，有人捧着一条横幅，上面有"张珏加油"四个字，秦雪君看他注意到这边，便摇了摇。不愧是他的学神老铁，珏字是对的。

张珏一下笑出声，立刻开始助滑，然后在靠近这面观众的地方，抬脚来了个 3A，落冰后又快速接了个 Rippon 姿态的 3T。

这是张珏目前能拿出来的难度最高的连跳，飘逸且远度惊人。

在人类的感官中，远度比高度更能带来感官冲击，因此超远型跳跃向来更容易得到高 GOE，但因为超远型跳法需要很强的滑速和滑行功底，能练好的运动员反而少于高度型选手。

张珏是在秦雪君的前方起跳的，但他落冰的时候，人已经到了离秦雪君 8 个座位开外的位置。这一面的观众齐声惊呼，显然是被这一跳的视觉效果震撼到了。

六分钟练习结束，众位选手纷纷回到场下，短节目比赛，正式开始！

大奖赛短节目的比赛顺序和他们的积分排名相关，第一个登场的就是积分排名第六的安格斯·乔。

这位选手外号"艺术水母"，表演分总是很好看（带着水分），所以成绩一直不差，第二位登场的亚里克斯看着那边，面露嫌弃。

"他现在不仅提前转体，还存周了。"

存周的意思就是转体并未达到足周的要求，整个人就已经落冰。

寺冈隼人和他聊了起来："他很明显胖了，原本技术就不干净，身体变重后更难足周，不用这种小手段，将很难保证跳跃完成。"

尤文图斯则一直在深呼吸，过了一阵，他去找工作人员询问厕所的位置，显然是紧张到不行了。

伊利亚则眼神飘忽，魂飞天外，不知现在已经到了哪个奇妙的白日梦乡之中。

张珏却对安格斯·乔的表演彻底没了兴趣，他往后一仰，后脑勺靠在老舅的大胸肌上，唉声叹气。

"教练，午饭没吃饱，我想吃巧克力。"

老舅虎着脸把小孩提溜起来站好，沈流从裤子口袋里拿出一块牛奶巧克力在张珏眼前晃了晃，在张珏伸手的时候塞回去。

沈流笑眯眯地掐住张珏一边脸颊："比完赛了再吃，还有，把皮绳紧点，我知道你心态好，但这是大奖赛总决赛，你不仅要心态稳定，还要兴奋起来，知道吗？"

张珏拉长了声音："知道啦——"

张俊宝补充道："把你在魔都那个拼搏的状态拿出来，不然我把你的锅巴全扔了。"

张珏面露惊骇："你什么时候……把我偷带的零食翻出来的？"那明明是许德拉亲手帮他藏的！

过了一阵，安格斯·乔下场走向 kiss&cry，所有人看向电子计分板，很快，上面出现安格斯·乔的得分。

技术分：36.2

表演分：36.5

总分：72.7

安格斯·乔再次完成了表演分倒挂技术分的伟业，硬是滑上了 70 分。只倒挂了 0.3 分，大家也懒得计较了，反正计较也没用。

第二位上场的亚里克斯则状态超凡，一曲《骷髅之舞》较之前美国站时更加精彩，神情中的死神式邪魅，让看过德语音乐剧《伊丽莎白》的人都产生了一股亲切感。这少年表演时的神情，几乎和那部音乐剧中的死神是一个模子里刻出来的嘛。

这种音乐剧式的表演是真的挺好看的，亚里克斯浑身是戏，从肢体语言到面部表情都演得格外卖力。用力过度这种小毛病对青年组成员来说也不是问题。

对青年组运动员来说，只要你有在认真表演，冰迷们都会很包容地表现出赞扬和喜爱，唯一遗憾的就是小伙子跳 3A 的时候扶冰了一下，估计技术分要受点影响。

沈流面露赞赏："果然是要升成年组的人，这小伙子很努力。"

令人遗憾的是，接下来登场的尤文图斯因为肠易激综合征，在场上表现得只能用腿软二字来形容。3lz 在跳的时候空成 1lz，所有跳跃落冰时皆有瑕疵，等下场时，少年直接捂着脸哭了出来，这种情况也不知道该说是被压力击垮，还是被拉肚子击垮。

就在这时，观众席上有个女孩举起捷克的国旗跑了过来，用捷克语大声喊着什么，尤文图斯就哭得更惨了。与此同时，观众席上也传来一阵善意的、带着鼓励的掌声。

花样滑冰的赛事向来场上氛围很好，因为运动员不会在赛场上有直接的对抗，最需要战胜的只有自己，所以冰迷们也从未有过冲突。不少花滑运动员彼此之间不说是朋友，也能友好地说几句话，而当运动员在比赛中出现失误时，观众们会用掌声鼓励他们站起来继续。

张珏觉得这个项目很可爱。

嗯，只有裁判不可爱。

在运动员入场后，他们将会有短暂的 30 秒进行赛前准备，准备时间超过 30 秒将会扣 1 分，超过 60 秒则取消比赛资格。

张珏脱下印有 China 字样的外套，露出其下闪亮的考斯腾，摘掉刀套上冰。

沈流伸手："来。"

张珏扶着他的手蹭了两下，转过身，顺着张俊宝的力量朝前滑去。

广播中响起双语的报幕。

"接下来登场的选手是中国运动员，张珏。"

"Representing China，Jue Zhang。"

在他人看来，这位首次登上万人级别大场馆的小运动员异常沉稳，他在胸前画"士"字确认轴心，又抬起一只脚，用手抹去冰刀上的冰屑，如同侠客比武前用指尖拂过刀锋。

他两鬓略长的黑发被扎成小辫，在脑后用一字夹固定，余下的头发随着滑行微微飘动着。无论是来自哪个国度的冰迷，只要看到张珏的造型，就一定会知道，他的节目与天鹅有关。

白叶冢妆子流露出一丝兴味："嗯？他也滑《黑天鹅》？"

《天鹅湖》是花滑中经久不衰的经典曲目，光是本赛季就有数名选手选择了滑《黑天鹅》，包括成年组的俄罗斯女单选手达莉娅、青年组的美国女单选手克拉拉，而意大利的青年女单选手海伦娜则滑了《天鹅湖》。

虽然比不得隔壁《红磨坊》是五个人撞车，但三只天鹅大碰撞也挺热闹的了，如今张珏这个男单选手居然也掺和进来。

达莉娅靠在围栏边上："他是我见过的第一个滑《黑天鹅》的男单选手。"

不过既然这个男孩能滑进总决赛，就一定有他的卓越之处。

与此同时，克拉拉、海伦娜都露出认真的神色。撞曲不可怕，谁丑谁尴尬，谁都不想成为"丑"的那一个。

直到优美而哀伤的钢琴声与竖琴声响起，黑天鹅复苏，当张珏起身展翅的那一刻，宋城、孙千、张俊宝和沈流都笑了起来。

沈流想：赛前给张小玉紧紧皮子果然是有用的。第一次身体满状态且投入度百分之百的《黑天鹅》刚现世，便四座惊艳。

张珏在节目前半段专注于表演，狡诈的黑天鹅奥吉莉娅伪装成天鹅公主奥杰塔，来到了齐格弗里德王子面前。她的神情看似温柔而美好，吸引着王子上前与她共舞。

但这份过于纯洁的神态、柔软深情的肢体语言，搭配黑羽为主元素的考斯腾却有强烈的不和谐感，直到第一组旋转结束后，音乐开始变得急促与阴冷，仿佛阴雨落下，而黑天鹅的阴谋显现。

奥吉莉娅伸出手，诱惑着齐格弗里德对她吐露爱语。

黑天鹅在这一刻活了，观众们凝神屏息，彻底被张珏吸引住了。

亚里克斯看得眉头一皱："他的表演和在美国站的时候完全不一样了。"

该怎么说呢，张珏在比美国站的时候当然是很令人惊艳的，那种出色的表现力把所有人都衬托得黯淡无光，但与现在一比，亚里克斯立刻可以判断出，张珏那时候绝对是收着演的。

那时的他居然没有使出全力，而才哭完的尤文图斯也说道："他的状态比上次好了很多。"

在魔都的时候，张珏的身上有一种孤注一掷的疯狂，但也因为身体状态不佳，而显得情绪把控不够细致。现在的张珏依然表演得很疯狂，但这种疯狂是可控的，张珏完美掌控着自己表现出来的每一分情绪。

难以置信，一个青年组的男孩居然在一个跳跃都没有使用的情况下，牢牢地抓住了场上所有人的目光。

而他将所有跳跃压在后半段的做法，更说明了他的绝对自信，而这份自信更是给他的所有对手带来了压迫感。

这小子很不好对付！

原本一直在发呆的伊利亚也魂归原位，专注地看着张珏，直到音乐进行到第一组连跳的时候，他握紧双拳。

好强的表现力，面对这种强敌，哪怕是俄系太子爷，一个不留神恐怕也是要栽的。

寺冈隼人更关注张珏的上肢舞蹈动作。看得出来，这个少年的芭蕾功底很深厚，整体柔软而不失力度，美感惊人，对"颜狗"遍地走的花滑运动来说，张珏这样长得好看还很会跳舞的类型，优势简直不要太大。

跳跃开始，场上的张珏右足点冰，以标准的深外刃起跳，干脆利落地跳了个 3lz，可是接下来他居然没有使用 3T，而是单足起跳，接了个 3lo。

3lz+3lo，高级 3+3 连跳中难度最大的跳跃之一，基础分值高达 11.1，在节目后半段完成时会乘以 1.1 倍，因此基础分达到了 12.21，是一个光看分值完全不逊于四周跳的连跳。

成年组男单选手跳个 4T+2T 的连跳，基础分也不过 11.6。

金子瑄和石莫生等其他省队的孩子们一起瞪大眼睛，张珏以往在这时候跳的可都是 3lz+3T，没想到距离魔都之战才过去两个月，他就又学会了新连跳，这是多么可怕的成长速度！

哪怕张珏在这个连跳结束时，整个人落冰歪了歪，但他立刻稳住身体，既没扶冰也没摔倒，即使 GOE 减了一分，他也依然凭这一跳拿下 11.21 分。

而到了第二跳时，上至国家队总教练孙千，下至关注张珏的冰迷，比如陈思佳父女、秦雪君等人全部紧张起来。到目前为止，张珏在 3F 翻车的次数可是和他参加正式比赛的次数一样多！

张俊宝压低上身，死死看着张珏。

而大外甥利索地右足外侧点冰，再次用他那种怪异的跳法起跳，纤瘦的小身体腾空而起，在跃至最高点后才开始高速转体。

当张珏完整转完 3.2 周稳定落冰时，张俊宝雀跃，伴随着热烈的掌声，沈流一挥拳。

"好！"

张珏的 F 跳跳法虽然怪异，且比正常的三周跳多出 0.2 周，可跳跃完成时的滞空感也很惊人，搭配延迟转体的技术，这一跳的视觉效果，就像是张珏有特异功能且在空中停了一瞬间似的。

这绝对是今天场上出现过的最漂亮的 3F！张珏此时不仅克服了自己最大的短板，甚至化短板为亮点，除了他，谁可以跳出滞空感这么好的 3F！

最后一跳理所当然是 3A。

在按照常理来说运动员已经十分疲惫的末尾，张珏抬腿往前一跃，将节目中最难的技术动作完成得干净漂亮。

此时音乐与运动员的情绪也达到了高潮，小天鹅以 illusion 难度姿态进入躬身转，高速旋转 8 圈后，少年抓住浮足冰刀，朝着上方一抬。

水滴形的贝尔曼旋转出现，张珏能感到后腰抽痛了一下，他表情不变地继续技术动作，直到完成最后一组旋转，伴随着音乐结束的重音，黑天鹅展开不祥的羽翼，玩偶如雨一般落在冰面上。

张珏呼了口气，迅速从表演情绪中脱离出来，带着灿烂的笑意向四周行礼。按照惯例，为了不干扰观众的观看体验，中国解说们总是习惯在节目结束后再出声。

赵宁看着张珏朝四周行礼的模样，欣慰地说道："这个节目真的非常出色，情绪的张力十足，而且他的技术非常干净。很难想象这居然是一个青年组的节目，那个贝尔曼旋转出现的时候，我被惊艳得几乎失去言语，这套节目是艺术与难度兼备，太棒了。"

江潮升接话道："是的，张珏一直是个让人惊叹的孩子，他的柔韧、耐力、表现力都很好，而且这孩子在 8 岁以后就转去学习芭蕾了，之后 4 年没有进行过专业训练，今年年初才重新回到冰上，但是他在这短短的时间内进步飞快。"

"他的心态也很稳。第一次参加大奖赛总决赛，你看他第一组连跳失误的时候，其他小运动员这时候是很容易慌的，可张珏没有，表演还是那么精彩，所以他的临场调节能力非常强，是典型的大心脏运动员。"

"我可以预言，只要他好好滑，不要被伤病击倒或者出什么意外，他肯定是能成为世界冠军的。"

江潮升毫不犹豫地在央视直播中，使劲吹了一下自家的希望之星，但他说的也是心里话。张珏在国家队训练的时候，江潮升亲自指导过他，深知这个孩子多么能吃苦，正是那些常人难以想象的付出，才让他在短时间内达到这样的竞技状态。

秦雪君提着一个小鳄鱼玩偶，拄着拐杖一瘸一拐下了台阶，将玩偶扔到冰上，然后他就看到张珏像颗小糖豆一样蹦过来，捡起玩偶，对他露出担忧的表情。

但运动员不该在比赛后过长时间地停留在赛场上，秦雪君朝冰场出口一指，张珏也只好先止住疑问，抱着玩偶回去。

老舅迎面扑来，抱着大外甥原地旋转一圈，把张珏吓得哇一下叫出声，而沈流和宋城都看得笑起来。

沈流把衣服搭在张珏身上："来，快把衣服穿起来，千万别生病了。"

张珏把手臂捅进外套衣袖里，俯身戴好刀套，吧嗒吧嗒往 kiss&cry 走，其间还有臂力好的观众朝他扔鳄鱼，场面极为热闹。张珏一边走一边对周围挥手、鞠躬，嘴里的谢谢就没停过，好不容易坐下来，他先开了瓶运动饮料。

张俊宝的嘴一直咧着："这次滑得不错，技术分应该上 45 了。"

沈流摸了一把孩子的头，沾了满手发胶也不介意："你把最后一跳换成 3A 也太惊险了，万一失败的话，对节目的完成度影响很大，幸好成功了。"

张珏很勇敢，关键时刻敢赌，在教练们看来是个不折不扣的傻大胆性子。幸好他没失误，不然教练们得揍他。

看他们喜气洋洋的样子，张珏是真舍不得打击老舅和沈流，但该说的话还是要说。

"教练，我腰疼，做贝尔曼旋转的时候好像抻了一下。"

一听这个，两个教练立马不笑了。张俊宝摸了一下，张珏的腰部肌肉的确格外紧绷，运动员最怕的就是伤病，张俊宝和沈流都是在巅峰期因伤病退役，对这种事最为警惕和恐惧。

张珏才13岁，恢复训练不到一年就有现在的成绩，万一他有了伤病，大家的希望就又没了！

就在此时，电子计分板上出现张珏的分数。

技术分：47.07

表演分：34.2

合计：81.27

在短节目里，张珏做了一组跳跃接燕式旋转 + 甜甜圈旋转 + 提刀燕式旋转3级（2.9+1.29），接续步3级（3.3+0.89），3lz+3lo（12.21-1），3F（6.6+2），3A（9.35+1.87）、躬身转 + 贝尔曼旋转3级（2.4+1.66），换足联合旋转3级（2.5+1.1），跳跃技术分达到了31.03分，步法为4.19分，旋转有11.85分，综合下来，他的技术分达到了47.07分。

张珏的短节目居然突破了80大关，这是一个堪比成年组选手的分数！

全场观众都欢呼起来，大家都知道张珏表现得好，看跳跃配置也知道分数会很高，但没想到居然可以这么高！

赵宁更是抑制不住激动地大声说道："各位观众，我国小将张珏在花样滑冰大奖赛总决赛青年组的短节目赛事中，取得了81.27的高分，这个分数距离瓦西里升组前创下的青年组世界纪录85.25，仅有3.98分！"

但凡张珏没在那个连跳时出现失误，或者裁判给表演分时手松一松，这个纪录都已经被打破了！

江潮升摘下眼镜，擦了擦眼角："不愧是张珏，太争气了！我真为他感到骄傲。"

镜头此时也转到了伊利亚、寺冈隼人两个还未出场的运动员身上。其中伊利亚的表情已经严肃凝重起来，而寺冈隼人脱下外套，表情严肃得像是要出门打仗。

胖老头教练抱着外套，唤道："隼人。"

寺冈隼人冷静地点头："我知道，我的技术基础分不如他。"

那种跳跃全压在后半段的可怕体力和绝对自信他都没有，而且他也不可能临场改变节目的技术编排，最重要的是，寺冈隼人虽然有 3A，却没有在连跳时接 3lo 的技术。

"但他不可能在自由滑中依然保持现在的配置，而且他的连 3lo 明显还不熟练，我会争取 clean，减少短节目的分差，再在自由滑中追回来。"

这位 15 岁的少年也是大心脏运动员，他拍了拍挡板，朝冰场中心滑去。

另一边，张珏抱着玩偶被领到选手通道中，沈流立刻找椅子让他坐下，老舅将杨志远拉过来，杨志远被拉得踉踉跄跄，到地方以后随手一摸，立刻翻了个白眼。

他问张珏："你在跳 3lz+3lo 的时候就不舒服了吧？"

张珏略显茫然地抬头，回想一下，乖巧点头："是，那时候就扯了一下，但很快就好了，我腰疼不是做贝尔曼旋转的时候抻出来的吗？"

"不是，你这明显就是腰肌劳损，你的连跳技术特点摆在那里，做第二跳时几乎不蓄力，连 3lo 是仗着腰力直接起跳，后来还拗贝尔曼旋转，之前没出问题是你运气好，现在出了问题是正常的。"

杨志远拍拍医疗箱，尽量用轻松的语气宽慰小运动员："行了，就是正常的劳损，没伤到要命的地方，你先拿冰袋敷一下，领完小奖牌了就来找我针灸。"

张俊宝和沈流对视一眼，俱是表情难看。伤病只要出现，就不是一两天能养好的事，后天就要比自由滑了，张珏在这个当口出现腰伤，即使不严重也足以致命。

这孩子在赛前特意向教练组提出加大跳跃的难度，是为了冲击金牌，结果却为他的健康埋下了隐患。

张珏坐在椅子上，两条腿晃啊晃的，神态轻松："那就换跳跃方案吧。"

他沉稳地说道："我觉得腰疼不是很严重，所以只要把自由滑跳跃里所有的 3lo 都换掉的话，应该能保证完整地比完自由滑，以我的短节目优势，依然可以上领奖台，对手发挥不佳的话，我甚至可以冲击金牌。杨队医，我现在可以开始冰敷了吗？"

杨志远看了他一眼，有些意外："当然可以。"

这位现队医、前双人滑国家级运动员一边拿冰袋，一边心中惊叹，张珏这大心脏名不虚传，遇到事了完全不慌，立刻就想法子改善局面。

单纯身体天赋好或者单纯心态好的苗子其实不难找，毕竟中国那么大，总有人才冒头，难得的是张珏这种天赋和心态都厉害的，因为只有这样的人才能承受住竞技运动的残酷与挫折，坚定不移地爬向最高处。

看张珏受伤后的反应，杨志远内心生出和江潮升一样的想法——这孩子未来绝对会成为世界冠军。

35. 伤号

短节目比赛时长仅有 2 分 30 秒（±10 秒），所以 10 分钟以后，青年组男单的短节目赛事便宣告结束。

徐绰、察罕不花都是张珏的亲师妹师弟，之前一直跟在宋城教练身边，这会儿张珏腰伤难受，他们就一起跟着宋城跑过来。孙千也过来看了一眼。

才拿下短节目第一的张珏趴在瑜伽垫上，后腰上放了两个大冰袋，脚踝、膝盖同样垫着冰袋。他的身体太过瘦小，往地上一趴也是小小的，身上压着的冰袋就显得格外沉重。

徐绰跪坐到边上，摸摸师兄的头发，沾了一手发胶，便随手往外套上一抹，满脸关心："师兄，疼不疼？"

师兄安抚师妹："没事，小伤，和训练时的扭伤一个级别，还没那个严重呢，起码不影响走路，就是有点冷。"

花滑比赛的场馆里没有暖气啊，12 月的京城冷得要死，不给抱个热水袋都算了，还要敷冰袋，张珏被冻得瑟瑟发抖。

老舅蹲在一边给他按小腿，舒缓小孩紧张的肌肉群，闻言他吐槽道："你怎么突然又怕冷了？之前不还能穿着单衣去打雪仗吗？"

张珏苦笑："那时候我的体脂还没这么低啊。"

体脂过低的人其实都怕冷，因为没有脂肪御寒了。

好在小师弟察罕不花是个体贴的孩子，知道师兄辛苦，过来的时候给师兄带了一杯热巧克力。捧在手里暖手，喝下去暖心暖胃。

张珏其实还挺羡慕察罕不花的，毕竟这孩子是出了名的金刚不坏，几乎没有什么伤病，强壮的身子骨固然让察罕不花的空中转速偏低，出四周跳的难度更高，可对运动员来说，只有健康在，他们才有继续挑战无限的可能。

沈流这会儿也把一块牛奶巧克力放张珏边上，帮着按摩张珏的另一条小腿。

孙千遗憾地说道："可惜张珏的表演分被压得太狠了，不然以他的能力，这次就该破纪录的。"

张珏的短节目跳跃配置是 3lz+3lo、3F、3A，其难度放在青年组本该是独霸一方的。

张俊宝摇头："毕竟小玉是才出头的新人，裁判给分时爱看资历，寺冈隼人进青年组的第一年也被压得挺狠的。"

孙千："也是，他还会在青年组滑至少两个赛季，不急这一时。唉，这发胶是姚岚给的吧？别用这一款，对发际线不好，姚岚现在的发际线就挺危险的，用 HDFQ 啊，我以前也用这一款，贝克汉姆同款。"

大家不约而同地瞥了一眼孙指导稀疏的头顶，又不着痕迹地挪开视线。张珏垂下眼睑，暗暗下定决心，甭管是姚岚使用的这款发胶，还是贝克汉姆用的那款，他以后都不用了。

等工作人员找过来的时候，张珏一拍垫子爬起来，冰袋从他身上滚落，小孩坐好想要穿鞋，腰又扯了一下。

见小孩面露痛楚，沈流摁住他："你先别乱动，扶着我站起来。"

小孩嗯了一声，扶着沈流的肩膀，张俊宝也提着张珏的衣领往上拉，张珏借着力起身，把脚放进鞋里。沈流唰唰几下把鞋带系好，叮嘱他："凡是让腰不舒服的动作都别做，不行就叫我或者你老舅，我们帮你。"

张珏乖乖地应了，穿上外套，围上围巾，头上还戴个雷锋帽，帽檐放下挡住耳朵。温度回来了，张珏终于舒坦了。

孙千看着他这个形象沉默一阵："你就这样去参加小奖牌颁奖？那边可是有记者拍摄的。"

张珏还没说话呢，张俊宝先挠着头面露不解："可他都穿着鳄鱼连体衣上场滑"Schnappi"了，戴个帽子而已，不算事吧？"

孙千看着张俊宝那张娃娃脸，突然想起这货在役时，曾经在全锦赛的表演滑上把自己打扮成猫的样子，在冰上滑著名音乐剧《猫》里的经典曲目"Memory"。天地良心，孙千这辈子都没见过胸肌那么发达的猫，但不知道为什么，那场表演滑观众的掌声格外热烈。

让这么个人做张珏的主教练，好好的仙气飘飘的少年都要被带成傻狍子。算了算了，只要成绩好，别说是狍子了，猴子他都认了！孙千花了点时间说服自己，闭上眼睛一挥手。

"去吧，保暖重要。"

这次短节目的第二名是寺冈隼人，第三名则是伊利亚，这也是寺冈隼人第二次在短节目压伊利亚一头了。

按照沈流的分析，其实寺冈隼人的表现力比伊利亚要强一截，滑行也更有优势，所以在短节目的时候可以凭表演分占个 1 分不到的优势，但伊利亚稳定性更高，在自由滑可以凭稳定性赢回来。

张珏也有稳定性不行的毛病，说他一路摔进大奖赛总决赛也是事实。教练组心里都明白，对张珏来说，短节目的胜利不过是一时的，自由滑才是更大的挑战。

小奖牌颁奖仪式的气氛很友好和谐，张珏出场的时候，不少人看到他都先愣了一下，然后露出一种像是想笑又像是被可爱到的表情，尤其是寺冈隼人，眼神不断地往张珏那边飘。

当主持人问起这位神奈川少年对于中国的印象时，寺冈隼人用生硬的普通话说道："中国是一个很棒的国家，运动员特别……"他卡了一下，不知道卡哇伊 ① 的中文如何念，干脆结合英文："运动员特别 cute。"

很 cute 的张珏听懂了，并对寺冈隼人露出一个很卡哇伊的笑容，寺冈隼人这才发现这孩子有两颗小虎牙。

哇，是八重齿啊！对于八重齿也就是虎牙抱有特殊情结的日本人在心里感叹着，tama 桑果然超级卡哇伊。

张珏的小名叫小玉这事不是秘密，熟的人乃至熟一点的冰迷都知道。此事被精于挖掘细节的日本记者传到其国内后，不少日本冰迷都称张珏为"tama 酱""tama 桑"。

玉在日语中的发音是 tama，且与蛋的发音相似，所以日本冰迷管他叫"tama 酱""tama 桑"的时候，可以理解为他们叫张珏"小玉""玉先生"，也可以理解为他们在叫"小蛋""蛋先生"。

---

① かわいい的音译，意为可爱。

还好语言天赋一般的张珏不知道有人叫他小蛋，不然他才不会给寺冈隼人好脸色呢。值得一提的是，伊利亚和寺冈隼人都是完成发育的男单选手，伊利亚一米七五，寺冈隼人一米七四，两人都比张珏高20厘米以上。

偏偏作为短节目第一，张珏领奖的时候是要站在中间的，所以他们站在一起的视觉效果，大概就是一个"凹"字，张珏也被两人衬托得越发像个小学生。

老舅觉得这一幕惨不忍睹，转头和沈流嘀咕："我记得国内比全锦赛的时候，成年组和青年组的成绩是一起算的，就咱们小玉这个成绩，估计成年组也没人能和他打，到时候他恐怕还是领奖台上最矮的那个。"

一想到以后张小玉挺胸抬头站在领奖台上神气活现的模样，张俊宝突然噎住了。

他和沈流看着举着奖牌、娇小可爱的张珏，心中同时一叹：努力长高，早点完成发育吧，小玉，如果你不想一辈子跟别人摆出个凹字的话，回去以后就多灌牛奶！

毕竟是国内的颁奖仪式，不存在语言问题，主持人对张珏和善得不行，问的都是常规问题，应付起来特轻松。零零碎碎的事情整完，张珏回到酒店房间，终于和秦雪君见上了面。

只见这位混血帅哥穿着呢子大衣，同样戴着保暖的雷锋帽。他挂着拐杖，走路一瘸一拐，等进了房间把帽子一摘，张珏才发现他脑袋上还裹着绷带。

小孩扶着腰坐好，惊讶道："我的哥哥啊，你这是干啥去了啊？"

秦雪君轻描淡写："上周教授说我解剖的手法挺好，让我去医院给他配台，干个拉钩的活。"

医学生嘛，多积攒点实践经验，以后真上手了也更有把握。秦雪君已经读完大四，开始念研究生，成绩又实在是好，前阵子还配合一位师兄发表了论文，一位教授欣赏他的才华，就干脆让秦雪君在周末时去他那里帮忙。

不白干，给钱的，虽然只是些导尿、备皮、消毒、缝合、拉钩、扶镜子之类的杂活，一不小心还要被骂，甚至会被止血钳子打手腕，秦雪君却做得津津有味，深觉收获不小。

张珏听懂了，但还是不解："给人拉钩不能伤成这样吧？"

一般的拉钩当然不会，但秦雪君这回碰上的情况特殊。一说起这事，秦雪君就不住地叹气："带我的教授是急诊科的科室主任，据说以前还做过军医，急救经验特别丰富，这次救了个伤者，伤得特别重，是和黄牛打架受伤的。

那黄牛打着打着就动了刀子，伤者好几处要害都被捅了，进急诊楼的时候只剩半口气。幸好伤的地方离医院近，那位教授当机立断，立刻冲上去做急救。

"他还有张力性气胸，教授先给他进行注射，然后那压力顶得注射器滋滋的。"

秦雪君比画着，张珏听得倒吸口凉气："这人死了没？"

"没，在我们医院门口出的事，怎么可能让他死？"秦雪君继续说，"教授还对他进行了徒手止血，就是把手伸进腹腔，直接掐伤患的肝部动脉静脉，后来做了两小时的手术才把这人的命捡回来。我们才出手术室，伤者的儿子扑过来，差点把教授撞倒，我帮忙挡一下，就被伤者的儿子撞到楼梯底下去了。"

张珏打量了一下秦雪君一米九的大高个，嘴角一抽："那个伤患的儿子多高多重？"

"目测一米八五，体重应该在120公斤以上，我掉下去的时候，他还压在我身上，我原本以为要断两根骨头，没想到只是软组织挫伤加脑门缝六针，算运气不错了。"

秦雪君露出一种微妙的表情："伤患本人也有100公斤，脂肪层太厚了，我估计之后会出现脂肪液化现象，他那个伤口愈合起来会很不容易。"

张珏叹了口气："听起来你伤得好冤枉啊。"

秦雪君微微一笑："做医生就要有这个觉悟，这点小伤养两周就能好，小事而已。"

秦雪君伤得无辜，医院无比感谢他保护了急诊科的主心骨，不仅免了他所有的医疗费，还给发了个两千块的红包。小伙子拿到钱后，第一件事就是去买了樱桃和草莓，这会儿就拿出来和张珏分享了。

张珏捧着一大盒水果去洗了，和秦雪君两个伤号并排坐着，打开电视看小李子的新电影《禁闭岛》。

"马丁·斯科塞斯的实力还是这么强，你说为什么好莱坞的大导演拍电影都这么忠于原著，国内那些导演就喜欢拍得乱七八糟的？"

"因为国际大导演心里有数，国内的没有。"

秦雪君最后问："你觉得他能靠这部电影拿奥斯卡奖吗？"

张珏肯定地回道："拿不了。"

秦雪君摸摸下巴："这些年他也算挺认真地折腾自己了，演技也很好，莫非奥斯卡还觉得他的颜值毁得不够多？"

张珏心想，这不是颜值毁不毁的问题，主要是时机没到。

36. 牛奶

身为秦堂老爷子的孙子，秦雪君的推拿按摩手艺相当不错，他们吃完了水果，电影才过了一半，秦雪君就顺手握住张珏一只脚，给他按着脚底。

张珏起先被吓了一跳，可是按着按着，他就享受得眯起了眼睛。

被这么一双手卖力地按摩，张珏甭提多快乐了，这可比他享受过的足疗爽多了，穴位按得精准，力道适宜，按上来的手也热乎乎的，长期处于疲劳状态的脚丫子放松下来，要不是被《禁闭岛》刺激的剧情吊着，他差点舒服地睡过去。

小孩软绵绵地道谢："秦哥，谢谢你。"

秦雪君嗯了一声："我后天有事，没法来现场看你的比赛，真感谢我的话，就拿块奖牌回来做礼物怎样？"

张珏欢快地点头："好啊好啊，送你都行。"

秦雪君："送就算了，好歹是中国男单的第一块总决赛奖牌，你的教练们应该很想好好收藏。"他可不敢和那群人抢宝贝蛋的第一块总决赛奖牌。

不过以后要是张珏再拿奖牌，只要他愿意送，秦雪君也乐意讨一块收藏起来。这么想着，他按摩的力道更轻柔了几分。从始至终，秦雪君都没怀疑过张珏能上领奖台，张珏自己也没怀疑过自己。

由于秦雪君是许多师长都看好的天才学生，一个个培养起他来毫不手软，所以秦雪君没能多待，看完一部电影就不得不挥手告别，说是要回家去完成教授们布置的作业，听说他还打算再琢磨琢磨白天看到的徒手止血的技术。

张珏起身要送，秦雪君按住他。

"你歇着，我自己走。"

然后他就自己挂着拐杖一瘸一拐地走了，张珏则贴着膏药躺在床上，电视里不知何时已经开始播放《人在囧途》，男主之一碍于不得携带液体上飞机的规则，站在安检口咕咚咕咚灌下5升牛奶。

在张珏准备好好睡一觉的时候，张俊宝开门进来，沈流和他打招呼："小玉，先别忙着睡，喝杯牛奶啊，你老舅可是为了你专门去国家队食堂领了一瓶 5 升的纯牛奶，奶源特别安全，品质也好。"

张珏总觉得自己再这么喝下去，以后身高可就不受控制了，但也拗不过老舅，苦着脸将牛奶咕咚咕咚灌下去，顶着奶胡子安慰自己，没事的，本来发育关就要疯长的，喝不喝牛奶都一样。

嗝……

张珏的腰伤说重不重，不训练的话，一周便可以恢复个七七八八，因为不够重所以也达不到打封闭的标准，只能吃止痛药。

他躺了一天没训练，第三天直接被带到赛场上，张俊宝往他的运动饮料里放止痛的粉状药物。粉红色的饮料混上药粉，立刻变成一种诡异的颜色。

张珏用抗拒的目光瞪了饮料瓶半天，张俊宝冷冷地丢了句"喝下去"，张珏便认命地闭上眼睛用灌牛奶的架势，把饮料都喝了。

"这什么味啊！"张小玉捂着嘴泪眼汪汪，扶着老舅结实的胳膊干哕，沈流笑摸他的头。

"这就是运动员的味，你要是不好好保护身体，以后训练和比赛都会离不了这玩意。"

难喝就对了，就是要你喝了一次不想再喝第二次。

宋城笑呵呵地表示："小玉以后要爱惜身体啊，健康才是你最宝贵的财富。"

张珏嗯了一声，膏药一贴，护腰一戴，拿着跳绳开始跳双摇，绳子在地上抽得呼呼响，腿像装了弹簧，弹力十足。等身体开始发热，张珏做了几个准备动作，往前一跃，就是一个陆地 2A。

少年的跳跃高度或许没有伊利亚那么惊人，空中转速却是全场第一，纤瘦娇小的体形让他的跳跃轻盈得像是在飞。

寺冈隼人看那边一眼，心想，这大概也是身体天赋的一种吧，他的身高是一米七四，这辈子是注定不能像张珏那样，光靠转速就能跳得这么漂亮了。

就在张珏再次起跳，要做 3S 时，安格斯·乔仿佛不经意一般路过他的跳跃路线，差点和落地的张珏撞个正着。张珏吓了一跳，安格斯·乔却很自然地走开，就像一切真的只是个巧合，张珏的一惊一乍反而显得有些反应过度。

伊利亚看出了点什么，他也是俄罗斯的天才少年，在 13 岁时就压着同龄人揍，所以也碰到过类似的情况，因此比赛发挥失常了好几次。对状态不稳定的小运动员来说，一旦热身受到影响，比赛失利也很正常。

全热身室的人但凡懂点情况，都觉得张珏受到了欺负。张俊宝和沈流、宋城却同时警惕起来，提防张珏在这紧要当口又做出什么要写检讨的事，这小子只是看着柔弱而已，真觉得他好欺负的人早都去医务室躺过了！

张珏在原地发了阵呆，默默转身走开，打算换个地方热身，寺冈隼人眼睛一眯，用普通话喊了一声："张君，来我这里跳吧。"

日本少年朝张珏招手，张珏看了一眼老舅，得到许可的眼神后，便小跑到寺冈隼人身边。寺冈隼人的笑意更真切几分，他站在张珏外侧压腿，正好隔住他和安格斯·乔，维护之意尽显无遗。

对寺冈隼人来说，他帮助这位后辈当然不仅仅是因为张珏长得可爱。在他看来，张珏与他同为亚洲运动员，在花滑这种亚洲选手很难混出头的情况下，他们应该互帮互助，一致对外。

而且 tama 桑虽然看起来小小的，却那么坚强和努力，受了伤也要继续比赛，真是让人没法不喜欢他。

伊利亚放下抬起的手，移开视线，原本他也是想帮忙的，但就算他喊人，Jue 也听不懂他的弹舌味英语吧。

随着热身的继续，外面也不断传来掌声，在男单之前举行的是青年组冰舞比赛，而冰舞是目前花滑中唯一可以使用带人声音乐的项目。

正在比赛的法国组合选择了莎拉·布莱曼的"There for me"，天籁般的歌声徘徊在场馆上空，冰上的少年少女双手交握，四目相对，脸上是相同的深情，尚且青涩的步伐与托举也能打动所有人。

法国成年组男单选手马丁靠在围栏边，手里捧着一杯柠檬水，看起来百无聊赖。

他问瓦西里："嘿，我来看比赛是因为和我同国的亚里克斯在短节目表现不佳，我有些担心他，可伊利亚完全不用你操心吧？你来这里干吗？青年组的比赛可没什么看头！"

意大利男单一哥麦昆温和一笑："我觉得青年组男单还是有看头的，这次总决赛不是有个孩子能做贝尔曼旋转吗？"

俄罗斯男单选手谢尔盖翻了个白眼："得了吧，那孩子才 13 岁，年轻的小孩身体柔软很正常，而且我看过他的旋转，轴心很不稳定，跳跃的高度也很普通，明显是靠转速出的跳跃，我敢肯定这种通过取巧的手段走到现在的孩子上限并不高。"

谢尔盖和麦昆斗起嘴来，直到瓦西里打断他们。

他说："谢尔盖，别弄错了，那孩子的上限很高，他是我见过的潜力最惊人的男单选手之一，他将会是伊利亚和寺冈隼人的劲敌，他们的存在足以令这场比赛的观赏性直线上升。"

谢尔盖不解："我不知道你从哪里看到的这些，但我坚持我的看法，这场青年组比赛或许有点看头，而胜者只会是伊利亚。"

瓦西里低头一笑，他摇摇头，用过来人的语气开玩笑道："谢尔盖，你只比伊利亚大 3 岁，比 Jue 大 6 岁，如无意外，你们有极大的概率在成年组的赛场见面，我奉劝你不要掉以轻心。"

"那可是让 Shen 寄托了中国男单崛起希望的孩子，他绝不是那种好对付的小角色。"

麦昆终结话题："就让比赛结果告诉我们一切吧，看，那六个孩子来了，他们正在入场。"

谢尔盖顺着他的手指看过去，正好看到张珏吃香蕉的样子。

作为短节目第一，张珏将要在自由滑的最后一位上场，所以他的赛前香蕉就放到现在吃了。

谢尔盖情不自禁地哼了一声。就这么个小东西，怎么可能赢他们的伊利亚！

37. 纪录

短节目最后一位的尤文图斯在自由滑开始后，总算把状态找了回来，以稳健的发挥赢得了阵阵掌声。

张珏听到师妹和小师弟聊天的声音："尤文图斯今天中午压根没吃东西，为了不拉肚子也是拼了。"

那个举捷克国旗的女孩今天也在场，待尤文图斯的节目结束，她举着花环站在围栏旁边，尤文图斯滑过去，低着头让她将花环戴上，两个年轻人抱了一下。

不少看出什么的人都发出"哇——"的声音，场上又响起一阵善意的掌声，张珏往那边看了一眼，也哇了一声。

尤文图斯明明人在青年组，居然就已经不是单身了。

第二位上场的是法国小子亚里克斯，他上场时也是不断地往观众席瞅，但尤文图斯看观众席是为了女朋友，脸上带着柔情蜜意，亚里克斯看观众席时的表情却是畏畏缩缩的，好像那里有只老虎随时能扑过来似的。

沈流看那边一眼，摇摇头："马丁这次进了成年组的总决赛，现在正好在观众席看亚里克斯的比赛呢，难怪那小子看起来特别紧张。"

法国一哥马丁是温哥华冬奥会的季军，亚里克斯的大师兄，据说性格非常严肃，管教起师弟毫不留情。

在师兄的死亡凝视中，亚里克斯在节目开场硬是爆发了，跳成了一个 3A，在这个 3A 跳成后，亚里克斯整个人都雀跃了起来，于是他的第二跳 3lz 又摔了。

摔完这一下后，马丁的表情越发可怕，有好事的导播特意给了他几个面部特写，当那张黑得像炭的帅脸出现在电视上的时候，有不少猝不及防的小孩差点被吓得哭出来。

亚里克斯摔完以后，心态也从云端上跌下来，他耷拉着脑袋爬起来滑了几步，又抬头露出笑容，继续卖力地演出。

这一幕看得知情人士忍俊不禁，不过在节目结束时，亚里克斯却成功刷新了自由滑的个人最高分，小伙子立刻高兴地对镜头抛了几个飞吻。

大光头教练转头瞥向观众席，正好看见大弟子仰头长叹，也不知道是欣慰还是无奈。意大利一哥麦昆搂着他的肩膀说笑着，算了算了，既然亚里克斯表现得还行，想必回去以后是可以少顿揍的。

安格斯·乔的比赛没什么说头，他有两次小失误，包括一次跳跃明显不足周、落冰过周，但裁判抓得不狠，比赛结束时依然靠着表演分压在了尤文图斯头上，居亚里克斯之下。

如无意外，这三人都没有上领奖台的机会了，在安格斯·乔之后，伊利亚脱掉外套，露出其下红色的考斯腾。

金发少年的头发被抹上发胶，梳成大背头，眼神犀利。

随着音乐响起，有些冰迷面露意外："是《卡门》。"

作为花滑项目经久不衰的选曲之一，《卡门》曾被许多人滑过，包括1988年冬奥会女单冠军、1998年冬奥会冰舞亚军、2002年冬奥会男单亚军等著名运动员，而且他们都将这支曲子演绎得相当成功。

但是毫无疑问的是，这支曲子以作为女性的卡门为主角，而男性滑这支曲子时，就需要在表演时反串。伊利亚是一个典型的跳跃式花滑选手，他以跳跃作为最大武器，表演方面只能说不出差错。

自本赛季开始后，这个少年一直在和成功率仅五成的3A纠缠，以及适应发育后的身体，直到今天，这位俄系太子爷终于调整好了自己的状态，开始在表演上发力。

奔放、野性的卡门如同艳丽的花朵在冰上绽开，伴随着《爱情像一只自由的小鸟》的曲调，少年修长的身影在冰上旋转、跳舞，虽尚显青涩，却生动热情。

一位裁判心中暗暗判断着："萨夫申科的表演并不成熟，却足够诚恳，看得出他一直试图将技巧与表演结合起来，今天算是第一次成功。"

谢尔盖露出意外的神情："我还以为伊利亚只有面无表情这一种状态，今天居然会跟着音乐的主题变表情了，真不错。"

瓦西里摇头："不，还不够好，卡门到底不是适合他性格的主题，很多地方都太生硬了。"

而且这段表演中的模仿痕迹有些重，有些地方完全是照着1988年的那位女单传奇在演，反串时的肢体语言也带着少年特有的羞涩，没那么放得开。

不过作为新人，能有这样的表现力已经算不错了，如果没有张珏的对比的话，瓦西里说不定已经对师弟的表演感到满意了。

瓦西里不着痕迹地看了一眼候场区，寺冈隼人已经在脱外套，张珏则目光专注地凝视着冰上，他们看起来都不紧张。

当伊利亚的表演结束时，观众们都给出了热烈的回应。

张珏也啪啪啪地鼓着掌，不愧是伊利亚·萨夫申科！这应该是未来的俄罗斯一哥！伊利亚的实力果然不是吹的，张珏第一次在青年组看到这么好的表演。

以张珏的目光来看，金发、红衣、蓝眼，以及略带羞涩的笑与稚嫩的肢体诱惑搭配出来的青涩版卡门也别有一番风味，作为卡门，伊利亚未必合格，但要迷倒观众绝对是够了！

许多玫瑰花被抛到冰上，伊利亚捡起几枝，朝观众席挥了挥。

过了一阵，裁判给出这场比赛的最终得分。

技术分：83.5

表演分：78.35

自由滑得分：161.85

加上短节目的80.12，伊利亚的总分高达241.97，而在总分的数字后面，还出现了两个标志。

WR（世界纪录）

MR（赛会纪录）

全场轰动起来，许多观众激动地站起来鼓掌，张珏左看右看，有点蒙。

"这是怎么啦？"

宋城仔仔细细地看着计分板："萨夫申科破纪录了，青年组的总分世界纪录，还有大奖赛总决赛青年组的总分最高纪录。"

张俊宝翻开小本本："上个青年组的最高总分是239.4，由瓦西里升组以前创造。"

沈流点头："其实他们的技术分差不多，但伊利亚的表演分加得高，我记得去年俄青赛举办的时候，萨夫申科作为冠军的表演分还只有65，这都算高的，因为寺冈隼人参加日青赛的时候，自由滑的表演分只有58。"

男单的短节目表演分满分是50，自由滑的表演分满分则是100，但青年组的小孩子嘛，表演分在50至65之间徘徊是正常的，超过65就是青年组顶尖了。

没想到伊利亚反串一回卡门，表演分居然一口气涨到了堪比成年组准一线的水平，要说人家不配吧，伊利亚的表演还真挺精彩的，但是一想起张小玉那点可怜的自由滑表演分，其实中国队的教练们心里都不是滋味。

我们中国的张小玉跳跃不如萨夫申科高、飘、远，这点大家都认了，可小孩的表演难道不是超过青年组所有人的吗？凭啥他的表演分总是只有那么一点啊？

越想越不忿，张俊宝一边给大外甥揉腰，一边恶狠狠地说道："小玉，上场以后给我卖力地演！听到没有？"

张珏爽快一笑："瞧您这话说的，好像我哪回没卖力似的。"

听到他这个回答，宋城、沈流、张俊宝同时冷笑，是啊是啊，说得你好像在测试赛、美国站表演的时候没偷懒一样，现在谁还不知道你在中国站那次才是使了全力呢？

沈流摁着小孩的脑袋，神情和善："自从看过你在魔都的表演以后，你以前表演用没用全力，大家心里都有底了，你前天在表演黑天鹅的时候就不错，把那股劲拿出来。"

张珏："哦。"

他觉得自己就不该让这群人发现自己的表演上限有多高，现在想偷懒都不成。不对！他才不会在总决赛这么重要的场合偷懒呢，这群人怎么能这么想他呢？

按理来说，前面伊利亚表现得这么好，后面的选手压力将会非常大，这就和张珏在美国站表现得特别好，后面的选手就比赛崩盘一样，但在伊利亚之后上场的寺冈隼人、张珏都不是会被世界纪录影响的类型。

这点小场面完全压不垮张珏，寺冈隼人就是纯粹的不服输了。

肩负着日本男单崛起希望的寺冈隼人有一种强烈的使命感，他坚信自己终有一天会成为日本第一个花滑男单世界冠军，不过是青年组的世界纪录而已，还没到让他认输的时候！

大无畏的叛逆少年寺冈隼人踏上冰面，眼神坚定，气场强大。他的自由滑节目是《幽灵公主》，看小伙子的考斯腾，大家都知道他要演绎的角色是《幽灵公主》的男主角阿西达卡。

张珏也是宫崎先生的老粉了，一听节目的名字，注意力就集中起来。

一谈起这部动画，许多人想起的首先是米良美一空灵的歌声，但这套节目的最初却是急促的鼓声，预示着危机到来，带着诅咒的野猪冲进男主角阿西达卡的村庄。

寺冈隼人的节目才开始，张珏心中一动，这人的滑行好强！

由于体形和力量的问题，张珏的滑行很轻很快，说是踏雪无痕也没有问题，观者只觉得这小孩滑起来丝滑顺畅无比。

寺冈隼人的滑行就像脚底抹了黄油一样，刺溜刺溜，且用刃极深，冰花时不时在脚底溅开，如同一个人形刨冰机。

根据体力分配原则，花滑选手们习惯将最难的跳跃，放在体力最为充沛的节目初始，而寺冈隼人的第一跳是……

少年咬牙用一种决然的气势左脚点冰，身体高高地腾起，落冰时狼狈地在冰上滚了一圈，考斯腾上也沾了一层冰屑。

场边的伊利亚惊愕地睁大眼睛："后外点冰四周跳（4T）！"

虽然 4T 是四周跳家族中分值最低最简单的一个，但世界上能在正式比赛中完成 4T 的在役男单选手也依然不超过 10 个。

过了一阵，大屏幕上出现这一跳的分值。

4T
BV（基础分）：10.3　GOE（执行分）–3
CURRENT（当前选手技术分）：6.3【日】
LEADER（目前领先技术分）：83.5【俄】

根据 GOE 加分规则，一旦选手失误，GOE 的 3 分将会全部扣掉，而摔倒还要再额外扣一分，但只要足周，这个四周跳就是成立的。

所以哪怕扣掉了 4 分，寺冈隼人依然拿到了 6.3 分，和完成 3lo、3F 等三周跳时拿的分数差不多，这就是四周跳的可怕，只要足周就有高分可拿。

而在第二跳时，寺冈隼人更是稳健地完成了一个 3A，明眼人都看得出来，以他现在的状态，这个节目的最终得分绝对不会低。

沈流摇摇头："可惜了，表演分和节目的完成度挂钩，他的滑行和表演都比伊利亚要强出一截，如果没摔第一跳的话，他恐怕真有赢的机会。"

张珏点头，平心而论，比起伊利亚略显生硬的反串，寺冈隼人演绎的阿西达卡无疑勇气与气势兼备，且整体观感更为和谐自然，尤其是考斯腾等细节处做得十分精心，所以看起来完全不出戏。

由他来评判的话，他也会觉得寺冈隼人比伊利亚更胜一筹。当这个节目结束时，寺冈隼人疲惫地跪坐在冰上，低着头，用力敲了一下冰面才站起来，带着得体的笑脸朝裁判席、观众席行礼。

想来他心里也明白，失误了那一次后，他赢的希望就接近于零了，难为这个年轻人还能那么快调整好自己，将懊恼与不甘掩盖得严严实实。

就在此时，沈流叫了他一声。"张珏。"

"嗯，知道了。"张珏脱下外套，深深地呼吸。现在，轮到他上场了。

38. 应变

寺冈隼人在下冰时，张珏也正好即将上冰，擦肩而过的那一瞬，寺冈隼人闻到了浓浓的药味。和掺了止痛粉的运动饮料一样，这种药味也是竞技运动的味道。

寺冈隼人回头，原本被懊恼和不甘充斥的内心涌起一股莫名的滋味。

适当运动强身健体，竞技运动却一定会对人体造成损伤，因为光是要从自己所属国家的大批青年运动员中脱颖而出，拿到国际赛场出赛名额，就已经够很多人拼命的了。

很多人只要一看张珏那双细腿就知道他的力量不强，身形过于单薄意味着抵抗伤病的能力也不强。为了走到这个赛场，他又付出了多少呢？

日本的成年组其实也没什么人，不说像中国男单一样断档，但滑得最好的那个成年组的世界排名才第二十三，寺冈隼人也是压力巨大，才不得不刚完成发育便开始和四周跳较劲。寺冈隼人已经做好了职业寿命不长，甚至是往后余生被伤病纠缠的准备。

张珏的压力却比他的还可怕，从比赛开始到现在，围在张珏身边的人很多，光教练就有三个，主教练、副教练、省队总教练，国家队总教练和其余成年组运动员也时不时来他这儿看看，还有央视台的记者过来采访。

单人滑项目就这一个出众的，大众不盯他盯谁？

换个正常的青年组运动员来面对这些，心态怕是都要崩溃，而那个少年很瘦很矮，从他背后看去，瘦削的蝴蝶骨在考斯腾中若隐若现，好像风一刮他就会被吹跑，可他的肩背挺直，是很坚定的模样。

他的教练将他往冰面中心一推，那小小的身体就飞快地朝前滑去，少年双臂打开，抬起，脸上是从容自信的笑容。

寺冈隼人的分数出来了，虽然技术分不高，但因为表演分比伊利亚高一点的关系，他的自由滑得分是157.86，加上短节目的81.05，他的总分是238.91。

日本少年对鼓掌的冰迷们鞠躬，心里默默地说道：tama桑，干巴爹！

冰上的张珏用力捶打着自己身上肉最多的地方——大腿和屁股，期望这两个地方的肌肉在比赛时给力点。

张俊宝专注地看着他。

宋城小声念叨着："其他的都不重要，平平安安滑完就好，后头还有全锦赛和世青赛呢。"

沈流应了一声："放心，张珏早上就和俊宝师兄改了编排，现在的跳跃配置在他的能力范围之内。"

上万名观众的目光集中在这个孩子身上，当竖琴声响起的那一瞬，胡桃夹子化身优雅漂亮的小王子，奔赴一场童话般的梦境。

仅从比赛时展现的风格来看，胡桃夹子过于童趣，没有卡门的反串刺激，也没有阿西达卡的勇武坚定，但那股可爱的灵气、天真未脱的稚气，还真是只有现在这个外表的张珏能表现出来。

别的不说，观众们光是看到这孩子上冰，脸上就会不自觉浮现一抹慈爱的笑容，可见张小玉多么招人喜欢。

只见孩子往前一跳，一个3A后轻轻巧巧地落了冰，这也是他这场比赛里最难的一跳，见张珏成功落冰，不知多少人松了口气。

看台上的谢尔盖神色一动："他用的是edge跳法。"

3A有三种跳法，其中edge跳法是难度最大评价也最高的一种，使用这种跳法的运动员在起跳时，冰刀旁边一点冰花都不会溅起来，看起来非常轻盈利落。

正所谓内行看门道，谢尔盖深知，能够使用这种跳法，就意味着运动员在起跳前没有一丁点的提前转体，整个3A从起跳到落冰扎扎实实地转满三周半，一点取巧都没有。

连伊利亚都没能练成这种跳法，可见张珏的A跳有多强！

第二跳3F又是非常轻盈的一跃。

虽然张珏的3F跳法十分诡异，让不少专业的花滑人士都觉得怪怪的，但仔细想想，张小玉竟敢带着这种需要转体 3.2 周的 3F 上赛场，还在总决赛跳成两次，也让人不得不佩服地送上三个字——人才啊！

瓦西里看得更深，他知道作为竞技运动的花样滑冰的难度只会随着时间的推移越来越高，伊利亚、寺冈隼人和张珏的这一代男单运动员，以后恐怕都要拼四周跳，而以张珏这种 3F 比别人多转 0.2 周的怪异跳法，这辈子练成 3F 就算顶天了，4F 想都别想。

毕竟四周跳要转足周就已经够费劲的了，真转 4.2 周，怕不是要运动员去玩命！

连续两次最容易失误的跳跃都成功落冰，教练组暗暗松了口气，但到了第三跳，3lo，张珏在起跳时就有了明显的问题。

他的身体轴心很明显地歪掉了，轴心正的跳跃才是好跳跃，轴心不正的跳跃的结局通常只有摔跤，而张珏在落冰时不明显地晃了晃，硬生生靠着臀腿肌肉发力站住，滑出却几乎没有。

按照常理，成功的跳跃在落冰后，冰刀会在冰上画出一道漂亮的半圆弧线，专业人士将之称为滑出，也是跳跃 GOE 加减要素之一。

大屏幕上出现实时打分结果。

3lo

BV（基础分）：5.1　GOE（执行分）+0.8

CURRENT（当前选手技术分）：23.06【中】

LEADER（目前领先技术分）：83.5【俄】

沈流双拳紧握，意识到了一件事，那就是张珏的跳跃还是受到了身体影响！

除了熟悉的人，几乎没有人能看出张珏被腰伤影响，他的表演甜美而抒情，看着他的舞蹈与神态，仿佛能感受到圣诞夜晚的雪落下的轻柔，以及壁炉的温暖，那又软又柔的手臂挥舞时带着孩子的童真妙趣，还有一种神气活现的灵动，就像胡桃夹子变成真人跑到大家面前。

这个孩子的表演是饱满的、充盈的，因此也牢牢吸引住了所有人的目光。花样滑冰的难度技巧与舞者的优雅轻灵同时在他身上展现。

等到小王子进入蹲转，又一条腿长抬起进行直立旋转，伊利亚也眼前一亮。

"是 Y 字转，这个旋转好适合他。"

张珏的腿长，所以在做 Y 字转这种显腿长的旋转动作时，整个人就像是一个在八音盒上一边转圈一边发光的小烛台。

别看张珏轴心不稳，仗着柔韧性好的关系，他能做出的旋转姿态还真是不少，男运动员做的旋转他全能做，女运动员做的高柔韧旋转他还是能做，男性的力量与女性的柔美在他身上完美地融合起来，刚柔并济正是如此。

花滑粉丝只关注长相的人那么多，自从发现张珏做 Y 字转的美感居然和贝尔曼旋转不相上下后，沈流就下定决心，将 Y 字转排进张珏的常用旋转名单之中。

当少年以提刀燕式旋转滑过大半座冰场时，场馆里已经响起阵阵掌声。

即使不上四周跳，跳跃也没有伊利亚那么高、飘、远，《胡桃夹子》更是许多花滑选手演绎过的曲目，但是不少看到张珏表演的人都可以肯定，从今天开始，花滑赛场最经典的《胡桃夹子》，将非张珏演绎的这一版莫属！

这孩子的表现力太好了！出道就能演绎出这样可以作为代表作的好节目，实属天赋的极致。

等节目进入后半段，张珏的对手们也开始凝神屏息，之前张珏完成的四个跳跃全是单跳，也就是说，这个体力小达人将分值更高的连跳又压到了后头，好去拿基础分乘以 1.1 的加分。

寺冈隼人心中略带忧虑，有点担心身上带伤的张珏能不能把握住这个编排。

伊利亚顿时压力大增了，他的弱项正是体力！所以伊利亚总是习惯将高难度跳跃、连跳都放在节目最初，可是如果对手能一直吃着体力红利，而自己一直体力不行的话，总有一天，他将会因此吃亏。伊利亚暗下决心，等回俄罗斯就开始练体力耐力！

然而看起来从跳跃到表演一直很稳的张珏，在节目后半段终于出现了明显的问题，他的第一组连跳是 3lz+3T。

可是在跳 3lz 落冰时，张珏一个踉跄，原地翻身才没真的摔一跤。

张俊宝急得直抖腿，沈流将手里的纸盒捏成一团，宋城一把抓住胸口的衣服，而观众席上的金子瑄则吓得站起来，被樊照瑛一把拉住。

不过就算到了这个即将被裁判狠狠扣分的节点，张珏居然一点都没慌，他借着这个翻身往后连了个 2S，顺利将一个失误的 3lz 变化成了 3lz+1lo+2S，看起来就像没失误过一样。

许多电视台解说都事先通过比赛组委会，拿到了运动员上报的节目跳跃编排，见到这个变化，不少人都吃了一惊。

ITA 电视台的解说用意大利语赞道："超凡脱俗的应变能力。"

他的解说搭档一脸赞同的表情："是的，他绝对有世界冠军的潜力。"

金子瑄坐回原位，看着继续表演的张珏，缓缓吐出两个字："厉害。"

他在测试赛输给张珏真的一点也不冤枉，金子瑄扪心自问，如果换了他在场上遇到这种意外，别说在那零点几秒的瞬间立刻做出这种补救了，他不摔在冰上都算运气好！

在这组三连跳后，张珏又迅速跳了 3lz+3T、3S+3T（举手），最后以 illusion 难度姿态进入了躬身转。

作为张珏练得最久的旋转之一，近日他的躬身转轴心已经渐渐趋于稳定，偏移得不再那么明显，等转够 8 圈时，他单手拉住浮足冰刀往上一举。

这居然是一个单手提刀的贝尔曼旋转！

钢琴声在旋转的末尾落下，张珏一个旋身，对观众席抛出飞吻，胸部一挺，小下巴一扬，双手高举，做出萌萌的结束动作。无数叔叔阿姨直接冲到观众席最前方，开始使劲给他抛玩偶。

绿色的小鳄鱼哗啦啦地落在冰上，张珏捡起一个亲了一口，看起来活力十足。等下了冰，面对表情不对的沈流和张俊宝，张珏才发觉自己好像随意过了头。

沈流笑眯眯的："张珏，你了不起啊，腰上贴着膏药还敢玩单手贝尔曼旋转。"

张俊宝直接抢走张珏的鳄鱼，搂着孩子的肩，不着痕迹地借力，把人领到了 kiss&cry 坐好，自己坐在张珏左边，沈流坐在他右边。被两个教练夹着的张珏乖巧地将手放在膝盖上，安安静静的。

沈流看着大屏幕，低声说道："等回去再检查你的腰，现在，你要先做好心理准备，萨夫申科的自由滑有两个 3A，寺冈隼人上了四周跳，而且他的步法和旋转都评到了 4 级，以你今天的难度配置，是赢不了他们的。"

张珏怔了怔，张俊宝低头看着外甥有点愣神的表情，表情缓和下来。

"没事，你们以后交手的机会多得是，养好伤，以后再去赢他们也来得及。"

就在此时，大屏幕上出现张珏的分数。

技术分：82.69

表演分：73.18

总分：155.87

而在总分排行榜上，伊利亚以 241.97 高居首位，寺冈隼人以 238.91 位列第二。

张珏则以 237.14 排在了第三位。

看到这个排名，小孩的兴奋劲彻底消退了，他尽量没让自己露出失落的表情。等走出了镜头拍摄的范围，才一头栽进老舅的怀里。

张珏扯着袖子，含糊不清地嘟囔着："我原本以为起码能拿银牌的，等世青赛的时候，我一定要赢他们。"

他那么努力地忍着伤在场上表演，结果还是只能站上领奖台的末席，哪怕是张珏的心脏再大，这会儿也乐不起来了。

张珏念叨了一通，张俊宝抱着孩子小巧柔软的身体，在他背上轻轻拍了拍，看到这舅甥相拥的美好一幕，沈流微笑起来，将外套脱下，罩在张珏身上，也好声好气地安慰他。

"好了，你好歹也拿到了中国男单在大奖赛总决赛的第一块奖牌，这是喜事，宋总教练都高兴得不行了，他平时那么照顾你，所以等会儿你领完了奖牌，要记得去和宋总教练合影，再把奖牌挂在他脖子上，让他多乐一乐。"

张珏的性子一直偏成熟，这次是猝不及防地被压分太狠，才在亲舅舅身边发泄了一阵。他闻言抬起头来，无奈地点头。

"我知道啦，我会喜气洋洋地去领奖，把宋总教练和孙指导他们都哄得高高兴兴的。"

沈流笑摸他的头："这就对了，小朋友好好表现，你老舅今晚会给你做鸡汁土豆泥的，现在咱们先去找队医，让他看看你的腰。"

这次比赛，因为腰伤的关系，张珏其实将自己的跳跃难度降了一个档次，他的自由滑巅峰配置其实是：3A+3T, 3A, 3F, 3lo, 3lz+1lo+2S, 3lz,

3S+2T。

这就是教练们对他只拿铜牌这件事特别看得开的原因，因为在花滑圈有个说法，叫表演分随技术走，技术分越高的人，越容易拿高表演分。张珏是亚洲运动员，他能在难度比不过其他人的情况下，依然有 70 分以上的表演分，夸句逆天不过分，而且花滑圈的表演分很奇怪，只要上到一个新的档次，那么在运动员不掉链子的情况下就不会轻易掉下去。

39. 睡衣

张珏分数出来的那一刻，孙千立刻和身边的人握起手来，不少人和他说"恭喜恭喜"，孙千笑呵呵地照单全收。

江潮升高兴地说道："这是我国男单的第一块总决赛奖牌，恭喜张珏，在进入青年组的第一年便创造了新的历史。"

赵宁语带笑意："是的，恭喜张珏，这位 13 岁的小将真的能力很强，相信他以后还能不断地再创佳绩。"

金子瑄、樊照瑛、石莫生、米圆圆、陆晓蓉等国内的青年组中流砥柱都兴奋得跳了起来。

米圆圆捂着胸口大喘气："吓死我了，看到他翻身的时候，我差点以为张珏要翻车了，幸好他反应快。"

石莫生满脸佩服："他进步得好快啊，明明测试赛那会儿最厉害的跳跃还是3lz+3T，现在都可以跳 3A 了。你们看到没有，他最后那个躬身转加贝尔曼旋转拿到了 4 级呢！"

4 级就是旋转和步法能拿到的最高评级了，一般都是国际一线选手的专属。张珏从开始参加正式比赛到现在，旋转和步法一直都在 2 级、3 级徘徊，今天算是突破了一回。

但对石莫生这样连国际赛场都没冲上去的小孩子来说，3 级的旋转和步法已经算得上厉害，4 级就是大神了，张珏能在进入青年组的第一年就滑出这么好的成绩，想必领导们都乐坏了吧。

金子瑄安静地坐在座位上，樊照瑛问他："怎么了？"

"没有，就是觉得……"金子瑄苦笑一下，"我觉得竞技体育果然是天才专属的领域，我以前靠着天赋胜过别人，哪怕心态差点，还有你在头顶压着，我也从没觉得自己走不到更高的位置。"

樊照瑛补充道："但现在来了个天赋更高的张珏，你发现不能再待在舒适圈里慢吞吞地调整心态了。"张珏前进的速度太快，再不努力的话，金子瑄连他的背影都快看不见了。

见金子瑄沉默不语，樊照瑛用温和的语气开解他："放宽心，你也说了，这个领域属于天才，一群天才争起来，到最后还是得看谁更拼。你瞧张珏才13岁，这次都拼成什么样了，他可是喝了止痛药才上场的，而像他这样的运动员，在竞技项目中有很多很多。"

张珏这次带伤上阵不是秘密，那个4级的单手贝尔曼旋转就是人家在这样的情况下完成的。贝尔曼旋转本来就对腰负担重，也不知道止痛药的那点药效能不能顶住他这么折腾。

止痛药没顶住。

还是熟悉的瑜伽垫，还是熟悉的冰袋，张珏趴着，老舅跪坐在一边给他放松大腿、小腿的肌肉，嘴里念叨个不停："你看你这个小腰，倒霉孩子才13岁就腰肌劳损，以后可怎么得了，接下来你也别加训了，好好在家歇两周，把伤养好最重要。"

张珏趴着，嘴里叼着根吸管。他一吸，热乎乎的牛奶进了嘴，热量与糖分让他享受到不行，说话语调都软绵绵的。

"可是一个月后就要比全锦赛了，你让我一口气歇半个月，影响到全锦赛的状态怎么办？"

他记得全锦赛的成绩对省队来说还挺重要的，领导们都盼着手下的运动员拿好成绩，宋总教练平时那么照顾他，张珏还真不好意思在这种重要的场合掉链子。

沈流脱了张珏的鞋给他捏脚丫子，这会儿和蔼地说道："你要是不好好养着，说不定连世青赛的状态也会受影响，比起国内的金牌，我想宋教练还是更想看你拿A级赛事的金牌回家。"

其实沈流也想说张珏是个倒霉孩子，瞧他每次比赛不是晕机就是发烧，要么就是腰伤，仔细算一算，唯一一次满状态出赛居然只有测试赛和前天的短节目。

　　而他满状态上的短节目，但最后还是出现了小失误，难怪不少人都说张珏稳定性不行。可是即使失误，这孩子也差点凭着高配置打破纪录。

　　竞技运动永远和伤病分不开，因为这玩意就是挑战人体极限，以前有奥运冠军说过，即使拿出能打破世界纪录的配置，也很难保证一定夺金，因为你在突破，你的对手也在突破。

　　很多冲着冠军之位去的顶级运动员，都在训练时做好了冲击世界纪录的准备，张珏的巅峰配置就都是冲着刷新纪录去的，只是差了点运气。

　　时也命也，自从张珏每回抽签都抽到最差的那一枚后，沈流就不对他的运气抱指望了，现在他能做的只有支持张俊宝，让张珏好好休息。

　　杨志远给张珏的脚踝上按了一块冰，笑道："难得难得，以前我在省队的时候，永远都是我们双人滑的出去比赛，单人滑的看着我们的背影发呆，没想到现在男单选手反而成了队里的希望之星了。"

　　张俊宝面露得意："这就叫风水轮流转，你们双人滑牛了那么久，也该我们男单崛起了。"

　　杨志远给张珏换了新膏药，却不肯再给他止痛药，理由是比赛都结束了，痛就痛吧，少吃点药还能给肝肾省点负担。

　　队医大人表示，运动员里那么多伤号，不是忍不了的他都不轻易给开止痛药，省得形成依赖性。张珏这伤不严重，养养就好，现在多疼一会儿还能让他长个教训。

　　张珏揉着腰，唉声叹气地去领了奖。

　　这次来颁奖的是国际滑联的一位俄籍领导，看到伊利亚时笑容满面，眼中满是欣慰，看到寺冈隼人时表情平淡，看到张珏时就鼓励两句，还能保持表面上的友好。

　　张珏从对方的态度里看出来一件事，那就是俄系应该还没把自己放眼里，但寺冈隼人已经很讨俄系的嫌了。

　　毕竟寺冈隼人是一个在青年组就挑战四周跳的运动员，势必会对俄系太子爷未来的发展造成冲击。

　　而且他身后不仅有日系裁判，由于花滑在日本是高人气运动，所以不少赞助商赞助了日滑联，赞助商的威力全世界都知道，被这么一群人力挺的寺冈隼人才是不折不扣的大敌！

世界第一的位置只有一个，在未来的花滑男单选手之中，伊利亚和寺冈隼人注定要拼得头破血流。

至于张珏，小朋友一个，从分站赛一路摔进总决赛，靠着体力和表现力的优势赢了其他人，却离伊利亚还有一段距离，属于裁判能压住的存在。

当俄罗斯的国歌在耳边回响时，张珏看着三面国旗里最矮的红旗，抿抿嘴。

或许所有人都认为张珏才13岁，刚刚进入青年组，比赛经验少，训练时间短，所以只拿铜牌是很正常的。

但在张珏看来，竞技运动不需要给自己找理由，他就是输了，输给了伊利亚和寺冈隼人，不过没关系，下次他一定要赢！

就在此时，张珏听到一句弹舌音重得不行的英语。

"Jue，合影了。"

张珏没听懂，表情有点疑惑。寺冈隼人默默抬腿一跨，站上伊利亚的那一阶，对张珏招招手，伊利亚则对他伸出手，小朋友懂了，握着伊利亚的手站上去，跟跄了一下，伊利亚就扶着他的肩膀。

寺冈隼人提醒他："举奖牌，看镜头。"

在两位领奖经验丰富的前辈的指导下，张珏举起奖牌，三人一起对镜头露出"友谊第一"的礼仪性假笑。

镁光灯不断闪烁着，接着寺冈隼人也提醒张珏："张君，我们要绕场滑行，然后到那一排镜头前面再合影几张，你跟着我们就行。"

张珏被伊利亚和寺冈隼人带着过完了领奖流程，场面看起来像是两只老鹰领一只小鸡，十分可爱，观众席尖叫声不断。

等终于下场时，张俊宝过来搂着张珏使劲揉："小玉，第一次领奖，是不是很新奇？"

张珏被突然袭来的胸肌撞到鼻子，他挣扎起来："老舅，你松一下。"

沈流手里捧着两个鳄鱼玩偶，笑呵呵地送给寺冈隼人和伊利亚，作为他们照顾张小玉的谢礼。两个大男孩面对前辈都端正神色，礼貌地和他打着招呼。

沈流面色不变，心里不停嘀咕，寺冈隼人的普通话好像越来越标准了，语言天赋真好啊！不过伊利亚这孩子说的是英语吗？他好好的外国语大学毕业的硕士都只能听懂一半，这娃的英语和体育老师学的吧？

最后还是瓦西里过来解的围，俄系花滑现役一哥摁着小师弟的头："行了，你说话别人听不懂，Shen，他刚才说的是你的学生很可爱，他很喜欢，希望能邀请 Jue 来俄罗斯参加明年 5 月举行的 Prince on ice。"

Prince on ice（冰上的王子），简称 POI，是俄罗斯知名的花样滑冰商演，每年都会邀请许多知名的花滑选手去演出。

商业演出的出场费是许多花滑选手赚钱的途径之一，而新人多参加几场商演，不仅可以让更多的冰迷认识他，对积累演出经验也很有好处。

张珏的外表和风格都很有特色，属于观众会喜欢的类型。身为 POI 的当家选手，瓦西里表示他很愿意包张珏的餐旅费，沈流心里算着账，发现张珏去一趟大概能赚半双冰鞋回来。

有钱赚是好事，而且商演强度不高，相当于公费旅行了，沈流听着，脸上的笑意真切起来。

到了第二日，表演滑即将开始时，张珏换好鳄鱼连体衣，蹲在候场区啃饼干的时候，沈流特认真地叮嘱连体衣宝宝："到了场上你卖力点，比心、飞吻都给我用上，表演得精彩，以后就会有更多商演品牌对你发出邀请，那可都是钱呢。"

张珏的脸蛋被饼干撑得鼓起来，他点着小脑袋，含糊不清地回道："好的好的，不就是卖萌吗？看我的。"

于是等秦雪君终于背完一本书，打开电视的时候，看到的就是小鳄鱼跑上冰，双手捧着脸蛋，对着镜头抛了个 wink 的可爱画面。接着他就双手叉腰，挺着其实不存在的小肚子神气地绕场滑了一圈。

一米九的大小伙愣了一下，半晌，他才握拳抵住嘴唇，忍俊不禁地咳了一声。

40. 增重

张珏的鳄鱼连体衣不仅有尾巴，而且肚子的部位有一个浅黄色的圆，以显示这里是鳄鱼的小肚子。加上这衣服本来就大，张珏努力挺肚子卖萌的时候，哪怕他本人的肚子上没啥肉可以挺，搭配这个睡衣依然是很萌的。

为了让卖萌效果更好，他甚至还戴了个围兜加强视觉效果，算是彻底豁出去了。

在张珏挺肚子绕场的时候，场上就尖叫声不断，到处都是带着慈祥笑容的叔叔阿姨。

自张珏踏入花样滑冰这个项目后，吸引得最多的就是女性粉丝，而当小鳄鱼甩着大尾巴来了个举手的 3S 时，观众席的掌声更是达到了全场最高潮。

原本这个节目里还有个贝尔曼旋转，但小腰为重，张珏也悠着来，去掉了一个旋转，他又在节目里多加了两组跳跃，一个是一字跳接举手的 3T，还有一个是鲍步接 2A，都是内行人看了要说厉害的新招。

3lo 是一个都不敢跳了，虽然张珏外号刃跳 bug，但他跳 3lo 时特别依赖腰力，腰部有伤的情况下去强跳 3lo，那是妥妥的为难自己。

等节目结束的时候，张珏对着观众席鞠躬，刺溜刺溜地滑下场，轻轻喘气，随手抹了一把额头，就是一层薄薄的汗。

孙千立刻过来摸这鳄鱼："这节目有点意思，是你老舅编的吧，没想到他居然还有这个才华。"

张俊宝嘿嘿直乐："那是，我编这个节目前都没想到这个节目会这么受欢迎，还是小玉表现得好。"

孙千呵呵一笑，说："张珏也是在正确的年龄滑了正确的节目。"

《胡桃夹子》《小鳄鱼》都是只有现在稚气满满的张珏演绎起来才不奇怪的童趣风节目，但凡这孩子再成熟一点，这两个节目都不这么适合他了，有些节目，只有某个时间段的某个人去滑才最合适。

沈流蹲着问张珏："累不累？"

张珏摇头："不累，表演滑不费什么劲。"

对他来说无论是比赛节目，还是表演滑，耗费的都只是体力，他知道自己身处一个相对公平的环境中，去拼的时候也有劲。

而且花滑观众们都比较宽容，即使看着大屏幕上回放运动员跳跃时的表情也不会嫌弃，总比去参加选秀，脸上表情有一点瑕疵都可能会被做成表情包让低素质人群嘲讽要好。

因为在跳跃时需要全身绷紧转体，而且高速转体也容易失去对表情的控制，所以哪怕是花滑运动员们在跳跃时的表情都比较"一言难尽"。张珏都算好的，他顶多跳的时候牙关紧咬、眼睛圆睁而已，寺冈隼人跳跃时像金鱼吐泡泡，人家的粉丝照样能闭眼夸他跳得好，跳得帅。

张珏场上使劲演，下场以后又变回平时的模样，找了个地方使劲喝水。手又要去摸饼干的时候，被张俊宝拍了手背。

老舅瞪他："结束了再吃！"

张珏讪讪收回手，讨好一笑。

在表演滑节目结束后，所有运动员要一起上场跳群舞，跳完舞了还可以和冰迷们互动一番，或者是在场上比跳跃，总之就是玩得高兴一点，让观众觉得这场表演滑很有意思，物有所值就好。

张珏在跳跃时主要是秀 3lz，他的外刃压得漂亮而标准，举手的姿态更是独树一帜，十分具有辨识度。除了高度没法和年长的选手相比，其他地方丝毫不输。

然而人气最高的选手是女单冠军达莉娅。

一直以来，花滑四项里人气最高的项目不是男单也不是双人滑、冰舞，而是女单，在举行冬奥会时，人们直接将女单称为冬奥会皇冠上的明珠！

达莉娅今年 17 岁，在发育前一度称霸女单赛场，15 岁不到就拿到了欧锦赛冠军，然而在她升组的第一年，发育关开始宣示存在感，达莉娅一口气长了 9 厘米，体重增长 6 公斤，世界排名也直线下滑，连续低迷两个赛季，连温哥华冬奥会的参赛名额都没拿到手。

直到这个赛季，达莉娅浴火重生，完成了当前女单的最高难度单跳——3A，直接在大奖赛总决赛打破自由滑纪录夺冠。

赛场是最现实的地方，成绩好，就能万众瞩目，粉丝围绕；成绩不好，那么不管这个运动员的过往多么辉煌，冰迷们还是会将目光集中到新的冠军身上。

在跳群舞的时候，达莉娅就一直站在 C 位①，而当她也开始跳 3A 的时候，所有人都让开了场地，让她尽情发挥。

关临和张珏说："达莉娅打了一场漂亮的翻身战，我们教练说，光凭她先前沉到湖底还能爬出来的意志力，佩服她的人就不在少数。"

黄莺附和道："是啊，教练还和我说要多学习达莉娅那种不放弃的精神，以后到了发育关也不能尿。"

女性花滑选手过发育关的难度是男性的两倍以上，马教练这么教黄莺也在

---

① 网络用语，指中间的位置。

情理之中。

张珏站在一边看了一阵，发现了一件事，那就是作为花滑世界冠军，他们得到的关注，似乎不比一些明星少，虽然肯定没法和那些好莱坞巨星比，但和某些流量明星比起来，冠军们的粉丝没有掺水。而且冠军们不用炒作，不用立人设，只要有实力就能得到喜爱。

这种环境让人很轻松。

有人叫他："张君，可以和我拍张合照吗？"张珏回头，就看到一个娃娃头的少女举着相机对他微笑，看起来比张珏还矮两厘米，左脸颊上有个酒窝。

她是青年组的女单冠军白叶冢妆子，她和她的妹妹白叶冢庆子被誉为日本近二十年最杰出的希望之星。

花样滑冰项目中总是不乏一起训练的兄弟、姐妹，双人滑和冰舞项目也不乏兄妹搭档，但花滑还有一个奇怪的传闻，就是"起码一半的世界冠军都有一个没滑出头的哥哥或者姐姐"。

原因有很多，要么是身体天赋不够，在教练选材时就被刷了下去，要么是练出了两周跳，却始终打不破三周跳的关卡，水平不足以参加比赛，或者是家里的钱只供得起一个孩子去滑冰。

张珏点点头，白叶冢妆子就招呼了寺冈隼人过来拍照，两人站在一起时，白叶冢妆子双手背在身后，对镜头露出甜甜的笑，分开的时候，她指指张珏的腰。

"疼的话，可以用盐袋热敷，我经常用这个。"

寺冈隼人做了翻译，意外地看着张珏："他的腰受伤了吗？"

白叶冢妆子轻柔地说道："我只是觉得他做贝尔曼旋转的样子，和我带着腰伤做贝尔曼旋转的感觉很像。"

寺冈隼人和白叶冢妆子说话自然用的是日语，而张珏连英语都听不明白，更别提日语了。他只是歪着头，等他们谈话结束，才回了一句很生涩的"阿里嘎多（谢谢）"。

之后金梦和姚岚领着张珏、黄莺和关临去认识其他有名的花滑选手。

两位前辈的好意很明显，他们退役的事就在近两年，但他们希望即使自己离开，自家孩子们在冰坛拼搏的时候，也可以和其他同行交流，建立友谊，张珏语言不通，却胜在长得可爱，跟在前辈后头笑就行了。

但这样笑其实也费心力，等到表演滑结束，张珏下了冰场，立刻脱下鳄鱼连体衣，长舒一口气。

舒峰一直专注地看着张珏的身影，这会儿正好看到少年漫不经心地将乌黑的头发往后一捋，略显疲惫的侧脸带着说不上来的冷漠，有着强烈的厌世感。

他下意识地让摄影师抓拍这一幕，即使身处阴影之中，少年依然美得像是能发光，如同能走动的瓷娃娃一样精致脆弱，看似纯真懵懂，又空灵冷漠得像是雪山仙灵。

摄影师捧着相机感叹着："这小朋友的长相，放到娱乐圈里都没几个能和他比的，去演戏肯定也能赚不少。"

舒峰不赞同："去娱乐圈是糟蹋他的天赋。"

摄影师："可是当运动员没明星赚钱啊，花样滑冰在国内还是冷门项目，他还是男单项目的，人气比不过双人滑和女单，以后就算滑到顶峰，能赚个几百万就算到头了。"

舒峰呵呵一笑："你这是错觉，谁说当运动员没钱？瞅瞅福布斯排行榜上的运动员收入排行，顶级运动员的收入可不比好莱坞巨星少，赚的还都是干净钱。我瞧着，张珏的性格也更适合做运动员，敢拼敢闯，不服输，但又稳得住，是块拿金牌的好料子。"

"而且花滑男单在国内是很冷门，但那不是因为国内还没有标志性的男单运动员吗，张珏要是能滑出头……"

他要是能滑出头，未来不可限量。

被寄托了许多希望的男单独苗张小玉打着哈欠，被领上开了暖气的大巴。回酒店的路上他一直在啃巧克力，啃着啃着，小脑袋一歪，就靠着老舅的肩膀睡着了。

沈流叹了口气，将他叼着的半块巧克力小心翼翼地拿开，给他盖上毯子。

老舅轻轻掐了把张珏的脸蛋："吃饱喝足以后就是睡，你不长胖谁长胖？"

沈流宽容地说道："其实他现在长胖也没问题了，正好总决赛比完了，离世青赛又还有三个月，咱们可以趁这段时间让他增个重。"

可能是直觉感应到了什么，正在梦里亲吻草莓蛋糕的张珏无意识地打了个寒战。

　　之后一段时间里，张珏到底遭遇了什么没人知道，但是直到 1 月初，张珏再次来到京城参加全锦赛的时候，所有认识他的人都被他吓了一跳。

　　接机的秦雪君下意识地捏了捏小孩富有弹性的脸："你最近都吃了些什么啊？"

　　张珏干笑一声："呃，就是一些肉啊菜啊，补充了碳水化合物什么的，不过分量比较足，我最近天天都吃得好饱。"

　　秦雪君又揉揉他的肩膀："我已经看出来你最近吃得很饱了。"

　　天啊，这孩子的脸都肉眼可见地圆了，这到底是怎么吃的？

　　张珏咳了一声，警惕地左右看了看，揪住秦雪君的袖子："秦哥，你有水没？让我喝一口。"

　　秦雪君正要拧开矿泉水瓶递过去，沈流就拦住了他："别给他喝水，张小玉，马上就是午饭时间了，你现在喝水，待会儿胃里还有地方放主食吗？临走前厨师阿姨给你炖了那么多牛肉，你怎么也得给我吃完。"

　　张俊宝掏杯子："觉得渴了是吧？来，老舅这里有鲜榨的香蕉火龙果汁，你喝这个，省得肉吃多了便秘。"

　　运动员的增重必然伴随着增加饮食，张珏这阵子活得像一只被填食的鸭子。

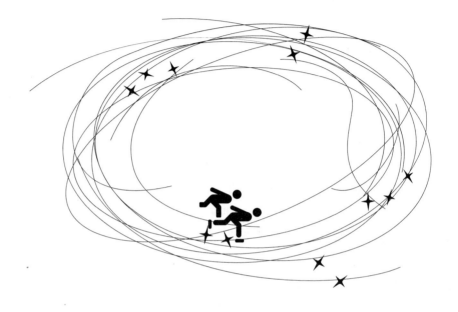

五　善意与援手

41. 首冠

知道张珏在增重后，不少教练看着效果，都立刻跑去和张俊宝、沈流交换培养心得。

"我家那个长起来特别慢，张珏怎么就这么快？你们怎么喂的？"

"分享一下食谱怎么样，我家那个也是喂不胖，每次增重都要死要活的，今年折腾了大半年，居然才只长了3斤的肌肉。"

张俊宝这时候特别尴尬，他不好意思说我们家就是这种长胖快，练肌肉也快的体质，总觉得说出去会得罪人。

沈流就更不好意思了，增重的食谱是食堂阿姨定的，他们只负责压着张珏把东西吃完，哪里知道食堂阿姨为食谱费了多少心思？

反正省队里的运动员要增重的话，效率都挺高的。金子瑄就是那个折腾半年只长了3斤肌肉的小子，他和张珏对视一眼，不好意思地笑笑。石莫生唉声叹气，他是那个长起来特别慢的。

小伙子问张珏："你效率这么高，很辛苦吧？"

张珏点头："是啊，他们最近为了提高我的增重效率，直接把我的食量提高到原来的2.5倍。"

金子瑄和石莫生沉默起来，张珏眨巴眼睛，面露不解："你们怎么啦？"

石莫生诧异地看着他："这你也吃得下去，那以前正常吃的时候，你岂不是没饱过？"

张珏爽朗一笑："是啊，那时候为了减体脂，我天天都饿得挠墙，也就比赛结束的时候可以吃顿饱饭吧。"

因为饮食控制太过分，那段时间只要看到食物，张珏的眼睛都是绿的，增重以后好多了。张珏天天被塞得肉卡在嗓子眼，现在就算路过蛋糕店都能面不改色。

而等来到京城后，出于对比赛的看重，教练组暂时把张珏的饭量降低到正常水准，张珏长舒了一口气。

有好多吃的当然好啦，但天天被挑战胃容量极限就很不美妙了，张珏这体质只有控制饮食的份。首次尝试增重就被这么折腾，闹得小孩天天怀疑自己的胃扛不扛得住。

然而为他制定食谱的食堂阿姨据说也有营养学的博士学位，这么多年造福了不知道多少运动员，经验相当丰富，也没听说搞坏过谁的胃，张珏的胃自然也好好的。

甚至因为被喂养得太好，他现在整个人气色极佳，小脸白里透红，让人看着就想掐。这阵子从亲妈、继父到教练组、食堂阿姨，还有秦雪君，张珏都被不知道多少人掐过脸了。

但他长得最好的地方还不是脸，花滑嘛，本来就是对臀、腿力量要求极高的运动，像燕式旋转、跳跃等技术动作，使的都是这两个地方的力，所以练花滑的男生普遍臀部比较翘，不少人都可以轻轻松松玩火烈鸟深蹲，可见控制力惊人。

张珏这阵子不仅吃得好，深蹲架、坐式蹬腿训练器、俯身蹬腿机、哈克深蹲机、倒蹬机等器械都被他玩遍了。因为训练得太努力，他最开始走路都姿势别扭，但相应地，就是他的屁股和大腿鼓得比脸还快。

原本因为太瘦，他穿裤子总是松松的，现在除了腰部依然松松垮垮的，套牛仔裤出门还必须系皮带，其他地方都正好了。

老舅对他还是不满意，摸了一下大外甥的肌肉群后，老舅就和沈流商量着加大张珏的锻炼量，理由是他的臀部和大腿还不够紧，要再练。

张珏真是苦得眼泪都快下来了。

好在教练们的训练科学得当，张珏的技术并没有被增重影响，甚至因为力量的增强，连3F都变得更稳了一点。

过了一阵，米圆圆和陆晓蓉、黄莺、关临也过来和他们说话。

陆晓蓉家据说是有个卫星锅，加上家里也靠近俄罗斯，所以能收到不少台，这会儿就和他们聊俄锦赛的事情。

她一脸激动地说："我和你们说，这次俄锦赛真的是年度大戏，从比赛到运动员之间的纠葛，甚至是教练组之间的恩怨情仇，拍个500集的电视连续剧都够了！"

大家都面无表情地点头，俄罗斯花滑的新闻从 20 世纪 90 年代开始就一直很精彩，这点常识练花滑的都知道。

张珏是唯一一个兴致勃勃的。他对俄罗斯花滑八卦新闻的了解没其他人那么深，只知道俄罗斯某个带出过 20 多个奥运冠军的花滑教母手下的运动员关系复杂，若是为他们做一张人物关系网，里面复杂的线条可以直接把他弄晕。

陆晓蓉接着说："达莉娅你们知道吧？就那个俄罗斯花滑现役一姐，因为俄罗斯那边 14 岁就可以结婚，所以他们恋爱都比较早，达莉娅就和冰球队的队长在恋爱。大奖赛总决赛后，那个男的觉得女方的事业崛起太快，觉得她太强势，就提出了分手。"

大家继续面无表情，张珏继续兴致勃勃。

陆晓蓉："然后男方还当着媒体的面说达莉娅醉心训练，一个月都见不了一次面，为了控制体重还背着别人催吐，又上电视台说达莉娅在日常生活中如何不好。瓦西里是达莉娅的师兄嘛，就和那个冰球队队长打了一架。"

这料就很猛了，原本面无表情的人都神色一变，发出"哇"的惊叹。

张珏往前迈了一步，急切地问道："谁赢啦？"

陆晓蓉："打冰球的都很壮，瓦西里为了保持跳跃一直很瘦，所以最开始落了下风，但等达莉娅提着折凳加入战局的时候，他们就赢了。"

居然还是二打一！

不愧是战斗民族！想要在花滑界看猛料，还是得看俄罗斯运动员！

众人意犹未尽："后来呢？"

陆晓蓉："后来俄滑联就分别给了他们处分，因为冰球和花滑在俄罗斯是高人气运动，他们又都是各自项目的一哥，所以没有禁赛，但好像是罚了不少钱。"

"不过我看了这次的俄锦赛，瓦西里还是蝉联冠军，伊利亚因为分数太好看，居然也上了成年组的领奖台，拿了个铜牌，那个打冰球的在赛场上和另一队的队员打了起来，被对手送进医院了。"

花滑项目的运动员战斗力有限，冰球却是那种队伍里有专人负责打架的彪悍运动，打起来的风险可高了，张珏的启蒙教练鹿爷爷早年就是冰球队出身，特别凶。

说完男单，陆晓蓉又吐槽那边的女单："俄罗斯的女单竞争比男单激烈得多，这次拿了第三的赛丽娜也发育了，为了保证成绩，她和原来的教练解约加入了鲍里斯组。"

鲍里斯就是瓦西里、伊利亚、达莉娅的教练，俄罗斯著名的单人滑教父，曾带出过 6 位奥运冠军。

张珏面露疑惑："我怎么记得赛丽娜只有 14 岁？她和伊利亚一样是青年组的吧？"

石莫生大大咧咧地揽住他的肩膀："俄系的花滑运动员就是这样，他们不仅八卦事件精彩，实力也都很强，人才储备特厚，青年组反过来压过成年组的情况也不罕见。"

金子瑄走在旁边，赞同道："你看隔壁的寺冈隼人，这次在日锦赛也是压了成年组一头，站上了成年组的领奖台，拿了一块银牌呢。他的 4T 在国内赛跳成了，虽然周数有点问题，但日锦赛的裁判承认了他的四周跳。"

石莫生冷笑一声："国内赛承认有什么用，国际赛的裁判承认才是真的成了。"

全锦赛开始那天，张珏在青年组的热身室里将头发梳顺，用橡皮筋在脑后扎了个小辫，老舅凑上来给他整理衣服，嘴里念念有词。

"青年组和成年组的分数是一起算的，你懂我的意思吧？"

张珏无奈地看着他："老舅，我才 13 岁！"

"但你也是国内唯一一个有 A 级赛事奖牌的现役男单选手！"

老舅用期待的眼神看着他："光看技术配置，你不比成年组的差。小玉，加油啊！上个全锦赛的台子给我看看！那可是老舅以前也站过的地方！你看隔壁伊利亚和寺冈隼人都站上去了。"

小玉小朋友捏了捏自己的屁股，叹气，总觉得这点肉要不了多久还是要被张俊宝折腾光。

老舅啊老舅，你就庆幸我爱你爱到愿意吃这些苦吧，要不是为了你，谁愿意干花滑运动员这种体脂日常保持在 10% 以下、增重时更加苦不堪言的行当。

想是这么想，但在踏上冰面的那一刻，张珏还是忍不住露出真心的微笑。

站在洁净而广阔的冰面上，他能感受到所有人的注视，观众席上为他加油的横幅最多，很多冰迷目光炯炯地看着他。

在这个领域，他或许不是最出色的，但他被寄托了如此多的期待。虽然有点沉重，但张珏对此是很享受的。

他们为我而来。

小天鹅捏捏耳垂，足下一蹬，朝前高速滑行，气流拂过他的皮肤与头发，让他像是在风中飞翔。

他停在中央，在胸前画了个士字，内心平静下来。

国内赛是不会刻意压分的，所以很多运动员在国内赛的分数最高。张珏滑得酣畅淋漓，在第一天的短节目结束时，他拿到了全场最高的 83 分。

第二日，他在自由滑上了两个 3A，除了在跳 3lz+3T+2lo 的三连跳时出了失误，其余动作全部完成，总分高达 266.15 分。

对 2011 年的中国男单来说，张珏这个成绩已经很可怕了，数遍全场，总分高过 240 的人只有他一个，双人滑、冰舞、女单都没人比他高。

江潮升看着这个分数都很意外："原来如果张珏不被压分的话，成绩可以好到这个程度，可惜失误了那一下，他这次也是差点 clean 自由滑。"

孙千摇头："也是咱们的裁判对他手松，原本他的旋转和步法是拿不到这么高的分数的，特别是步法。他的滑行不错，但节目里有关步法那部分的编排偏简单了。"

看来编舞也是看在张珏第一年参赛的分上，刻意降低了步法难度，不过能有这个成绩，说明张珏的能力的确很强。

老教练眼中闪过一丝欣慰，男单的确是要崛起了，上一次他看到 13 岁的男单选手站上成年组的领奖台，还是在 20 世纪末，闲着没事看瑞士的全国锦标赛的时候。旋转之王斯蒂芬靠着强大的表现力一举夺冠，当时张珏还是个在吃奶的孩子，而他的老舅张俊宝也没退役。

后来斯蒂芬作为诞生于花滑项目并不强势的欧洲国度的运动员，不仅两次拿下世锦赛冠军，更在 2006 年的都灵冬奥会拿下了银牌。

而张珏的情况和斯蒂芬很像，他同样身处冰雪运动不算兴盛的国度，但潜力极大，孙千也相信，张珏未来会成长为不逊于斯蒂芬的世界级运动员。

在张珏比赛的时候，过来参加少年组比赛的察罕不花、徐绰都张大嘴看着师兄的身影。那纤瘦的身影在冰上乘风而行，飘然若仙，又快乐得像是伴随着白雪奔跑的小王子。

一切都那么美，让人心生向往，如果有一天，他们也可以去到那块冰场，做出这样棒的表演的话……

梦想的种子在这一刻生根发芽，注定在未来的某天成长为参天大树。

不过等颁奖典礼开始的时候，虽然场面是严肃喜庆活泼兼具，但不知为何，观众席总是传来奇怪的哄笑声。

根据颁奖典礼流程，一般都是拿第三的先入场，绕场滑行一圈，向观众席鞠躬，然后再踏上红毯，登上属于自己的那一阶领奖台，之后再是第二、第一。

张珏是第一，所以他最后一个出场，在上领奖台的时候，第二和第三还很好心地扶了他一把。因为冠军领奖台有半米高，张珏本身个头就那么高，还穿着冰鞋，没人扶着真的上不去。

等他好不容易上去了，领奖台上三人站在一起，还是一个眼熟的"凹"字。

宋城总教练看着那边，嘴角一抽："知道的了解咱们小玉已经上了初中，不知道的还以为今年中国花滑全锦赛的冠军是个小学生呢。"

大概在张珏长得更高之前，他只要拿了冠军，领奖时的场面都会如此搞笑吧。

42. 糖分

赛季后半段，也就是 1 月至 3 月的 A 级赛事比较多。欧锦赛、四大洲锦标赛，以及赛季末尾的世锦赛和世青赛……包括亚锦赛、亚冬会、冬季大运会等比赛，也都会放在赛季后半段举行。

但参赛的名额有限，国内赛的名次就至关重要了。

张珏拿了全锦赛的冠军，本该是各项名额当之无愧的拥有者，但由于年龄限制，他依然只能去参加世青赛，而参加四大洲锦标赛、世锦赛的机会就交给了全锦赛的亚军——董小龙。

今年的中国男单十分惨，原本他们的大赛名额只有那么一个，竞争应该很激烈，但最厉害的那个小朋友还在青年组，上头只能硬着头皮将一身伤病的董小龙派出去。

每到这个时候，国家队的领导们就十分羡慕俄罗斯。那边由于花滑人才过多，即使四项赛事的名额都各有足足三个，运动员们还是在俄锦赛竞争得天翻地覆，尤其是女单的比赛，激烈程度比世锦赛都有过之而无不及。

这事闹到最后，俄滑联不得不搞出个奇怪的解决办法，那就是世锦赛的三个名额归一、二、四名，欧锦赛就派一、三、五过去，和分大饼一样，大家都可以去 A 级赛事走一遭。

沈流评价着董小龙："小龙的性格一直很沉稳，可惜练四周跳的时候伤到了腘绳肌，当时差点就退役了，现在的最高难度单跳只有 3A，我看他也只打算撑完这两年。"

张俊宝也对董小龙不陌生，他附和道："小龙的表现力其实不差，情绪把握得很好，就是舞蹈底子不行，滑行和跳跃的时候上肢太僵。他也是可惜了，10 岁才开始练花滑，旋转和步法底子都差，后来还出了大伤病，原本他的潜力是公认的相当高。"

张珏单手托腮，疑惑地歪头："你们都认识他啊？"

老舅和沈流一起笑起来："认识啊，怎么可能不认识。"

沈流揉揉张珏的小脑袋："他是鹿教练带出来的，真算起来，你要叫人家一声师兄，不然你以为为什么人家一看你没法靠自己上领奖台，就立刻伸手去拉你呢？"

在张珏的记忆里，鹿教练非常严厉，总有一大堆的要求，但即使张珏很努力地完成了他给的任务，鹿教练也不会给好脸色，只会丢给他更多高难度的任务。

虽然张珏也因此从上冰就打滑的小屁孩，变成了 8 岁就练出三周跳的天才儿童，但他对花滑的兴趣也在严苛的训练中消磨殆尽。

他眼神飘忽一阵，表情一垮："不提领奖台的事，我们还能做好朋友。"

身高摆在这里，面对半米高的领奖台，张珏想光靠自己上去，恐怕需要手脚并用地爬。但如果他真的爬了，这事怕是要在冰迷中广为流传了。

其实现在凹字形领奖台的事就已经在冰迷之间广为流传了。

两位教练开心地笑着，没再继续为难张珏，反而提起另一件事。

在运动员里，大致有两类体质，一种是柔韧强但力量差一点的，一种是力量强但柔韧不行的。张珏就是典型的柔韧很强，但爆发力不足的类型，察罕不花和徐绰则是后一种。

所以如今张珏需要玩命地练肌肉，而他的师弟师妹却需要努力撕腿撕胯，有时张珏训练到一半，还能听到两个孩子的惨叫声从隔壁的舞蹈室传来。

努力自然是有回报的，在少儿组的比赛中，察罕不花因大赛经验不足只拿了第十，徐绰却击败了所有同龄人，最后拿到的分数甚至让她压过陆晓蓉，拿到了青年组的银牌。

经此一役，徐绰成功走入了许多教练的眼中，孙千没能成功把张珏拉入国家队，这会儿又瞧上了徐绰，比赛才结束就去和宋城总教练以及徐绰的妈妈聊了许久。

张俊宝说："小绰看起来也是想去国家队的，她可能在咱们手头留不久了。"

学生能走到更高的平台，作为教练的张俊宝只会祝福，但要说心里不遗憾也是不可能的。

以前他就被抢过两次学生，那时张俊宝嘴上不说，心里绝对难受得很，幸好现在张珏会一直跟着他，他才能保持如此平静的心境。

张珏软绵绵地往老舅身上一靠，撒娇似的表忠心："我会一直留在老舅身边的，你赶我走我都不走。"

张俊宝掐着他的脸蛋："得了吧，你只是觉得我最宠你，才肯一直跟着我，你的芭蕾老师不好？以前教你的鹿教练难道不好？你看看你的技术基础多扎实，他们不严，你能有现在？"

张珏撇嘴："我知道鹿教练是个好教练，但他总是打击我，不断地挑我的毛病，我讨厌被拧着耳朵在一群人面前被训话半个小时。"

而且他跟着老舅练花滑，一是为了老舅，二是为了身材，和老舅宠不宠他有什么关系？即使张珏不练花滑，他也是老舅的宝贝。

老舅不知大外甥的心思，继续掐张珏的脸蛋，批评小孩的心态问题："分明是你没常性，鹿教练也是看重你的潜力，想把你培养成世界级的运动员，才对你提出那么多要求，要是换了其他小孩，你看他会不会费这么多心思。"

张珏含糊不清地反驳："小孩子是需要正面反馈才能忍受训练的苦的，我不是不能吃苦，但我不想付出了以后连句好话都听不到。"

他说的也算是人之常情，张俊宝只好无奈地又去戳张珏的脑门："你啊，就是个不识好歹的小狍子，既然能吃运动的苦，教练再严一点又怎样？"

这世上多的是天赋好但基础没打扎实，最后因为技术缺陷而折腾出大伤病的运动员，张俊宝当初送张珏去学滑冰时专门找了鹿教练，就是因为对方高超的教学能力。

张珏是个脆弱易伤的小玻璃人，能扛下那么多跳跃训练，虽然有队医给力的原因，但他规范的技术也是重要原因。正因为他起跳干脆，用刃正确，落冰时的缓冲技术更是一流，他才避开了不知道多少伤病风险。

1月底，四大洲锦标赛和欧锦赛在同一时间段举行，张珏却因为临近初三上学期的期末考试，不得不背着书包回归校园。

据说在往年，初三的学生只有周五下午可以歇半天，周六周日都要继续在学校补课，好在中考考出更好的成绩。但现在市教育局看得严，补课就被取消了。

此规定一出，学生们刚开始都欢欣鼓舞，但是很快，家里经济条件比较宽裕的孩子们就都发现，学校的确是不补课了，但他们的家长已经找好兴趣班，他们的周末依然繁忙。

值得庆幸的是，北方的好老师还是有不少集中在公办学校的，比如张珏念的这所学校，就有许多在省级教学比赛里拿过奖且教学经验丰富的老教师，能进这所学校，孩子们能得到的教育资源就已经比大部分同龄人强出一截。

正是因为这批好老师的存在，所以学区房才会格外值钱，家长们费尽心思买好房子，努力将孩子们送进重点学校，只求他们有个好前途。

张珏原本是不会思考这些的，现在他却觉得能好好读书是件幸福的事情。

在期末考试前的最后一个周五，班级气氛空前紧张，好不容易下了课，班里还有一群人在写作业。

张珏写完最后一张英语周报，将书籍文具一股脑地丢进书包，背起沉重的大包准备走人，他身后却有人叫了一声。

"张珏，待会儿我们各科课代表会分享学习心得，你要不要听一下，然后分享一下化学方面的心得？"

小朋友回头，就看到一个瘦小的眼镜女生腼腆地看着他。

"分享学习心得？"张珏放下包，坐在书桌上歪头，"这是什么活动？我怎么不知道？"

"你要训练和比赛，所以很多活动都没叫你。"陈思佳解释着，"这个活动其实是我发起的。最初我把在补习机构记录下来的作文写作心得和要点写在黑板上，有兴趣的可以记录下来，第二天值日生会擦掉，后来汪文、李俊凯他们也分享了物理、数学方面的学习心得，现在我们是每天分享两个科目。"

张珏听懂了，他露出赞同的表情："这个活动不错啊，今天分享哪两个科目来着？"

眼镜女生回道："是英语和化学，英语是我来讲，如果你留下的话，我就把化学交给你了。"

一听到英语，张珏果断点头："你们的活动很好，我决定参加。"

他拿起一个红彤彤的汽车造型的手机发了个短信出去，开始从书包里摸英语笔记。因为动作过于粗鲁，两本书掉了出来，书中的枫叶书签滑了出来。

陈思佳抿嘴一笑，蹲下和他一起收拾。

夜晚7点，天色已黑，街边的路灯亮起，张俊宝在呼吸时能看到白气从自己的鼻腔呼出，又在寒风中散去。

等他赶到张珏的教室门口时，就看到好几个家长在窗边看着，而他的大外甥正在讲台上，小嘴说个不停。黑板上是略显潦草的瘦体字，张珏的继父许岩就是一手漂亮的瘦金体，他家俩孩子字也写得不错。

而张珏说完了以后，拿着粉笔又想板书，却发现黑板下方的区域已经被写满了。

不过没关系，体育委员提着一条凳子冲过来，张珏满意地点头，抬脚踩上去，踮着脚继续挥舞粉笔。

张俊宝忍不住噗一声笑出来，他靠着走廊的墙，抬头看天上的弯月，捂着嘴使劲憋笑。

旁边一个看起来40来岁的阿姨看这帅小伙和张珏长得有点像，笑眯眯地问："你是张珏的哥哥吧？"

张俊宝咳了一声，站直："我是他老舅。"

周边几个叔叔阿姨都露出惊讶的神色。

阿姨不敢置信："哦，那你家里是老来得子了，我看你不到20岁的样子，今年大几啊？"

已经31岁的张俊宝很努力地解释了5分钟，依然没能让叔叔阿姨们相信他早在8年前就大学毕业了。

直到孩子们自发组成的学习活动结束，张珏背着大书包走出教室，看到张俊宝的身影时，眼前一亮，开开心心地扑过来，声音很甜。

"老舅！"

张俊宝接住这个小东西，单手接过他那个起码有 30 斤的书包，搂着张珏就走。

"赶紧和我走，还有 25 分钟，你的芭蕾课就要开始了，我给你带了食堂阿姨做的鸡胸肉、杂粮饼、水煮蛋和苹果、牛奶，你在路上解决晚饭吧。"

43. 保护

根据经验，每个期末考表现好的孩子的寒暑假都会比较好过。

比如成功减肥的许德拉小朋友就是如此，凭借着优秀的文化课成绩，哪怕他因为武馆里一个师兄的指导而迷恋上了打架子鼓，看在小儿子文化课优秀的分上，张青燕就干脆地给孩子报了班。

现在他们家也宽裕了，张青燕和许岩开的饭馆生意蒸蒸日上，两口子正商量着多开发几个特色菜，然后在靠近大学城的地方开家分店。

张珏作为家里的大儿子，因为在花滑方面滑出了成绩，现在训练费全是队里报销，还有津贴拿，早就达成了财务独立。

日子越过越红火，许岩爸爸做饭时都哼着京剧。张珏不懂京剧，却也觉得爸爸唱得特好听，就靠着厨房墙壁嘿嘿直笑。

"爸爸，你唱的是什么戏，我怎么觉得听着比专业的还好？"

许岩顿了顿，英俊的脸上浮现一抹浅笑："爸爸唱的是《春江花月夜》，你觉得好听，那是你没听过专业京剧演员的现场表演，爸爸这水平其实业余得很。"

他转移话题："小玉，你现在也放假了，过年想怎么玩啊？"

提到这个，张珏就笑不出来了："我过年没法玩啊。"

身为花样滑冰运动员，张珏没有新年可过。

近日，食堂阿姨由于业务能力过硬，还被隔壁 J 省省队请去讲课，分享做饭技术与营养搭配的诀窍。而受她照顾的张珏，已经完成了增重的过程，现在天天狂做有氧运动将过多的脂肪减掉，其间还要保持不少无氧运动，以保障新增的肌肉不会变少。

原本张珏也只是个跑一万米没有问题的普通少年，现在跑马拉松全程都没有问题，天知道他在成为运动员的这一年里都经历了些什么！

这一切必须在 2 月底之前完成，因为今年的世青赛将要在 2 月 28 日于韩国江陵市开幕，有晕机毛病的张珏还要提前赶过去适应环境。

2010—2011 赛季的 A 级花滑比赛其实比往年更多。

除了欧锦赛和四大洲锦标赛这两项常规赛事，还有在土耳其的埃尔祖鲁姆举办的冬季大运会。

2 月底，世青赛会在韩国江陵市举办。

3 月底，世锦赛在日本东京开幕。

等到了 4 月中旬，日本横滨还要举办花滑团体世锦赛。

对张珏来说，世青赛是重中之重。

鉴于花滑其实是典型的吃青春饭的项目，大部分人过了一定年龄就战斗力下滑得厉害，大器晚成的是少数。许多世界级选手早在青年组就已崭露头角，所以世青赛的含金量还是挺足的。

虽然不少人在拿了世青赛冠军后，可能会因为伤病、发育关等因素严重下滑，最终不是退役就是只能做二线选手，但如果在青年组都混不出头的话，在成年组翻盘的概率只会更低。

而这次比赛也是张珏认为他唯一可以击败伊利亚和寺冈隼人的机会。

再晚一年，他们就升组了，等张珏升组，他自己又要发育了。

在出发前往韩国的前一天，张珏发现自己居然睡不着。

是太激动了吗？张珏不知道，他只是看着自己的手。

现在他想得到更多，他想起瓦西里夺冠后意气风发地挥手，想起达莉娅浴火重生后的坚定拼搏，他想象着国旗升在最高处，现场上万冰迷在欢呼。

张珏一边闭上眼睛深呼吸，一边告诉自己"别想那些得不到的东西"，翻身躺好，抱紧一只半人高的小鳄鱼玩偶。

在飞机上，他做了个梦。

梦里的他站在冰上，吸进肺里的空气是寒冷的，他仿佛置身于一片一望无际的冰原，风呼呼地刮着，在他的前方，是许多个模糊的身影。

他们回头看向张珏，对他伸出手，离他最近的那个身影很矮小，穿着满是黑羽的考斯滕，那是娇小而疯狂的黑天鹅。

张珏无法止住朝他们走去的脚步。

也许在不知不觉间，他已经开始为这项运动着迷。

212

⋯⋯⋯⋯⋯

和其他经常出国的一线运动员比起来，现在的张珏依然对出国这事不算熟悉，毕竟他也就去了一次美国比分站赛，加上这次世青赛去韩国，两回。

这次也不知道怎么回事，张珏晕机特别严重，飞机坐到半路，直接在厕所里把早餐喝的牛奶都吐了出去。最后是张俊宝把张珏背到了酒店，哪怕从中国到韩国其实并不需要倒时差，他也还是让熊孩子先睡一觉。

就在张珏继续和黑天鹅在冰上跳舞，跳着跳着还仰头吃一口从天而降的棉花糖的时候，在一个名为 pixiv 的插画分享网站上，某知名画手突然发出两张图，并配字"他是神的孩子"。

第一张图是一个穿着黑天鹅考斯腾的少年，他双臂向后扬起，如同濒死的天鹅展翅，姿态优美。他的双眼微微睁开，其中有沸腾般的疯狂。

第二张图仍然是那个少年，他脚边是绿色的鳄鱼连体衣，身上只有简单的黑 T 恤与运动裤，灯光闪烁，他侧立于阴影中，看似忧郁脆弱，实则冷淡平静，脚上的冰鞋闪烁着寒光。

那种喧嚣中的安静感，还有少年沉静的神态，瞬间营造出空灵而寂寥的氛围。无数粉丝先是惯例般发出"懒鬼居然更新了""你还知道回来"之类的评论，然后纷纷为这两张明显是在画花滑少年的美图点赞。

这图好美。

接着这位名叫"山茶"的画手又发了条动态，表示这两张图的原型都是花样滑冰项目的中国小将——张珏，爱称 tama 酱，大赞这位花滑小将的出色。

"以画手的眼光来看，tama 酱的骨相和皮相都超完美，身材比例上佳，做贝尔曼旋转的时候长腿抬起就像是一个小烛台，我敢预言，等他长大，肯定会成为不逊于林佳树、宝井秀人的大帅哥！"

最后山茶还将张珏的真人照发了出来，和她画的两张图做对比。

许多本来不关注花样滑冰的人尖叫着"他好美"，开始在网络上搜索张珏的信息，并成功和张珏在日本冰迷圈里的粉丝会合。

无数粉丝挥舞着小手帕，对新粉丝表示热烈欢迎。

快来啊，这里有只小鳄鱼超可爱，会抛飞吻还会挺小肚子卖萌，活泼又暖心，身为运动员还有超高的天赋，会转贝尔曼会跳 3A，喜欢他绝不会有错的！

待看完 YouTube 上的小鳄鱼比赛视频，发现这孩子不仅可以高冷疏离得像是神的孩子，还可以童真可爱，捧小脸蛋甜甜笑着的时候，被他的容貌所吸引的人也不知道有多少。

恰好 pixiv 上不仅有山茶这样的日本女生，韩国也有为数不少的插画师和他们的粉丝，其中江陵本土的网友更是惊喜地发现，今年的世青赛就是在他们这儿办的！

那还等什么？现在的花滑比赛门票还不算贵，青年组的更加便宜，只要是已经工作的人，或者是零花钱达到平均水准的，都可以去现场看现实中的小鳄鱼！

当张珏终于休养好，爬起来跑去参加赛前合乐练习的时候，他发现了一件事。

现场的女孩子很多。

小朋友脱下厚厚的黑色羽绒服，从宽大的裤子口袋里摸出一副耳机、一个MP3、一副手套、一块巧克力、一瓶运动饮料、一个发圈，才问站在旁边的寺冈隼人。

"以往世青赛的合乐练习会有这么多人来看吗？"

感觉现场的上座率都快有三成了，北美的商演都未必有这么高的上座率吧？

寺冈隼人用一种充满疑惑的眼神看着张珏那个超能装的裤子口袋，嘴上回道："去年没这么多人。"

张珏抓了把头发拢了拢，甩了甩头，乌黑柔亮的头发在灯光下闪耀着钻石般的光泽，衬得皮肤越发白皙。

寺冈隼人下意识地问道："你发质挺好的，平时用什么洗发水？"

张珏抓了把头发，一时间居然没想起来自己用的是啥洗发水，亲妈买啥他用啥。

路过的关临闻了一下，替张珏回道："他用的是风扬清爽洗发水，五十块一瓶的薄荷味。"

张青燕显然不会给儿子用特别廉价的东西，却也没给他买多贵的，也就逛超市时顺手拿的平价洗发水，至于为啥看起来效果这么好，食堂阿姨和教练组要占不小的功劳。

身为运动员要吃得营养健康，锻炼要充分，新陈代谢也因此更有效率。在这种情况下，张珏就像被精心喂养的紫貂一样，油光水滑的。

在张珏上冰的时候，好几个女生都跑到前排，举着相机拍摄，嘴里发出尖叫。

张珏转头，眉头微微皱起，竖起食指对她们做出噤声的手势。

其中一人小声叫道："啊！这个眼神好酷！好凶！好棒！"

同伴拉了她一下："珍媛，别这样，他看起来不高兴。"

赵珍媛才不管这些，她早查过了，青年组的小运动员相当于未出道的偶像，粉丝少，不像那些大明星一样，稍微靠近点就要被粉丝指责不礼貌。

小鳄鱼长得这么可爱，她现在多拍几张，放在推特上一定能涨不少粉丝，也算帮小鳄鱼做宣传，这分明是双赢的啊！

接着她就看到那个少年滑到她面前，用不太熟练的英语说道："虽然不是正式比赛，但请遵循花滑赛场礼仪。"

不要发出这种会干扰运动员的声音啊，干扰张珏本人都算了，他的乐感很强，不听音乐都可以凭借意象顺利地滑下来，但其他运动员万一在起跳和表演的时候听到尖叫声，说不定就会失误。

花滑运动员受伤的风险本来就很高了，沈流就是因为一次意外受伤才提前退役的。

语言不通真是个大问题，这几个女孩朝他伸手想要摸他的头发，张珏往后退了几步，发现自己居然很反感这种触碰。

虽说粉丝是上帝，但他完全没有服务她们的义务啊。

幸好这时候崔正殊过来解围了。

他挥着手："嘿，女孩们，这里不是演唱会，也不是偶像见面会，这个弟弟是运动员，你们会吓到他的。他是未成年人，你们是成年人，动手动脚的不怕被他的家长找麻烦吗？而且在花滑赛场有观赛礼仪的，你们看过吗？"

张珏不懂韩语，却听得出崔正殊的语气很严厉，最后他直接把张珏拉到远离观众席的地方，一本正经地警告张珏。

"你记得，如果别人想要碰你，但你不想被碰的话，就离远点，你是运动员，跑起来应该很快吧？记得千万要离那些奇怪的人远点，在国外比赛就不要离教练们太远了，这个世界可没你想象的那么安全。"

崔正殊是安山市人，在他的记忆中，素媛案才过去不到三年。张珏的外貌稚嫩而美丽，走在路上会招变态，所以他宁肯自己敏感点，也要警告这个小孩保护好自己。

张珏眨巴着大眼睛，被崔正殊用韩味英语上了一堂 10 分钟的安全教育课，虽然半懂不懂，不过知道崔正殊是好意，他干脆友好地拉起这个小哥的手摇了摇。

"崔，我请你吃炸鸡吧？我们住的酒店的炸鸡看起来很好吃。"

崔正殊沉默一阵，看着小朋友纯真又机灵的表情，回道："你是客人，不能让你请我，而且就要比赛了，吃太油腻的东西不好，我请你吃炒年糕和沙拉吧。还有，作为运动员，不要轻易请别人吃肉，万一出事的话，你会被舆论收拾得很惨的。"

张珏一开始还没弄懂对方的意思，等年糕吃到一半的时候，张俊宝急匆匆地赶过来，告诉两个小运动员一件事。

WADA（世界反兴奋剂机构）来搞飞检了。

说是飞检，其实说是突袭检查更合适。老舅拎着两个 800 毫升的矿泉水瓶，见到两个运动员就一人分了一个。

"你们赶紧和我回去，路上把水都喝了，这种飞检都是尿检，小玉，你要不要听老舅吹个哨子酝酿一下？"

张珏十分坚定地拒绝了。

反兴奋剂的检查其实对隐私侵害挺大的，运动员要在同性工作人员的视线里脱裤子，将尿液放置于他们给的 A 瓶和 B 瓶里。

张珏还好，毕竟他之前但凡参加比赛必能拿下奖牌，而作为奖牌得主，必须接受严格的检查，尿检和血检他都经历过了，也算习惯了。反正他现在哪怕晕机发烧都不吃药，体内绝没有任何可疑成分，检查就检查呗，张珏一身清白。

但小孩也觉得这事很突然，就在交瓶子的时候装作无意地问工作人员："你们是所有参加世青赛的运动员都要检查吗？工作量挺大的吧？"

一个金发的大叔扫了他一眼，冷漠地回道："我们只检查大奖赛积分排行榜前十的运动员。"

等到了第二天，张珏才知道有个韩国本土的冰舞选手在赛前的药检呈阳性，并引发了 WADA 的后续行动。

一开始大家都以为这姑娘就像其他服用违禁药品比赛的运动员一样，但到了下午，事情又有了一次反转。

原来那个冰舞女孩发现男伴一直以来都遭受队内教练的欺负，冰舞女孩花了很大的力气说服男伴反抗，并专门吃了感冒药，闹出药检不过关的事，把事情闹大后强硬地拉着男伴去报了案，指控教练性侵未成年的学生，证据都搜集齐了。

即使韩国不会给这种禽兽判死刑，她也不能坐视对方继续伤害自己的搭档！

于是这一届花滑世青赛还未开始，就已经因为一起案件受到了多方关注。张珏当天晚上就收到了父母的短信，说是不许他单独外出，免得被变态缠上。

张珏一边解释着外国不全是变态，一边撩起窗帘的一角，看着那些围绕在酒店门口的记者，心中长叹。

事情闹得这么大，酒店都被记者包围了，那对冰舞小选手该怎么办啊。经过这事，他们不仅要退出世青赛，以后的职业生涯恐怕也要毁了。

张珏不认为他们选择反抗是错的。但那对小选手年纪都不大，女孩只有 15 岁，男孩 17 岁，他们能扛得住这么大的风雨吗？

抱有忧虑的不止张珏一人，在世青赛开始的时候，张珏发现不少对手的心情都比以前沉重些。

这真是一个人渣引起的连锁负面反应。

张珏隐去多余的表情，沉默地完成热身，在比赛开始后上场，直接状态大爆发。

3lz+3lo、3F、3A 全部零失误地完成，表演时的情绪张力十足。自张珏开始比赛后，全场那种漫不经心，总有一份心思飘到别处的氛围彻底被打破，所有人的目光都被张珏牢牢地捕获。

等到比赛结束时，全场陷入了好几秒的寂静，接着就是山倾倒下来一样的掌声，观众席的尖叫声在他表演时没有停过，闪光灯闪个不停。

而张珏这时候再次滑到靠近观众席的地方，用半生不熟的韩语，以及严厉的语气说了一句话。

"请遵守花滑观赛礼仪，停止尖叫，关掉闪光灯！这会干扰到运动员！"

他的表情非常严肃，而且生气得很明显，见那几个女孩安静下来，张珏才转头滑开。

这次张珏拿到了 83 分，成了这天比赛里发挥最好的运动员。

44. 招手

一直以来，张珏在冰迷那边的标签都是神长相、可爱、很会卖萌、表演天才、个头不高以及稳定性差。

没想到最不稳定的这个，在世青赛却表现得最稳定。这会儿有不少人发现张珏不稳定的评价，是不知道谁搞出来的谣言。

小鳄鱼分明是个稳定性很高的大心脏型运动员！

再次拿到短节目第一的张珏参加小奖牌颁奖仪式时，站在他两边的人依然是伊利亚和寺冈隼人。

这次他们的分数分别是 79.65 和 78.9，分别落后张珏 3.35 和 4.1 分。

经过这场比赛，两个选手心里也警惕起来，不管别人发生了什么事，身为运动员，他们要做的就是尽可能不受外界影响，并在赛场上拿到更好的成绩。张珏明明年纪更小，却做得比他们更好，要好好向他学习才行啊。

在颁奖典礼结束后，主办方给他们安排了桌椅，将现场布置成发布会的样子，方便媒体采访三个小运动员。

张珏顺手替工作人员放好名牌，把三把椅子都拉出来，才坐到自己的位置上。寺冈隼人旁观着，就觉得张珏身上有一种一看就知道被家长好好管教后才会有的教养与礼貌。

虽然在记者提问时，张珏依然要依赖翻译，但以他的年龄来说，他在采访时的表现已算得上得体了。

其间有记者问张珏："Jue，首先恭喜你拿到了短节目第一，然后我想请问你，当你比完短节目，看着其他对手的表现，你觉得他们滑得如何？"

这个问题其实有点坑人，因为寺冈隼人和伊利亚今天都出现了失误，实在不能说他们表现好，可要是说他们不好，被舆论抨击的人就要变成张珏了。

张珏的脚尖点了点地，他用谦虚的语气回道："我觉得他们都很厉害，让我感觉到了很大的压力，所以我在自由滑也会更加努力。"

记者笑着说："看来你非常渴望胜利。"

张珏露出天真的笑："我是运动员嘛，运动员不想赢还做什么运动员啊！"

记者："那你觉得自己能赢吗？"

张珏抿了口水，听完沈流的翻译，继续天真地笑。

"站上赛场的每个人都是抱着想要赢的心态，为了能站在萨夫申科选手、寺冈选手面前争取一个赢他们的机会，我练 3A 练得脚都麻了，但就算这样，我也不觉得自己是必胜的，因为我知道，作为杰出的运动员，他们一定也付出了很多努力。"

"虽然短节目发挥得很好，但花滑比赛是要看运动员在短节目和自由滑这两天的综合表现，我现在由衷地希望自己在自由滑也能表现好。"

他说了一通，嘴里都是好话，如果记者提出犀利的问题，他就默默绕开。

直到一个记者提问："请问您知道冰舞的刘梦成选手和其女伴尹美晶指控教练性侵的事情吗？"

这个问题让沈流面露不满，他觉得这个问题不应该问张珏这个未成年，孩子还那么小，这些记者是想听张珏什么回答啊？

沈教练想制止记者，但张珏听到刘梦成的名字，小声问他："他们问的是韩国那两个选手的问题吗？"

沈流皱眉："你别答这个。"

张珏顿了顿，坚持道："还是给我翻译一下吧。"

沈流也不好在公众面前反应太过强烈，只能低声翻译了，张珏的神情也变得认真起来。

他转头直视镜头，坚定地说道："每条维权的道路都注定充满艰辛，事件发生后，我看到网上有些言论对他们并不友好，但我本人是从来看不上受害者有错这种言论的。希望刘梦成选手和尹美晶选手能够支撑住，他们是被侵害的一方，任何错都没有，也希望罪魁祸首能得到应有的惩罚。"

自从这件事被曝光后，张珏是首个在青年组直接发言支持受害者，并替他们批评了某些恶臭言论的人，坐他身边的伊利亚和寺冈隼人一脸惊讶的表情。

台下的宋城总教练捂脸："原本看他之前的采访，我还以为可以放心了。"

没想到这小子说话还是这么直。

宋城总教练不知道张珏这是已经收敛过的样子。

等到采访结束，张珏才松了口气，觉得比连续练 3 个小时的跳跃还累，沈流递给他一张纸巾。

"来，擦擦汗吧。"

张珏捏着纸巾，不好意思地和教练道歉："对不起，我刚才说话还是太冲动了，原本这种话题我应该绕过去的，但我没忍住。"

沈流揉揉他的小脑袋："没事的，教练也看不惯这些事，你说的也没错啊。"

其实要是沈流看过各类新闻的不断反转，就会知道有句话叫作"让子弹再飞一会儿"，别轻易张嘴骂人。张珏性子比较冲动，主要是因为他想帮助这对冰舞选手。

张珏希望自己这次发言，能让他们好过一点，但他也帮不上其他忙了。

世青赛第一天，花滑四项中，排名前十的运动员里，只有三个人达成了短节目 clean 的成就，单人滑里只有一个张珏，另外两个人是一对北美的冰舞选手。

此消息一出，别人还没来得及反应，国内的冰迷都惊讶起来。

冰天雪地论坛上，无数冰迷纷纷发言。

【灌水】818① 那个短节目拿了第一的鳄鱼

1L

这次真是要对鳄鱼刮目相看了，明明大家都是又被 WADA 飞检，又吃了史诗级大瓜② 的状态，鳄鱼居然 clean 了短节目，真是厉害，以前还觉得他从分站赛一路摔进总决赛是稳定性不好，现在我要道歉了。

2L

他不稳定主要是身体原因吧，他之前比赛时从没在最佳状态过，赛后还不爱和媒体解释自己身体不适，所以很多人都不清楚这点，但就算再不舒服，他的表演可是一直在线。

…………

等张珏回到酒店休息时，他在开门的那一瞬间眉头一皱，总觉得哪里不对。

张俊宝不解地看他："小玉？"

张珏抬头左右看了看，就看到走廊上方的消防喷头旁边，不知何时多了一个机器。

---

① 网络用语，"扒一扒"的谐声，指将某人不为人知的事情找出来告诉大众。

② 网络用语，表示围观大事。

沈流看过去，立刻打了酒店客服电话，通知人过来检查走廊多出来的摄像头是怎么回事。经过这么一番折腾，他们都意识到一件事，那就是很多道德感缺失的记者已经潜入酒店，而且使出常规外的手段了。

这事闹得他们连晚饭都吃不香了，张珏反倒是整个团体里唯一胃口好的。

这次他睡的是单人间，睡前张珏在走廊上跳了一阵绳，回去休息前，他看了看走廊的角落，招了招手。

"过来吧。"

45. 援手

"身为女孩子，遇到那样的教练，已经让不知道多少人怀疑你也不干净了，现在居然还恬不知耻地把事情闹这么大，你难道不知道顾及家里的名声吗？你弟弟和妹妹出门还能抬得起头吗？"

尹美晶在回到酒店前被妈妈打了一巴掌。

很多人都觉得她做得不对，勒令她停止现在做的事情，韩国滑联也认为她是这次事件里最不光彩、最不识趣的那个人。

可是她怎么能放弃呢？梦成哥受到了那样大的伤害，而且他家里的态度和她父母的态度是一样的，如果这时候她再离开梦成哥，他该怎么办呢？是她说服梦成哥反抗的，所以这件事她也有责任，她不能放弃自己的搭档！

可是他们已经快没钱了，虽然尹美晶身上也有滑冰赚到的奖金，还有之前因为长得好看而赚到的一些赞助费，但这些钱要用来请律师，剩余的只够让他们吃饭。住小旅馆的话，安全也得不到保障。

自从事件曝光后，他们已经被记者缠了好久了。

因为退赛的关系，酒店的房间也退了，她去接刘梦成的时候完全不知道接下来要去哪里。少年少女拉着行李箱茫然地站在走廊里，身心都觉发冷。

能练花滑的家庭经济条件都不会太差，直到这件事发生之前，尹美晶都觉得自己的人生算得上顺利。她长得漂亮，体育天赋出众，成绩也很好，搭档是个温柔清秀的大哥哥，对她也特别特别好。

但现在她只觉得无助。

刘梦成拉着她的手走到楼梯间里，两人并肩坐在阶梯上。过了一阵，他低声说道："美晶，你回家吧，我也回家，然后我们撤诉。我去乡下老家读书，你就回归原来的生活吧。"

少女倔强地摇头，眼中闪着泪花："不要，那个禽兽那么伤害你，我们必须把他送进监狱，不然他不会放过我们的！"

他们抱着对方，在这个世界上他们也只有对方可以依靠。

又过了一阵，他们听到了绳子甩在地面上的声音，那是他们都很熟悉的，花滑运动员跳绳的声音。

尹美晶抹抹眼泪，悄悄走了过去，就从门缝里看到中国的男单独苗张珏正在走廊里跳双摇。

刘梦成也知道这个孩子，因为他实在太漂亮了。这年头大家都喜欢好看的人，在花滑项目之中更是如此，那个禽兽就曾经感叹过，为什么这个外貌与天赋兼备的运动员不是生在韩国。

那时候刘梦成脑子里只有一个念头，就是幸好张珏没有生在韩国，据说那孩子的教练就是他的亲舅舅，想来他会被保护得很好吧，不会遇到和他一样糟糕的事情。

跳绳的声音停止了，那孩子猛地回头，三人的视线撞上，他察觉到了他们的目光！

这份对视持续了几秒，那个被称为小鳄鱼的孩子招招手。

"Come here。"

张珏拿房卡开门，尹美晶和刘梦成犹豫了很久，才走过去，然后他们被领进了房间。小鳄鱼打开了室内暖气，然后将房间里的椅子搬到角落里，把被子扔到地上铺好，往上面放了两个鳄鱼玩偶。

这孩子的鳄鱼玩偶很多，行李箱旁边有个大号的编织袋，里面装满了小鳄鱼。电视开着，里面播着韩语动画片，也不知道对方听不听得懂。正殊哥说过这孩子外语很差，床头摆着一个大号果盘，上面是苹果、橙子、草莓、香蕉和木瓜等水果。

在韩国，水果是很贵的，而且小鳄鱼也不可能带着一大堆水果过境，这些显然是在当地买的，可见他要么是家境不错，要么是教练组的小宝贝，或者两者皆是。

虽然语言不通，但尹美晶还是明白了对方的意思。

小鳄鱼像是知道他们无处可去，就借了地方给他们住。虽然因为国籍的不同，可能他们能得到帮助的时间也只有小鳄鱼在韩国境内比赛的这几天，但他的好意还是让尹美晶差点哭出来。

自从将事情闹大后，他们已经遭遇了太多的恶意，小鳄鱼的这份善意便显得尤其珍贵。

张珏见他们无所适从的样子，指指椅子："sit（坐）。"

小孩又拿了3个苹果去洗，他的肠胃功能很好，如果睡前不往胃里填点东西，第二天早起时他就会饿得眼睛发绿，到处翻东西吃。

恰好那两个小孩看起来也没吃东西的样子。

张珏也知道自己是心软了。外面有娱乐记者包围，这两个孩子将会很长一段时间无处可去，找曾经的队友、同学借地方住也不是长久之计，在舆论的压迫下，最后他们可能只会由父母接回家，而他们受到欺负的事则会不了了之。

对未成年来说，这样的遭遇还是太惨了点，也不知道他们能不能撑下来。

但是现在去给他们开新房间的话，首先酒店大堂肯定还有一些无良记者，房间的号码八成是没法保密的，还不如让他们在自己这里将就一下。

如果是他们本国的人出面帮他们，一定会受到舆论的压力。但张珏属于中国，完全不怕得罪人，由他来帮这个忙也会更合适。

门外传来一阵轻微的哭声，张珏默默将水龙头开到最大，暗暗吐槽自己："我也是够爱管闲事的，打那些霸凌同学的小混混都算了，到了国外也不省事。"

老舅要是发现这事的话，八成又要骂他是个狍子了。

洗了10分钟苹果，张珏才将只差没被水冲脱皮的苹果送到客人手上。橙子不用洗，草莓什么的沈流在送过来的时候就已经言明是洗好的，张珏翻出自己珍藏的芋头条，和两个小可怜分享了晚餐。

之后就是关灯睡觉了，被子被垫在地上了也没关系，他们的行李箱里都有羽绒大衣可以盖。

张珏觉得这两孩子也够厉害的，明明身处陌生的环境，却比他睡着的速度更快。他还望着天花板想事的时候，地铺上两人的呼吸已经平稳起来。

其实在尹美晶和刘梦成看来，敢收留他们的张珏也是个没啥防备心的孩子，明明看起来是个小学生，却一点也不怕他们对他做什么。

他们不知道的是，这间房的椅子全是折叠的，张珏伸手就能拿到武器。

第二天，张珏在六点半就出了门，崔正殊吃完早饭的时候，就看到张珏、伊利亚、寺冈隼人、亚里克斯、尤文图斯站在他的房间门口。

张珏对他露出一个甜甜的笑："咱们聊聊？"

…………

尹美晶醒来的时候是早上 9 点，小鳄鱼正盘腿坐在床上，用笔写写画画，茶几上摆着几个三明治，而刘梦成正从洗漱间里走出来。

电视依然开着，声音调得不大，播放的是晨间剧，虽然张珏听不懂韩语，但看演员互打耳光还是蛮有意思的。

韩剧演员都很拼，尤其是晨间剧演员，耳光都打得特别扎实，一看就知道是真打，让人十分佩服。

小鳄鱼和他们说："先吃早饭，然后我们谈谈吧。"

所幸刘梦成的英语特别好，无论是口语、听力、书写都是专业水准，尹美晶也是如此，所以张珏哪怕听力差点，也可以通过简单的口语、比画和书写与他们完成交流。

张珏先问了他们有多少钱。

尹美晶低下头，忸怩着回道："我的和梦成哥的加起来，大概是 20 万吧。"

20 万韩元大概相当于人民币 1100 元，在韩国这种物价偏高的地方，这两个人的确是没啥钱了，难怪有传闻说他们找律师都是崔正殊给借的钱。

张珏再次在心里感叹崔正殊是个难得的好人，可惜被韩国滑联给坑得很惨，甚至有过伤病发作却还是被逼着去参加全国比赛，不然就不给赛季后半段比赛名额的事情。

换了在其他花滑大国，这样的安排当然是可以理解的，但在韩国这种花滑荒漠，崔正殊是他们少有的可以拿得出手的男单选手，却因为滑联内部的倾轧而不断地损害身体，想想也是可悲。

男单选手的黄金年龄就在 19 到 23 岁之间，这个时段他们的技术和艺术表现力都相对成熟，身体也还算年轻健康，正是朝着世界顶峰拼搏的好年纪呢。

张珏歪歪头，睁着清澈的大眼睛，又提出一个问题。

"所以你们没钱找律师了，对吧？"

尹美晶面露窘迫："是的。"

刘梦成握住她的手，欲言又止，尹美晶将手掌按在他的手背上。

张珏咳了一声："我记得在釜山市有一个律师组织，他们有时候会免费帮助像你们这样困难的人，找他们寻求法律援助的话，收费会很便宜，而且他们的业务水平很高，哪怕是我这样的外国人，也听过他们的大名。"

"钱的话，我这里有。"张珏说着，拉过自己的背包，从里面拿出一个牛皮纸袋。

他的储蓄卡是有 VISA 标志的那种，所以在国外的 ATM 机上也可以取钱，只要不超过 1 万美元就可以随便取。

虽然张珏也不富裕，不过好歹领了一年的省队津贴，平时又基本没花钱的地方，加起来就攒了 2 万，加上比赛的奖金也都直接打到他的账户里，现在户头里总共是 5 万。

张珏把自己的全部存款取了出来，换算成韩元也就是 840 万，而韩元的纸币最大面值是 50000，也就是 168 张钞票吧，张珏弄了个牛皮纸袋就全部装进去了。

"这笔钱应该够你们去釜山了，还有伊利亚、寺冈隼人、亚里克斯、尤文图斯都说会捐钱，等到回国，他们就会把钱打到崔正殊的账户上，他会把这笔钱转交给你们。好好打赢这场官司，让那个禽兽付出应有的代价吧。

"如果你们觉得这笔钱拿得不安心，我随后会把捐钱的人的名单还有账户给你们，你们成年以后再还也可以，就当是我们一起给你们发零利率贷款好了。"

看着他们呆呆的表情，张珏微笑起来："崔正殊的教练和你们的教练是好朋友，所以他只能等到晚上才能偷偷出去给你们买去釜山的车票，在那之前就待在我这里吧，我不会拔房卡，暖气会一直开着，也已经拒绝了清洁人员进来，中午会准时给你们带午饭。"

"别怕，一切都会好起来的。别怕，现在有更多的人对你们伸出援手，你们一定会胜诉，然后过上新的生活，也不用再那么辛苦。"

说完这件事，张珏就穿上外套，提着冰鞋去场馆合乐练习了。

下午就要比赛了，这是他的最后一次合乐练习，一定要趁这段时间把状态调整好才行。

在进入场馆的时候，张珏看到了几个青年组小选手的眼神一直往他身上瞟。

张珏提着水壶坐到一条横椅上，不知不觉，这几个小选手走到他身边坐下。

这感觉怎么说呢？就是几个小朋友联合起来做一件好事，而且为了保护两个小可怜，所以都很努力地保密，但心里又没法不在意这件事。

张珏淡定地换好鞋子，抬头看他们，露出一个灿烂的笑，挤了挤眼睛。

"下午的比赛，一起加油吧，这次你们可不要再失误了，不然我赢得一点悬念也没有。"

听到这句话，寺冈隼人的眼神立刻变得锐利起来，他捶了张珏一下。

"等着我赢你吧，小朋友。"

接着伊利亚也起身，在他头上揉了一把："赢的人会是我，你还是等我升组后再想冠军的事吧，小学生。"

伊利亚的英语依然让人听不懂，但张珏知道他也是在发表"胜利的一定是我"的宣言。

亚里克斯过来，用一种像是看到了可爱的小狗，忍不住喜爱和宠溺的力道拍了拍张珏的头。

尤文图斯则对张珏伸出大拇指，说了一句："我很喜欢你，小鳄鱼。"

首尔时间下午 4 点 20 分，世界青少年花样滑冰锦标赛男单自由滑，在江陵市正式拉开帷幕。

张珏作为短节目第一，将会在最后一组出场，就在他吃完香蕉开始热身的时候，应该在表演滑客串的成年组选手谢尔盖跑过来，探头在室内看了看，走到伊利亚面前拍了一下他的脑袋。

其余人都被他这一下弄得莫名其妙，张珏下意识地去找折叠椅，好歹都是一起帮过小可怜的同伴了，万一谢尔盖要无理取闹，欺负未成年，张珏肯定是要帮伊利亚的。

张珏在宋城的屁股底下发现了目标，就在此时，瓦西里也进来，也拍了一下伊利亚的后脑勺，被连打两下的伊利亚又是不解又是悲愤。

"你们打我干吗？这里是我们青年组的热身室，你们快离开啊！不然我就告诉教练了！"

瓦西里呵呵一笑，把小伙子拽了出去，张珏耳朵竖起，听着外面的动静。

过了一阵，伊利亚灰头土脸地进来，在张珏身边坐下压腿，压低了声音。

"他们找我要了崔正殊的账户号码。"

张珏："你说啥？"

寺冈隼人叹了口气，走过来拍拍伊利亚的肩膀，用英语说道："把话重复一遍，我翻译给 tama 酱。"

伊利亚露出不爽的表情，嘴里嘟哝着一串除他自己谁也听不清的俄语。

张珏听懂了寺冈隼人的英语，不解地问道："tama 酱又是谁啊？"

以中国人的耳朵来说，tama 这个发音，真的很容易让人联想到"他妈的"这种不雅词语，张珏还挺好奇是谁叫了这么个倒霉名字呢。

寺冈隼人面露尴尬。

46. 信心

体坛是一个热衷于看到强强碰撞的地方，正所谓一枝独放不是春，所以古往今来，各大体育项目诞生了一对又一对的对手。搏击这种直接开打的项目且不说，从田径到球类运动，再到游泳、跳水、体操，不知道多少名将场上大战、场外惺惺相惜。

当然了，也有不少对手由于媒体挑拨得太过，在场外也和仇人差不多。

青年组的伊利亚·萨夫申科和寺冈隼人也是如此，一直以来，他们由于年龄相近、实力相当，以及各自祖国早年的破事而在赛场上颇有势不两立的架势。

他们两个的争斗一度是男单赛事的最大看点，关系最差的时候，他们俩走在同一条路上都要互翻白眼。

因为冬奥会是四年一届，人们也将四年视为一个奥运周期，比如 2010 年的温哥华冬奥会结束后，索契周期开始，直到索契冬奥会落幕，这个周期才算结束。

结果到了现在，这对对手中间又掺和进来一个张小玉，伊寺大战变成了三足鼎立，索契周期冒头的青年组小将又多了一个。

大家都认为这三个人一定会在索契冬奥会赛季，也就是 2013—2014 赛季前进入成年组，并为了冬奥会名额奋力一搏。但到目前为止，没有人能肯定地说他们一定会在冬奥会赛出好成绩。

因为就像花滑圈里有无数卡在两周跳，无论如何都出不了三周跳，最后无缘顶级赛场的人一样，卡在三周跳，怎么也练不出四周跳的人也有很多。

四周跳是通过冠军之路的必经关卡，然而全世界的在役男单选手中，能完成四周跳的人却连 20 个都不到！目前凹字三人组只有寺冈隼人展现了可以跳

4T 的能力，其余两人的最高难度都是 3A。

鉴于过早开始练习四周跳对身体不好，所以张珏没出四周跳是所有人都可以理解的事情，才 13 岁的孩子，真出了四周跳岂不是要逆天？

伊利亚据说也已经在和师兄瓦西里学习 4T，估计是要攒着大招到成年组再放。

而对俄罗斯男单老二谢尔盖来说，现在已经不怀疑张珏这个小东西的潜力了。

在得知青年组的小孩们被张珏聚集起来捐款帮助那对冰舞选手，并且真的凑齐了一大笔钱，这期间还考虑到帮崔正殊避开韩国滑联的视线等多方面因素后，谢尔盖就知道，小鳄鱼是个能干大事的人。

他和瓦西里问到了捐款用的账户后，悄悄地和瓦西里说："这小子有脑子，心性沉稳，只要将来不栽在伤病上头，未来的顶级赛场上肯定有他的一席之地。"

作为一个直来直往的斯拉夫汉子，谢尔盖毫不掩饰自己对张珏的欣赏。

而他们两个都是在成年组拿过 A 级赛事奖牌的男单选手，当然拥有更加丰裕的经济状况，能给那对小选手更多帮助。

和张珏一样，谢尔盖和瓦西里同样只打算偷偷地汇款，并不打算宣扬这件事，毕竟他们捐钱只是为了让同为花滑运动员的两个小孩可以好过点，而不是借着他们的痛苦去扬名，更不想让崔正殊这个小男子汉为难。

瓦西里想得比谢尔盖还多。

身为目前世界排名第一的男单选手，瓦西里深知一个可以吸引所有人喜爱的明星运动员必然是强大的实力与人格魅力兼备。

性格肯定也是一个吸引粉丝的点，不然也不会有那么多明星立人设吸引粉丝了不是？

张珏作为运动员的潜力自然是无限的，而他在这次事件中展现出来的品质，更是让瓦西里相信他将来一定会成为那种令冰迷竞相追逐、同行心服口服的人。

小鳄鱼不需要立人设，因为人们只要看到他真实的模样，便会知道他是个多么值得喜爱的人。

经过这一遭，那些和他一起行动的青年组小选手肯定都对张珏好感大生，而瓦西里更是对这个孩子多了一份尊敬。

领头羊是站在队伍最前方的存在，一旦风雨来临，后面的羊说不定能跑掉，领头羊却是避无可避的。

万一出了点什么事，张珏固然可以凭着自己外国运动员的身份避开韩国滑联的迫害，却不可能躲掉舆论的指责，而且他选择偷偷帮忙，也注定没法从这事里得到好处，还要费钱费心。

可他还是冒了这个险。

瓦西里在他身上看到了正直、担当、勇气等珍贵的品质。

就在此时，正直勇敢有担当的小鳄鱼臭着脸拖着瑜伽垫走到离寺冈隼人 10 米远的地方，寺冈隼人挠着头，颇为苦恼。

哎呀，他这算不算被人美心善还有八重齿的大萌神讨厌了？

不对不对，大萌神人那么好，才不会真的讨厌一起做好事的战友呢，顶多就是生气了吧，话说生气的小学生都要怎么哄来着？

他不知道的是，身为一个深受生母基因影响，从会走路开始就擅长使桌腿折凳的战斗天才，如果是叛逆期的张珏被人叫小蛋的话，早就已经直接动手了。

同在热身室的崔正殊、亚里克斯、尤文图斯等人也莫名其妙，这寺冈隼人是干了多过分的事，才会连 Jue 这种见人就笑的小宝宝都对他黑脸的？

男单自由滑开始之前进行的是双人滑的自由滑，中国的双人滑是强势项目，这主要是因为他们的花滑教父孙千改良了本国的跳跃技术，使得中国双人滑的抛跳格外飘逸美观，具备巨大的技术优势。

黄莺和关临作为中国式抛跳技术的嫡传弟子自然技术精妙，加上女伴身材娇小纤瘦，男伴虽然个头不高却胜在努力，年纪轻轻就练出一身扎实的肌肉，两人自小搭档又默契十足，在场上配合无间，明眼人都看得出来，他们会是双人滑项目的明日之星。

张珏还在吃香蕉的时候，这两个初入青年组的小将就登上了世青赛的领奖台，拿下一枚银牌。

带队的马教练略有些遗憾："可惜了，离冠军只差 3 分。"

沈流站在旁边安慰道："他们的表演很有灵气，裁判给的表演分并不低，好好打磨，明年肯定是能夺冠的。"

马教练微微一笑："我知道，他们从不让我失望。"

如无意外的话，中国双人滑的下一代就要靠这两个孩子扛大旗了。

他呵呵笑着："说来也神奇，黄莺 13 岁，今年才进青年组，张珏也是 13 岁，他们都小，但身上那股劲连很多成年组的都比不了，后生可畏啊。"

其实也是成年组没人了，才会让两个小将凸显出来，不过看到他们的身影，沈流和马教练的确都心中宽慰。

而在双人滑的颁奖典礼结束后，先是工作人员上冰补冰，接着整冰车上冰。

在整冰的背景音中，男单自由滑的第一组选手已经抵达候场区。

毫无疑问，这群孩子们的水准有限，大多数都以 3+2 为主，滑行和表演都稚嫩得很，但也不乏亮眼的节目，其中一个哈萨克斯坦的孩子便让人眼前一亮。

沈流仔细地看着场中比张珏高不了多少的少年，又转头去看屏幕。

"这小朋友跳跃能力不错，3+3 连跳节奏感很好，他的名字是……哈尔哈沙·戈洛夫金，也是才 13 岁的年纪？"

青年组限定 13 岁至 19 岁的青年运动员参赛，但在男单选手之中，自然是已经 16、17 岁的技术更成熟。而 13、14 岁就能上世青赛的，肯定也是在来这个赛场前已经先把国内 13 至 19 岁的其他男单选手赢了个遍。

马教练吐槽："看他的姓氏我还以为又是个俄罗斯人呢。"

但哈尔哈沙本人看起来更像是典型的中亚游牧民族的后裔，他的肤色偏深，从细窄高挺的鼻梁、偏深的眼部轮廓来看，他应该也有斯拉夫的血统，而俄语在哈萨克斯坦也是常用的语言，两国交情向来不错，这孩子应当是个混血儿。

沈流疑惑："以他的实力，如果参加大奖赛的话，应该也能上个分站赛的台子，不知道为什么我们都没看到过他。"

而哈尔哈沙在结束比赛到达 kiss&cry 时，教练摸了把小伙子的头，欣慰地点头。

"恭喜你，哈尔哈沙，看来你已经彻底摆脱了骨折的影响。"

哈尔哈沙面露笑意："是啊，照这样下去，在下个赛季开始前，我一定可以恢复 3A。"

可惜他在短节目因为赛事经验不足出现了失误，否则哈尔哈沙是有信心冲进最后一组的。

哈萨克斯坦小伙成了本届世青赛的最大黑马，其总分 201.5 在排行榜的最高处待了许久，直到倒数第二组的安格斯·乔出场，他才终于被挤到了第二。

但人们都知道，无论是哈尔哈沙的第二，还是安格斯·乔的第一，都只能是"暂列"。

真正的强手还在后面没有出场呢。

沈流看向选手通道，就看到六名选手在主教练的陪伴下，走到了候场区。

除了熟悉的张珏、伊利亚·萨夫申科、寺冈隼人、亚里克斯、崔正殊，第六名出场的则是亚历山大·波波夫，一个17岁的俄罗斯男孩，黑发蓝眼，英俊非常，和俄罗斯著名连续剧《情迷彼得堡》的男主斯特拉霍夫有几分神似。

在世青赛，赛事主办方根据选手的短节目排名来安排出场顺序，短节目排名第六的波波夫将在最后一组的第一位出场。

音乐响起的那一刻，张珏回头："是《波莱罗》啊。"

波波夫的节目给人一种很重的芭蕾味，事实上，编舞大师贝嘉的确以此曲创作了一支震惊舞蹈界的现代芭蕾，而巴黎歌剧院的大神级男舞者尼古拉斯就以这支舞作为自己的退役表演。

看得出波波夫的芭蕾功底很强，但古典芭蕾的味太重了，而"波莱罗"本来是指西班牙的民间舞形式，反而给人一种不搭调的感觉。

张珏吐槽："要么就用现代芭蕾风格的编舞，要么就换个符合古典芭蕾风格的曲子，他两个都想要，反而搞得有点怪怪的。"

但裁判们觉得波波夫的表演挺好，舞姿优美、跳跃流畅，所以给了他很不错的分数，波波夫一举坐上了排行榜的第一位。

张俊宝按住张珏的肩膀："怎么，你看不惯这一版的《波莱罗》，明年你自己滑个喜欢的新版本呗？省得我给你找合适的曲子了。"

"我才不要滑这个。"张珏挥挥手，"连续两年滑芭蕾，你不腻我都腻了，明年我要滑别的。"

张珏原地蹦了蹦，没等老舅询问他到底想滑什么，又蹲下压腿。

接着崔正殊、亚里克斯先后登场，均表现上佳，拿出了他们在本赛季的最好状态，直到伊利亚登场时，小孩才站直，认真地看着他的身影。

可能是一种直觉吧，张珏总觉得在寺冈隼人跟在后面追的情况下，伊利亚一定会在今天使出绝技。

果不其然，在《卡门》的音乐响起后，伊利亚立刻开始了一段时长十余秒的助滑，接着左脚点冰，整个人高高地跃起，在空中转了四周。

然后他在四周没转完的情况下摔了。

张珏遗憾地叹息一声："哎呀，很明显没足周呢。"

寺冈隼人握紧双拳："传言无误，他果然也开始挑战四周跳了。"

伊利亚不仅挑战了四周跳，还在自由滑里塞了两个 3A，所以即使四周跳失误了，他的其他跳跃联合起来，依然让他拿到了高达 79 的技术分，加上表演分，他的自由滑得分 154.65。再加上短节目得分，他的总分高达 234.3，也是一个放在往年足以夺冠的高分了。

他对寺冈隼人抬抬下巴，完成了惯例——挑衅老对手，才心满意足的离场。

寺冈隼人嘴角一抽，呵呵冷笑两声，上了冰场以后，二话没说，抬脚来了个 3A。

日本少年在心里想，这个大傻子，既然你因为四周跳失误丢了不少分，我不趁此机会使用稳定的双 3A 配置夺金才是脑子不行。

而伊利亚看着这个开场 3A，立时瞪圆了蓝蓝的眼睛，转头看着瓦西里，一脸不敢置信："他居然不上四周跳，为什么他不跳？不是说能跳四周跳的才是真汉子吗？"

寺冈隼人为什么不接他的挑衅？

瓦西里摸了摸憨厚师弟的笨脑袋，唉声叹气："因为他是运动员，而运动员的第一要务是胜利，你自己开场来了个那么大的失误，别人借你的破绽上位多正常啊。"

寺冈隼人干脆利落地 clean 了自由滑，拿到了 237.9，他转头对伊利亚笑笑，特别损的样子。

伊利亚：手痒，想打人。

"237.9 啊，张珏，有信心赢吗？"

张珏脱掉外套，露出其下华丽的考斯腾，水钻在他的腰腹处闪闪发光，少年一甩头，马尾被甩到脑后，耳上的坠子晃动着。

他露出一个自信的笑："当然有信心啊，我才不会第二次在短节目占据优势的情况下被他们翻盘呢。"

酒店房间里，刘梦成和尹美晶认真地看着电视台的直播。

解说带着笑意说道："本届世青赛最赏心悦目的运动员登场了。"

47. 大浪

张珏穿着镶满亮钻的考斯腾滑上雪白的冰面，觉得自己整个人都在发光。

他抬起一只脚，食指中指并起，拂去冰刀上的冰屑，又转身试跳了一个 1S，感觉还行。

经过营养师和队医的联手调理，以及教练组的精心训练，张珏的身体状态在参加世青赛期间达到了顶峰，就是那种觉得自己身体精力前所未有地饱满的感觉。

在他如此感慨的时候，沈流和张俊宝对视一眼，都笑呵呵地告诉他，这才哪儿到哪儿。如果张珏将来要参加冬奥会的话，体育局还会安排他去进行高原训练，等从高原上下来，他才明白什么叫身体状态的巅峰。

或许对他们这种经历过多个赛季的老手来说，适应身体状态的起伏，并在大赛前将身体状态调整到巅峰是一种已经习见的事情，但对张珏来说，这的确是他有生以来自觉最有活力的时刻。

年少的身体潜力无限，就像是内置了一个能源炉，随时可以迸发出连主人都惊讶的力量，这种状态就应该拿去创造奇迹。

看到张珏的动作，宋总教练眯起眼睛，扶了扶眼镜："小沈，他试跳的是 1F 还是 1S 啊？"

沈流肯定地回道："是 1S。"

宋总教练摸摸发际线："那糟了。"

张俊宝："是挺糟的。"

沈流："我也觉得糟了。"

马教练："怎么就糟了？"

听到马教练的疑问，张珏的三位教练都露出了家有傻大胆的苦笑。

以他们对张珏的了解，这小孩赛前试跳的永远是他最没有把握的跳跃，如果他试跳 1lz，那么教练组接下来就要担心他在跳 3lz 的时候翻车。

但张珏是从来不在 3S 这个跳跃上翻车的，毕竟小孩的外号就是"刃跳 bug"，到目前为止，张珏翻车次数最多的刃跳也就只有 4S 了。

四周跳嘛，哪怕是顶级选手去跳都只有 60% 的成功率，可见失败率有多高。

沈流知道张珏的 4S 完成进度其实很快，只是因为他将张珏的四周跳训练量压得太少，所以张珏的 4S 成功率才会迟迟上不去。

所以看到张珏试跳 1S 的时候，三位教练同时心里咯噔一下。

沈流面无表情："他明明老是在自由滑翻车，居然还想加难度，唉！"

张俊宝捏紧拳头："说明还是打得少了。"

虽然张珏因为三天不打上房揭瓦的性格，早就已经是 H 省省队里被教练揍的次数最多的小家伙，但张俊宝那性子大家都知道，他把书卷成筒状去抽张珏的屁股，而屁股本来就肉最厚，他还拿纸筒抽，张珏拍拍屁股就能继续去练跳跃，完全就是没被打痛。

而短节目几乎不翻车、自由滑次次翻车从未 clean 过的小朋友已经做出了起始姿势，神态沉着，没有紧张与忐忑。

直到音乐响起，他在一个旋身后，开启了像伊利亚一样的助滑。

沈流、张俊宝、宋城一起屏住呼吸，而察觉到了什么的瓦西里神情一变。

"他该不会……"

不可能的吧，已经 15 岁的伊利亚才在四周跳上折戟，而这个 3A 又稳又漂亮的孩子如果抓住这个机会，未必不能冲金，他实在没有冒险的必要。

而且他才 13 岁，绝不可能在这个年纪就开始练四周跳，否则他的教练组就太乱来了，他们就不怕把这根独苗练废吗？

接着他就看到张珏决然地起跳了。

伊利亚和寺冈隼人同时睁大了眼睛，很多人都露出惊讶的神情。

在今天之前，他们从不知道这个孩子居然可以跳得这么高。

一些有经验的教练立刻判断出这个孩子跳了至少 50 厘米高，这对平时的跳跃高度顶多只有 40 厘米的张珏来说是一个前所未有的高度。

崔正殊在心中默数。

一周、两周、三周、四周……足周了，要落冰了，落冰是一个跳跃能否成功的关键！

冰刀砰的一声砸在冰面上，冰刃旁溅开冰花，张珏弯曲膝盖缓冲落冰带给关节的冲击力，身体歪了歪的同时膝盖扭了扭，加上臀腿肌肉群的发力，竟是硬生生稳住了。

尹美晶听到解说员说话："后内结环四周跳，落冰有瑕疵，但运动员补救得十分漂亮，他有一副灵活的黄金膝盖，等等，刚才那是四周跳吗？"

是的，这是一个 4S，周数充足，落冰也没有失误。

这一跳实在是太惊人了，一个 13 岁的运动员完成的四周跳，完全可以说是当之无愧的、有史以来最年轻的选手完成的四周跳！

现役四周跳之王瓦西里呼了口气："不够完美的一跳，仅仅是才到合格线的水平，滑出太紧了……"

真正从容的跳跃是要在滑出时用刀刃在冰上画一个完美的椭圆的。

"不过，跳得漂亮。"

教练组三人同时松了口气，宋城又去抓头发，结果发现抓了好几根银色的头发下来，内心一股悲凉油然而生，沈流则和张俊宝击了个掌。

张俊宝感叹："他这股天不怕地不怕的劲也不知道是像谁了。"

沈流则提醒他："等小玉下来，该收拾的还是要收拾一顿。"

"明白。"

按照原有编排，张珏应该先跳 3A+3T，然后接 3A，但小孩接下来却接了个 2A，他自主降了难度。

张珏是个能上高难度就绝不往低了跳的熊孩子，上次他自主降难度是在腰伤的时候，这次又咋啦？教练组的心又提了起来。

张珏的教练，真不是心脏不好的人能胜任的。

四周跳是一种会消耗大量体力与精力的绝招，张珏落冰时只觉得膝盖和脚踝都被相当于体重 5 到 8 倍的冲击力震麻了，在恢复过来前跳 3A 的失误率太高，他才退而求其次跳了 2A。

等体力又恢复了一点，张珏才又迅速接了个 3F，让不少熟悉他的人松了口气，能把 3F 跳稳说明状态不会太差。

而在第一组旋转时，张珏又给了不少人一个惊喜。

以往他惯用的第一组旋转是燕式旋转加甜甜圈旋转加提刀燕式旋转，这一次，张珏在甜甜圈旋转后，使用了一个很少有人使用的燕式旋转变式——camel variation，也就是所谓的骆驼转。

也是从这个旋转开始，不少人发现张珏表演的风格又变了，不是那种全情投入的感染力十足的童趣纯真，而是一种轻快与灵动。

之前的张珏总是表现得像一个 13 岁的小王子，而现在的他，看起来就像 13 岁的小孩换上了王子的衣服在冰上玩。

少年全程在冰上高速滑行，而且也有了点青年组运动员常见的 jumper 式炫技的味道，每个跳跃都尽可能地使用了很明显的延迟转体。

那种仿佛是慢动作的跳跃姿态，更显出运动员的爆发力和控制力是如何完美地结合在一起。

节目的最后一跳，张珏的跳跃是 3S+3lo，在一个轻盈标准的 3S 之后，他直接单脚原地起跳准备把这个 3lo 连完，结果一个不小心，跳跃的轴心就歪掉了。

这一跳的结果就是张珏单脚落冰时，像是在平衡木上打晃的普通人一样，双臂打开，上身左晃右晃，最后又靠着膝盖和难得的运气稳住了。

虽然事后 GOE 肯定要被扣一点，但他也是硬生生靠着一副好膝盖，成了今天唯一一个没在自由滑里摔一跤的人。

嗯，张珏都觉得自己表现得实在是太棒了。

他抛完飞吻，抱着小鳄鱼玩偶下冰，如同一个成功把房顶掀飞的熊孩子一样，得意扬扬地就想找家长要抱抱，让他们好好表扬自己，结果他发现教练组氛围不太对。

奇怪啊，以往每次他比完赛的时候，教练们不都是像迎接小英雄一样迎接他的吗？怎么现在都臭着脸呢？

沈流才给张珏披好外套，张俊宝呵呵一笑，拽住张珏的衣领，单手把孩子提起来。

突然脚离地的张珏："啊？"

这对舅甥以让人目瞪口呆的姿势抵达 kiss&cry，老舅那结实的膀子提着娇小纤瘦的张珏，这场景带着惊人的搞笑感，让旁观者都不知道是笑好还是担忧张珏好。

而张珏才坐下，沈流就打了他后脑勺一下："出息了啊，在不和教练商量的情况下擅自把成功率不足 40% 的跳跃搬上正式比赛，你是张小玉，不是张大胆！"

宋城递给张珏水壶，张珏才想着总教练人好，看来是打算帮他求情，谁知宋城也跟着来了一句："他那哪是张大胆啊，他是傻大胆！"

在分数出来前，张珏被教练们毫不客气地训了一顿，老舅还把他的小手翻过来，训一句就拍一下，虽然不疼吧，但是 kiss&cry 是一个永远有镜头对着的区域，在大庭广众之下这么训，寻常人大概都会觉得这是要留下终生阴影的程度。

寺冈隼人往那边看了一阵，对其他关切地看着那边的小选手们摇头："没什么事，只是 tama 酱擅自在比赛里挑战了四周跳，所以被骂了而已，他的教练都很关心他，估计事后连检讨都不用写吧。"

"他是擅自跳的吗？"亚里克斯眉头一跳，"他胆子好大啊，要是我教练发现我这么干的话，估计等才离开公众视线范围，他就要脱皮鞋抽我了。"

而且教练抽完了，他师兄也要接着再抽一顿。

毕竟四周跳是危险性那么高的动作，而且不管什么技术动作放在比赛里失误率都会更高，一旦出了什么事的话，比赛黄了不说，还要落下伤病。

但教练们敢这么训张珏，自然是早就知道他的脸皮已经厚到不怕这点小事的程度。

果然，骂着骂着，这熊孩子的小胳膊就缠上老舅的粗膀子，小孩撒娇似的摇了摇老舅的膀子，仰头露出讨好的笑，张俊宝就骂不下去了。

这个贱萌贱萌的小二皮脸当然很可爱啦，但是不知道为啥，教练们都产生了一种自己这辈子会成为张珏的教练，可能真的是上辈子杀猪杀多了的错觉。

在张珏一边诚恳认错，一边考虑着要不要捧小脸蛋再笑一下的时候，大屏幕上出现了他的分数。

技术分：83.6
表演分：77.69
总分：161.29

这个高分把张珏看得一愣："挺高的啊。"

尤其是表演分，张珏自己都不敢相信，他以往的表演分从没打到 75 以上过。

沈流沉静地告诉他："表演分随技术分走，你跳成了四周，裁判对你的评价就和以前不一样了。"

虽然这样的表演分，俄系、北美系的选手只要使出双 3A 的配置就可以轻易拿到手，但张珏到底是和他们一个层次了。

加上短节目的 83 分，张珏的总分打破 240 分大关，达到了 244.29 分，一举位列排行榜第一。

而在总分的后面，也跟着 WR（世界纪录）、MR（赛会纪录）的标志！

会场的气氛热烈起来，渐渐地，观众席的掌声越来越大。

靠着敢于冲击更高峰的勇气和实力，以及一点点运气，张珏打破了伊利亚在大奖赛总决赛创造的总分纪录 241.97，并凭这个分数超过原来的排行榜第一位的寺冈隼人，成了第一个在世青赛夺冠的亚洲男单运动员。

小朋友高高兴兴地跳起来："我赢啦！"

寺冈隼人看着张珏的身影，微笑起来："被他抢先了一步啊。"

沈流面无表情地看向张珏："是啊，你这次赢得挺靠运气的，但凡有瑕疵的那两跳你没稳住，这会儿你都只能继续拿铜牌。"

老舅毫不客气地做了个预言："看他这副样子，以后迟早有翻车的时候。"

48. 上台

国际滑联要求 7 月以前满 13 岁的才可以升入青年组，而张珏刚好 6 月 29 日过生日。

真是踩线升组。

作为本年度最小的青年组运动员，有心人算了算，发现张珏在刷新总分纪录的同时，也成了最年轻的世青赛男单冠军。

除非以后再出现个 6 月 30 日出生的男单选手，并且也像张珏一样战胜比他年纪更大的对手拿下金牌，不然这个纪录恐怕会一直握在张珏手里，无人可以打破。

"又要生日好，又要战斗力高，哪那么容易？"

张俊宝嘀嘀咕咕，生日这玩意是看命的，张珏生下来就是适合花滑的生日，这就是老天注定他得来吃这碗饭。

老舅只觉得自家大外甥的"最年轻世青赛冠军"的名头，甭说是男单了，女单、双人滑、冰舞里也没有能突破的。

而在普遍被看好的凹字三人组中，张珏也是第一个完成四周跳的，有冰迷将这种现象戏称为"伊、寺在前方激烈大战，后方一只小鳄鱼从水潭里冒头，萌萌地爬向领奖台"。

最稀奇的是，在谁也不服谁的竞技赛场，硬是没人不服张珏拿这个冠军，更没人觉得他是捡了伊利亚失误、寺冈隼人没上难度的漏才上的位。

这点连寺冈隼人和伊利亚自己都觉得很奇怪，他们都是标准的"TOP癌"晚期患者，好胜心强得不行，这也是运动员身上常见的毛病，但他们对张珏拿冠军这点却是服气的。

来自东方的小鳄鱼有着杰出的表现力，却直到今天才拿到一个勉强符合他水平的表演分，他的技术相比表现力也毫不逊色，作为运动员的心性也令人敬佩。

寺冈隼人哭笑不得地承认，虽然tama酱看起来是个小朋友，但他的表演和品行都有着让自己折服的地方。

那孩子不仅是长得萌而已，作为运动员，他的实力与人格魅力都让人无法不钦佩。

对在场的其他青年组运动员来说，这是他们第一次看到张珏站上领奖台的最高处。

哈萨克斯坦的小选手哈尔哈沙拿到了第七名，他看着冰场入口，颁奖仪式即将开始，而要上领奖台的三人并肩站着，正在交谈着什么。

过了一阵，那个最漂亮的亚洲男孩晃了晃脑袋，黑眼珠则闪烁着比吊坠更加闪亮的光芒。

日本电视台的镜头拍到张珏的脸时，主持人的赞美之声也是不绝于口："这个少年的美貌简直摄人心魄，不愧是来自中国的冰雪妖精，在黑发的衬托下，他的肌肤真的如同冰雪一样白呢。"

然后在张珏进入冰场之前，镜头一直都对着小朋友的脸拍。

直到广播传出他的名字，自由滑的音乐也随之响起，张珏进入冰场，聚光灯聚集在他的身上，他被各种光芒包围着，黑发随着高速滑行而拂过脸颊，他甩了甩头。

作为聚焦点的张小玉踏上红毯，看着领奖台，深呼吸，轻喝一声，右脚抬起往最高一阶迈上去，看他这样子，仿佛上个领奖台多费劲似的，伊利亚觉得这小子只差没撸袖子了。

但这地毯也不知道是咋回事，质量差得很，其中一角勾住了张珏的冰刀，于是小孩一个趔趄，差点滑倒。

"啊！"

张珏手忙脚乱地用手一撑，以一个小鳄鱼趴地的姿势扑到领奖台上，场馆内响起一阵笑声。寺冈隼人一边笑一边跳下领奖台，蹲着给他扯下毛毯，张珏乖巧地说了谢谢，才在领奖台上站好。

唉，明明大家都领奖，为什么就他领得这么可笑呢。

镜头又在靠近他的脸拍了，萌萌的小鳄鱼突然对镜头做了个鬼脸，接着又迅速恢复正经的脸，俯身接过冰童献给他的花束。

"康桑密达。"

他用韩语轻声说了谢谢，穿着民族服饰的小孩对他露出一个缺了两颗牙的笑。

伊利亚愣了一下，连忙也对冰童道谢，但他的话冰童应该是没听懂，所以冰童满脸疑惑地和小伙伴走到一边，估计是没想明白这个俄罗斯哥哥到底要表达什么。

寺冈隼人忍俊不禁，日本少年认为他这两个同期的对手很有搞笑才华，要是他们不滑冰的话，去做搞笑艺人说不定也很有前途。

等到挂上金牌，熟悉的歌声响起。

红色的旗帜缓缓升到最高处，张珏仰着小脸看着那面旗帜，心里生出一股前所未有的自豪感。

有时候他几乎会忘了自己最初因为什么走上冰场，但只要看到红旗升起的一幕，他就完全不后悔一直滑到现在，也不后悔为了这项运动吃那么多苦头了。

寺冈隼人对他说道："恭喜你，拿到了亚洲第一枚男单世青赛金牌，不过成年组的第一枚 A 级赛事金牌，肯定由我拿下。"

张珏看着他，无奈地叹气："谁叫你比我大两岁呢，也是没办法的事了。"

寺冈隼人："别说得我在你面前只有年龄优势一样。"

如果没有张珏，寺冈隼人会是这一届世青赛的冠军。在升组前拿下一枚金牌，会让他的青年组生涯变得完美，但竞技赛场不讲命运，只讲实力，张珏并不觉得自己这枚奖牌拿得心虚。

不过好险啊，他刚才差点就说了"成年组见面时我要再赢你"这句话了。

张珏很清楚自己现在的四周跳跳法很依赖空中转速，一旦发育的话，他的身体就不会那么轻盈，也没法使用依赖转速的跳跃了。

而没有四周跳的话，他还真没底气赢寺冈隼人，事实上光是完成 4S，就已经让现在的张珏拼尽全力了。

他的肌肉力量只有那么一点，跳跃高度也有限，转速再高也只能出自己最擅长的刃跳型四周跳而已。

张珏摘下好不容易到手的金牌离开赛场，对老舅举起奖牌。

张俊宝会意地低头，张珏踮着脚为他戴上这块金牌，抱住了他，闭上了眼睛："教练，滑冰好开心，我好像真的喜欢上滑冰了。"

张俊宝把张珏抱起来抛得高高的："喜欢就一直滑下去。"

沈流差点被他突如其来的动作吓死。

"俊宝，别扔孩子，快放他下来！"

两个教练和一个才夺金的小孩打打闹闹，最后还是宋城喊住了他们，宋总教练举着相机，喊道："来，看这里。"

张珏一手挽一个教练，沈流拿着他的花束，张俊宝拿着他的金牌，三人一起对镜头露出灿烂的笑脸。

不远处，马教练还在训徒弟："看到没有，你们要是不争气，就只能看着男单项目夺金了，身为双人滑的未来之星，你们好意思吗？要努力啊孩子们，双人滑的尊严就要靠你们撑起来了……"

关临和黄莺严肃着小脸，纷纷拍胸脯保证到了明年一定会包揽青年组所有金牌，让隔壁男单只能在他们后头吃灰。

他们不知道的是，张珏拿了金牌要在 kiss&cry 挨骂，黄莺和关临才进青年组就拿银牌居然也要被教练训话，这让旁观的国外花滑选手们对他们留下了深刻的印象。

中国教练都好操心又好严厉的样子，明明运动员已经赢了比赛还这么凶地训斥他们，真不愧是来自虎爸虎妈文化源头国度的人们！

当晚，许德拉写完作业，就看到爸爸喜气洋洋地打开电视，调到以往没人感兴趣的体育台。

张青燕煮了饺子出来，脸上也满是喜悦，嘴上还说着："不是已经接过小宝的电话，知道小玉夺冠了吗，干吗还要再看一遍电视？"

许岩搂着小儿子，俊脸露出一丝憨厚："这不一样啊，咱家小玉上的可是央视，央视多难上啊，以前我家里也就二大爷可以经常上十一台。"

说到这里，他又顿了顿，转头看屏幕，乐呵呵的："哎哟，看咱们儿子，上领奖台的样子多可爱啊，手脚并用的。"

打鼓打得膀子越来越粗的许德拉捧起一盘饺子连吃三个，才含糊地反驳："哥哥不是可爱，他是帅。"

京城，孙千看着张珏上领奖台的样子，又是为全国的希望在世青赛的争气表现感到欣慰，又是担心张珏的健康问题。

他和江潮升说："张俊宝和沈流也是乱来，居然教那么小的孩子四周跳，也不怕他将来更加长不高。"

江潮升认真地应道："是啊，四周跳是花样滑冰技术难度最高最危险的动作，最让我不能理解的是，沈流会的是 4T，可他教张珏的居然是 4S……"

国内除了张珏还没别的花滑运动员完成过 4S，江潮升作为滑行教练也对教跳跃不怎么精通，他现在就怀疑一件事——沈流到底懂不懂 4S 跳法的特点和诀窍，并给予他的小徒弟相关的帮助。

而且到目前为止，男单选手们完成四周跳普遍是靠提升高远度，张珏那种更加依赖转速的跳法简直前所未有，如果将来有女单选手突破四周跳大关的话，说不定就是使用这种跳法。

这跳法该不会是张小玉自己琢磨出来的吧？想到这里，江潮升倒吸一口凉气。

若他的猜想是真的，张珏就是传说中的天才啊！莫非他们的男单式微那么多年，就是为了攒着灵气孕育张小玉吗？

冰天雪地－花样滑冰－男子单人滑

【HOT！】小鳄鱼在世青赛夺冠了！

1L

喜报，我国青年组男子单人滑运动员张珏在世青赛爆发完成了 4S，正式成为世界上第六个完成这项跳跃的运动员，并打破总分纪录夺得世青赛冠军！

2L

补充，按出生的日子算，他还是最年轻的世青赛冠军！

3L

人在江陵现场，看到小鳄鱼跳成 4S 的时候整个人都要惊呆了，他那个空中转速在现场看简直惊人，转得和个钻孔机的钻头一样，女单选手里都没有转得这么快的！

…………

14L

等会儿，小鳄鱼刚才做了件超爷们的事，大家快去看新闻，这里是网址。

15L

我去！发生了什么？

49. 期待

比赛结束的时候，已经是下午六点半了，崔正殊的教练带着他离开会场。

"正殊，你也看到了，两个邻国都出现了很优秀的男单选手，他们的技术、潜力、表现力都比你要高，回去以后就开始练习 3A 和四周跳吧，不然等到了明年升组，你就没有竞争力了。"

崔正殊低头应道："是。"

身为韩国男单的希望，他却没有在本土举办的比赛中站上领奖台，即使大家都明白这是对手太强的缘故，但崔正殊的教练还是给他施加了许多压力。

不过还好，至少他的教练不会打人，只是言语刻薄，崔正殊也早就习惯了。

相比起其他在暴力和一些不好的事情中变得性格阴鸷，为了胜利不择手段的人，崔正殊觉得自己的人格已经称得上完整，只是有时候有点低自尊，也不是很在意其他人用言语攻击他。

而且相比起拼命考试，将来做一个朝九晚五的上班族，作为韩国男单的一号选手，他是幸运的，等到滑不下去了，也可以去做教练或者参加商演。

是啊，比起很多人，他真的已经很幸运了，花样滑冰的天赋让他可以活得更好，很多父母花了很多钱送孩子去滑冰，可他们都未必能滑出头。

崔正殊靠着车窗，不知为何，感到了前所未有的疲惫。

那些黑幕，还有朋友遭遇的不幸，让他好像被沉甸甸的石头压住心脏。

明天是表演滑，很多运动员都会趁今天好好休息，或者到处游玩一番，时间充裕的话，还有人会去镜浦台玩一天。崔正殊借口去买一些本地的特产偷偷出门买票，回来的路上看到个手工艺品小店，就顺道进去请店家编了一个竹编的小鳄鱼，然后回酒店敲了张珏的门。

大门打开，尹美晶将他拉了进去。

崔正殊这才发现他们换上了新衣服，戴着帽子，手里还有口罩、墨镜。

刘梦成说："Jue 给我们买好了伪装的东西，还帮我们探好了路，说是好多记者没找到我们都走了，让我们从停车场的 3 号门离开，那里人少，往东走两百米就可以拦车。"

张珏跟教练去吃晚餐，没法来送他们了，刚好尹美晶与刘梦成也不想让人知道是张珏藏住了他们，免得给他添麻烦，离开前就拜托崔正殊代他们向张珏道谢。

崔正殊让他们等一会儿，转头去找张珏教练的房间。

开门的是一个发际线十分危险的中年，他慈眉善目的，见面就连说了两句"hello"，崔正殊往房间里一看，就看到少年亲密地靠在教练身边，头发扎成一个丸子，小脑袋差点埋进大碗里，吸溜声不绝于耳。

身为体制内的运动员，张珏出门比赛虽然是上头报销，但上头不会报销他们的旅行费，而张珏又已经没钱了，也去不了周边游玩，加上时间紧，他便将庆祝比赛胜利的方式，定为吃老舅做的刀削面。

面团是早就准备好的，直接拿着削下锅就好，等出来了浇上西红柿炒蛋和炸酱，那滋味，给个神仙都不换。

不仅是张珏在吃，黄莺和关临也跟着蹭了一顿，三个正值青春期的小运动员正是胃口极好的时候，教练们看着他们的吃相，也露出了慈爱的笑容。

张珏一边吃还一边举起小手，食指和拇指一搓，沈流便会意地给他手里塞了两瓣蒜。国家队前一哥给做剥蒜小哥，这待遇也就张珏有了。

吃面吃肉不吃蒜，味道少一半，可惜飞机上不能带有液体的容器，不然张珏能把许岩给他拿醋泡得发青的腊八蒜也带过来，那可是他的宝贝罐子，很长一段时间里和张珏的存钱罐地位等同。

宋城教练叫了一声："张珏，崔正殊来找你了。"

张俊宝看后面一眼，揪了一下张珏的耳垂："嘿，别吃了，有人找。"

张珏抬起头，崔正殊才发现此人的脸蛋已经鼓得像是塞满松子的松鼠，而那脸颊上下动了动，满口面食就咽了下去，张珏起身拉着他走出房间。

"我等下送他们去车站，走之前，我想把这个送给你。这个是竹编的鳄鱼，并不值钱……总之，非常非常感谢你对美晶和梦成哥的关照。"

崔正殊正儿八经地给小玉小朋友鞠了一躬，张珏扶起他，举着竹鳄鱼笑眯眯的。

"我只是做了很多人都会做的事情，你不要感谢我啊，还有这个我就收下了，谢谢你，鳄鱼很可爱。"

你比鳄鱼还可爱，崔正殊心里这么想着，脸上也露出真诚的微笑。他看着张珏，认真地说道："明年我就要升组了，张珏选手，期待与你在成年组的赛场上相见，还有……"

他张了张嘴，想说很多话，又想起张珏的英语听力很差，只能送上最实在的祝福。

"祝你健康和快乐。"

小鳄鱼给了他一个轻柔的拥抱，崔正殊才闻到洗发水的香气，张珏便退开了。

这位美丽的中国少年对他说道："Good luck。"

张珏给的指导很管用，按照他说的走，尹美晶和刘梦成的确是顺利拦到了车，并前往车站，而且这个小朋友还事先给他们准备好了汉堡和一份水果拼盘做晚餐，体贴得不像只有 13 岁。

但是在走进车站时，一阵闪光灯闪过，崔正殊最开始没有注意到这一点，但是渐渐地，他看到了周围有人对着这边指指点点，他心中浮现不好的感觉。在又一次闪光灯亮起后，他转过头，就看到一个看起来像大学生的人正在发送什么。

他冲过去抢过手机，就看到了一条已经发送出去的推特。

> 在车站看到了被教练侵犯的刘梦成和他的女伴尹美晶了，真人果然很好看呢，如果我是教练，其实更喜欢尹美晶。
>
> 169 赞　61 次评论

他失声叫道："你到底在发些什么东西啊！"

男生一把抢回手机，有些慌乱地反驳："我没发什么啊，倒是你这个矮子，怎么突然抢别人的手机啊，你是他们的什么人？尹美晶的姘头吗？"

崔正殊胸口涌起一股怒气："偷拍然后发出那样污秽的言论，难道你就有教养吗？"

崔正殊一咬牙，去抢手机："把信息删掉！"男生死活不让，在他们争吵起来之前，一道清脆的声音响起。

"别和他扯了，快跑！"崔正殊愣了一下，就被一把拽住手离开了那里。

看着前方穿着白色羽绒服、戴着绒球帽的纤瘦背影，崔正殊下意识叫道："Jue，你怎么会在这里？美晶还在那里。"

"他们已经被寺冈、伊利亚等人带走了。"张珏打断了他的话，拉着崔正殊到没人的地方，把帽子摘下戴在崔正殊头上，又让他把外套反过来穿。

"寺冈一看到新闻就打电话给我，然后我们三个就打车过来了。幸好你一直戴着口罩，伪装一下离开就好，你被人拍到会有麻烦的，剩下的事情就交给我们吧。"

张珏推了他一把："你快走吧。"

崔正殊不愿意走："可这是我的责任，你们已经帮了我们很多了，这件事应该我去处理。"

张珏毫不客气地往他屁股上踹了一脚："谁说是你的责任啦？他们又不是你老婆，要你管那么多！滚回去！别在这儿碍事。"

崔正殊捂着屁股都惊呆了，等等，你不是人美心善的小鳄鱼吗？为什么突然踹人？

崔正殊被赶走了，但他超级不放心，小伙子才回到酒店，正好在大堂的电视里看到了张珏把一个脏兮兮的拖把挥舞得呼啸生风的经典画面，伊利亚拿着一条折凳在旁边掠阵。

有句俗语说得好，一个武林高手宁愿去面对千军万马，也绝不愿意面对一个手提夜壶、怒目圆睁、随时开泼的大妈。张珏手里的拖把是从公共厕所的清洁阿姨那里借过来的，厕所味特重，与夜壶、粪盆有异曲同工之效。

只见张珏怒喝一声"横扫千军"朝前一扫，别说是路人和无良娱乐记者了，连他的战友伊利亚都要退三尺，可见此神兵威力之大。

胸肌特别大的张教练指着电视目瞪口呆："这小子怎么跑那儿去了？他不是在房间里写作业的吗？"

而屏幕里的张珏对自己上了电视台直播这事浑然不觉，他让寺冈隼人送尹美晶和刘梦成上车，自己则一边拿拖把去捅意图追过去的娱乐记者，一边操着一口标准的东北话骂骂咧咧。

"一群大人的良心都被狗吃了啊，这么为难两个未成年的小孩子，咋还有脸干记者这一行的？让人安安心心上个火车要死啊？"

虽然现场没人听得懂东北话，但从张珏抄起那个拖把开始，小朋友仙气飘飘的形象就毁得差不多了。

听懂的张俊宝更是一巴掌打到自己脸上，发出绝望的长叹。

总之，张珏在电视直播的情况下，和伊利亚成功断后，等寺冈隼人把尹美晶和刘梦成送上了车，他才扛着拖把，和两个小伙伴跑没了影。

虽然听不懂东北话，但崔正殊还是张大了嘴站在原地发了很久的呆。

小鳄鱼，这就是你说的"剩下的事情交给我们"吗？寺冈隼人和伊利亚心里有没有谱？你们一起上了电视，回来绝对会被教练揍的吧？

他仿佛已经看到中国男单前一哥深吸一口气，起身拉住一位服务员，用英语问"请问这附近有卖戒尺的文具店吗？"的画面了。

这下，张珏帮冰舞小可怜尹美晶、刘梦成躲避无良媒体，并送他们上了离开江陵的车的事算是瞒不住了，而另外两个在世青赛上了领奖台的小选手同样逃不了干系。

骂凹字三人组多管闲事的人不少，他们自己回来后也被教练们好好教训了一通，比如张珏就是揉着屁股上的表演滑，估计回国还有检讨要写。

好在因为犯事的是花滑界的三颗希望之星，而且他们除了藏了两个小可怜一天，又送他们上了火车，也没做什么过分的事，国际滑联对此一点反应也没有，也就是用沉默把这事盖过去了。

但这件事以此为转机，刘梦成遭教练性侵事件的确获得了更多的关注，关注度的上升，意味着官司也会好打一点。

在世青赛结束的一天后，崔正殊和教练踏上了回首尔的路途，在书包里，他发现了一只千纸鹤，纸鹤的翅膀上是尹美晶的字迹。

　　To 世界上最帅的正殊哥

这是一封信。

崔正殊展开纸鹤。

======

正殊哥，当你看到这封信的时候，我和梦成哥应该已经前往釜山了，首先我要再次感谢你和很多好心人的帮助，没有你们的帮忙，我和梦成哥大概只能去睡大街了吧。

我们身处的体育界从来都有着重重黑幕，我认识的很多哥哥姐姐和梦成哥一样被欺辱，被拳脚相加，被人身攻击，说实话，我一度对这些感到绝望，也因此下定决心不再做运动员，这才把事情闹得这么大。

我承认我一度因此讨厌花滑，它给我和梦成哥带来太多噩梦了。

那时候，我从没想过能获得这么多好心人的帮助，吃下那片会让药检呈阳性的感冒药时，我也觉得就此退役也没有关系，但是现在，我觉得世界依然是丑陋的，但它也有很多美好的地方，希望再次在我们心中升起。

那时候我才醒悟，虽然滑冰很苦，但是和梦成哥手牵手在冰上飞翔时的快乐，从来都不是虚假的。

正殊哥，我和梦成哥即将面临禁赛的处罚，下个赛季才能回来，这是我们应得的，我没有怨恨和不甘，但是等打完这场官司，我们可能会离开这个国家。哈萨克斯坦的花滑总教练阿雅拉已经对我们发出了邀请，这是一个好机会，我们决定抓住它。

或许当我们再次踏上冰场，我们需要面对世人异样的目光，需要面对流言蜚语，但是经过这次的事情，我想，我们已经有勇气去面对了。我会一直陪在梦成哥身边，直到我生命的尽头，也希望在首尔的你能够坚定地在这条路上走下去。

终有一日，我们会和你、小鳄鱼、伊利亚、寺冈、亚里克斯、尤文图斯在赛场重逢，那时我们会再当面对你们说一声"谢谢"。

梦想踏上世界舞台的冰舞运动员尹美晶和她帅气的男伴刘梦成敬上。

希望你们永远健康顺遂

2011 年 3 月 5 日

======

一滴眼泪落在了信纸上，崔正殊擦擦眼角，看着车窗外的阳光，嘴角上扬。"期待……与你们的重逢。"

50. 沙尘

自从张珏在花样滑冰大奖赛横空出世后，因为实力够强，长相够好看，喜爱他的冰迷越来越多，等到这次世青赛，国内百分之八十的冰迷的目光都聚集了过来。

据粉丝统计，相关论坛和贴吧光是和张珏相关的预言帖就开了七个，恰好是可以召唤神龙的数字，大家都在赌小鳄鱼最后能带回来什么颜色的奖牌。

【铜牌，肯定是铜牌！】

【咱们家这位虽然体力和柔韧有优势，但年纪太小了，大赛经验不足，国籍也没优势，寺冈隼人这是在青年组的最后一年了，肯定会为了世青赛的金牌奋力一搏，萨夫申科是俄系太子爷，赢他的难度太高了。】

【不过张珏要盖过其他人还是没问题的，这娃有稳定的3A，比短节目从不失手，总能靠短节目就和其他对手拉开分差，只要他这次也没大失误，上领奖台是稳稳的，运气好说不定能拿银牌。】

【等到明年萨夫申科和寺冈隼人都升组了，青年组就是咱家小孩的天下啦！】

谁知张珏最后在自由滑跳成4S不说，还拿了金牌，正好韩国和中国这边没啥时差问题，看直播的大有人在，于是网上又是欢声笑语一片。

自家孩子夺冠了本就是喜事，何况这孩子领奖也领得那么好笑，那就更要笑了。

张珏领奖的时候，现场观众在哈哈笑，电视机前、电脑屏幕前也是一群人在笑，笑着笑着还有人佩服张珏上领奖台的姿势的。

【大家别光顾着哈哈哈啊，你们发现没有，小玉摔了一跤后双手撑着身体上台那个动作，特别像俄式挺身俯卧撑里的冲肩和团身，只是他没有再把双腿伸直然后俯卧撑，不然这就是个完整的俄式挺身俯卧撑了。】

【这小朋友看着瘦瘦的，实则肩、臂、腕部、胸肌的力量都很惊人啊。】

【不对啊，花滑不主要是看臀腿力量的吗？他怎么上肢力量也很强？】

【楼上的，你忘了张珏的转体速度多可怕吗，这就是看上身和髋部力量的，

不过像这种能在 A 级赛事里夺金的运动员，他的体能、力量在大部分正常人来看绝对都是怪物级别的。】

而在张珏夺金不到三小时的时候，H 省的晚八点民生新闻中又出现了他的身影。

陈思佳当时正捧着一碗面条，坐在沙发上看新闻，直到主持人面带端庄的微笑，用优美的声音说出那段话。

"据悉，我省青年花样滑冰运动员、新科世界青少年花样滑冰锦标赛冠军张珏，为了保护被教练性侵并因此被娱乐记者包围的外国运动员朋友，在韩国江陵火车站，用一个拖把力战群雄。"

陈思佳立刻就被呛住了，她剧烈地咳着，就看到张珏提着拖把，嘴里喊着"横扫千军"，旁边还有个金发男生提着折凳，一看就知道和张珏是一伙的。

不知道的还以为他们在拍喜剧电影呢。

陈思佳沉默许久，转头捂着嘴，肩膀抖动起来，她身旁的母亲也哈哈大笑。

"哈哈哈，这娃哪儿来的，咋就这么搞笑呢？"

而张珏用东北话骂人那一段，对观众们来说，也是自家小孩急公好义地在怒斥恶人罢了，看起来既可爱又好笑，让人特想把手伸电视里摸一把张珏的小脑袋。

经过此事，许多之前完全不关注花样滑冰的人也知道了在东北有这么一个孩子，不仅拿了中国第一枚花滑世青赛的男单金牌，还使得一手好拖把。

张珏以一种许多人都意想不到的方式，成了国内罕见的在青年组就成功出圈的运动员，也是因为他出圈了，体育局的领导才不得不做出要罚他的态度。

本来他们还懒得罚张珏呢，毕竟家里的男单就这么一根独苗，真下手狠罚，心疼的还不知道是谁。不少人都打算捏着鼻子劝自己"算了算了孩子还小"把这事糊弄过去。

这孩子本也没真的做错事，不少大人还觉得张珏干得漂亮呢。

拥有善良和勇气，敢于对不公和黑暗反击，表达自己的愤怒从来都不是坏事，沉默而温驯地走入黑夜才是助长恶人的风气。

等张珏回国的时候，本该享受小英雄待遇的新科世青赛冠军兼熊孩子便开始了挨训之旅。

从以前面都没见过的体育局领导，再到孙千，张珏被他们训得耳朵都麻了，之后还被罚写五千字的检讨，并当着领导的面朗诵。

他们还给张珏留了面子，好歹没让他当着全国家队朗诵，不过这和张珏只是省队成员，并没加入国家队也有关系。

但除了挨骂和写检讨，张珏也没有受到别的实质性的惩罚了，领导骂完还给他发了奖金，有点雷声大雨点小，巴掌高高举起轻轻落下，并塞了一盘子糖的感觉。

于是张小玉写完检讨，还有心情去数存折上的零。

只剩下三个零了，之前经历写检讨、念检讨、被领导批评都面不改色的小朋友吸吸鼻子，委屈起来。

明明之前还有四个的。

唯一让他欣慰的就是之后崔正殊发了邮件，说尹美晶和刘梦成已顺利抵达釜山，找到了律师事务所，并在好心律师的帮助下找到一个隐蔽安全的住处。

除此以外，他们还接到了哈萨克斯坦花滑国家队总教练阿雅拉的邀请。

张珏在表演滑的时候，被沈流带着和不少花滑业内人士打了招呼，比如瓦西里和伊利亚的教练，俄罗斯男单教父鲍里斯，再比如哈萨克斯坦的花滑教母阿雅拉女士。

那是一位金发碧眼，明明已经40多岁，看起来却只有30岁出头的女士。她和人说话时总是面带和善的笑意，五官非常精致，年轻时也是符合"花滑美人遍地走"定律的美人。

阿雅拉在20世纪80年代是世界排名第五的女单运动员，但后来时局变化，许多优秀的运动员、教练选择前往北美等地发展，并直接导致了北美花滑一度十分兴盛。

1998年、2002年的冬奥会花滑女单冠军都是北美系。

阿雅拉蛰伏数年，在2006年冬奥会带着弟子夺得了第四名，在花滑并不强势的中亚地区，这样的成绩已算不错，这奠定了她国家队教练的地位。

遗憾的是，虽然她教单人滑很有一手，却并不擅长双人滑、冰舞的教学，归化优秀运动员成了哈萨克斯坦补足这块短板的最佳方式。

尹美晶和刘梦成在出事前拿过花样滑冰大奖赛青年组的银牌、世青赛的铜牌，能赢他们的都是北美系、俄系的选手。没了国籍优势，最后夺金的是谁还真不好说，归化这对世界级组合，对他们来说是双赢的选项。

哈尔哈沙凭借现在的人气，便成了国内排名前几的体育明星，尹美晶和刘梦成好好滑的话，绝对能让哈萨克斯坦的体育迷觉得归化他们是值得的。

最后，张珏用邮箱回复了一句简短的祝福。

"祝你们一切顺利。"

他点下发送的时间是下午5点20分，张珏伸了个懒腰，如同一只晒着太阳睡了个酣畅淋漓的午觉的猫咪，在醒来后舒展身体。

就在此时，室内响起一阵轻快的歌声。

"噜啦噜啦咧……"张珏拿起手机，看到来电显示时略感意外。

秦老爷子？

他接起电话："秦爷爷下午好，您吃了晚饭没……啊？这样啊……好，我去那边看看，稍等一下，我拿笔记个地址……"

张俊宝和沈流还在体育局参加会议，张珏披上外套，留了张纸条，便背上大背包跑出了酒店。

3月正是京城沙尘暴肆虐的季节，本就是黄昏时分，加上漫天沙尘，世界都变得昏黄一片。

张珏戴着口罩、帽子，尽力将自己遮得严严实实，却偏偏没法把眼睛也蒙起来，他是眼睛比较敏感的体质，等走了几十米路，眼角便开始微微发痒。

好不容易拦了辆车，司机大叔一听这个应当是小学生的男孩报上的地址，立刻提醒他。

"娃儿，去那里起码要120块。"

张珏连忙回道："我有钱，麻烦您送我过去吧，我爷爷说我哥哥两天没出门了，叫我去看看他。"

"行吧。"司机踩下油门。

因为视野不佳，车上还有小孩，司机大叔没敢开太快，又正好碰上下班高峰期，小车行进的速度简直让人焦虑症都要发作了，过桥的时候，前面还有车辆发生了擦碰，哪怕交警及时去调解，他们还是堵了30分钟。

张珏给完钱下车的时候已经是晚上8点。他到的是一个老小区，都是些老式筒子楼，楼梯间的声控灯有的能亮，有的灯哪怕把脚踩得再响也没反应。

12栋602室，徐正松正吃着驴肉火烧看新闻联播，就听见有人在敲门。

这敲门声还挺有规律，三短两长，透着一种"我很急但我还是要讲礼貌不会踹门"的味道。

徐正松起身，嘴里吆喝着"谁啊"，等门打开，视野正前空无一人，漆黑的楼梯间因此散发出一股阴森的气息。

一米八八的小伙子不自觉打了个寒战，想起昨晚在电脑上看到的贞子姐姐的倩影，立刻就要关门，然后一个柔软的声音从下方响起。

"请问秦雪君是住在这里的吗？"

徐正松低头，看到了一张可爱的笑脸。

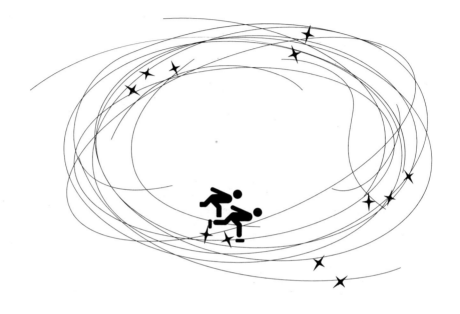

六　纷飞秋红叶

51. 赠秋

"小心点啊，老秦这两天脾气挺差的。"

秦雪君靠在墙边睡得迷迷糊糊的时候，听到室友老徐的声音。随后嘎吱一声，房间被打开，秦雪君顺手抄起一本第八版的《内科学》朝门口砸过去。

"出去！"

张珏灵敏地躲开，对徐正松点头："他脾气是挺差的。"

徐正松目瞪口呆，接着开始把张珏往室外拉："娃，你先避避，老秦发神经了，他之前都不乱扔东西的。"

他们的对话让秦雪君清醒了一点，他抬头，看到张珏和徐正松拉扯着，最后张珏不敌人高马大的徐正松，被强行拉出了屋子。

过了一阵，徐正松叫了一声。

"你这娃咋咬人呢？完了完了，我不会被食肉菌感染吧？"

张珏也是有常识的，他反驳："我又不是海鲜，被我咬一口怎么会感染食肉菌？"

两人闹了一阵，张珏回头看着紧闭的屋门，想起刚才看到的一幕，满心担忧和不解。

"秦哥这是怎么啦？"

徐正松盘腿坐在沙发上："还能怎么？就医学生的常见毛病。都要过这一关的，你让他自己缓过来就行了。"

见张珏面露茫然，徐正松叹了口气："他真没事，这在我们这一行很常见，他能过去的，你别担心。"

张珏眨巴眼睛，坐在老徐边上："那如果他过不去呢？"

"过不去就转行呗。"

徐正松丢给张珏一瓶矿泉水："别说你上门一趟，我却连个烧烤都不请，毕竟你是运动员。待会儿给你拿块巧克力，然后哥哥送你回去。"

张珏捧着矿泉水瓶，一直看着大门。

徐正松絮絮叨叨："都说劝人学医天打雷劈，要是这人最后被推荐去了儿科，那推荐人简直该五雷轰顶。老秦这次碰到个小学五年级的娃娃，癌症晚期，他对人家还挺上心的，回家以后不断地翻医书，想着帮那孩子延长生命，可惜只是徒劳。"

"肝胆外科和肿瘤科的两个老主任联手给孩子做手术，才开腹就看见满肚子肿瘤，最后只能关腹腔，说是救不了。老秦当时配台，受了刺激，回来就请假了。"

"成年人的生老病死其实有点命定的意思，但那小孩只是没升起的太阳，听说学习挺好的，还没来得及发光呢，人就要没了。我将来毕业也不去儿科，还是耳鼻喉科、眼科之类的安全点。"

说到这里，这个方脸的大个子也红了眼圈。

治了病治不了命，要说这小患者的父母是拼了命也想救孩子的，治疗的钱已经凑齐，可孩子就是病得药石罔效，给再多钱也治不了。

这事说来连张珏这种局外人都觉得怅然，更别提亲身经历的秦雪君了。

只是没想到秦雪君有这样迷茫的时候，他该怎么说服自己越过这些困难，坚定地在医学道路上走下去呢？

张珏坐了一阵，突然跳起来去开卧室的门，徐正松都没来得及拦住他。

张珏无视徐正松的呼喊，才进门，便看秦雪君靠着墙坐在地板上，垂着头，周围地板上是散落的医书。

他慢慢上前，蹲在秦雪君面前，见秦雪君没反应，就推了推。

"秦哥？"

等会儿，这人是不是在发烧？

一摸额头，还真是。

徐正松被召唤过来，他也被室友烫手的体温吓了一跳："嘿，八成是高烧，小玉对吧，你去客厅，把冰箱上那个医疗箱拿过来，我要给他测体温。"

他说着就把秦雪君架起，要往床上搬，不过鉴于经常健身的秦雪君有一身紧实的肌肉，运送的路途便显得格外艰难。

张珏把医疗箱搬过来时，这哥们儿正蹲着喘气呢，小鳄鱼便自己找出体温计，甩了甩，顺手往小秦大夫的嘴里一塞。

秦雪君迷迷糊糊的时候，耳边响起徐正松那口山东腔。

"38.6 摄氏度，不过我觉得就是愁出来的，应该不会被传染，你要觉得怕，我给你拿个口罩？"

张珏回道："不用了。"

室内响起窸窸窣窣的声音，过了一会儿，一只冰凉柔软的小手摸了摸他的额头。秦雪君努力睁开眼睛，看到张珏趴在枕边，歪着脑袋打量他。

这孩子有一双漂亮的黑眼睛，清澈明亮，含着笑意。他们对视一阵，张珏又用手背贴贴他的脸颊。

"徐哥说你一天没吃东西，现在去给你买粥了，要让你先吃点东西垫垫才能给你吃药。"

秦雪君张张嘴："对不起。"

"没关系。"

他哼着歌，顺手给小秦大夫收拾了房间。他将书都捡起放在书桌上，一枚书签滑落，上面是一片红枫叶，张珏拿起一看，才发现这片枫叶是用彩色铅笔画的。

秦雪君蜷缩在被子里，心中的抑郁在悠扬的歌声中逐渐平复，他还有些惊讶，因为没啥语言天赋的张珏在这会儿唱的居然是一首俄语歌。

他的祖母偶尔也会唱这首歌。

这是一首在俄罗斯电影中，由波琳娜·阿古列耶娃演唱的歌谣，叫《我的小宝贝》。

开声乐教室的老师据说以前唱的是音乐剧，但民谣、抒情歌曲也会教，张珏的嗓音条件好，也经常去练歌，有时能练到肺疼的程度。

身为实力派小将，除了比赛，他还被父母逼着去上芭蕾和声乐课，此时随口哼哼也格外好听。

再后来的事情秦雪君便记不得了，只知道等他再次醒过来的时候，室内一片寂静，晨光透过窗帘照进来，那些散落在地上的书被整齐地摆在书桌上，第八版的《内科学》被压在最底下，而在书页的最上方，是一枚枫叶书签。

小秦大夫疑惑地拿起书签。

他不记得自己画过这一枚书签，可是很快他便发现，这枚书签上的枫叶是真的，而书签背面留着一行瘦金体的字。

京城无所有，聊赠一叶秋。

张珏几乎没和秦雪君说过任何宽慰他的话，可是在这一刻，秦雪君的心却暖了起来。

他突然想起自己最初开始对那位小病人格外关注的原因。在重症监护室中，那孩子很艰难地通过手指比画，要求听英语磁带。经过父母解释，医护人员才知道这孩子的英语成绩不好，他怕等回到学校，成绩会跟不上。

加上这孩子的个子和张珏差不多，秦雪君难免多留心几分。

那孩子也是真的懂事。不管吃多苦的药，打多少针，孩子一声苦都没叫过，他是真的很想活下去，可是没人能救他。

秦雪君也是因此开始质疑自己，他这么努力，却还是救不了那个孩子，他学医真的是一件有意义的事吗？

明明哪怕是国内最好的医生，在面对绝症时，依然争不过命运。

他捧着红枫叶，看着上面的字迹，心口涌起一股热流。

可就算是争不过命运，现在也不是放弃的时候。

他还有可以做的事情，在那个孩子最后的时光中，作为医护人员，秦雪君希望可以提供力所能及的帮助，提高小患者的生活质量，至少让孩子少吃点苦。

少年捂住胸口，默默念着教授和他们说过的话。

"每一个重症的攻克，都意味着无数人一代又一代的坚持，我们相信随着科技发展，过去的绝症终将被攻克，在那之前，我们会拼尽全力抓住每一丝希望。"

徐正松靠着门框："哟，你清醒了？"

秦雪君转身，坚定地点头："清醒了。"

徐正松豪爽一笑，拍着手高兴道："又有个傻子要在这条路上坚定不移地走下去，太好了，将来我考研也不用担心没人陪了。"

秦雪君等他笑完，才出声提醒好友："只有你才需要考研，我是保研。"

徐正松一噎，如同被掐住脖子的公鸡。

另一边，张珏和老舅、沈流在候机的时候，随口提起了一件事。

沈流听完，意外道："你现在就对下个赛季的新节目有想法了？"

张珏点点头："不是有想法，是已经想好滑什么曲子了。"

他摸出一片红枫叶，笑嘻嘻地说道："下个赛季的短节目想滑《秋日》，自由滑的话，我想滑一个连电视机前的病人看着也能笑起来的节目，要生机勃勃的，快乐的，像是旭日初升。"

张珏掰着手指，提出自己对节目的预想，又兴致勃勃地问教练："你们觉得《大河之舞》怎么样？"

52. 四月

2011年的花样滑冰世锦赛本来是要在日本东京举办的，但因为3·11大地震，比赛的时间变更到4月末，地址改为莫斯科的梅加体育馆。

张珏才拿到的世青赛冠军奖金、体育局奖励的奖金还没捂热乎呢，便又立刻全捐了出去。

小孩很想得开，一边联系寺冈隼人要捐款渠道，一边安慰自己。

然而该心疼的还是会心疼，张珏早从去年开始就没再让父母给零花钱了；他捐钱的时候又忘了留钱，结局就是他的公交卡还要许德拉帮忙充值。

张珏捧着弟弟递过来的公交卡，脸上全是感动。

"二德，你放心，等哥下个月发工资了，立刻把钱还给你。"

不知不觉已经和哥哥一样高的许德拉点点头，将一个红心火龙果切成两半，拿了两个勺子，一边插一个，然后和张珏并肩坐在沙发上看大卫·鲍伊与坂本龙一主演的反战电影《战场上的快乐圣诞》。

许德拉问张珏："哥，大卫·鲍伊真的是摇滚歌手啊？唱歌的都要这么好看吗？"

张珏回道："歌手这一行看的是实力，长得好看能加分，但不是最主要的。"

尤其是摇滚，个性派的歌手一抓一大把，只要唱得好，哪怕露着胸毛，只穿一条内裤上台，歌迷们照样热情。而那些长得太好看的歌手，在实力被大众认可前，很容易被人吐槽是"靠脸唱歌"。

许德拉这会儿已经不乐意去上小提琴课了，反倒是沉迷打架子鼓，有时不上课也要去练习，张珏想，自己这个弟弟该不会不走古典乐的路子，跑去玩摇滚乐吧？

红心火龙果治疗便秘十分有效，而且一般吃下去是什么颜色，拉出来还是什么颜色。

张俊宝来接人的时候，张珏还在上厕所，老舅就蹲在门口大喊。

"张珏，你还行不行啊？能在10分钟以内出来不？不行我就改签机票！"

张珏捏着鼻子喊："能行能行，你等等，我马上就好。"

舅甥俩紧赶慢赶，总算赶上了去东京的飞机。

天灾降临，日本东部损失惨重，许多难民生活困难，而寺冈隼人与许多前辈一商量，就决定做一个慈善表演，表演的门票钱全部捐到灾区。他们是运动员，别的忙帮不上，也只能用自己擅长的滑冰去帮助受灾的人。

由于成年组的许多世界知名运动员还要备战 4 月的世锦赛，所以日本那边一开始就没打算邀请现役运动员，发邀请函的时候，主要把目光放在已经退役的那批人身上。

作为中国男单前一哥，沈流也接到了邀请，邀请方还小心翼翼地问他："tama 酱和他的主教练、师弟有空吗？有空的话，小朋友可以和教练、师弟一起来啊，我们包机票和食宿的。"

他们不仅打沈流的主意，还把沈流的师兄以及张小玉、小徒弟察罕不花也一块惦记上了。

沈流和张俊宝一商量，青年组在一个赛季中的最后一场重量级比赛便是世青赛，如今世青赛已经结束了，张珏身上一直有一种大赛过后，拿着鞭子抽都抽不掉的懒散倦怠。与其让他继续颓着，成天看着复习资料打哈欠，还不如拎到外边醒醒神。

至于察罕不花，这孩子在教练们的殷切关怀，以及师兄给开的 A 跳小诀窍等小灶的帮助下，已经成功练成了 2A，正在尝试突破三周跳的大关。此次正好带到国外的舞台上长长见识，积累外出表演的经验。

对小选手来说，这种经验是弥足珍贵的，毕竟不是每个人都和张俊宝、张珏一样第一次跑到国外比赛就能稳稳发挥出应有的水平。现在多练几次，以后真上了比赛就能更稳一点。

最重要的当然还是那句"包机票和食宿"。

沈流去找人的时候，察罕不花的妈妈正把一条新鲜羊腿挂在钩子上，拿着刀剔肉，他哥哥擦了擦眼镜，放下账本起身："要去国外啊，那敢情好，我给他收拾几本作业带着走。"

察罕不花的哥哥今年高二，名叫白音，就是富饶的意思，翻译得朴素一点，可以说这人的名字就叫有钱。因为脑子聪明的关系，家里百分之八十的事都由他做主，他手一挥，察罕不花小朋友的日本之行就定了，等张珏知道这事的时候，察罕不花的行李箱、护照全部都收拾好了。

这哥哥效率还挺高。

因为是头一次出国，察罕不花有些忐忑，张珏和他分享了几粒木糖醇口香糖，他才打开话匣子，靠着张珏，满心忐忑。

"师兄，我还没有当着很多人的面表演过，真的没有问题吗？我的难度又不高，长得也不显眼，观众会喜欢我吗？"

张珏打量着察罕不花，张嘴就夸："对 11 岁的孩子来说，你已经很优秀了，而且你长得也很帅，站在冰上一定超级显眼，你要对自己有信心啊！"

察罕不花的皮肤黑，冰面又是白的，他站上去就是很显眼，可张珏夸得一点也不心虚。他这么说了，察罕不花也真的信了，于是这孩子便露出一张快乐的笑脸。

两个教练坐在前排，这会儿面对面说话。

沈流问张俊宝："我记得你要给察罕不花编《草原蒙古人家》的，自己的节目还来得及准备吗？"

张俊宝自信地点头："我用以前滑过的"Memory"，放心，那表演服我还穿得进去呢。"

虽然胸前有点紧，但反正也是 V 字领，把 V 字再撑开一点也没啥嘛。

张俊宝兴致勃勃地问沈流："哎，别说我了，你呢？打算滑什么？"

沈流摇头一笑："我也没来得及准备新节目，只能把在温哥华滑的节目拿出来继续用了。"

他眼中流露出一丝怅惘："要不是这次事发突然，其实商演更乐意请在役的运动员，他们人气更高。不过退役的商演选手里也不乏前世界冠军，说起来，我们也是沾了小玉的光，才直到现在还没被冰迷们遗忘吧。"

如果不是张珏在世界舞台上表现亮眼，他们两个陪着坐在教练席的教练也常常出镜，原本以他们在役时的成绩与人气，是很难在这个时候被人想起来的。

谁叫花样滑冰就算艺术性再高也是一项竞技运动呢，人们总是会将目光投向强者身上，看他们之间为了冠军进行激烈碰撞，而在他们的王座之下，有着太多沉默的二线、三线运动员。

就连冠军运动员的教练，都比这些二三线选手更受人瞩目。

不过他们都是因伤退役，年纪也不小了，哪怕天天在冰上追着熊孩子的屁股抽，再上冰表演节目时能滑成什么样还真不好说。这次去参加慈善商演更多是凑人数，张珏才是重点人物，但只要想到还能上冰，两位教练照样开心。

但说起张珏的表演，沈流眼神微妙："他还是坚持换节目？"

张俊宝面无表情："他说别人受灾了，再滑"Schnappi"那么欢快的曲子不合适，感觉像是去砸场子的，所以请米娅女士临时编了新的节目，磨合的时间还不到一周呢，也不知道行不行。"

其实最大的问题还不是新节目，毕竟表演滑的难度也就那样，适应起来并不难，但张珏的新考斯腾问题比较大。

那是张青燕女士知道自家大宝贝缺合适的衣服后，拿自己年轻时的衣服给改的……

张俊宝还是头一回知道自家堂姐居然会点针线活，但一想起张珏毫无心理压力地把这件原本是女装的白色考斯腾塞进行李箱里，高高兴兴地说拿这件衣服配黑色的裤子穿，正好搭新节目，老舅便心里复杂。

他叹着气："我知道小玉没钱了，省队也不会为了一场商演去做考斯腾，但我不是有钱吗，他家里也愿意支援他，结果这孩子偏偏要穿妈妈的旧衣服，好像咱家多穷似的。"

沈流面露疑惑："重点是这个吗？"

重点不应该是张珏的考斯腾原本是件女装吗？

但看两个已经退役的大龄男单运动员内心忐忑，真等到了商演彩排开始的时候，主办方对沈流和张俊宝都赞不绝口。

沈流就不说了，他好歹才退役一个赛季，退役前在温哥华冬奥会有过优异的表现，退役后立刻接管张珏这种光靠脸蛋都能吸引大批粉丝的才俊，人气本就没退，令人意外的却是张俊宝。

张俊宝为了活动方便，上冰时穿的是紧身 UA 运动服，胸肌、腹肌、肩背肌肉的线条都隐约可见，好几个运动员看他看得移不开眼，路过张俊宝时滑速都下降了百分之八十。

张珏也知道自家老舅身体结实，但大家平时都在冰上训练，教练们都穿着保暖的外套，高难度动作是不可能做了，所以他也是第一次现场看到作为运动员的老舅在冰上是个什么样子。

和张珏相似的是，张俊宝滑行也很强，冰上滑速极快，估计是追熊孩子时的锻炼量太大了，哪怕退役这么多年，他的滑速也没变慢。

唰啦一声，退役多年的老舅来了个 2A，落冰还挺稳，尤其是高远度，甩了作为转速党的张珏好几条街。

寺冈隼人看着这位前辈的跳跃，惊讶不已："俊宝前辈的状态保持得真好。"

张珏双手托腮蹲着："是啊，可惜他的髋骨当年伤得特别重，差点就要去置换金属关节了。不想下半辈子坐轮椅的话，他不能再跳三周跳，2A 也要少跳，平时他的有氧运动都是游泳，跑步对他的关节伤害太大了。"

如果不是伤病，就他老舅这种退役后继续吃健身餐、经常做器械训练的意志力，张珏毫不怀疑他会坚持在役到 40 岁。

因为张俊宝就是这么一个喜欢花样滑冰的人。

孩子眼中露出温暖的笑意。

老舅，能作为表演者重新回到冰上，你现在一定很开心吧。

他看向察罕不花练 2A 的身影，默默叹息。

师弟，你一定要好好滑，等师兄滑不动了，就要由你陪着咱们教练继续在这条路上走下去了。

53. 情深

三条美里坐在观众席上，满怀期待地看着冰场。在很多冰迷看来，也许在半个月后举行的世锦赛更有现场观看的价值，但对作为日本人的她来说，这场商演却具有特别的意义。

当天灾发生时，大家都会努力地救援受难的人，而这些在冰上表演的运动员，也正在用他们的方式帮助灾民。

小宫太太在旁边说道："听说这次还请了不少外国的运动员过来呢，这个时候能来咱们这里表演的都是好人呢。"

三条美里赞同地点头："是啊，听说主办方只给他们报销了往返的费用，都没有给报酬。"

就在这时，麻生太太激动地说道："要开始了！"

一道低沉的男声响彻全场。

"大家久等了，2011 年 Love on Ice 东京站即将开始，非常感谢各位观众来到这里，表演者将倾力为大家献上精彩的演出。"

下一瞬，全场一黑。就在此时，烛光亮起，那是一个少年，他身穿一件雪白的露肩上衣，长长的流苏随着他的滑行飘动着。

三条美里认出了这个身影："小鳄鱼？他们竟然让外国选手做开场表演吗？"

张珏一只手捧着蜡烛，一只手护着烛火滑到冰场中央，将烛火放在冰面上，背对着烛火跪坐。

一阵钢琴声响起，聚光灯突然亮起，照在少年的身上，他睁开眼睛，回头看向烛火。纤瘦的身影站起，他面带微笑，双手抬起，像是捧起了希望。

不管观众多惊讶于这个出场次序，张珏的确是立刻吸引住了他们的目光，这身飘逸的白色考斯腾与这孩子的外貌、气质都太配了。

张珏慈善商演的节目，是《天堂电影院》的主题曲，不过是由现代钢琴家威廉·约瑟夫演奏的版本。

琴声安静地流动着，温柔的情愫却随着琴声一层又一层叠加，纤瘦的少年双臂展开，如同一只燕子，以燕式滑行的姿态滑过半座冰场，冰刀在冰上画出一个大大的椭圆。

仙气飘飘的燕子轻盈地跳了一个3S，落冰恰好与节奏相合，可见虽然准备得仓促，这个节目依然精巧且充满诚意，表演者的表现力也十分惊人。

其实要不是开场节目出现失误不太好的话，张珏本来是打算上4S的，就和很多自觉身强体健、活力无限的年轻人一样，他正处于最喜欢跳四周跳、展现自己才能的时候。

张珏也深知，比起《黑天鹅》和《胡桃夹子》，这种仙气飘飘的表演风格才最适合他，因为他就长了一副适合这种风格的外表。

在音乐、服装的衬托下，身穿白衣的张珏在冰上展现出了一种惊人的美感，灵动且优雅，如同冬季的初雪洒到人间化作精灵。

玛丽莎双手合十，叹道："天哪，他就像是一个天使。"

节目尾声，烛光依然在空气中抖动着，张珏回身，抬手做出邀请的姿态，白叶冢妆子身穿白色的纱裙上场，音乐立刻无缝切换成电吉他曲。

这是日本最火的彩虹乐队的代表曲目《瞳の住人》。

在成年组的顶级选手们还在备战世锦赛的情况下，这次商演的开场便由世青赛的男单、女单金牌得主完成。

张珏才下场就打了个喷嚏，也不知道是水土不服，还是因为此时的东京到处都是盛开的樱花，自从下了飞机，他的鼻咽炎就没好过。

小孩拿起一瓶矿泉水拧开就灌，他喝得急，一道细细的水流顺着嘴角滑到喉结，张珏又甩了甩头，拿纸巾擦拭带着薄汗的额头与脖子。

他听了一阵背景音乐，嘀咕道："Hyde 这时候就换发声方法了？唱功越来越好了啊。"

不愧是日本超火的乐队主唱，即使已经 40 多岁了，还有这么好的嗓音状态。

这么想着，他也跟着唱起来。

后台也有镜头，张珏唱歌的模样被拍了下来，柔美清澈的声音虽然稚嫩，却能在低吟时渐渐拉高音调，且高音完全不尖锐，气息浑厚，这就是很典型的 Hyde 式唱法，需要良好的唱功基础。

听到他唱歌，好几个人都惊讶地看着他，张珏唱完以后却把手插在兜里，提着水瓶跑到一边去了。不是他高冷，实在是语言不通，张珏想和同行们交流都做不到，还不如老实点站到边上去别碍事。

和张珏不同，张俊宝的节目被安排在了商演中段，因为这场商演的总时长是 70 分钟，到了中段时，观众们一定陷入了不同程度的疲劳，这个时候需要有个人让他们兴奋起来。

张俊宝就很适合完成这个任务，他滑的"Memory"是世界经典曲目，被好几位著名歌手翻唱过，张俊宝用的是其中最经典的版本之一——芭芭拉·史翠珊版。

即使已经不是真正的年轻人，但张俊宝看起来还很年轻，皮肤、身材和精气神都处于一个看起来顶多二十三四的状态，虽然在节目里没上什么高难度的跳跃，但流畅优美的滑行与倾注了感情的表演，依然令人动容。

一个秃头教练站立于场边，神情严肃："他的表现力比以前更好了。"

果然，运动员的技术会随着年龄的增长下滑，表现力却只会越来越强。

寺冈隼人好奇地问道："教练，您认识俊宝前辈吗？"

宗野教练点头："当然，早在 10 年前的四大洲锦标赛，我就注意到了这个年轻人。"

彼时的张俊宝嫩得能掐出水，不看身高完全就像初中生，但他的表现力给宗野教练留下了深刻的印象。

虽然张俊宝的跳跃难度不高，但质量都很好，功底扎实，而且他是隔壁国家少有的具备表演属性的男单选手。

那会儿宗野教练还挺惋惜的，觉得这个男孩要是跳跃难度再高点，恐怕能成为黄皮肤的花滑男单选手里第一个冲击一线的，谁知没过两年，张俊宝就受伤退役了。

不过在宗野教练看来，其实邻国的男单这些年也是挺幸运的，明明因为双人滑过于争气，都把资源投到了双人项目上，但他们先是出了个四周跳极其标准的沈流，接着又出了个"色艺双绝"的张小玉，反正甭管田地再荒，总有好苗子冒头。

不像他，把寺冈隼人从幼儿园教到了现在，才让男单项目有了个挑大梁的人。张珏还能说是从幼苗开始被教练挖掘，宗野教练可是从种子开始培养，这些年一把屎一把尿地培育着宝贝徒弟。

但是有个让宗野教练不太理解的事，那就是当张俊宝表演的时候，全场尖叫声就没断过……

这会儿很多来参加商演的选手都是一脸惊讶。

清水晴子看着张俊宝，憋了半天才说出一句："我是应该夸张教练性感好呢，还是应该夸他抒情厉害？"

要说张俊宝这个节目不性感吧，对不住他那个快把考斯腾撑破的胸，说他的节目性感吧，这个节目确实情感表达更突出，有感人至深的味道。

而且除了胸肌，张俊宝的四肢非常修长，明明身高只有一米七，臂展却有一米七八，每次他一挥手臂，强壮有力的长臂上肌肉隆起，都能吸引很多人的目光。

在女孩的眼里，张俊宝的表演是七分性感三分感人，在男孩眼里，他的表演是七分感人三分性感，性感和感人在张俊宝身上奇妙地共存。

经过这一次，估计以后想要请张教练出门商演的人会越来越多吧，这家伙的身体条件太得天独厚了，还有一张看着就年轻的帅脸，滑多性感的曲子都合适。

张俊宝和察罕不花的节目是挨着的，张俊宝才下场，察罕不花就要准备登场了。

张珏穿着大外套，捧着纸盒和毛巾站在师弟边上，给已经和自己一样高的师弟递纸擦鼻涕，又不断地鼓励他。

"别紧张啊，就是一个普通的表演滑。"

他在这边说话，旁边的尤文图斯皱着眉看了半晌，找教练要了眼镜戴上，才确定张珏不是在对空气说话。

察罕不花抱住张珏，决然道："师兄，我去了！"

这孩子一出声，旁边的亚里克斯吓了一跳，终于反应过来自己边上还有个人。

不怪他们，毕竟候场的地方没啥灯光，而察罕不花的肤色太具有隐蔽性了。

张珏拍拍小师弟的后背："去吧，师兄会给你加油的！"

于是察罕不花一脸悲壮地上了冰场，不知道的还以为他上的不是冰场，而是战场。

正如张珏想的那样，这孩子一上白色的冰面就立刻变得显眼了。

察罕不花表演的《草原蒙古人家》是一首很典型的具有蒙古族风情的曲子，背景的童声与男声合唱着，刚强与柔情在曲目中结合得恰到好处，悠扬的马头琴声飘荡在场内。

这首曲子是 H 省省队的一位老师推荐的，据说学民族舞的男生在跳蒙古舞时，十个有八个都跳过这首曲子，察罕不花也跳过，这样改编新节目容易，孩子适应起来也快。

虽说是第一次上场，跳跃和滑行看着都很僵硬，但当着这么多人的面，这孩子一次失误都没有，这对菜鸟来说已经足够了。

据说蒙古舞是跳民族舞的男性最喜欢的舞种之一，原因是这种舞蹈豪迈，刚强中不失柔情，跳起来贼帅，男生也是喜欢耍帅的啊。张珏靠在挡板上看了一会儿，发现确实很帅。

商演末尾还有一场群舞，张珏准备去候场，却在通道中看到白叶冢妆子靠墙站着，捂着小腹，神情痛苦，他跑上去扶住少女。

"你还好吗？"

白叶冢妆子唇色发白，简短地回了个"fine"，抓着张珏的手，闭上眼睛不断地深呼吸。

张珏不放心："你是哪里不舒服？"

这小姑娘看起来就挺犟，张珏挺怕她死撑撑出问题来。

白叶冢妆子睁开眼睛，眼前是少年关切的神情，她抿抿嘴，露出笑容："我没事，就是刚才跑得太急了，撞到了墙，然后磕到了牙齿了。"

张珏没听懂："啊？"

白叶冢妆子也知道这人外语不好，简单的句式还好，稍微复杂一点的他都听不懂，包括寺冈隼人的标准英语，自己的日式英语就更不行了。

她张嘴，指指自己渗血的牙龈："看到了吗，是这里不舒服，不碍事的。"

张珏哦了一声，指指她的小腹。

白叶冢妆子尴尬了一下："呃，这里是正常现象，我是说……"

张珏用中文说了一句："姑娘，我的意思是你裙子上面有一片血印。"

白叶冢妆子也不懂汉语，张珏没法子，只好脱掉外套围在白叶冢妆子的腰间，白叶冢妆子这才意识到什么，秀丽的脸上浮现一抹红晕，低声回了一句谢谢。

这句话张珏就听懂了，他心想这姑娘果然是身体不好，现在就这么多状况，以后不知道会是什么样子。

她应该很不舒服，但还是坚持继续表演，张珏没说什么，默默跟在女孩身后，等她和教练会合，他才转头去找老舅与师弟。

他们的结尾群舞背景乐是滨崎步的"My All"，一首由滨崎步为了歌迷们创作的歌曲，每次演奏都能打动人心。

即使听不懂歌词，可是这首歌的曲调，以及舞者们倾尽全力的演出，也让这场演出变得熠熠生辉。

表演者，要做的是通过歌舞等形式与观众们形成共鸣，在困难时有义务与痛苦的受难者共鸣，并为他们带去希望，伸出作为同类的手。

张珏因为身高的关系被安排在群舞的第一排，在和身边的人握手向观众席鞠躬时，他对此深有感触。

花样滑冰号称冷门的冰雪运动中的热门运动，在所有竞技运动中属于小众运动，他们的力量当然是有限的，但至少大家因为心底的善意聚集在一起，做了无愧于心的事。

灯光熄灭的那一刻，张珏想，今天他好像又更喜欢花样滑冰了。

Love on Ice 总共会办 8 场，张珏毕竟要完成学业，参加完东京站和神奈川站，便在张青燕的催促下回国念书。

4 月底，世锦赛正式开赛，彼时张珏忙着月考，没能看到世锦赛的直播，只知道本国双人滑拿了铜牌，女单和男单各拿了第 17 名和 22 名。

冰舞继续没有存在感。

在他埋头做卷子的时候，梅加体育馆内，董小龙跪坐在冰面喘着气，汗水滴落在冰上。他捶了下冰面，才慢慢站起，等坐到 kiss&cry，他低声对孙千道歉："对不起，孙指导，我失误了。"

成年组的自由滑有 8 组跳跃，5 个单跳，3 组连跳，他摔了两个单跳，一组连跳，失误过多，恐怕连前二十名都进不去。

就在此时，总分出来了，董小龙的自由滑仅有 129.15 分，加上短节目的 70 分，总分连 200 大关都没有突破，离张珏在世锦赛夺金的 244.29 分差了 40 多分。

孙千拍着年轻人的肩膀安慰他："没事，你尽力了。"

董小龙苦笑，他知道教练们这么说，其实就是压根没对他抱什么期望的意思，真正被他们期待的人还在青年组，他只是一个对方升组前用来撑场面，不至于显得中国男单无人可用的替代品。

曾几何时，他也是备受期待，是最有希望完成四周跳的小选手之一，但自从膝盖受伤后，他的跳跃能力便直线下滑，再也无法担负起教练和冰迷们的期待。

他想：我的花滑生涯只剩这两年了吧，等那孩子升组，我就可以离开了。

在世锦赛结束后，董小龙得到了一段为期两周的假期，教练们照例叮嘱了一通"在外面不要乱吃东西，遵守纪律"之类的话，便爽快地放了人。

他提着行李登上回 H 省的航班，才下飞机，就打车去了省队。

董小龙觉得自己很迷茫，这个时候，他很希望能从以前的教练那里得到建议。

就在他进入省队的时候，草坪上有一群男孩子追着一个足球奔跑，其中一个高个子男孩一脚将球朝球门踢去。

就在此时，有人含着怒意轻喝一声："休想得逞。"

一个眼熟的娇小身影闯进董小龙的视野，并对足球使出了倒挂金钩。

下一刻，张俊宝冲了出来，怒吼："张小玉！午休不睡觉跑过来踢足球，你小子是真的不想长高了吧？"

"张教练来啦！"

之前还在球场上蹦跶的熊孩子们纷纷作鸟兽散。

张珏毫不犹豫地转身就跑，却被沈流堵了个正着，这位在董小龙眼中一直温文尔雅的前一哥手里提着个扫把，对着张珏的屁股抽去。

熊孩子痛叫出声。

"啊！疼死爹啦！"

传说中清秀帅气的中国前最帅男单选手张俊宝神情凶恶，三步并作两步冲到张珏面前，提着小孩的衣领，大巴掌在那孩子的屁股上啪啪地抽，抽一下小孩的屁股弹一下。

"你出息了啊，昨天教师弟在冰上后空翻，现在又倒挂金钩。"

"还不是被人夸弹簧腿夸多了，得意忘形，真以为自己脚底下有弹簧呢。"

沈流撸着袖子站在边上冷笑，外套松松垮垮，一看就知道是才午睡完就从床上爬起来，跑过来收拾熊孩子。

重逢不到 10 秒，这两位董小龙曾无比敬仰的前辈的高大形象，便在熊孩子的叫声中彻底坍塌。

54. 极限

张俊宝的表演滑曲目是"Memory"，沈流的表演滑曲目则是《沉思》，从他们的曲目就看得出来，这两人都喜欢抒情，区别就是张俊宝表现力强点，沈流的技术难度高点。

现在抒情什么的不存在了，两个教练变身暴躁老哥，打了熊孩子的小屁股，然后张俊宝把张珏像个扁担一样扛着，沈流看着手表，嘴里念叨着。

"张珏，离两点还有 50 分钟，抓紧这个时间再睡一会儿，不然你下午训练又没劲。"

休息不足就进行高强度训练可是大忌。

熊孩子哦了一声，即使才在外人面前被打了屁股，也完全没有不好意思的样子。他双手托腮，对董小龙露出甜甜的笑容，还挥挥小手像是在打招呼，看起来就像那种典型的家长在旁边骂着，他还能嬉皮笑脸的老油条式熊孩子。

哪怕心里觉得张珏表现得像个小二皮脸，董小龙还是情不自禁地觉得这熊孩子不是一般的可爱。

等熊孩子进了休息室，张俊宝才招呼着董小龙去办公室，沈流放好扫把，一边走一边把散乱的头发理顺，站在一个柜子前问董小龙："小龙，喝果汁还是牛奶啊？我们这儿有火龙果香蕉汁，牛奶也才从牛身上挤下来没几天。"

董小龙拘谨地并腿坐着："不……不用了，我喝纯净水就好。"

张俊宝："我们这儿没有纯净水，要不我去食堂给你打？"

董小龙："那我还是喝牛奶吧。"

三个人一人一杯牛奶，低头喝了一口，三人嘴唇上同时多出半圈奶胡子。

董小龙舔了舔上唇，不着痕迹地打量着这间办公室，两年不到，这间办公室看起来敞亮了许多，窗帘换成了浅绿色，上面有着小鳄鱼图案。

书架上摆着《运动解剖学》《运动损伤康复学》《科学喂养指南》《猫咪心事》等书，还有几个敞开的盒子，盒子里是闪亮的奖牌，看得出主人很爱惜这些奖牌，天天都在擦拭保养。

除此以外，这里还添了一台新电脑，一个小冰箱，以及几盆绿植，屋外的老榆树婆娑弄碧，风吹过便能听见一阵沙沙声。

运动员都要午睡，所以中午时分的省队格外安静，董小龙找着话题："张师兄现在没有在办公室里藏啤酒了吧？"

张俊宝跷着二郎腿，清秀的脸上带着几分痞气，回答的语速不急不缓。

"全被张珏找出来扔了，那小子精得很，不管我怎么藏，他都能给我翻出来，我现在算是戒酒了。"

正所谓外甥像舅，张珏在学校里打遍学校无敌手，张俊宝也不是什么老实孩子，桌腿折凳使得不比堂姐外甥差，抽烟喝酒都来得，亲近点的同辈运动员都知道这家伙是个"坏小子"。

而且和擅长跳跃、一看就前途最光明的沈流不同，张俊宝的跳跃天赋并不高，早早就触碰到了上限，一直都只能作为替补选手，在一号种子受伤无法出赛时才会顶上去，如同背后的影子。人们都是慕强的，在董小龙的记忆里，很长一段时间里，只有沈流会亲近这个师兄。

和其他同辈一样，董小龙并不愿和张俊宝靠得太近，大家只保持着一种适度的队友情谊，不亲近也不疏远，直到有一天，张俊宝提着一袋子冰棍进屋，一根一根地分发给队友，发到最后两根时，其中一根的包装袋破了个角，张俊宝若无其事地将完好的最后一根塞到董小龙手里，自己拆了另外那根吃起来。

就是这个细节，让董小龙对张俊宝有了不同的看法，而且他看张俊宝把张珏带得那样好，下意识地以为这位大佬已经安心做了个好长辈，但此时一看张俊宝的表情，小伙子便又拘谨起来。

沈流一只手搭在沙发背上，脸上带笑："所以呢，你小子不趁着休赛期好好养伤，顺便接几个商演赚赚外快，跑省队来干吗？"

不知是不是心理作用，董小龙总觉得屋外有虫子的叫声，而且急促起来，他心中想着这两人还是和以前一样，给人一种"我不好惹"的压迫感。

董小龙沉默一阵，到底说了实话："也没什么大事，就是我的半月板磨损越来越严重了，所以过来看看张珏。"

他来省队，其实就是临时的国家队男单支柱来看看所有人期待的未来支柱，说不上嫉妒，只是多少对张珏抱有期待，也好奇这个天才少年到底是个什么模样，才能还在青年组时，就将国内所有的成年组男单选手都衬托得只能做他的影子。

到目前为止，董小龙对张珏的印象便是很可爱的熊孩子，看着就讨喜，才见了一面就让他心生好感，难怪这孩子才出道一个赛季便得到了大批冰迷的喜爱。

加上张珏年仅13岁便练出了四周跳，可见天赋极高，他的确不如这个孩子。

张俊宝却说："哦，那小子啊，他还不如你，压根没成长到可以挑大梁的程度，你恐怕还要撑几年。"

董小龙愣住了，他皱起眉头，下意识地劝说道："张师兄，你也不用对张珏太严，我觉得他已经很优秀了，论技术，国内现在没有比他更好的男单选手，咱们就事论事，他就是比我强。"

董小龙想：你们不要为了给我留面子就贬低这么优秀的小朋友，张珏调皮归调皮，在赛场上可是真的争气，瞧瞧书架上那排奖牌，都是小朋友努力赢回来的。

谁知这时沈流也插话道："不是技术的事，他作为运动员就是不如你。"

两个教练都觉得张珏还不行，董小龙就很迷惑了，张珏都这么厉害了还不行，这两人到底怎么回事？

沈流和张俊宝对视一眼，眼里都带着无奈。

是啊，所有人都觉得张珏已经很强了，他们都不好说这个问题，但面对这个目前扛着男单大旗的师弟，张俊宝还是和他说了实话。

"这么说吧，花样滑冰对我们这样的人就是老婆，我们可以为这个老婆赴汤蹈火，但对张珏来说，花样滑冰顶多算是他越来越喜欢的一个女朋友而已。"

他的比喻过于贴切，以至于代理一哥董小龙猛然发觉这些年来自己好像确实把花样滑冰当老婆，因为过于沉迷花滑，他连女朋友都没有。

沈流补充道："而且张珏不是只有花样滑冰这一个选项，他还有芭蕾、声乐这两个备选，一旦哪天和花样滑冰分手了，他还可以跟其他好朋友一起玩，他的父母还给他安排好了学习这个选项，最重要的是，张珏自己很享受这个状态，好像不打算和花样滑冰更进一步。"

张珏很喜欢花样滑冰，可他并没有长久滑下去的渴望。

他会按照教练组的要求努力锻炼，也会控制饮食，但他完全没有那些渴望滑得长久的运动员应有的保养身体的意识，他会对踢足球这种说不定一个滑铲就要受伤的运动兴致勃勃，前两天他还跑去爬梨树，在盛开的雪云华盖中摘花。

雪海般的梨花之中，精灵一般的美少年捧着大把洁白的花朵，而如此美丽的一幕的背后，却代表着爬树的张珏并没有考虑过自己摔下去会怎么样，一旦受了伤会不会影响滑冰。

这孩子好像只是暂时为了自己的一点爱好，以及别人的期待留在这个项目里，他从一开始就知道自己会离开。

但如果是张俊宝、沈流和董小龙的话，即使他们也知道自己迟早要离开，可是只要那一天没有到来，他们就会尽可能地滑下去。

这就是他们本质上的区别。抱有这种心态的张珏，还不能坐到一哥的位置上，他并没有那种责任感。

谈话最后被宋城打断了，H省的总教练看着自家走出去的董小龙回家探亲，立刻过来又是拍肩又是拍后脑勺，还亲热地带他去食堂阿姨那里拿了一盘蜂蜜菠萝片做零嘴，又带他看省队小孩们的训练。

午睡完的张珏扎着小辫，先是做了体能训练，然后便开始进行跳跃。

董小龙看了一阵，发现张珏不负传说中的"世界第一转速"的外号，跳起来又轻又流畅，空中转速高得他望尘莫及。

他连连夸道："他的连跳节奏很好，这个3A+3lo也很厉害，你们是怎么想到让他练这种难度的连跳的？"

张珏跳完一组连跳，到挡板边喝水时听到这话，连忙解释道："小龙哥您别误会，我的3A+3lo成功率其实只有30%，今天是状态好，状态差的时候摔得满地乱滚。"

小孩比画着："我打个比喻啊，就是3lz+3lo最近和我的关系已经好了起来，在正常状态下能跳得比较稳，但3A+3lo就像是小婴儿，性格阴晴不定，今天能给我个好脸色，明天说不定就一边哭一边对我拳打脚踢。"

董小龙平静地点头，心里却嘀咕这娃的说话方式和他老舅一模一样。

接着董小龙发现张珏除了日常的 4S 练习，居然还试跳了几个 4T，但就像他每日的 4S 练习次数被限制在 20 个一样，他只被允许跳 10 个 4T，而且由于张珏在点冰跳上的天赋并没有刃跳那样好，于是他的 4T 真就只是跳着玩的。

而在张珏 4T 的训练中，董小龙终于品出了一点东西。

张珏跳 4T 时并没有一定要完成的执着，反而有一种强烈的人菜瘾还大的感觉，那孩子看着就是跳着过把瘾而已。

在张珏身上，并没有一种"即使受伤我也要攻克这种跳跃"的坚决，反而有一种"能跳成当然好，跳不成也没关系"的轻松。

这种心态当然好，意味着张珏心理压力小，但运动员没有压力，本就是一种问题。

在离开省队前，沈流再次对他说道："小龙，在张珏成长起来之前，你还得继续撑下去。"

董小龙犹豫了一会儿，问道："那你们打算怎么改变张珏的心态呢？"

张俊宝和沈流异口同声地回道："顺其自然。"

董小龙："啊？"

虽然听起来很不靠谱，但顺其自然就是两位教练应对张珏心态的唯一方式。

本来嘛，张珏再懂事也只有 13 岁，指望这个年纪的孩子有什么"这个项目以后要由我一肩扛起"的意识，也对他太过苛刻了。

到目前为止，花样滑冰能给张珏的，声乐和芭蕾都给不了，它们不能让张珏站在世界舞台上受人瞩目，那么喜欢就只能是喜欢。

随着年龄的增长，张俊宝相信，张珏终究会意识到什么才是他热爱的东西，时日还长，他们都有耐心等待张珏成长。

离开省队后，董小龙的第二站是他的启蒙恩师鹿教练的家。

这位已经 70 岁的老大爷如今早已开始安度晚年，董小龙提着一瓶老爷子最爱的花雕酒上门时，来开门的是鹿教练的爱人。

徒弟上门看老师，身为老师肯定是高兴的，师母一边将人迎进门，一边笑呵呵地说道："哎呀，你上门就好了，带什么酒啊，不过你来了正好，老头子买了台电脑，但有些地方不知道怎么搞，你们年轻人懂得多，帮他看看吧。"

董小龙换了拖鞋，顺着师母的意思进书房，就看到一个胖胖的白发老头，正戴着老花镜，神情严肃地握着鼠标点来点去，电脑旁有个小音响，正发出

《胡桃夹子》的声音。

老爷子抬眼一看，面无表情，只抬了抬下巴："过来给我看看，怎么让这个视频循环播放。"

董小龙恭敬地应了一声，上前帮忙操作，并且毫不意外地发现电脑里播的是张珏的世青赛自由滑视频。

他说："师父，张珏在世青赛这一场是真的滑得不错。"

鹿教练应道："以他现在的能力和岁数，这一场是可以，但他已经到头了。"

董小龙不解："到头？"

他心说就张珏那样的天赋，13岁就能练成第一个四周跳，以后练成第二个，甚至第三个、第四个恐怕也不是问题，怎么可能就到头了？

鹿教练没细说为什么张珏到头了，只是看起来有些怅惘："他算是成也天赋败也天赋。"

在老教练的记忆里，张珏的天赋之高他生平仅见，当年他才教了张珏一个月，就确定自己碰上了世界冠军的苗子，那感觉太过惊喜，就像是六旬老农辛勤种田30年，突然在田里捡到了一块100公斤的狗头金。

可正是因为天赋太好，很多高难度动作光凭天赋就可以完成，张珏小时候对训练完全没有耐心，光想着使劲挑战更多高难度的动作。

天赋让他产生无意识的傲慢，这孩子还不喜欢被教训，一旦教练训话，他就立刻神游天外，嘴里嗯嗯啊啊，实则下次还敢。

鹿教练不想看着好好的苗子就此堕落，便强行带着张珏去打磨基础，结果这小屁孩还没把基础全部练好就转去学芭蕾了。

空四年太长了，原来的基础再好也会被时光消耗完，张珏在世青赛时明明已经恢复训练一年多，燕式旋转的位移还是那么明显，滑行也是靠高滑速才显得轻灵飘逸，用刃时的小毛病不少，这就是问题所在。

除此以外，在运动员之中，力量和柔韧很难兼备，张珏现在看来是很典型的柔韧出众、力量不足的类型，偏偏他的技术缺陷又那么大，所以他跳完3lz后会没有余力再接3lo，强行去接容易受伤。

沈流只会4T，他教不了张珏4S，张珏的4S八成是自己琢磨出来的，说他的刃跳天赋排在花滑历史前三也没问题。在他完成第一个四周跳时，恐怕连他的教练都没想到他能厉害到这个地步，但这就是极限了。

他的力量不够，以后很难练出其他四周跳，如果发育时的体重涨幅特别大，影响身体转速的话，他的 4S 也要丢。

鹿教练凭着自己执教花滑 30 多年的经验判断，除非张珏在发育时猛长个子和增肌，弥补力量方面的短板，否则这个 4S 就是张珏的极限了。

不过老教练也是谨慎惯了，他觉得自己现在的判断是个人的猜测，不一定就是事实。

他和那孩子许久未见，张珏的实际情况可能并不是他所想的那样，何况那四年的芭蕾生涯并不是只有坏处，曾经总是想着去尝试更难跳跃的孩子因为舞蹈功底而具备了超强的艺术表现力。

最重要的是，张珏还年轻，身体健康，这些对运动员来说是最大的资本，他有无限的未来可以期待。

55. 兰琨

察罕不花考完期末考试，站在小学门口等了半天，才看到他哥骑着车过来。

白音朝察罕不花挥手："牛崽儿，快过来，不然赶不上训练了。"

小朋友噌噌地跑过去，熟练地爬上后座，一只手搂着哥哥的腰保持平衡，一只手还拿着个水分充足的莲雾啃着。

白音问道："你师兄又上京城去了？这次也是教练们全跟在他身边吗？"

想起察罕不花那位师兄在省队的待遇，那真是"宝贝蛋"三字都不足以形容。出国比个赛，省队总教练、主教练、副教练、队医全跟着一起走，kiss&cry 都快坐不下了。

不过想想也可以理解，毕竟不少厉害的运动员最后都会去国家队，只有张珏长期留在省队，那可不就金贵得和什么一样吗？

人家的理由还很正当，花滑又不能让他获得名校特招名额，那他最后还是要自己去高考，所以干脆就在老家这边继续学着呗。

今年的中考比小学期末考试要早，张珏早在半个月前就结束了考试，察罕不花现在还记得当时省队的气氛有多紧张，不仅是张珏要参加中考，同队的柳叶明、马晓斌、郑家龙等青年组小选手一样要考，但张珏的压力是最大的。

虽然教练们都说要让张珏明白花滑才是他的真爱，但张珏不管爱不爱花滑都要继续比赛，可如果他考不上三中，张青燕是真的能把他从赛场拽到补习班的。

宋城特意给张珏批了两周的假，就这还怕不够，考前一个月不停地问张珏要不要再多休两周，沈流更是将中学英语课本重新翻了好几遍，天天带着张珏补习。

等张珏的成绩出来后，宋城总教练表现得比张珏本人还激动，可见张女士给教练们带来了多大的压力，不过张珏本人得知自己被三中录取的消息却要比家人师长们晚一些，因为在考试的第二天，他就上了前往京城的火车，参加国家队集训去了。

察罕不花摇头："宋教练和张教练都留下来了，就沈教练带师兄去参加国家队集训，要等测试赛结束再回来。"

白音惊讶道："张教练没去吗？"

察罕不花面露羞愧："他说省队要招新人，准备到时候去给我找几个师弟师妹，而且我的刃跳太差了，所以他和沈教练说要留在省队盯我。"

张俊宝通过执教张珏积累了丰富的教授刃跳的经验，连他自己也是刃跳达人，在役那会儿跳得最顺溜的就是3lo+3lo，而沈流教点冰跳厉害些，张珏的3F就经过他的指导。

两个教练总要跟着张珏走一个，张珏本人无所谓哪个教练，最后就是适合察罕不花的教练留下来了。

听到这里，白音莫名就放心了。

虽然自家傻弟弟不如他师兄那么天赋异禀，11岁的娃儿练个3S还要费老鼻子的劲，可他还是不想教练们偏爱张珏太过，如今人家的老舅能为了察罕不花留下来，说明他们还是重视这个孩子的。

他清了清嗓子："牛崽儿，好好滑，家里都支持你。"

察罕不花从小就是念书天赋平平，全靠努力，但体育细胞异常发达，乐感出色，原本家里还觉得他会在民族舞这一块出成绩，长大后做个舞蹈老师什么的，没想到这孩子居然跑去滑冰。蒙古族还没出过有名的花滑选手，白音觉得自家小牛崽儿说不定能成为第一个。

做哥哥的总对弟弟抱有无限的期待。

夏风吹来，带着灼热的气息，自行车驶过沥青路面，路过的公交车站有两块大大的广告牌，其中一块正好滚动到牛奶广告。

穿着鳄鱼连体衣，头上甚至套了个头套的少年捧着带有产品logo的杯子，嘴上半圈奶胡子，黑眼珠往右上角看，嘴角咧开，带着露出个虎牙的笑，又萌又皮。

××牛奶，浓香纯甄调制乳，世界冠军喝了都说好。

嗯，青年组的世界冠军也是世界冠军。

才考完中考就被拉去拍了这辈子第一个广告，接着就被带到京城参加集训的张珏这会儿正趴在挡板上喝运动饮料，嘴里还嚷嚷着饿。

沈流不轻不重地掐住小孩脸上的肉："才吃完早饭不到两小时你就喊饿。"

张珏面露哀怨："离开了宁阿姨的爱心大餐，我总觉得少了点什么。"

宁阿姨就是那个业务能力过硬，以至于被其他省队请去讲课的食堂阿姨。她平时特别疼张珏，偶尔还会做个蜂蜜菠萝片、糖醋肉排之类的给小孩，不是说京城的食堂阿姨不好，但她不会给张珏开小灶啊。

沈流沉默一阵，就算宁阿姨给张珏开小灶，张珏也不能真的敞开了吃啊。

8月份就是国内测试赛，9月份就要开始新的青年组赛季。在这之前运动员们都会抓紧狠练，好让身体以一个体能充沛的状态进入新赛季。张珏为了中考在训练方面懈怠了不少，更是要抓紧时间把训练量补回来。

跟着张珏一起来京城的还有徐绰，这个女孩在跟着张俊宝和沈流的日子里成功练成了第五种三周跳 3lz，不仅掌握了 3F+3T 和 3lz+3T 两种高级连跳，还跟着师兄张珏练成了举手神技，国家队要了几次人，孩子自己也有那个意愿，这次就是来办理入队手续的。

这也是张俊宝要留在省队的原因，徐绰一走，张俊宝手里只有张珏和察罕不花两个弟子，宋城嫌他手里学生少，要求老舅去招新人。

如果说张珏是天赋派的话，徐绰的成功则充分证明了张俊宝和沈流的执教能力。领导们都想多塞几个好苗子给这两人，看看能不能让 H 省省队的单人滑更进一步。

而在碰到过察罕不花这种遗珠后，他们还打算多去商业冰场里逛逛，看看能不能多挖几个回家。

七月八月正是一年最热的时节，待在冰上也成了一种享受。砰的一声，不远处的徐绰又摔了一跤。

练跳跃总是要摔的，这姑娘很谨慎，练习时都会戴护具，比张珏这个练新跳跃时连个护臀都不用还嫌弃碍事的师兄安全得多。

沈流很淡定，随口告诉张珏："徐绰已经满了 13 岁，今年会和你一起征战青年组，上头打算让你们选同样的分站，国家队的赵教练会带着她和我们一起走。"

小姑娘实力不错，队里很期待看到她在赛场上如师兄一般屡上领奖台。

白叶冢妆子今年已经升组，她的妹妹白叶冢庆子还在青年组，也就是说，青年组女单选手中并没有特别强的。张珏和沈流观点一致，徐绰和这些小姑娘对上不说稳赢，争金夺银绝不是问题。

徐绰的技术优势太明显了，她最近还在练 3F+3lo，如果她真的练成了这个高难度连跳并稳定下来，节目也编得好点，表演得卖力点，直接把目标放在金牌上也可以。

沈流："问题就在这里，徐绰的 3lo 是她最不擅长的跳跃，两只脚呈交叉起跳后总是轴心不稳。"

过了一会儿，负责国家队女单项目的赵教练便开始喊人："张珏，来帮忙，给徐绰做个 3lo 的示范，她这个起跳足的姿态我看着怎么就那么别扭呢？小绰，你多看看张珏的起跳，他的姿势和规范动作差不多。"

张珏应了一声，连助滑都没用，直接原地起跳，一个完美的 3lo，之后轻飘飘地落了冰。

他们上午训练，下午还要去体育局上思想课，听领导们讲些鼓舞士气的话。上课的环境还挺好，冷气开着，桌子上摆着矿泉水、崭新的牛皮笔记本和笔，看起来还要人做笔记。

张珏嘟着嘴，将笔往唇上一搁，俩眼珠子朝中间看，转头对着同样来听课的黄莺。黄莺眨眨眼，捂嘴偷笑。

孙千这时领着个法令纹很深的中年男人进来，张珏抬眼一看，发现这大叔个子很高，目测一米九以上。

孙千咳了一下："各位，这位是兰琨教练，中国男篮前得分后卫，现在是江潭队的总教练。江潭队你们知道吧，今年国内联赛的冠军队，现在由他来讲述对腿部关节、肌肉的护理与锻炼的诀窍，大家鼓鼓掌。"

一群小运动员很给面子地鼓掌，兰琨抬手下压，神情严肃，拿着个 U 盘往电脑上一插，后方的白布上显现出一幅人体肌肉分布图。

"大家好，我是江潭队的主教练兰琨，虽然我是个打球的，但大家在运动时都要用到腿，在此，我就和大家分享一些心得。"

好听的男中音响起，黄莺凑在张珏耳边嘀咕："小玉，这个教练好帅啊。"

张珏嗯了一声，算是表示同意。

这大叔是很典型的雕塑脸，帅得相当高级，年轻时恐怕和模特一样。

徐绰记着笔记，顺口接话："是挺帅的，鼻子特好看，和师兄一样。"

听到这里，关临下意识地转头看着兰琨，立刻发现兰教练的鼻梁窄而挺拔，带着微微的驼峰，鼻尖小而翘，和张珏的鼻子简直是一个模子刻出来的。

这节课上了40分钟，之后又是一堂思想课，讲述运动员纪律与自律，领导着重强调了在外比赛别惹事，不要和任何人发生争执，哪怕在赛场上被对手推得摔一跤，只要没受伤，那就先爬起来把比赛比完。

这位领导还拿旁边的兰琨做例子："比如兰教练，他年轻的时候脾气火暴啊，连老婆都是他在酒馆和别人打架的时候认识的，他在外打比赛时被人暗算了一把，赛后立马和人约架，最后被举报，禁赛了整整一年。"

"听到了没有，速滑队的？你们把这事给我记下，标重点！"

这次来培训的不仅有花滑队的小运动员，还有隔壁速滑队、冰球队的队员，速滑的赛场是阴招多发地，运动员容易有火气可以理解，所以领导这是特意给他们打预防针来了。

结束时，领导还说要请孩子们去吃饭，没人敢带这群运动员去外面吃，最后大家还是去的食堂。

张珏拿着本子在队伍后头晃晃悠悠地跟着，兰琨不知何时也落在队伍末尾，看着张珏下楼梯时扶着栏杆慢吞吞的模样，兰琨犹豫了几秒，出声问了句话。

"你受伤了？"

"啊？"张珏抬眼，觉得这位眼神还挺好，忙挥手，"没事，就脚上磨了个泡。"

锻炼过度导致脚上起泡对运动员来说简直太常见了，连训练都不耽误，张珏走得慢纯属之前思想课过于像催眠，他现在没什么精神。

沈流这时招呼张珏："小玉，过来一下，文主任找你。"

文主任就是冰雪运动中心负责商业接洽的领导，张珏之前接的广告就是文主任联系的人，被他召唤基本上等于有钱上门，于是张珏的精神立刻就恢复了。

56. 八月

张珏是一个很乐意拍广告的人，用他老舅的话说就是只要有钱赚，来钱的方式也正当，孩子肯定开心。

不过因为年纪小，资历浅，成绩方面也只是拿了个青年组的冠军，所以张珏的代言费并不高。拍完牛奶品牌的广告，也只拿了税后六十万，张珏没有花钱的地方，张女士便开了个账户，帮张珏存着。

这次找到张珏的品牌和江潭队有点关系。据说江潭队在拿过联赛冠军后就得到国内一家不错的运动装品牌的邀约，对方拍完广告觉得效果不错，打算请他们的青年队也去拍一个针对 10 到 17 岁的青少年线产品的广告。结果才看到运动员，对方就发现了一个问题。

篮球队的青年队成员个个人高马大，看起来一点也不像青少年，就连还在上小学六年级的预备队成员都长到了一米八。

就在他们打算另寻他人的时候，兰琨教练突然说另一个项目有合适的人选，小孩的身高绝对符合青少年的定义，脸蛋也长得好看，成绩和脸一样拿得出手，之后还顺手发了个小孩拍的广告链接过去。

这家品牌一查，国内第一个世青赛男单冠军，拥有四周跳，潜力无限的全国希望，最主要的是这个希望长得没话说。

品牌老板手捧几张国内青年运动员的照片考虑了许久，说道："我妈都在电视里见过这个使拖把的娃娃，长得挺俊，就他了。"

得知自己能赚这笔钱还和兰教练有关后，张珏很诚恳地和兰教练道了声谢。

兰教练看着严肃不好说话，对张珏还挺客气："不用谢，也是你条件好，品牌方那边才会考虑，不过身为运动员，记得不要太沉迷于这些事情，成绩才是你的根，记得好好训练，以后自然会有更多好机会找上门。"

张珏又谢了一声，才被沈流带着去和品牌方见面。

兰琨坐在办公室里，捧着一杯绿茶发呆，文主任坐在办公桌后，仿佛不经意地问了一句："你哥现在怎么样了？还有打球吗？"

听到文主任这句话，兰琨回过神来，回道："就那样，打球少了，说是膝盖不行，跳不起来了，就天天打理酒吧生意，偶尔上台唱个歌暖场，有经纪公司想找他，他也懒得理，说是真当职业歌手的话，就要戒酒护嗓子，他舍不得酒。"

文主任道："你们这两兄弟啊，天赋都好，脾气都火暴，在这方面吃的亏也不少。幸好这次张俊宝没跟在张珏身边，不然你们两个怕是午饭没吃完就又要一起进医院了。"

兰琨苦笑："我可不想和张俊宝打了，他十八般兵器样样使得，一般人都不是他的对手。"

兰琨教练的哥哥兰瑾正是张俊宝的堂姐、张珏的妈妈——张青燕女士的前夫，当年两人闹离婚的时候，他们两家闹得十分混乱。

岳父岳母一听女儿被女婿酒后施以暴力，一人提一根扁担就冲到京城来了，张俊宝更是在医院门口一板砖拍在兰琨脸上。

那场架的结果是张俊宝手臂脱臼，兰琨小腿胫骨骨裂，还永远失去了两颗牙，鼻梁骨折，两人就地送医。

而兰琨又能说什么呢？他和哥哥兰瑾是双胞胎，长得一模一样，从小到大因对方而挨打也不是一两回了。

谈了一阵，兰琨接到队员的电话，得知队里的大前锋和中锋不知道因为什么事吵了起来，最后在比赛扣篮的时候把篮筐给扣坏了。他忧愁地叹了口气，起身，随手将一个红彤彤的棒球帽戴在头上，双手插进兜里。

"那群淘气娃又在闹事，我要回去抽他们一顿，张珏看起来挺好，我就不打扰了。"

文主任对他的背影喊道："真不和孩子相认啊？"

兰琨头也不回地挥手："我没脸，也不想再被张俊宝提着砖头上门找麻烦，算了吧。"

8月，张珏在测试赛稳稳地赢下所有同龄人，成功拿下比赛名额，并被教练们告知今年的分站赛安排。

每年的分站赛举办顺序都不一样，今年的顺序就是拉脱维亚站、加拿大站、中国站、日本站、法国站、意大利站。

沈流翻着笔记本："总决赛地点在日本福冈，所以我们的意思是，希望你报一站日本站，提前适应一下那边的环境。"

虽然日本分站赛是在长野举办，和福冈不在一个地方，但张珏还是点头。

"除了日本站，我的另一站是？"

"时尚之都，意大利的米兰。"

与此同时，寺冈隼人也联系上了张珏，说他的升组申请已经被日滑联批复通过了，以后和张珏就不在一个组比赛了。

从这个赛季开始，张珏便换了一批新对手，其中最有竞争力的应该是哈萨克斯坦的哈尔哈沙、捷克的尤文图斯、美国的安格斯·乔。上一届获得加拿大国内锦标赛的青年组亚军的新人查理·布鲁森金，挪威锦标赛拿了冠军的阿伦·海尔格在今年也会升入青年组。

在此解释一下，花滑的国内赛事会把青年组、成年组的分数放在一起算，挪威的阿伦·海尔格虽然之前年纪小，却在挪威全国赛比出了超过成年组的分数，因此以 12 岁的年龄登顶国内赛冠军。

这群人里最值得注意的是哈尔哈沙，他的教练阿雅拉女士执教能力出色，让这个孩子在 14 岁便练出了稳定的 3A。

而尹美晶和刘梦成在今年也会复出，以他们的年纪，也是要升成年组了。

张珏想到这里，跑去开了电脑，给寺冈隼人发了邮件。

【Jue：祝你在成年组顺利，如果在成年组的赛场上碰到美晶他们，请代我问好。】

那边回信很快。

【Hayato：也祝你顺利，为求稳妥，我今年沿用了青年组的节目，伊利亚自由滑沿用了原来的节目，但听说你编了新节目，我们都很期待你的节目，也期待作为对手的你变得更优秀。期待与你在成年组的赛场重逢。】

想起自己的新节目，张珏脸上的笑意变深。

他认为自己今年的节目绝对比去年好看三倍不止，因为他今年有钱了！有钱就代表可以在编舞和考斯腾方面投入更多。

张珏请了米娅女士编短节目《秋日》，自由滑却是特意飞到英国，请了专业的踢踏舞舞者，以及另一位国际知名编舞合作完成的节目。

很多新人都会在升组前一年准备两个精致的节目，并用最后一个青年组赛季进行打磨，然后带着完成度极高的节目一起升组，征战成年组第一个赛季。

张珏费了这么多劲，许多人都认为这孩子是在为明年的升组做准备，也对他的做法抱以理解。而且不仅是比赛节目，张珏的表演滑也摆脱了连体衣宝宝风格，专门请设计师制作了新考斯腾。

现在万事俱备，只等新赛季开始了。

57. 情书

11月，北方的气温直线下降，早自习开始前，陈思佳坐在三中的教室里，和几个女生聊着天，其中一个叫古伶丽的女孩声音较大，笑起来特别爽朗，正和她们分享着自己的见闻。

古伶丽是陈思佳在中学便认识的邻班熟人，在三中相会后两人成了同班同学，很快便成了密友。

过了一阵，古伶丽轻呼一声"珏哥来了"。

女生们安静了一瞬，接着就看到一个瘦小的身影背着个和身体不相称的迷彩大书包走进教室。

来人是一个男孩，小身板套着三中的校服，外套松松垮垮，口袋鼓鼓囊囊，右手提着个用布巾包好的方形物体，头上还戴个驼色绒球帽，脸上是一个口罩，简直像个顶着雾霾赶集的乡下老婆婆。

有人开玩笑说："世界冠军来了。"

张珏听到声音，看过去，一边摘口罩一边冲他们挑眉："兄弟，一周不见，想没想哥？"

一群人哈哈大笑："每回电视里放牛奶广告都看得见你，犯不着想。"

班长侯天晴反驳："你怎么就是哥了？全班最小，明明就是个弟弟。"

体育委员白玉山嬉皮笑脸地朝他勾勾手指："小玉儿，叫声哥哥来听听？"

张珏清清嗓子，挺胸抬头，表情无比严肃地叫道："贤弟，为兄尚有早饭未用。"

白玉山摇头叹气："唉，玉儿还是不肯让人占个口头便宜。"

又有人哈哈笑："人家才不是小玉儿，明明是玉鳄。"

张珏念初中时便是校园风云人物，暑假期间更是成了本土乳业的代言人，加上曾经抄着拖把上电视，所以哪怕到了高中，其知名度依然全校第一，就连"珏哥""玉鳄"之类的外号也传到了这里。

"张珏，早上好啊。"

陈思佳自然地挥挥手。

"早上好。"

张珏有气无力地应了一声，慢吞吞地坐到第一排，陈思佳恰好坐在他后边，正好看到张珏从肥大的裤子口袋里摸出一个塑料盒打开，里面是两块列巴片，满当当的生菜、紫甘蓝丝、芦笋、鸡腿肉被夹在中间。

列巴没加沙拉酱，连油醋汁都不放，菜里只有柠檬汁的清香，保证非常营养且不让人发胖。

张珏一边吃一边有条不紊地将书、文具整理好，然后翻开一本书看了起来，等吃的被消灭干净，张珏又从左边裤子口袋里掏出一瓶矿泉水。

等会儿，矿泉水？

这人咕咚咕咚喝半瓶水，又从衣服口袋里摸出两个水煮蛋，陈思佳单手撑着下巴，和他有一搭没一搭地聊着。

"你这口袋里塞一堆东西的习惯还是没变，这次去日本感觉怎么样？"

蛋剥好了，张珏一口咬掉半个，含糊不清地回道："挺好的，比赛的场地就是1998年长野冬奥会时的花滑赛事场馆，冰面很好，滑起来很顺畅。"

陈思佳单手托腮："听说你甩了第二名整整40分，还把青年组的短节目世界纪录给破了？我在家看电视的时候，省电视台专门在新闻栏目给了你半分钟的镜头，结尾时也没放音乐，就放你那个节目了，他们为什么不放你的自由滑啊？"

上次张珏世青赛夺冠的时候，电视台就把他的短节目和自由滑一起播了，因为分站赛不会直播到电视上，想要看比赛只能从网上找，不能玩电脑的孩子就指望着电视台把张珏的节目一起播了。

张珏腼腆一笑："因为我的自由滑失误了啊，这次能赢主要是对手太菜，摔得比我狠而已。"

他在自由滑里上了两个四周跳，一个是4S的单跳，还有一个4S+2T，结果毫不意外地翻车了，要不是后来两个3A补上了不少分数，他大概只能拿银牌。

在kiss&cry的时候，宋教练、沈教练、张教练全都黑着脸，一人往张珏后脑勺上扇了一下，看完分就把小孩拎到一边骂去了。

拿了冠军还挨骂，张珏也算是独一份了。

陈思佳深知张珏的比赛风格，但还是疑惑："你是没挨够教练的骂吗，咋又放纵起来了？"

张珏："因为现在是赛季前半段，遇到的对手都弱，不怕。"

张珏吃完水煮蛋，又从书包里拿出一个饭盒，打开，里面是满当当的虾仁藜麦饭、煎牛排、金枪鱼、西蓝花……

运动员需要注意饮食，张珏的午饭都是自带的，30厘米×20厘米的三层大饭盒是寺冈隼人邮寄过来的礼物，草绿色为底色，盒盖上有一枝堆满粉雪的樱花枝。中午丢到教师办公室的微波炉里加热下就能吃。

陈思佳："这个不是你平时吃午饭的饭盒吗？"

张珏扒拉几口饭："没人规定午饭一定要中午吃啊。"

这人愣是把他的午饭吃了三分之一，才慢慢将东西收好开始背单词。今天的早自习是英语老师来看着，到时肯定要做听写，张珏这方面是弱项，很容易翻车，临时抱佛脚是少不了的。

背着背着，张珏的眼皮开始一垂一垂的，应东梅才进教室门，正好看见张珏趴在桌子上开始睡觉，路过张珏的书桌时，将手里的英语周报卷好敲了小孩脑袋一下。

张珏噌的一下坐起，人还没清醒呢，先仰头露出一个温柔的笑容，应东梅差点没忍住伸手掐他的小脸蛋，最后靠着为人师表的操守硬忍下来。

孩子们都大了，她是个女老师，怎么能随便掐14岁的男学生的脸？这样不行，要培养他们对异性的距离感。

她没好气地问："你小子昨晚做贼去了？要自习了还打瞌睡。"

张珏很不好意思："机票没买好，凌晨才到东北，对不起啊老师。"

他这么一说，老师更舍不得为难他了。小孩为了赶回学校而连夜坐飞机回国，估计都没休息好，这是怎样的精神！老师只好挥挥手放过。

张珏也没说谎，他确实是凌晨3点才回到H市，哪怕他在飞机上一直睡觉，下了飞机回家继续睡，但断断续续的睡眠和漫长的旅途还是让人打不起精神。

为了有精神应对接下来的学习，恰好早自习和第一节课之间还有30分钟的休息时间，张珏把外套一脱，活动下手腕脚腕，就上操场去了。

陈思佳问他："张珏，你出去干吗？外面怪冷的，你不是怕冷吗？"

张珏回道："我去随便跑跑，不然没精神上课。"

他们的教室窗户正好对着操场，陈思佳趴在窗台上数，数到最后，发现这人跑了15圈才停。他们学校的操场也是标准的400米一圈，所以张珏随便一跑就跑了6000米。

运动员的随便一跑。

跑步其实是一件很枯燥无味的事情，有时候一跑就是四五十分钟，除了机械地重复摆腿摆臂动作，脑子几乎是空着的。张珏习惯在跑步时戴着耳机听音乐，随便一跑结束时，MP3里正好播放到《贝加尔湖畔》。

巧了不是，唱这首歌的人也曾是三中的学生，张珏现在算人家学弟。

还有件更巧的事，那便是他们的期中考试便在这周，张珏前一周比赛，后一周便要考试。这也是张珏咬咬牙，没躺在家里睡觉，反而坚持来学校的原因。

别看他之前考试总是年级前五，但到了三中这种全省知名重点中学，反而不是最出挑的那一拨。张青燕却表示，如果他的成绩落下了，张珏的花样滑冰训练时间就要削减。

可这可能是他最后一个可以保持巅峰状态的赛季了，张珏刻意花钱做了好看的考斯腾，编了精致的节目，连表演滑都投入了不少心血。

如果不能在这个赛季倾力一搏，他也会有一种对不起自己这两年的努力的感觉。

而且自从带出张珏后，张俊宝作为教练的地位便直线上升，目前已经是H省公认的最让人想把孩子往他那里送的单人滑教练。如果张珏能在退役前滑得更出色一点，即使将来他离开了，老舅也不怕没有好生源。

所以一定要好好学习以保证训练时间，然后在赛场上也要好好发挥才行。

长期保持低体脂会推迟运动员的发育时间，而且他现在吃得无比健康，入口的食物都不含激素，于是张珏的发育就来得更晚了。

如果运气好，说不定还能再在成年组横一年。

张珏呼了口气，发现出来的居然已经是白气了，淮河以北的寒潮也来得早。

现在停止运动的话，身上的热气也会迅速消退，说不定会感冒，这么想着，张珏干脆一路跑回了教室。

上午第一节是语文课，张珏往抽屉里一摸，没摸出书本，却摸出了一张明信片。

明信片的背面是张珏穿着浅蓝色考斯腾站在冰上的侧影，正面则是一行端正有力的字迹。

"我喜欢你。"

写信的人没留名字，但接下来连续三天，张珏都收到了相同的明信片。

58. 雄厚

收情书对张珏这种粉丝遍地的人来说，其实是一件很常见的事情。

和老舅张俊宝一样，张珏的长相意外地很受同性的喜爱，就是直男都要说一句帅的那种。

但不管这次给他送情书的是男孩还是女孩，江湖规矩，成年人不和未成年人恋爱，他的心理年龄都多成熟了？这样的他和未成年人恋爱合适吗？不合适！

虽然在赛场上放得开，给观众抛飞吻，但张珏一直都是个很讲规矩的人，这里说的是他自己的规矩。

不过张珏从不觉得那些在网上喊着喜欢自己的人是恋童变态，毕竟那些表白句子里总有一句"妈妈爱你"，那些人都是以长辈的身份，以纯粹的喜爱之情支持他。张珏一边在心里吐槽自己没那么多妈，一边对这些人的喜爱感到高兴。

谁不喜欢得到这么多人的爱呢？

而能在校园里给张珏写信的自然是同龄人，告白方式也单纯干净，被他们喜爱的感觉，和被粉丝大喊"加油"的感觉类似，虽然不会心动，但会感激。

结束了期中考的小朋友安心地坐上老舅的破金杯车，抵达省队的第一件事不是去换衣服热身，而是从口袋里摸出一沓明信片，跑到宋城总教练面前一递。

"宋教练，这是有我照片的明信片，咱们给授权了吗？"

宋城随手拿起一张，嘴上回道："没有啊，自从金梦和姚岚的明信片卖不出去以后，我们就没印过这玩意了，这照片拍得不错啊，是你的赛场照吧，等等，这玩意是情书？"

他们家孩子居然已经成长到有人惦记的地步了吗？不！宋总教练不想接受这件事，张珏在他心里分明还是个宝宝！

对他这个年纪的人来说，承认孩子们长大了，总有点顺带着承认自己比以前更老的意味。

张珏可爱地点头："嗯，这阵子好多人往我的抽屉里塞这个，看字迹应该是不同的人写的。"

准确来说第一封情书就像是一个开关，从那天开始，张珏每次课间出去跑步，回来的时候都能发现抽屉里多出一到两张信纸。

但是与此同时，没人给他送信纸以外的东西，据陈思佳说，很多同学会给暗恋的人送袋小零食或者是奶茶，但张珏作为运动员不会随便吃别的东西，大家就干脆只写信了。

不过张珏交给宋城的都是没有落款的那种情书，这种人把情书塞到他抽屉里的时候，大概也只是想表达一下喜爱，而不是真的想和他发展恋情，至于有落款的那种已经被他找了个没人的角落处理掉了。

当着一群人的面念别人写给自己的情书，顺带指名道姓地嘲讽人家，这是张珏这种好孩子做不出来的，他很尊重这类情绪。

宋城："你是不是进高中以后没有打架了？"

张珏再次点头："是啊，三中的纪律很好，我没必要打架了，怎么啦？"

宋城："没怎么，只是如果你还是经常打架的话，敢给你写情书的人绝对不会有这么多。"

旁听的沈流则抓住另一个重点："你小子收到了这么多情书，重点居然是有人印你的盗版明信片？"

宋城和沈流对视一眼，均认为自己这辈子都不用操心张珏早恋的问题了，就张珏这迟钝的性子，他要是能早恋，两位教练能把自己的脑袋摘下来让张珏拿去玩倒挂金钩。

张俊宝这时终于听明白了情况，他满脸震惊："什么？这些人居然在没拿授权的情况下就印我们小玉的照片？太过分了！这是侵犯他的肖像权！"

宋总教练："……"

忘了张珏的老舅也是个年近 32 岁还单身的男人。

你们舅甥俩其他地方像都算了，连这种地方都像就有点悲哀了好吗？

宋总教练满脸无奈："好，这事我会上报给文主任，让专业人士来处理，张珏，期中考试的感觉怎么样？能不能进前一百啊？"

张青燕女士发过话，张珏考试能进前一百名的话，她才会允许张珏在总决赛开始前半个月不上晚自习，并且周末也不用去补课，这些时间将全部属于花样滑冰。

张珏很自信地点头："安心，前一百名而已，洒洒水的难度啦，我发挥得不错，保守估计能进年级前三十呢。"

就算是张珏最弱的英语，也有沈流给补习，他还能经常去国外接受不得不使用外语才能进行交流的环境洗礼，口语进步巨大。

"行了，去训练吧。"

把人赶去热身，等张珏上冰，宋城发现小孩完全没被这事影响训练质量，跳跃的时候还是很有劲，特别努力。

和他在同一块冰场训练的还有几个十来岁的小萝卜头，一个是察罕不花，一个是白白瘦瘦的竹竿身材的女孩，还有一个同样是白瘦竹竿身材的男孩。

女孩是市队过来的单人滑选手，叫闵珊，男孩是之前从俱乐部挖过来的，叫蒋一鸿，两人分别是 10 岁和 9 岁，都练出了 2A，是不错的好苗子。

无论好苗子有多少，张珏永远是最出色的那个，他现在进行的是四周跳的训练，而且看得出今天的 4S 很给张珏面子，小孩在练习时甚至跳成了好几次 4S+3T，和他同龄的小队员看他的目光中都带着敬畏。

自从张珏满 14 岁，教练组便尝试着给他开放了四周跳的训练，也就是不再限制四周跳的训练量。

到目前为止，在掌握了四周跳的运动员中，大部分人都选择 4T，练 4S 的人相对少些。看张珏在训练时的状态，他很可能已经是全世界将 4S 跳得最漂亮的运动员了。

不过运动员在训练时尝试的难度总是比在赛场上高得多，其中也包括一些会被冰迷称为"外星难度"的奇怪跳跃。

张珏不仅尝试了在跳 4S 时举手，还尝试了 4S+1lo+3S 的连跳，甚至在最后的 3S 时举手，又或者在完成 4S 后，不断地以 1lo+3S 这样的形式进行极限连跳训练。

只要状态好，他可以是一个不停旋转的小陀螺。

哪怕是沈流这样偏理性的性格，有时候也会感叹一句："难怪张珏在长野的时候敢那么放肆，这小子的资本太雄厚了。"

就算 4S 不成功，张珏已经练成了稳定的 3A+3T，3lz+3lo 在本赛季的赛场上失误率更是惊人的零，所以张珏的容错率相当高，4S 不成，也可以用其他跳跃把分补回来，若是成了就更好。

反正现在青年组没什么厉害的对手，他可不就使劲地上难度吗？

张俊宝看了一阵："让杨志远多准备点膏药，四周跳的伤病率就摆在那里，练废的都有，他现在这么练，我看着总是心惊肉跳的。"

大概只有在玄幻的世界里，才能出现那种无论怎么练都不会受伤的运动员，但在现实里，运动员必然与伤病相伴，为了比赛时出成绩，打破自身极限练成更难的技术，带伤拼命的人有不少。

张俊宝是心疼张珏的，他宁肯张珏在技术难度方面进步得慢点，也希望这孩子少受点伤，职业寿命长一些。

因伤退役是竞技运动的常态，常见，却依然残忍。

就在此时，滑行教练明嘉拿着一张单子走过来，笑呵呵地说了件事："成年组的第四站比完了。"

他的话吸引了不少人的目光，大家纷纷问："这场比赛怎么样了？"

成年组的第四站是俄罗斯站，也不知道是不是巧合，不少今年升组的新人都进了这一站，包括男单的伊利亚、寺冈隼人、崔正殊、波波夫、亚里克斯，还有女单的白叶冢妆子、意大利的海伦娜，简直是新人惨烈的战场。

俄罗斯一哥瓦西里则选择了第三站和第六站，不会在本国出场，但俄罗斯老二谢尔盖、意大利一哥麦昆却都在场。

明嘉："伊利亚·萨夫申科已经拿到两个分站赛的银牌，确认可以进入今年的总决赛了，第一年升组就可以冲进决赛，虽然是裁判偏爱，太子爷本人也是有两把刷子的。"

"寺冈隼人伤病发作，打了封闭上的，最后拿了第六名，崔正殊是第十名。"

宋城说："对新人来说都很不错了。"

其他人点头，成年组的竞争本来就比青年组可怕得多，升组第一年成绩不行很正常，尤其是男单选手，大多是 18 岁以后各项技术和表现力趋于成熟，才到了出成绩的高峰期。

明嘉继续说道："不过今年还有一个新人，状态和张珏一样好，但凡出场必然夺冠，简直是杀疯了。"

众人异口同声道："是女单的。"

女单选手的巅峰期就是发育前，所以 15 岁才升组的小选手往往具备巨大的技术优势，甚至好几届冬奥会女单冠军，都是恰好在那年升组的 15 岁小将。

沈流猜得更细："白叶冢妆子上领奖台了？"

明嘉点头："对，她拿了冠军，赢了达莉娅。"

达莉娅正是去年的大奖赛总决赛和世锦赛的冠军。

"还有，她们的分差是 30 分，白叶冢妆子在比赛里上了两个 3A，还有一个 3F+3lo。"

这句话让现场彻底安静下来，半晌，张俊宝才缓缓吐出两个字，打破了沉默。

"厉害。"

3A 是女单的最高跳跃难度，而且在 2008 年后，上一个女单王者爱丽丝因突发心脏病退役后，女单选手里就没人可以跳 3A 了。

白叶冢妆子不光能做连续 3lo 的高级 3+3 连跳，还可以上 3A，含金量比在青年组完成四周跳的张珏还高。

沈流忍不住说道："只要她保持这个状态，几乎是提前锁定索契冬奥会的冠军了。"

甭管俄罗斯的裁判多想让自家选手主场夺冠，但就白叶冢妆子这个技术优势，除非俄罗斯女单项目上能突然出现拥有四周跳能力的强人，不然裁判怎么发力都没用。

明嘉补充道："而且我看了她的比赛，她的表现力非常好，有种倾尽一切的投入感，技术和艺术表现全没短板，属于裁判根本压不住的类型。"

这个女孩硬是顶着亚裔选手的压分待遇在俄罗斯分站赛赢了俄罗斯的一姐，踩着前世界冠军，以石破天惊之势开启了自己的成年组征途。

就在此时，场上的张珏正好做了一个 4S+3T+3lo 的三连跳，而且完成得相当完美，又有延迟转体，又有举手，毫无疑问，张珏是一个不逊于白叶冢妆子的实力雄厚的天才运动员。

沈流看着他的身影，心想，青年组的比赛年龄是 13 到 19 岁，但只要实力足够，本国滑联许可，满 15 岁即可申请升入成年组。而对中国花滑协会来说，他们巴不得张珏赶紧长大，将成年组男单的重任扛起来，所以他必然会在明年进入成年组，到时候他也会像白叶冢妆子一样，有一个震惊世界的开场吗？

张珏以后怎样没人说得好，但他现在的确是青年组霸主，等比完意大利站回来，小孩手里已经多了一枚金牌，以排名第一的积分稳稳进入总决赛。

值得一提的是，这次张珏成功完成了两个放进节目里的 4S，虽然后半段的 3lz+3lo 摔了，但小孩还是成功打破了青年组的自由滑纪录。

不过由于他在短节目跳 3A 时尝试举手，落冰时跟跄了一下，短节目险些失误，所以张珏的总分并没有破纪录。

也不知道宋城怎么说的，现在上头又开始印运动员的明信片，但主要印的是张珏在赛场、表演滑的照片。

然后张珏发现给他写情书的人现在买的都是正版明信片了，其中出现得最多的就是小鳄鱼挺肚子卖萌的那张，另一张出现频率高的则是张珏拿着拖把的。

负责运动员周边产品运营的到底是谁，为何连中国一哥的黑历史也往上面印？

现任一哥张珏失去了言语，甚至还感觉有点窒息。

他愤愤地想，就算你们买正版，我也不会给你们的情书写回信的！没考大学之前谈什么恋爱？一起来看书啊！其实就算张珏考上大学，他也不会谈恋爱，因为他小时候跳过级，考大学时才 16 岁，依然是未成年人。

59. 思绪

按照往年惯例，青年组的分站赛总是会比成年组更早比完，所以张珏拿完两枚金牌，还可以悠闲地等着看成年组的分站赛。

感谢 H 省的体育栏目，它们现在不仅播大热项目，也会转播花样滑冰的分站赛，虽然它们只播人气更高的成年组，但这依然让张珏免去不少找视频的麻烦。

花样滑冰大奖赛的成年组最后一站，被放在加拿大的魁北克。

加拿大的冰舞是强项，因此赛事主办方特意将冰舞的比赛放在双人滑、男单、女单之后，以吸引人气，比赛时间为夜晚 8 点。中国与加拿大有 13 个小时的时差，那边的晚上 8 点等于这边的早上 9 点。

热身室，一对亚裔选手在角落里，女伴盘腿坐在地上，男伴坐在折凳上，手法熟练地为她梳着发髻。

他们穿的考斯腾并不繁复华丽，男伴的考斯腾是仿欧洲中世纪的贵族少年骑士装，女伴穿着浅粉色的及膝纱裙，两人的容貌都非常出众，尤其是男伴，他身材高挑，面庞俊秀，即使在美人遍地走的花滑项目里也是难得的美男子。

不知是有意还是无意，路过的选手总会时不时将目光放在他们身上，有人和身边的人窃窃私语"那个男孩真可惜"，但他们从不理会那些目光。

将最后一枚粉色的玫瑰发饰别好，刘梦成满意地点头："好了。"

尹美晶回头一笑："梦成哥，我这样好看吗？"

刘梦成肯定地回道："好看，白叶冢妆子的眼光很好。"

白叶冢妆子也是为他们的账户打钱的青年组选手之一，当然，对方现在和他们一样已经升入了成年组，并参加了加拿大分站赛。

托那些善良的人的福，他们才能在异国他乡一边滑冰，一边继续学业。

尹美晶站起来："正殊哥打了电话，说小鳄鱼、伊利亚虽然不会参加这一站，但他们会通过电视看我们的表现。"

刘梦成微微弯腰，抬起手掌："来吧，世界上最勇敢的朱丽叶，只要这一场可以上领奖台，我们就可以去总决赛的赛场了。"

尹美晶将手放在男伴的掌上，手指相扣，而她的神情也坚定起来。

"走吧，世界上最美好的罗密欧。"

阿雅拉女士站在场边，按着两个孩子的肩膀。

"之前归化你们的时候，我本来只是希望本国可以多出一对能够进入世界前二十名的组合，你们本就具备这样的实力，但你们给了我一个惊喜，无须给自己太大的压力，你们已经很棒了。"

她絮絮叨叨，尹美晶和刘梦成都认真地听着，或许这位女士在双人滑、冰舞方面的执教经验并不丰富，能给他们的技术支援有限，但对曾经饱受苛责与暴力的他们来说，这位教练在心理层面给予的支持比他们想象的还要多得多。

"美晶，梦成，加油！"

两个孩子一同点头，转身手拉手一同朝着冰面中心滑去，广播里报出他们的国籍。

"Representing Kazakhstan……（代表哈萨克斯坦上场的是……）"

在 2011—2012 赛季，花滑四项的成年组赛场出现了好几位冲击大奖赛总决赛的优秀新人，其中包括男单的伊利亚·萨夫申科，女单的白叶冢妆子，以及冰舞的尹美晶、刘梦成。

而这对浴火重生的冰舞组合的节目是《罗密欧与朱丽叶》。

说来也巧，加拿大分站赛的冰舞自由舞的比赛时间，正好和三中的秋季运动会是同一天。

身为运动健将，张珏照例报了跳远、三级跳、长跑 3000 米三项。

三级跳和长跑被安排在了下午，跳远则是上午 11 点的事，张珏便悠闲地去敲了英语老师应东梅女士的办公室大门。

别人他不知道，应老师可是被张珏发现过在推特有号的冲浪老手。

要是别的学生，和老师之间总有点师生间的距离感与敬畏，张珏却是个脸皮厚的，小孩眨巴着亮晶晶的眼睛，讨好地笑着问道："老师，能借一下您的电脑看个比赛吗？"

应东梅女士还没反应过来呢，就被张珏用一通好话淹没，手里还被塞了好几颗巧克力，最后晕乎乎地开了电脑，让开座位，让张珏看外国的好朋友的比赛。

看着这小孩熟练地打开视频，应老师嘴角一抽："张珏，你看完比赛就立刻出去，听到没有？"

张珏嗯嗯地应着，发出的声音如同一只啃到竹笋的大熊猫。

看到一对长着亚洲面孔的冰舞选手代表哈萨克斯坦出场比赛时，应老师还是立刻反应过来，这应该是一对归化的运动员。

而被归化到哈萨克斯坦的亚裔运动员，男伴长得那么好看，又是张珏的好朋友……稍微了解一点张珏的人，都猜得出来这对亚裔选手是谁。应东梅想起这孩子抄拖把上新闻的传闻，心里莫名一软，坐在一边问了问："都是出国比赛，你既然想念朋友，怎么不报和他们同一站的比赛？"

张珏头也不回地说道："青年组和成年组的分站赛是分开的，要到总决赛才会一起比，到时候我就能和他们见面了。"

应东梅："进总决赛不是很难吗？你怎么知道你们会在总决赛见面？"

张珏毫不犹豫："因为我一定能赢，而他们没有输的余地。"

归化运动员总是要拼死拼活地拿出好成绩证明自身价值，这两个孩子豁出去了要回归冰场，必然会使出全力，而张珏对他们的能力有信心。

应东梅其实看不懂花样滑冰，要不是自己就教着一个中国一哥，怕是根本不会关注这个运动。

然而就在这一天，她惊讶地发现就算看不懂那些技术动作，可是当罗密欧与朱丽叶一同在冰上起舞，用舞蹈表演他们的相爱、挣扎时，她依然被深深地打动了。

莎士比亚原著中十来岁的朱丽叶、罗密欧懂不懂爱她不知道，可冰上的两位运动员一定深深地爱着对方，他们的爱意令人动容，以至于他们的节目可以轻易地感动外行人。

张珏则摸着下巴，饶有兴致地嘀咕："他们的用刀好清晰啊，就像是被强迫症拿尺子量过每个细节部分一样。"

不仅如此，这一对选手的滑速也很快，但即使速度再快，他们都能保持步调一致，默契得像是一个灵魂的阴阳两面。

现在的他们没有离开赛场，真是太好了。

一场比赛看得张珏心满意足，比赛结束，他很自然地拿了一次性塑料杯，在饮水机倒了一杯温水咕咚咕咚喝下去。礼貌地和办公室内的老师们道别后，他才双手插兜离开。

等他离开，一位男老师调侃道："这小子完全不把自己当外人，进办公室和进自己家门似的，以前怕不是天天被老师拎到办公室。"

另一人便笑呵呵地说道："那可不，我听说这小子念中学时到处打架，写检讨犹如吃饭喝水，一天能为了各种各样的原因进老师办公室起码三回。"

"看脸还真看不出来他有那么调皮。"张珏的外表很容易给人乖巧可爱的错觉，而错觉之所以是错觉，大家都懂。

另一边，张珏走上了跳远赛道，一班班主任一看到张珏过来，脸色立马就变了："不是说体育生不参加校运动会的吗？"

二班班主任得意一笑："张珏的确不是体育生啊，他是正儿八经考进三中的。"

听到这话，要不是顾及着为人师表的形象，一班班主任差点嘘他。

张珏的确不是体育生，可他比一般的体育生厉害得多，其他体育生至多就是个二级、一级运动员的水平，张珏可是正儿八经拿过全国乃至全世界冠军的国际健将级运动员！放他来参加校运动会等于降维打击，是不折不扣的破坏赛场平衡的无良策略！

别说什么张珏参加的项目不是花滑，而是他从没认真练过的跳跃、三级跳和3000米长跑，一个运动员光基础的体能、力量就远超正常人了！

比赛开始了，张珏看着前方的沙坑，却感觉身处一条白色的选手通道。

他开始助跑，速度越来越快，风在耳边掠过，他朝前跃起，如同一只迫不及待起飞的鸟。张珏的赛场状态绝佳，上午的运动会还没过一半，就有广播员用喜庆的语气宣布，高一二班的张珏同学打破了跳远的校纪录。

与此同时，日本的神奈川，寺冈隼人倒在冰上喘着气。

清水教练蹲在他边上，俯视着学生的脸："隼人，最后的分站赛成绩也出来了，你要去福冈看比赛吗？"

寺冈隼人断断续续地说："美晶和梦成赢了吗？"

清水教练："赢了，所以我才问你去不去啊。"

"去。"

寺冈隼人一个鲤鱼打挺起身，又一屁股坐在地上，他抓了抓头发。

"虽然这个赛季前半段的表现不太好，不过我可不会因为这点小挫折就颓废到连现场观看顶级赛事的机会都放弃啊。"

圣彼得堡，伊利亚完成了一个 4T，落冰时一个跟跄，却硬生生地靠着膝盖发力稳住了。

鲍里斯教练担忧地说道："伊利亚，我不建议你练习这种靠膝盖强行落冰的技术，这种技术对膝盖的磨损太高了。"

伊利亚一拳砸在冰上："可是我的四周跳还不稳定，如果没有这种技术打底子的话，就不能在总决赛拼出好成绩。"

瓦西里滑到这边，语气悠闲地嘲讽："现在还没到一定要你在总决赛拼命拿好成绩，撑起俄罗斯男单颜面的时候。我还没退役呢，轮不到你。"

福冈，白叶冢妆子看着体检报告，陷入了沉默。

白叶冢庆子坐在她身边，轻声叫道："姐姐。"

妆子回过神来，她揉揉妹妹柔软的头发："没事的，目前来看情况还好，只要注意一些，运气再好些，说不定到索契冬奥会时都不会有事，而且我们已经提前做好了准备，不是吗？"

"别担心，很快就是总决赛了，这是姐姐第一次进入成年组的总决赛，庆子，到时候你到现场来给姐姐、小鳄鱼、美晶姐姐和梦成哥哥他们加油好不好？"

白叶冢庆子看着她，眼中是晶莹的泪光，小姑娘温柔地应了一声，两只手抱住姐姐清瘦的身躯。

在不同的国度，不同的时区，从事花样滑冰的少年们做着不同的事，可他们的思绪却飘到了同一片赛场。

12 月 8 日，福冈，花样滑冰大奖赛总决赛，无数的顶级选手将会聚集于此，为了赛季前半段的第一顶王冠展开激烈的竞争！

60. 重逢

每次突然降温的时候，张珏的身体都会发作一次鼻咽炎，不严重时吃几颗润喉糖就可以止住咽部不适，睡觉时鼻子堵了以至呼吸不畅也是常有的。

原本张珏以为这个毛病是睡觉时才发作，谁知到了飞机上也是这样，清鼻涕不停地流，一路上光是找乘务员要纸巾都要了好几次。

鼻子发炎嘛，擤鼻涕时的动静都会大一些，张珏都觉得自己的动静大到扰民，最后干脆贴了暖贴，抱着毯子打算打个瞌睡，但没睡多久就被黄莺摇醒了。

女孩稚嫩的声音刺入他的耳朵，叽叽喳喳的，像只小麻雀："张珏，我们到了，准备下飞机啦，起床起床起床……"

张珏郁闷地睁开眼睛："我还没睡够。"

关临趴在椅背上，笑呵呵地说："因为今天飞行员超常发挥，所以我们提前10分钟到了。"

到了地面，张珏的鼻子又通了，一群人取了行李，沈流站在一边用英语打电话。

"……是的，我们已经到了，请问来接我们的人到了吗？没有的话，我们可以自己前往酒店……啊？接机人员已经到了吗？"

他开了免提，张珏也能听到电话对面的声音。

工作人员说道："接机人员是各位都认识的熟人，现在已经到入境处的出口了，过去和她会合就好，哈萨克斯坦的运动员也是这个时段抵达福冈呢，你们可以一起乘坐大巴过来。"

感谢应东梅女士和沈流一起给张珏开的小灶，他现在英语听力进步巨大，所以他很勉强地听懂了电话那边传来的带点日本口音的英语。

沈流是最没有语言压力的人，在他看来日本人说英语主要是会把 r 发成 lu，习惯了也还好。

此时附近响起清脆的女声。

"tama 酱！从中国来这里滑冰的 tama 酱，听到请回答！"

张珏回头，就看到熙攘的人群中，有一双手举着一条横幅，上面写着汉字

"欢迎来自中国的花样滑冰运动员们"。

张珏立刻跑过去："这里这里，别喊了！"

听到他的声音，来人转头，竟是白叶冢妆子。她穿着浅绿色毛衣、米白色羊毛呢长裤，脖子上围一条配色和圣诞树一样的方格围巾，脸上带着灿烂的笑容，两人还相距10米时，张珏就看到她脸上那两个显眼无比的酒窝。

她也朝着张珏跑过来，两人在机场中间碰头，白叶冢妆子一把将手里的横幅缠成团塞进口袋里，语调轻快地和他打招呼。

"tama酱，真是好久不见了啊。"

张珏无奈地叹气："的确是好久不见，白叶冢小姐，没想到是你来接我们，为什么不是工作人员啊？"

而且她这个出场方式和著名电视剧《东京爱情故事》的女主角出场一样，不知道的还以为她在拍电视剧呢。

妆子笑嘻嘻地回道："叫我妆子就好啦，我就是福冈本地人，加上想早点见到美晶他们，我就主动请求来接机了啊，怎么样？是不是很荣幸，世界第一的女单选手亲自来接你们，啊，你听懂我说话了？"

她突然反应过来，这个英语废柴居然可以和她交流了吗？

张珏："嗯，大致听得懂意思了。"

他现在算是勉强脱离聋哑英语的范畴了，不聋却依然哑，和伊利亚·萨夫申科差不多。

张珏还没来得及说下一句话，后面又有惊喜的叫声。

"妆子酱！"

白叶冢妆子转身："美晶酱！"

尹美晶兴奋地拖着一个粉红色的行李箱冲过来，和白叶冢妆子抱成一团，张珏都不知道这两个女孩什么时候关系那么好了。

刘梦成走到他面前，露出一个腼腆的笑，张珏双手抱胸，上下打量了刘梦成一番，后退两步，表情严肃地说道："你怎么长这么高了？以前我一抬头就能看到你的脸，现在我还要退一点再抬头。"

在重逢之前，刘梦成一直在想象当他再次见到张珏时，他们要说些什么，张珏会不会像其他人一样恭喜他们胜诉，并和他们一起为那个人渣只被判了11年而愤怒，又或者张珏会像一些人一样欣慰于他看起来比以前精神许多。

但他没想到张珏会抱怨他的身高，这重逢后的第一句话出乎刘梦成预料，但很有张珏的风格，让他一下就放松下来。

小伙子忍俊不禁，轻咳一声，微微俯身，认真地回道："我和美晶在去哈萨克斯坦的这一年都发育了，我现在是一米八五，她一米六八，你也变了不少，看起来比以前更帅了。"

张珏现在的身高是一米五七，看起来没比去年高多少，刘梦成只好夸他的脸了。

张珏闻言立刻就笑起来，捶了小伙子肩膀一下："这话我爱听，你吃不吃山楂糕啊？"

他说着，从口袋里摸出一大把山楂糕，被塞了一手山楂糕的刘梦成立刻确定张珏是真的很喜欢别人夸他帅，于是他暗暗庆幸自己刚才夸张珏时用的单词是 handsome，而不是 beautiful，哪怕后者更加贴切。

张珏今天穿的衣服是沈流帮忙搭配的，特潮，他本人也没有提着拖把摆出俺老孙要大闹天宫的架势，看起来相当令人赏心悦目。

而尹美晶在夸了白叶冢妆子"你越来越漂亮了"以后，妆子立刻高兴地摸出一把棒棒糖，每人都分到了一根，看来这也是个爱听好话的。

尹美晶和刘梦成功进入总决赛，让哈萨克斯坦的体育部门对他们简直不能更满意。

而白叶冢妆子显然还处于"我赢了达莉娅我真是太出息了"的昂扬狂喜和超级自信的状态里。

张珏就更不用说了，才打破青年组的自由滑得分纪录没多久呢。

这次哈萨克斯坦进了总决赛的共有四人，除了成年组冰舞的这一对归化选手，还有一个青年组女单选手，以及青年组男单的哈尔哈沙。阿雅拉女士带着他们走过来，和沈流客气地打了招呼。

身为职业运动员，他们的身材和身体姿态真的都足够好了，聚集在一起时更是和明星似的，加上花样滑冰在日本人气更高，从这儿到机场门口，他们就遇到了至少六批粉丝来要签名。人气最高的当然是白叶冢妆子这个在国民知名女性的人气评比时压过不少女明星，达到全国第五的女单一姐，其次就是张珏了。

奇怪的是，居然也有好几个女粉丝以及羞答答的男粉丝向张俊宝要签名。

等上了大巴，尹美晶高高兴兴地打开背包："我给你们带了特产，小玉，你不是喜欢巧克力吗？哈萨克斯坦的巧克力特别纯，我觉得你会喜欢的。"

除此以外，张珏还收到了一盒成套的哈萨克斯坦硬币，以及阿雅拉女士说可以放心吃的马肉干、各式干果和蜜饯。中亚的日照充足，水果的糖分很高，这些干果也超级甜。

刘梦成偷偷和张珏说，他们已经接到了不少商演邀约，哈萨克斯坦内部也有广告商找他们，所以他们已经可以赚钱还那些无息贷款了。

张珏这才想起他和刘梦成说过，如果他们不想接受捐款，可以把那笔钱当作无息贷款慢慢还。

说实话，看到刘梦成和尹美晶现在的体形后，张珏就知道他们完美符合冰舞项目内部流传的黄金体形，男伴身高在一米八三到一米八六之间，女伴身高在一米六五到一米六八之间，看起来最美观，托举也方便。

加上他们的表演天赋和默契，说这两个人没资本冲击A级比赛领奖台的都是瞎子，他们的身体条件几乎是年轻一辈的冰舞选手里最好的！

能看到他们继续活跃在冰场上，张珏也非常高兴。

或许真是花滑项目气氛比较好，又或者是他们这一辈的花滑选手关系格外好，等到了酒店，伊利亚和寺冈隼人居然也特意在酒店大厅等他们。

朋友们这么给面子，张珏当然也要摆出热情的态度回应，于是他开开心心地打开手臂，喊着他们的名字跑过去，准备给他们一个拥抱。

迎上来的伊利亚看到张珏这个样子，先是愣了一下，然后露出"原来如此我懂了"的表情。

旁边的寺冈隼人还没闹明白这家伙到底懂了什么，就见在张珏离他们只有一米的时候，已经一米七六的俄系太子轻喝一声，双手往张珏腋下一托，举着张珏原地转了好几圈。

突然飞起来的张珏只来得及发出"咦"的声音，附近就有镁光灯亮起，张珏维持着被举的姿势看过去，拍照的日本记者注意到他的目光，居然还放下相机，对他竖起大拇指。

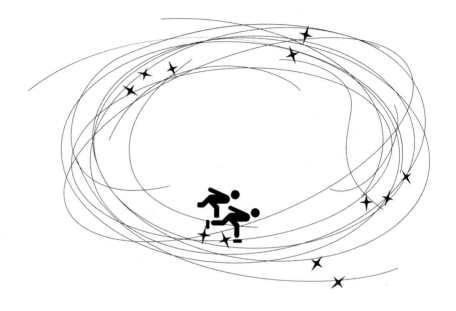

七　冰上的未来

61. 节食

张珏早就知道俄系太子爷那张看似冷淡的面孔下是一个憨子，他们当年一起护着尹美晶和刘梦成上火车的时候，伊利亚抄着一个折凳走在张珏身边时，嘴里一直念念有词。

张珏听不懂俄语，所以伊利亚说的话就被他听成"吃我一剑，华夏第一剑，白帝圣剑"。

后来张珏问了沈流，才在对方忍俊不禁的解释下，知道了那是战斗民族打架前喊的口号，大意是"力量与荣誉，胜利或死亡"，这种口号一般是打群架前喊的，也就是说伊利亚·萨夫申科九成九打过群架。

如果和这种憨子斤斤计较的话，张珏总觉得自己输了，所以他只能告诉自己莫生气莫生气，等伊利亚说请吃晚饭的时候，他努力地多吃了两个鸡腿。

这小孩有个特技，他可以一口气将鸡腿全塞到嘴里，等鸡腿从嘴里出来时，原本饱满的鸡腿已经只剩下骨头，连脆骨都不剩。

黄莺坐在旁边看得目瞪口呆，她觉得自己是永远学不会这位队友的吃鸡腿神技了，关临小声问她："徐绰没来吗？"

黄莺摇头："她的教练让她节食控制体重，不然连跳 3lo 时总是周数不够。"

"节食？"张珏回头，一脸不敢置信，"徐绰都那么瘦了，还节食，她的身体还有足够的蛋白质去长肌肉吗？"

黄莺却理所当然地回道："女子花滑运动员就是要节食啊，我们的肌肉力量没有男性强，不瘦点怎么跳得起来？"

张珏张嘴想说些什么，却一口气憋在喉咙，噎住了。

要是寻常的靠转速出跳跃的女单选手，用节食控制身材当然没问题，但徐绰这样的，将来是要发育成大高个的，不趁着现在努力多练练力量，到了发育期身体变重，她现在那点肌肉哪里还带得动那么高大的身板进行跳跃？

张俊宝也说过，发育前适当地进行力量训练，发育时才不至于丢技术丢得太狠，张珏这身体天赋，柔韧过强力量不足，所以张珏并不依赖力量，徐绰却是罕见的点冰跳超级利索的力量型女单选手。

哪怕张珏本人并非老舅那种上过体育大学，学过许多专业知识的教练员，也觉得赵教练让徐绰节食是浪费她的力量天赋，糟蹋她的好底子。

他想开口说些什么，却记起徐绰的母亲似乎也很支持女单选手应该节食这个理论，对张俊宝的执教理念颇有微词，而这也是徐绰转入国家队换教练的主要原因之一。连张俊宝这个成年人都没改变徐绰妈妈的念头，他说话难道就有用处吗？

这时白叶冢妆子拉了下张珏的袖子："tama酱，你看过赛程了吗？这次你和哈尔哈沙是我们之中最先开始比赛的呢。"

张珏回头："啊？是我吗？"

哈尔哈沙一脸疑惑："我……我们？"

寺冈隼人解释道："根据赛程，大奖赛将会持续四天，第一天下午4点举办开幕式，接着青年组的短节目会在这一天全部比完。"

下午4点45分比冰舞短舞蹈，晚上6点10分比女单短节目，晚上7点35分比男单短节目，晚上9点比双人滑短节目。

尹美晶笑着鼓励他们："好好表现，到时候我们会去现场给你加油的。"

她说的是英语，哈尔哈沙没听懂，旁边的刘梦成又说了一串俄语，哈尔哈沙和伊利亚才一起露出恍然大悟的神情。

刘梦成不仅英语说得好，连俄语都说得很流利了。

第二日，花样滑冰大奖赛青年组比赛正式开幕。

按照许多冰迷的说法，这次花滑大奖赛的总决赛群星荟萃，新秀云集，大批新周期的小辈运动员成功冲进这个赛场。

按照四年一个奥运周期来算，运动员之间的辈分也是四年一辈，张珏、伊利亚、寺冈隼人、黄莺与关临、白叶冢妆子等都是索契周期崛起的新星。

而且由于温哥华冬奥会由一个没有四周跳的北美系男单选手拿下冠军这事让不少人诟病，因此在温哥华周期过后，国际滑联修改了规则，提升四周跳的地位，鼓励选手们重新上四周跳，这就导致男单四周跳的重新兴盛，不过目前花滑四项只有男单才拼四周跳，女单那边的最难单跳还是白叶冢妆子的3A。

女单赛事在男单之前，也就是说，徐绰才是中国运动员之中最先开始比赛的人。

这个女孩正处于一个女单最为鼎盛的时期，在国家队训练期间，她成功练出了 3F+3lo，这也是青年组难度最大的连跳。虽然柔韧性不行，旋转也因此较弱，但她的滑行功底却在省队训练期间，被明嘉和张俊宝一起拉到了不错的层次。

所以在进入青年组的第一年，徐绰便以总积分榜第三位的成绩，进入了总决赛，成为继陈竹之后，国内又一位有希望在顶级赛场赛出成绩的女单选手。

她的短节目选曲是"River Flows in You"，小姑娘穿着浅蓝色的考斯腾，肩上有白色的蝴蝶纹饰，身上的亮钻汇成一条河包围着她瘦小的身躯，站在挡板前的她像是个即将去演童话剧的小学生。

赵教练站在她面前为她递纸巾和矿泉水，她妈妈举着横幅坐在观众席上。花滑在日本的人气极高，观众席已坐满了人，大家都用期待的目光看着她。

赵教练说道："小绰，别担心，你已经成功减重了，跳 3F+3lo 的成功率也达到了 70%，你一定会赢的。"

徐绰紧张地点头，赵教练继续鼓励她："你真的很努力，我执教那么多年，你是第一个滑到这个大舞台的孩子，加油，我们都会看着你。"

张俊宝也坐在场边，他看着小姑娘的身影，眉头紧皱："这丫头的腿怎么比上次见面的时候更细了，这么细的腿还能支撑她跳跃吗？"

沈流安抚他："据说赵教练现在最看好的学生就是她，而且她的连跳 3lo 技术在前两站分站赛的成功率一直不错，相信她吧。"

宋城点头："是啊，俊宝，徐绰到底是女运动员，你那套练肌肉的方式还是更适合男孩子，赵教练在国家队教了那么多年女孩，她的法子应该更适合徐绰。"

张珏练肌肉的效果也就那样，最后还是靠高转速才出了四周跳，有时候宋城都想让张珏节食，看看这孩子体重变轻后，能不能把 4T 也练出来，只是考虑到男单选手真使用女单选手的食谱容易让身体出问题，才作罢。

张俊宝不满地嘀咕着："没有肌肉保护的话，小玉跳四周跳时关节压力会很大，徐绰的力量天赋也很好，我之前从没见过跳得那么高的女单选手，不练肌肉多可惜。"

不过他嘀咕归嘀咕，当徐绰在赛场上跳成 3F+3lo 时，老舅还是高兴地差点跳起来，在徐绰跳 3lz 差点失误时，他也紧紧地攥着拳头。

即使徐绰已经不是自己的学生，张俊宝依然惦记着这个孩子。他的弟子不多，每一个都是宝，张俊宝不止一次熬夜修改他们的训练计划，就是希望尽可能地保证孩子们的职业生涯健康发展。

总决赛一个项目只比六人，赛程进展很快，青年组女单短节目结束时，徐绰排名第二位，仅次于 15 岁的美国青年组女单选手克拉拉。

张珏起身，提着运动包朝后台走去，热身室中不知何时已经聚集了好几个男孩，包括哈尔哈沙、尤文图斯、安格斯·乔等老面孔。

还有一个看起来很小的选手，张珏看了一眼，就知道这位是传说中的欧洲天才小选手，挪威的阿伦·海尔格。

因为国内赛是青年组、成年组一起算分，所以偶尔会出现那种分数极高、站上成年组领奖台的青年组小将，比如张珏去年就拿下了全锦赛的成年组金牌。

阿伦·海尔格则在去年的挪威国内锦标赛中以极高的分数赢下其他成年组男单选手，成为挪威最年幼的全国男单冠军。

这小孩还挺高，明明比张珏还小 10 个月，却看起来有一米六五以上，比一米六一的崔正殊还高。

沈流小声告诉张珏："不用太注意海尔格，他能赢全国冠军，主要还是挪威其他的成年男单选手太菜了，和你赢全锦赛的原因差不多。这孩子的最高难度跳跃只有 3lz+3lo，A 跳很弱。"

张珏同样小声回道："可他的腿比我粗好几圈，腿上肌肉鼓鼓的。"

沈流："肌肉鼓不代表跳跃就强，你老舅肌肉那么饱满，也没见他跳得过我啊。"

张俊宝站在他背后冷笑一声，沈流立刻就闭嘴了。

张珏做了个鬼脸，就地劈叉拉筋，张俊宝顺手将一块瑜伽砖垫在他脚跟下边。

根据积分排行榜，排名最高的张珏这次是青年组里最后一个出场比赛的，他的对手们一个又一个离开，然后音乐响起，一阵又一阵的掌声传来。

倒数第二个上去比赛的是尤文图斯，他滑的是一支爵士风格的萨克斯曲，曲调自由而轻快。

随着声音落下，选手通道里也响起契合节奏的嗵嗵声，这是套着刀套的冰鞋的击地声，张珏走出选手通道，冰场的冷气迎面扑来。

"tama 酱。"张珏抬头，正好看到白叶家妆子朝他握拳："干巴爹！"

张珏对她挥了挥手，脱下外套，一抹秋叶红出现，他抬起手，腕部到肘部有一条由深红到透明的渐变色网纱，轻盈的布料在滑行时飘动着。

他的短节目是"Otoñal"，翻译成中文的意思就是"秋日"，由钢琴家 Raul Di Blasio 演奏。

京城某重症医院，秦雪君坐在病床边，轻轻碰了碰一个孩子。

"小萍，之前录《我的小宝贝》给你听的小玉哥哥的比赛要开始了，你要看吗？"

病床上的孩子缓缓睁开眼睛，她嘴里插着管，不能说话，只能眨眨眼睛，秦雪君会意地打开平板电脑。

总决赛是会被央视五台直播的，所以张珏早就通过电话和秦雪君约好，如果他比赛时小萍清醒着，可以询问她是否要观看自己的比赛。

秦雪君小心翼翼地扶着平板电脑，女孩仰躺着，看着少年站在冰上，突然看着镜头，露出一个灿烂的笑。

他用口型说了什么，小萍想了想，觉得小玉哥哥说的是"你好"。

小萍想笑，小玉哥哥长得真好看，和他的歌声一样美好。

62. 红叶

张珏比赛开始的时候，三中正在上晚自习，陈思佳数着时间，偷偷从抽屉里拿出笔记本电脑，谁知这时来监督大家晚自习的应东梅女士居然问同学们："今天是张珏比总决赛的日子，他的节目马上就开始了，大家看不看啊？"

教室里立刻一片"看！""老师英明！"之类的喊声。

张珏的冰迷不少。想想也是，身边有一个同学是世界冠军，作为同学看张珏的比赛顺便加个油不是很正常的吗？

应东梅女士拉下投影屏，央视五台的直播节目出现在白色的屏幕上，一开始屏幕里只有伴随着萨克斯跳爵士舞的尤文图斯，很快，张珏出现在镜头之中。

他今年的短节目考斯腾非常别致，如同秋叶，层层叠叠的，包裹住他的身躯，水钻、亮片、珠子藏在秋叶的间隙中，行走时整个人都带着梦幻的光芒，鲜红的发带将黑发高高束起，缠绕在手臂上的渐变色轻纱轻轻飘动。

在过往的花滑项目中，每个滑《秋日》的选手都会选择清新的浅色考斯腾，唯有张珏剑走偏锋，穿了最艳丽的红色，却因而生机勃勃，完全不显艳俗。

体育委员白玉山惊叹道："妈妈，这就是仙子吗？"

而张珏此时正好看向镜头，露出一个笑。

另一个女生立刻捂住胸口："要死要死要死……"

陈思佳也觉得张珏这个造型不得了，笑得她的心扑通扑通跳，这绝对是张珏参加花滑比赛以后，穿得最漂亮的一套考斯腾。

有人还奇怪道："张珏突然对镜头说你好干什么？"

另一个女生手拿小鳄鱼挺肚子图案的团扇摇着，呆呆回道："他应该是和观众们打招呼吧。"

意大利男单一哥麦昆坐在前排，他打趣着坐在自己身边的谢尔盖。

"真难得见你来看青年组的比赛。"

谢尔盖严肃地回道："中国的男单断档了，这小子明年肯定会升组，提前看看未来的对手这段日子有没有进步很正常。"

他这么说，麦昆就更惊讶了，这个性格高傲的斯拉夫人从不把世界排名前十之后的运动员放在眼里，张珏还没升组便得到他的认可，看来谢尔盖是真的很重视张珏了。

他转过头，倒是没从那小身板上看到什么光环，只觉得这孩子挺小的，亚洲人本来就看着嫩，张珏又是娃娃脸又个头不高，往那儿一站就是小学生的样子，但这孩子的体态比去年又好了很多，上冰的姿态和那些芭蕾首席似的，肩颈挺直得像一只小天鹅，应该是经历了非常严苛的芭蕾训练，才会有这种程度的改变。

电视机前的米娅女士捧着红茶抿了一口，又优雅地放下。

即使赛季才过了一半，但已经有许多冰迷认为《秋日》是这个赛季最美的节目，当张珏在冰上起舞时，整个世界都变得安静下来，一切喧嚣消失，只剩独自在纯净的冰上表演的少年。

过往不乏花滑名将演绎《秋日》，1999 年花滑世锦赛女单冠军，俄罗斯的布特尔斯卡娅就曾演绎过《秋日》，美国男单前一哥也以这套节目作为自己早期的代表作。

这是一首融合了热情、柔情的重音古典乐，其中的喜悦与沉醉之情，多年来不知迷倒了多少乐迷。

而张珏选择滑《秋日》，灵感来自泰戈尔所作《飞鸟集》中的一句诗——生如夏花之绚烂，死如秋叶之静美。

前半句讲述生命的价值与珍贵、精彩，后半句却述说了死亡的平静与淡然。这个节目送给一个即将死亡的孩子，充斥着遗憾与怜爱，却并不悲伤。

张珏不会说什么"虽然你走了，但我们会记得你"之类的好听的话，但他会通过在顶级的花滑赛场演绎这个节目，用这个节目感动世界，为小萍在这个世界刻下更深的痕迹。

当那个行云流水的 4S 出现时，许多业内人士都被这一跳的质量震惊了。

沈流满意地鼓掌："这是张珏跳得最漂亮的一个 4S 了，训练时都没见过他跳得这么好。"

准确地说，这应该是本赛季开始后出现的最好的一个 4S，进入滑出的衔接难度高，起跳干脆，周数富余，姿态优美且流畅，有延迟转体，甚至还使用了双手上举！

自张珏将举手作为常规技术后，开始练习这项技术的运动员也越来越多，但在四周跳时玩这一招的，张珏绝对是世界第一人！

最可怕的是，即使是这么难的动作，张珏也完美地将其融入音乐之中，技术和艺术性在他的身上完美地融合到一起。

张俊宝眼中闪过一丝暖意："比起分站赛的时候，节目的完成度提高了很多，他不会辜负这个节目的。"

虽然没有像上个赛季一样，采取了将所有跳跃压到节目后半段拿基础分乘以 1.1 倍的做法，张珏这个赛季的跳跃 GOE 却都不错，只要跳跃能成，1.5 分以上的 GOE 拿得轻轻松松。

而到了第二跳，张珏再次给了所有人一个惊喜。

这次他居然使用了单手上举的 Tano 姿态。

这个 3A 就如一片红色的枫叶被秋风吹着在枝头翻飞，又伴随着乐声落在人们的心头。少年以一个滞空感惊人的 butterfly 进入燕式旋转，又转为甜甜圈旋转和提刀燕式旋转。

在这个旋转结束后，伴随着琴声，张珏单膝跪地，做出一个邀舞的姿态，又再次起身开始滑行。

冰刀滑过冰面，溅起雪色的冰花，少年的步法轻盈而快速，看起来就像在冰上表演华尔兹。

奇怪的是，张珏的手放得很低，让人下意识地觉得他的舞伴应该比他小，场面看起来就像是一个精灵牵着孩童在枫叶林中嬉戏舞蹈，如此纯真而浪漫。

白叶冢妆子静静地凝视着张珏的身影，无意识地呢喃着："绮丽……"

该怎么说呢，以往张珏在表演时，还能让人从细节处感觉到表演的技巧，但这次的《秋日》简直浑然天成，带着一种旺盛的生命力。妆子彻底被张珏打动了，她想，这就是她在这个赛季见过的最好的表演，如果她也能滑出这样富有生命力的节目的话，这一生就值了。

这段接续步编排得简直太好了，张珏没有困在前人的框架里，而是演绎出了属于自己的《秋日》。

哪怕节目才进入后半段，但所有人都明白，他们正在目睹经典的诞生，以后冰迷们提起《秋日》，就会说"我知道，这是中国男单选手张珏的代表作"。

有解说员赞叹道："Jue的表演进步很大，一年前他将赛场当作舞台，现在的他却几乎与冰面融为一体了，他展现了花样滑冰的艺术之美，我已经沉醉在他的表演中了。"

他的搭档附和道："还有他的跳跃，他的跳跃与表演的割裂感已经完全消失了，你看到那个双手上举的四周跳了吗？God，我简直无法想象这个孩子进入成年组时会掀起怎样的滔天巨浪。"

"这已经是世界顶尖的跳跃能力了！"

当张珏完成了最后的 3lz+3lo 连跳，进入躬身转的时候，已经开始有观众站起来鼓掌。

张珏就在这连绵不绝的掌声中，单手拉起浮足，做出他标志性的单手提刀贝尔曼旋转，又一个旋转后，再次单膝跪在冰面上，一只手在冰面上一抓，然后手掌平置于唇边，轻轻一吹，像是将整个秋季的萧瑟与灰暗都吹走，只留下纯粹的生之喜悦。

小萍眨巴着眼睛，泪珠顺着眼角滑下。

她想起了生病以前，爸爸妈妈会带着她去香山看红叶，那时她还可以在林中奔跑，有红叶落在她的掌心，她感觉像是捧住了整个秋天。

现在她的生命即将走向尽头，小萍明白自己无法再走出这间病房，可是在死亡来临之前，小玉哥哥通过这样的方式，将秋天带到了她的眼前。

小玉哥哥单膝跪在冰上向我邀舞，就像骑士在邀请一位公主，他真的好浪漫。

秦雪君将平板电脑放在一旁，握住她的手，轻声说道："小萍，这个节目是因为你才如此美丽的，你是大功臣呢。"

小萍微微眯眼，像是笑了。

秦雪君温和地告诉她："应你父母的要求，之后就会有人来给你拔管，然后医生会给你注射镇痛药物，接下来的日子里，你就不用那么痛苦了，现在先睡一觉吧。"

63. 情绪

冰上的少年分明还只是一位青年组的选手，可是当他落落大方地对观众席行礼时，麦昆险些以为自己看到了新王登基。

不，如果是这个孩子的话，终有一天，他会成为这个项目的新王的。

意大利一哥眼中流露出一丝敬畏："真是后生可畏，在他之前，我从没见过可以一边举手一边跳四周跳的，他简直就是个怪物啊。"

谢尔盖摇头："不止，他还用了延迟转体，在四周跳中使用延迟转体的技术意味着什么，你我都懂。"

这意味着张珏对 4S 这个跳跃已经游刃有余了，而且从张珏的本赛季纪录来看，在第一站分站赛结束后，他的 4S 成功率几乎是 100%，无论是在比赛中，还是在表演滑中，这个跳跃再没有失误过。

直到总决赛，张珏直接拿出了举手的 4S，宣告他已经彻底征服了这个跳跃。

"不仅如此，他的滑行进步也很大。"

寺冈隼人捧着一个机器，上面显示着"23.5km/h"，这样的时速已经完全是成年一线男单选手的水准了，虽然张珏的滑速一高就容易用刃模糊，但只要一想这人空过四年，再看他现在的滑行，谁不得夸一句他恢复得快？

他说道："tama 酱的滑行风格就是冰刃的用刃不如其他人深，但速度很快，他的跳跃远度也由此而来，看来是打算把轻盈路线走到底了，这个路线还挺适合他的。"

白叶冢庆子坐在姐姐身边，疑惑道："所以他的跳跃才看起来效果很好吗？"

"没错。"白叶冢妆子点点头，解释道，"对人类的视觉来说，远度会比高度更有震撼力，所以超远型跳法带来的 GOE 也高过高度型跳法，这是生理因素决定的，但远度跳法就要求滑行和协调性好。"

如何在高速滑行中抓住最适合起跳的瞬间，对运动员来说也是个考验，目前张珏是在这方面做得最好的，要说他有啥秘诀吧，他自己也说不出个一二三，就是凭感觉起跳，最后所有人都只能将这归为天赋。

张珏行礼时，小鳄鱼玩偶被哗啦啦扔到冰面上，像是场馆内下起了一阵玩偶雨，其中最大的那个玩偶比张珏本人还大。

鉴于稍后来收拾冰面的冰童都是正儿八经的小学生年纪，这种大玩偶恐怕要两个人一起抬，为了不为难小朋友们，张珏还是亲自滑过去，拖着这个大玩偶下了冰。

张俊宝抬手将玩偶往肩上一扛，将外套丢给张珏："快把衣服穿上。"

张珏嘿嘿笑着穿衣、戴刀套，沈流拍着他的小脑袋："滑得不错，你的 3lz+3lo 在本赛季的赛场成功率只有 30%，这次节奏感特别好，以后也要继续保持。"

张珏嘟哝着："其实我跳 3lo 的时候有点用力过猛，差点就打滑了，这次能成有点运气成分。"

等到 kiss&cry 时，张珏将玩偶往座位上一放，十分自然地坐到玩偶怀里，场馆内一时间"卡哇伊"之声不绝于耳。

在冰上的张珏是优雅而热情的枫叶王子，下了冰的他就立刻亲切可爱起来。

全场人都知道张珏这一场的分数低不了，因为在短节目里放四周跳一直是顶级男单选手的专属技能，许多一线男单选手直到现在比短节目时，为了求稳，上的最大难度单跳也只有 3A。

至于 4S 的话，用张珏的话来说就是，4S 已经和他领了结婚证了，而 3A 作为张珏最熟练的高级单跳，和张珏的感情更是如胶似漆，哪怕他的 Tano 姿态没有 Rippon 姿态纯熟，但 3A 依然配合了他的新姿势。

一个青年组的短节目光技术分就被张珏硬生生拉到 50 以上，但凡裁判给表演分的时候做个人，这个节目的分数也该上 85，成为新的世界纪录了。

张珏坐在鳄鱼玩偶的大腿上，双手放在腿上，抬头看屏幕，架势活像村头讲古的大爷，宋城教练提醒了一句"注意形象"，小孩才将腿并拢。

分数出现在大屏幕上，许多人都惊呼起来，他们惊呼的原因不是今天的裁判不做人，而是今天的裁判居然做人了。

技术分：52.61

表演分：38.19

最终得分：90.8

而在这个分数后面，代表着世界纪录的 WR 字样，以及赛会纪录的 MR 字样正在闪闪发光。

张珏凭《秋日》拿到了前所未有的表演分，并一举打破世界纪录！

三中高一二班教室，解说员激动的喊声从音响里传出。

"张珏刷新了由他自己保持的青年组短节目世界纪录！ 90.8 分，这个分数简直高得难以置信，即使放在成年组，也是足以争夺短节目第一的高分！"

听到这句话，许多对花滑不了解的人都哇了一声，纷纷叫着"珏哥牛 ×"。

破世界纪录本就牛 × 了，如果这个纪录之前就已经属于这人的话，"牛 ×"二字都快不足以形容了，简直牛 × 爆了。

而屏幕中的张珏起身和教练们拥抱，对着观众席不断挥手示意，青年组霸主的气势尽显。

他也的确有这个资格，毕竟，排名第二的哈尔哈沙只有 79 分，和他差了 10 分多，就算哈尔哈沙突然爆发出个四周跳，这个分差要在自由滑追回来也会非常困难，何况他还没有。

"他是世界上第一个身处青年组，便在短节目拿到 90 分以上的男单选手，我们可以预见的是，张珏进入成年组后，必然也会是不逊于萨夫申科、寺冈隼人的顶级选手！"

一时之间，张珏成了全场的目光焦点，而他在乐和完以后，情绪便立刻平稳下来。

日本体育台的解说员笑着说道："啊，虽然已经是提前奠定了胜局的样子，但比赛还没结束，所以 tama 酱还是没有放松神经，不愧是青年组的王者。"

离开喧嚣的场馆，世界立刻安静了许多。

张珏在房间中慢慢翻着高中课本，却看不进去，直到手机铃声响起，张珏立刻接起："你好，我是张珏……"

听到那边的话，张珏顿了顿，吐了口气："这样啊，雪君哥，你还好不？"

秦雪君站在走廊上，看着窗外的夜景："她走得很快，打了很多镇定止痛的药物，几乎没怎么清醒，也没来得及看父母最后一眼，我只是内疚于自己的无能。抱歉和你说这些，小萍很喜欢你的《秋日》，谢谢。"

张珏蹲到窗边，看着夜色中的福冈塔，其实对他来说，那个恐怖的梦提供的生离死别已经让他不寒而栗了，更别说现实中真的有人去世了。

他盘腿坐在窗前，慢慢唱道："若有天堂鲜花开满，多像鲜红的小玫瑰……"

秦雪君怔了怔，安静地靠着墙听完这一段《我的小宝贝》，嘴角上扬，又说了一声："Спасибо"。

"啊？你在说什么？"

听到小孩疑惑的声音，秦雪君连忙解释道："是俄语的谢谢，不好意思，我小时候父母忙，是奶奶带大的。"

"哦，原来如此。"张珏说话的声音依然平静。秦雪君犹豫一瞬，还是问道："张珏，我和你说这些，真的不会干扰你的赛前情绪吗？"

张珏摇头，又想起对方看不见："不会的，是我主动要求你告诉我这些的，如果你为了比赛瞒着我，我才要生气。"

他们聊了一阵才互道晚安，张珏拿着手机发了一阵呆，他呢喃着："我真的不会被影响表演的。"

然而他还是睡不着，反正自由滑在后天，张珏干脆提着冰鞋悄悄离开酒店，靠着方向感以及路边有英文的路牌，一路摸到了比赛场馆。

主场馆已经封闭了，张珏找不到进去的地方，但副馆却有一扇窗户是开着的。

对熊孩子来说，有个窗户就够了，张珏将冰鞋往里面一抛，撑着窗台，抬脚爬了进去。

在靠近冰场的时候，他听到了冰刀滑过冰面的声音。

314

张珏怔了怔，下意识放轻脚步声。

冰场内没有开灯，只有路灯的灯光通过窗户落了几束进来。

一道纤瘦的身影在冰上飞过，张珏看了一阵，发现那居然是他的《秋日》。

场馆内没有音乐，乐声却在他们的心间自然地流淌。

唰的一声，对方以萨霍夫跳的姿势起跳，在空中转了几周后落下，落冰跟跟跄跄的。

张珏判断出这应该是一个4S，但离足周还差180度，不过是靠着和他相似的软膝盖落冰技术强行没摔而已。

作为女单选手来说，光是挑战四周跳就已经很惊人了。

就在此时，对方停住动作，捂着小腹蹲在冰上，张珏连忙跑上冰："喂，你没事吧？"

白叶冢妆子抬头，惊恐地一跳，哇哇叫道："你怎么进来的啊？"

张珏："我从窗户爬进来的啊，你呢？"

白叶冢妆子："我也是爬进来的。"

他们对视一眼，同时笑出声，张珏扶住她的胳膊："是哪里不舒服？能起来吗？"

小姑娘借着他的力量站起："能的，谢谢。"

既然大家都是偷偷跑进冰场的熊孩子，有些事也不用解释了，张珏扶着她到座位上缓了一会儿，白叶冢妆子就恢复了元气，兴致勃勃地和张珏说要请他喝附近很好喝的果汁，当然是运动员喝起来也很安全的那种。

她看起来不想聊身体不适的问题，张珏也体贴地不问。不问别人不想提的事情，这点分寸感还是要有的。

但在喝果汁时，她却嘬了一声，捂着嘴唇，还和张珏挥手："我没事，就是牙龈炎，流了点血，不耽误比赛的。"

张珏面露无奈："你这话应该和你的教练说，你有和他报告过身体情况吗？"

妆子睁圆眼睛："我当然有啦！"

张珏立刻判断出来，嗯，她没有。

行吧，对运动员来说，口腔问题影响不大，至于她捂着小腹这事，张珏判断妆子应该是痛经，张珏以前在商演时就看过她这个毛病，因为心里觉得和女孩子谈论这个有点冒犯，张珏也不说，只摸出一个口罩递过去。

这个女孩在日本国内人气极高，万一被人拍到她晚上偷溜出门，肯定会有负面影响，她看起来也知道这点，居然还戴了墨镜出来，但大晚上的戴墨镜就更可疑了好吗？

妆子也意识到这点，脸上便有些讪讪。要是换了往常，面对这种情况，张珏会借口去买东西，让女士自己先回去，他后回去，也算避嫌，但现在是晚上，怀着对女性安危的担忧，他才和妆子上了同一辆回去的大巴，两人一个坐在车厢后方，一个站在前边。

过了一阵，妆子扶着扶手挪到张珏身边，眼睛亮亮的。

"tama 酱。"

张珏斜看她一眼："怎么了？"

妆子犹犹豫豫："就是……你能告诉我怎么把节目表演得那么精彩吗？我怎么也做不到把情绪表达得那么恰到好处，请教教我吧！"

张珏莫名其妙："想表达什么就表达什么啊。"

身为表演全靠感觉的天才，别说用英语了，就算用中文，他也没法解释其中一些细腻之处的技巧。

他一摊手："情绪释放是很个人化的，你爱怎么演就怎么演。"

妆子坐好，左手握拳敲右掌心："完全由心而发的表演吗？听起来好厉害，不愧是你。"

她弯弯眼睛："我不擅长比短节目呢，每次都是靠在自由滑上难度把分数追回来，如果我也可以做出这样的表演，明天的短节目肯定也能拿第一了，观众们也都会铭记我的节目吧？"

这种渴望被铭记的心态，听起来和张珏梦中的自己明知快要退出舞台，却还是想留下一首好歌回馈粉丝的心态差不多。

张珏鼓励道："是你的话，一定没问题的。"

妆子高兴地点头："嗯！"

然而说着这话的人，在短节目跳 3A 时出现严重的失误，最后以 75.18 分位列本次总决赛成年组女单的倒数第一位。

张珏坐在观众席上叹气："果然是不擅长比短节目的人。"

这惨烈翻车的样子，和他自由滑的狼狈样也差不多了，话说她这次失误和痛经、牙龈流血没关系吧？

张珏有点担心，不过这丫头既然还能在 kiss&cry 和镜头比爱心，那应该还好。

64. 拇指

张珏的对手们已经快被他带来的压力压爆了，基本上大家已经放弃了和张珏争夺冠军宝座，转而将目标放在领奖台的另外两个位置。

四周跳在青年组属于高维度武器，可以轻易地对身处低维度的对手们进行降维打击，张珏惊讶地发现在四周跳稳定以后，他几乎没了对手，哪怕是理论上国籍优势最大的安格斯·乔，在他面前也弱得和小鸡似的。

成年组的赛场要激烈残酷得多，第二天的比赛便以成年组各项目的短节目为主。

女单的达莉娅在总决赛的短节目中拿了第一，但明眼人都看得出来，白叶冢妆子依然是不可小视的对手，强大的难度让她随时可以翻盘。

正值盛年的瓦西里此时在男单项目中依然具有统治力，但意大利的麦昆，法国的马丁，跟他同国的谢尔盖、伊利亚都对冠军宝座虎视眈眈。

诚然俄罗斯一哥的确牛 ×，但大家都有四周跳，比的就是谁临场发挥更好、综合能力更全面了。

男单选手们普遍都只掌握了一种四周跳，所以最厉害的瓦西里也就是短节目上个 4T，自由滑上 4T 和 4T+3T，大家都差不多，所以斗起来特别激烈，比赛看头就上去了。

这次中国没成年组的运动员进总决赛，双人滑一哥一姐金梦和姚岚双双因伤病住院，双人滑不说断档，但也在断档边缘徘徊，所以等到明年，黄莺和关临将不得不和张珏一样踩着年龄线升组，他们再不升，前辈们下半辈子真要坐轮椅了。

于是张珏今年也没法再举着小红旗在观众席上给前辈们加油，只能干坐着看其他国家的选手争奖牌，这让少年的内心有些失落。别看张珏是单人滑选手，其实他很喜欢看双人滑节目。

双人滑短节目开始时，张珏就听到马教练数落两个孩子："这对组合是亲兄妹，他们的默契是如今的双人滑第一，法国那一队的表现力很强，俄罗斯的花滑是传统强项了，但德国那一对才是你们的劲敌。"

张珏听得都要同情这俩孩子了，小小年纪就要去和这些大人比赛，上领奖台时的视觉效果和他的"凹"字也差不多。关临在双人滑的男伴里还算小个子，身体天赋不够就要靠努力补，训练时得比谁都拼命，吃的苦头比苦瓜汁还苦一百倍。

张珏深吸一口气，越想胸口越闷。

男单这边的情况与双人滑也差不多，都是独苗死撑，后继无人，青年组的金子瑄倒是天赋好，可他的心态不稳，国内赛厉害，到了国际赛场就不行，人称内战之王，关键时刻永远支棱不起来。

此时有人将手放在他头上揉了揉："花样滑冰是世界上最接近飞翔的运动之一，当你在冰上打开双臂，有那么一瞬间，你会想要就这么飞到地老天荒。"

张珏转头看着沈流，就见这位前一哥温和地俯视着他："但没人能一直飞下去，落地并不可怕，那只是另一种新生活的开始，不过你还可以飞很久，现在先不用想那些。"

真奇怪，明明沈流就是为了男单崛起的梦想才到他身边来做教练的，可是在提到退役的话题时，他的态度和张珏想象的不一样。

比起希望张珏一直滑下去，将男单项目好好地撑起来，沈流反而更注重让张珏对于"退役"有一个正确的认知。张珏感激他对自己的用心与爱护，小屁股挪到离他更近的地方，温柔地应了一声。

沈流想，这小孩不学熊猫嗯嗯应付人的时候真的挺可爱的。

此时一股奶香接近，张珏和沈流一起顺着味道看过去，就见张俊宝黑着脸走过来，手里提着外套，身上只穿着一件略紧的黑色毛衣。

张珏鼻子动了动："老舅，你不是买热牛奶去了吗？"

张俊宝挥挥手："唉，别提了，被人撞了一下，牛奶全洒我衣服上了，那个人一直和我道歉，还拿手给我擦，还缠着我要电话，说是把衣服送去清洗还给我什么的。谁要给一个不认识的外国人电话啊，我好不容易才摆脱那个人回来了。"

张珏和沈流的目光一起落在他的胸上，不知道是不是张珏想歪了，他总觉得按张俊宝说的，那个碰翻牛奶的外国人是在揩他老舅的油。

男孩子出门在外也要保护好自己，因为有些色狼伸手时是不讲究性别的！

沈流立刻脱下外套："师兄，我今天衣服穿多了，你穿我的外套吧，冰场冷，你体脂又低，别冻到了。"

张珏坐在老舅和沈教练之间，左边是带着浓烈奶香的老舅，右边是帅气的沈一哥，突然生出一股浓烈的责任感。

唉，老舅和沈流长得那么帅，偏偏又都是长期单身的憨子，被占了便宜恐怕也不清楚，以后自己还是要多注意一点，护着这两个没自觉的成年人。

然后他又听沈流和自己念叨："小玉啊，你看了今天的男单比赛，明白你明年要面对的都是些什么人了吧？"

男单独苗张珏，突然有了想躲到老舅怀里去逃避现实的冲动。

也不知道是不是今天的冰场有问题，一天比赛下来，不仅白叶冢妆子惨烈翻车，瓦西里在跳 3+3 连跳时同样失误了，最后一个 3lz+3T 变成了 3lz+2T，短节目排第三，在麦昆与谢尔盖之后。

双人滑那边，最有希望夺冠的德国组合最惨，他们在抛捻转的时候发生严重失误，女伴摔在冰上半天没爬起来，最后只好被扶下场退赛。

花滑四项，三个项目的夺冠热门人选通通出事，观众席上的冰迷们都看呆了。

唯一让人惊讶的就是冰舞了，目前世界排名第一的加拿大一哥一姐朱林与斯蒂芬妮在这个赛季选择了吸血鬼主题，本就是俊男美女，加上用妆容营造的苍白魅惑气质，光看着都让人赏心悦目。

就是这两人节目结束的时候还抱着暧昧一吻，张珏可以判断出他们是在借位，不过看观众们兴奋得尖叫的反应，将来这两人退役分开的时候，跳进 CP 大坑的娃们还不得哭出来啊。

相比之下，还是尹美晶与刘梦成这一对实在，一曲《一步之遥》被他们演绎得缠绵悱恻。

宋城脸上露出一丝兴味："有点意思，《一步之遥》是经典曲目，《闻香识女人》和《真实的谎言》里都出现过这首曲子，许多选手选择这首曲子也会下意识进入电影中的场景，但他们没有。"

这两个孩子演绎的是他们自己的《一步之遥》，就和张珏滑《秋日》时也没有困在其他人的框架里一样，他们都对曲目有自己的理解。

他摇摇头："这两个都是天才啊，托举简直太漂亮了，滑速不说是冰舞里的第一，但用刃和教科书一样标准，阿雅拉眼光独到，下手够快，人品可靠，他们跟着这个教练未来可期。"

唉，要是中国能有这么好的苗子，教练们早就供起来了，男单断档以后就把张珏当成了宝贝蛋，冰舞那边可是从未崛起过，缺人才缺到眼冒绿光。

比赛结束时，尹美晶与刘梦成位列第三，仅比原来世界第二的冰舞组合美国的布里克和蒙娜组合低2分，这2分算到国籍里就可以了。

一天赛比完，除了冰舞，到处都是失意的人，不少来支持日本一姐白叶冢妆子的本土冰迷都十分失落，等张珏去自助餐厅吃晚饭的时候，他发现那些顶级运动员也情绪低落。

白叶冢妆子独自坐在窗边吃一份白粥，张珏路过她那桌的时候，小姑娘头都没抬一下，手机还放着一曲《流浪者之歌》。

瓦西里发狠地吃着香蕉，而谢尔盖和伊利亚坐在不远处却不敢靠近他。

德国的双人滑组合已经登上了飞机回国看骨科去了。

冰舞那边，朱林和斯蒂芬妮在聊天，气氛和调情差不多，尹美晶和刘梦成在互相喂食，单身的人都不乐意搭理冰舞的。

徐绰依然没有出席晚餐，张俊宝去取了一盘白灼青菜，说是要去找徐绰和赵教练聊聊。沈流跟过去了，而马教练则在旁边督促关临多吃，黄莺则咬着黄瓜羡慕地看着男伴。

张珏专注地观察着他们，一边拿着寿司蘸了不知道什么东西往嘴里一送。

日本队的教练这时接到了一个电话。

"喂，小村记者啊……对对对，我们在3楼餐厅这里，你出了电梯往左……我看到你了。"

哗啦一声，桌子被掀翻，碗碟落地，巨大的动静吸引了所有人的目光。只见张珏捂着嘴，满眼泪花，从椅子上跳下来往饮料区狂奔，途中踩中香蕉皮，啪一下趴在地上。

刚刚进来的小村记者呆呆地看着这一幕，并不清楚发生了什么事，只是下意识地举起相机。

咔嚓。

中国一哥突然"五体投地"，叼着香蕉一脸疑惑的瓦西里转头，白叶冢妆子站起来伸出手，尹美晶张大嘴，刘梦成端着水翻过朱林与斯蒂芬妮吃饭的桌子往张珏那里冲的经典画面就此定格。

张珏才被扶起来，就看到那个眼熟的日本记者对他竖起了大拇指。

有人笑了起来。

"你还是这么有趣，小鳄鱼。"

"弗……弗兰斯？"

来人赫然是已经退役 10 年的英国男单前一哥，弗兰斯·米勒，也就是张珏的自由滑《大河之舞》的编舞。

看他还是眼含泪水的可怜表情，刘梦成赶紧递杯子："Jue，先喝水吧。"

65. 编舞

自从 2002 年盐湖城冬奥会爆出了裁判打分丑闻后，国际滑联便将评分系统换成了现在这一套，而技术分和表演分结合才是总分，也渐渐成了选手们习以为常的规则。

其中 PCS，也就是俗称的表演分，官方称为节目内容分的部分，由五个小项组成：

> 滑行技术
>
> 步法衔接
>
> 完成度
>
> 编舞
>
> 音乐表现

完成度是看选手有无 clean，是否失误，失误程度如何。音乐表现则是张珏最擅长的部分。

而编舞这一项被明确地编入了打分小项里，代表着国际滑联也认可了编舞的重要性，因为没有结构完整、内容丰富的节目的话，光滑《两只老虎》可不能把运动员送上世界冠军的宝座。

英国男单前一哥弗兰斯·米勒两年前遇到了真爱，谁知真爱竟是人渣，同时脚踩六条船，其中一个还是拳击手。弗兰斯在 2010 年被情敌送进医院住了几个月。

国外的医疗费都挺贵的，所以弗兰斯出院以后就发现自己没钱了，他捧着账单痛定思痛，决心离开情场，老老实实地接商演、做编舞赚钱。

如今的弗兰斯还是个刚被生活打醒的二线编舞，找他编舞的大多是青年组选手，虽然节目质量不错，但孩子们的表现力有限，以至于他到现在还没个作为编舞的代表作。

节目质量好，价格便宜，可不就是标准的物美价廉吗？由于米娅女士的风格不适合编《大河之舞》，张珏思考了许久，才选定弗兰斯·米勒。

作为青年组公认的表现力第一，愿意和张珏合作的编舞其实很多，但他身边有米娅女士这位芭蕾舞团前首席，中国国家队也有合作惯了的国际知名编舞，这导致其他编舞都觉得张珏的生意轮不到自己头上。

弗兰斯被找上的时候也很惊讶，但送上门的生意谁不乐意接啊，弗兰斯高高兴兴地接下这单生意，然后在编舞期间被张珏气到屡次想打人。

张珏此时只知道弗兰斯·米勒的编舞上限高，所以就逼了逼他，各种要求提起来毫不心软，好几次逼得弗兰斯抓着头发想暴走，考虑到发际线有点危险，又不得不放弃。

然而张俊宝的胳膊太粗了，有着标准男单运动员身材的纤瘦男子弗兰斯看着老舅的身材，胆子缩得只有花生米大小，嘴上说着"好好好我再改一遍"，毫无反抗之力。

所以这就不难理解，为什么他看到张珏摔倒时，第一反应是笑了，谁叫他在给张珏编舞期间，发际线起码后退了 2 毫米呢？

不过吐槽归吐槽，编舞和运动员之间，就像教练和运动员之间一样都是互相成就的关系，张珏已经成就了张俊宝和沈流，作为表演者的他也成就了米娅女士，今年米娅女士被国内其他运动员请求编舞的次数可比往年多多了。

如果张珏拿着弗兰斯的节目多得几个冠军的话，他的生意肯定也会更好，他思来想去，最后还是一咬牙刷信用卡买了机票，跑到福冈来看张珏的比赛。

因为是大奖赛总决赛，附近的酒店住宿很紧张，为了找到落脚点，他还不得不多花冤枉钱，才在离比赛场馆 2 公里的地方找到了一间大床房，因为这事，他连吃饭的钱都快不够了。

张珏喝完刘梦成递过来的水，从芥末带来的冲击力中缓过来，才空出脑子想明白弗兰斯的意思。

他是来找自己蹭饭的。

看着弗兰斯满含期待的眼神，张珏又去取了几份寿司和沙拉过来，弗兰斯高高兴兴地坐在那里开吃。

白叶冢妆子不知何时捧着粥碗坐在张珏边上："tama 酱，这就是你的自由滑编舞吗？"

张珏点头："是啊。"

白叶冢妆子凑近他的耳朵悄悄说道："你既然没有合适的自由滑编舞，干吗不问我和隼人呢？我们认识好几个顶级编舞呢。在 1998 年的长野冬奥会女子单人滑项目中，也有人滑了《大河之舞》啊。"

1998 年长野冬奥会号称是冰舞项目竞争最激烈的一届冬奥会，从冠军组合到亚军、季军、第四名，放在往届冬奥会都是具备夺冠实力的组合，编的节目都是经典之作，结果四组大神却凑到了一届，斗得那叫一个精彩。

张珏小声回道："我知道希琳女士的编舞很好，但她这个赛季太忙了，我打听过了，她这个赛季要编 12 套节目！"

手头活那么多，张珏又不是成年组的顶级运动员，人家未必会对张珏的节目尽全力，还不如找弗兰斯这个潜力股呢。

徐绰这赛季就是找希琳女士要的编舞，据说费用很贵。

弗兰斯还在吃，一边吃一边夸日本的米饭好吃，寿司口感也好，让白叶冢妆子这位东道主选手听得笑眯眯的。

日本人总是觉得自家米饭好吃，身为东北人，坚信东北大米最好吃的张珏也不好反驳，干脆闭口不言。

尹美晶也坐过来，看着弗兰斯的吃相暗暗吃惊："你晚上吃这么多，不怕胖吗？"

弗兰斯大大咧咧地回道："没关系，我是吃不胖的体质，随便怎么吃都可以。"

易胖体质的张珏和尹美晶一起露出羡慕的眼神。

他俩都是一旦放开吃，就胖得和吹气球一样的人，偏偏一个是跳跃靠转速的轻盈型男单选手，一个是要被托举的冰舞女伴，只能在吃上面苛待自己了。

刘梦成却询问起弗兰斯的编舞价格。

由于财务紧张的问题，他和尹美晶这赛季找到的编舞价格不贵，水平也比较平庸，最后还是他们自己又把节目改了一通，才有了现在的《一步之遥》《罗密欧与朱丽叶》，但很多地方依然比不过他们对手的节目。

所以他们这个赛季就算再拼命，也顶多上领奖台摸个铜牌，节目限制了他们的上限。

张珏的《大河之舞》自问世以来，花滑业内人士对这套节目的评价一直很高，如果价格合适的话，刘梦成就会将弗兰斯列入下赛季合作编舞的考虑范围内。

弗兰斯含糊不清地点头："我也给其他冰舞组合编过舞的，不过都是青年组的，成绩不怎么样，明天我把他们的节目拷贝一份拿过来给你们看。"

张珏在睡前去了一趟张俊宝的房间，发现老舅果然一副气哼哼的样子。

他丢给沈流一个眼神。

这是怎么啦?

沈流摊手，叹气。

行了，张珏懂了，老舅去和徐绰的教练沟通别让孩子节食的事，对面不说直接反驳，起码也给他碰了钉子。

他乖巧地走到张俊宝背后，小手放在老舅肩上，努力往下按，想给他捏个肩膀。

按，我按! 我再按!

张珏按不动。

老舅的肌肉太结实了，外甥想给他捏个肩膀都不行，张珏撇嘴，只好换成给老舅捶肩膀，沈流看得差点笑出来。别说张珏了，他要给张俊宝按肩膀都需要费老大的力气，但张珏这一套的确有效，张俊宝的眉头松开，几分钟后就让张珏停下，他去给外甥热牛奶。

"小玉，喝完牛奶再去睡觉。"他说完这句话，还转头和沈流说笑，"他小时候家里父母忙，有一阵都是我给他喂奶呢，这傻小子学会叫妈妈以后，特喜欢到处乱喊，肚子一饿就喊妈，从他外婆到我被他喊了个遍。"

张珏被呛到了。

沈流眼神一瞬间有些微妙，嘴上漫不经心地应着："嗯，原来小玉小时候有奶就是娘啊。"

张珏跳脚："我才没有！"

第二天轮到了青年组的男单自由滑。

张珏的比赛是下午的第一场，也就是下午 4 点以后开赛，而作为短节目第一，他依然是最后一个上场的运动员。

小孩换好考斯腾，站在走廊里进行陆地跳跃。

弗兰斯进来的时候，看着他的跳跃方法，惊讶了一下："哟，没想到他明明在冰上跳得那么轻盈，做陆地跳跃的时候反而和个小钢炮似的，力量感很足嘛。"

张俊宝得意一笑："我可不是白给他安排那么多力量训练的，这小子越跳越有劲了。"

张珏看起来是发育关好过的类型，所以老舅还打定主意，要在赛季结束后给他改改跳法，男单总走高转速路线也不是个事啊。

"原来如此。"弗兰斯点点头，打开他的背包，从里面摸出卷发棒、化妆盒等东西。

"其实吧，我早看不惯他明明长得那么漂亮，却总是素面朝天地去比赛了，好歹滑的是我的《大河之舞》，他现在有空让我给他完善一下造型吗？"

张珏一愣。

这人似乎更适合去做美妆博主。

白白. 精灵

赛前六分钟练习开始，冰场之上，选手们鱼贯而入，身上都套着各国的队服，在广播报出他们的名字时他们都向观众行礼致意。

当张珏的名字响起时，所有人的目光都落到了他身上，包括他的对手们。

那以往如水一般柔顺的亮黑直发被弗兰斯用 28 毫米的卷发棒折腾成了步惊云似的蛋卷头。但因为张珏头发本来就很多，所以成了蛋卷头后，那种视觉效果就像是张珏一人长了常人三倍的头发。

据弗兰斯说，他给张珏卷发，是因为跳《大河之舞》的舞者有不少都会把头发烫得卷曲。

不仅是发型，他还用深深浅浅的绿色眼影涂在张珏的眼睑上，眼尾处的眼影被画成叶片的形状，看起来很清爽。

张珏年纪小，皮肤状态好，就没上粉底，接着修了眉，用肉色口红调整了气色，让小孩看起来像棵生机勃勃的小树苗，又用鼻影调整了张珏鼻梁的视觉高度，让他看起来更欧美化，像《指环王》里的精灵。

这个妆看似不复杂，却很搭《大河之舞》，比小时候在六一儿童节会演时张俊宝给张珏画的猴子屁股脸加眉间一点红要自然多了。

有英国的解说员看到张珏的脸蛋，情不自禁地说道："这孩子像凯尔特神话中的精灵，真期待他在赛场上的表现。"

张珏就此成了全场最靓的仔，当他上场的时候，他父母开的饭店的大堂里的电视也转到了央视五台，作为主厨的许岩和作为老板娘的张青燕一起搬着凳子坐在电视前，一人手里拿一把小鳄鱼舞拖把图案的团扇。

一群才写完论文的 H 大研究生走进店里，先是找服务生点餐，其中一个戴着黑框眼镜的女生不经意间瞥了一眼电视，愣住了。

"这是花样滑冰吧？这小孩谁啊？长得真漂亮！"

服务员很骄傲地挺起胸膛："是我们店老板和老板娘的儿子，才 14 岁，去年就拿了世界青少年花样滑冰锦标赛的冠军，现在人在日本的福冈比大奖赛总决赛，老板娘他们在看直播呢。"

大家惊讶起来："哇，听起来好厉害的样子。"

一个男生用食指敲着桌子，兴奋道："长得这么好看，还会滑冰，放古代当得起一句'色艺双绝'啊。"

另一人反驳道："得了吧，钱正多，你只要看到长得好看又有才艺的都夸'色艺双绝'，别是历史论文写多了吧？你刚才没听见啊？人家是青年组的，和成年组的比赛不是一回事，再说了，那小朋友明显化了妆的，卸妆以后绝对没这么好看。"

凌贝茹，也就是黑框眼镜女生不爽道："就算是青年组，人家也是冠军，郑波，你能不能别在被校花拒绝以后，只要看到好看的都要挑刺？这样很没风度好吗？"

钱正多摸着下巴摇头："不对不对，我看这娃娃的脸，底子肯定是极好的，不然化不出这个效果。"

　　因为镜头时不时就调到张珏那边，大家都觉得有意思，便干脆把座位换到了离电视最近的那一桌，只有才被凌贝茹批评了一句的郑波黑着脸坐在原位。

　　运动员们一个接一个上场。

　　在短节目排名最后的是加拿大男单选手克尔森，他有一半的亚裔血统，长得十分帅气，自由滑节目是一曲拉丁牛仔舞，风格很活泼，步法难度不低。

　　张珏候场的时候，就听到张俊宝夸道："这个小孩的滑行底子很好，唯一的弱点就是 A 跳太差，2A 都能摔，不然他的成绩应该比安格斯·乔要强，加拿大那边应该是把他当男单的种子选手在培养。"

　　沈流也赞同地点头："小伙子的用刃很深，这点比张珏强多了，只要把 A 跳练稳，将来一定会是张珏的劲敌。"

　　他家小鳄鱼的滑行全靠速度快才看着好看，其实瑕疵不少，用土话说就是"外面儿光"，裁判对亚洲选手又抓得严，以至于张珏到现在都没拿过一次滑行 4级，好的时候是 3 级，不好的时候被压成 2 级也没话可说。

　　其实能进总决赛的都不会是弱者，别看克尔森在总决赛垫底，但只要能进总决赛，就意味着至少在这个赛季，他是青年组的世界前六，以及加拿大本国青年组男单的第一强者。

　　最重要的是，克尔森和张珏是同龄人，只是生日不好，青年组的要求是 7月前满 13 岁才能升组，而克尔森的生日正好在 7 月中旬，只能迟一年升组，年仅 14 岁就能有这么好的滑行，在普遍重视跳跃的时代里相当稀罕。

　　张珏心想，克尔森当然会是劲敌，他天赋这么好，没有伤病的话，在各个比赛取得佳绩也是迟早的事。

　　克尔森之后上场的便是"艺术水母"安格斯·乔，这人的水平在很多业内人士看来都很一般，所以略过就好。

　　再之后上场的尤文图斯滑的是一首深情款款的情歌，而且他每次滑过某个区域时，肢体动作的幅度都会大一些，张珏看了一下，发现他女朋友就举着横幅坐在那边。

　　那横幅的颜色在张珏来看，已经鲜艳到了伤眼的程度，但张珏也能理解，毕竟尤文图斯是个五米以内男女不分，十米开外人畜不分的近视眼，但上冰又不能戴眼镜，她不举这么个玩意，尤文图斯都找不见她。

再接着上场的便是来自挪威的天才选手阿伦·海尔格，他是全场两个比张珏年纪还小的选手中的一个，却在自由滑开场便放出了一个 3A，最重要的是，他的旋转姿态，带有浓烈的瑞士风格。

瑞士的花滑以旋转为特色，贝尔曼女王丹尼斯、旋转之王斯蒂芬都是这个国家的选手。

沈流小声和张俊宝交流着："我记得阿伦今年换了教练，就是那位斯蒂芬。"

斯蒂芬和张俊宝算同期选手，老舅左右看了看，发现了旋转之王先生那张熟悉的帅脸，吹了声口哨："是他啊，难怪海尔格的节目风格和旋转姿态看起来那么眼熟。斯蒂芬的个人风格很重，不论是编舞还是执教，最后都会把别人影响成第二个他。"

沈流微笑起来："阿伦·海尔格看起来是个很有自己想法的选手，我想他会成为斯蒂芬执教生涯的亮点。"

当哈尔哈沙的节目也结束时，现场的积分排名已经和短节目不一样了。

滑行高手克尔森凭借自由滑的出色表现成功逆袭，暂居第一。

阿伦·海尔格虽然开场的 3A 令人惊艳，但他在节目后半段因体力不足摔了一跤，排名第二。

尤文图斯的深情演绎让他暂列第三名，哈尔哈沙因失误过多位居第四，安格斯·乔落到了最后。

没办法，实力不足，裁判再捧也没法把他捧到更高处了。

张珏看了眼大屏幕上的积分排位，耳边是沈流的提醒："张珏，要上了。"

他嗯了一声，脱下外套。

张珏的自由滑考斯腾看似是简单的白衬衫、绿色小马甲，但马甲上由水钻组成的绿叶、红太阳、蓝色河流等元素却能证明这套衣服费了多少功夫。

光是红配绿的色调还能做得优雅不俗，便已经很考验设计师的功底了。

因为饰物落在冰上会导致扣分，所以这些组成图案的水钻，全是制作者用针线一颗一颗缝上去的，美的同时还要保持轻便，不影响运动员的跳跃。

张珏俯身摘掉刀套，踩上冰面。

哗啦一声，冰刀在洁白的冰上画出一道弧线，凯尔特精灵轻快地进入所有人的视野。

弗兰斯站在场边，满眼期待地看着张珏。

他低声说道："这是我创作过的最好的节目，能不能成为经典就看你的了。小鳄鱼，我可是刷着信用卡来福冈的，把我的编舞生涯都赌在你身上了！你一定要争气啊！"

67. 太阳

"Representing China, Jue Zhang。"

广播里传来英语、日语的双语报幕声，国家队滑行教练江潮升，再次与央视五台的赵宁女士组成解说本次比赛的搭档。

赵宁清晰地对话筒说道："接下来登场的是上一届总决赛季军，上一届世青赛冠军，拥有青年组短节目、自由滑、总分三项纪录，在 13 岁便攻克了四周跳的中国男子单人滑选手，张珏！"

这一连串的头衔报出来其实挺惊人的，哪怕是不懂行的人，也觉得电视里的那个小朋友厉害坏了。

起码郑波听完这一串头衔，原本轻蔑的眼神就已经变了。

冠军可能是因为对手太弱而得到的，但世界纪录，一定是这个运动员的能力超过了前人才能被刷新，代表的是人类在这项运动上的极致。

而张珏代表的，便是 13 到 19 岁的青年组男子单人滑运动员的极致。

凌贝茹惊讶道："我们国家的花样滑冰原来这么厉害？我以前居然都没关注过这项运动，国内对这些冠军的宣传力度也太小了吧？我之前只听说过双人滑拿过奥运冠军。"

服务员解释着："我国之前只有双人滑出彩，男子单人滑是张珏出来后才有起色的。"

中国男单与其说是有了起色，倒不如说是靠一个幼苗撑起一整块田的收获，因为这苗太嫩了，虽然领导给他弄了商业资源，让张珏今年富到可以去国外找踢踏舞老师和编舞，并且在最好的考斯腾设计工作室定做考斯腾的程度，但大力宣传真就不必了。

张珏现在的周边产品已经卖得比双人滑一哥一姐还好了，领导们都觉得这样已经很够了，花样滑冰那么小众，怎么也不可能培养出不逊 110 米跨栏的刘飞人那种级别的运动明星，还不如多修修冰场。

而中国的花滑人气担当，青年组霸主张珏静立于冰面，双手垂在身侧。

直到带着浓烈凯尔特风格的笛声响起。

啪！

踢踏舞中舞者踏响地板的声音也响起，伴随着这声重音，张珏单手叉腰，也在冰上做出踢踏舞的踏步。

完整的《大河之舞》是一部内容丰富的踢踏舞剧，作为爱尔兰的国宝级艺术作品，这部剧总共有 13 幕，讲述了爱尔兰人与大自然、战争、饥荒等重重苦难抗争的故事，而人们最熟悉的便是第一幕——与太阳共舞。虽然这一幕没有一句台词，表演者们却用震撼人心的舞姿，赞颂了太阳、光、火、生命。

张珏选用的曲子，便是与太阳共舞主题曲的 "Reel Around the Sun"。

哗啦一声，冰花溅起。

在现场进行解说的日本解说员菅原志激动地说道："tama 桑的开场跳跃是 4S+2T，他再次在进行跳跃时使用了举手姿态。"

张珏跳完 4S，深吸口气，左脚刀刃用力往冰上一点。

4S+3T。

"4S+3T！"

菅原志不敢置信："tama 桑挑战了更高难度的连跳！真是了不起的年轻人！不愧是奇迹之子！冰上的王子殿下！"

张俊宝对张珏这一跳非常不满意："落冰又是靠着拗膝盖才强行稳住的，我早说了他这样会伤膝盖，反正都能赢，在成功率不高的时候连 2T 就够了啊。"

沈流："如果他在第一跳的时候不举手，把轴心稳住，第二跳也不用那么吃力了。"

然而并没有什么用，张珏就是这种自信到什么难度都敢在赛场上使用的熊孩子，他在第二跳再次使用了 4S，再次举了手。

到目前为止，他在赛场上的 4S 单跳成功率已经上升为 80%，这一跳就漂亮得多，连带着落冰也轻盈完美得不可思议。

谢尔盖靠着栏杆："他已经把转速型跳法练到极致了，这种轻盈的美感在整个世界都独一无二。"

麦昆低声回道："看来我们注定要在明年迎来一位强劲的对手了。"

对经历过每逢 3F 必失误那段时光的教练组来说，只要张珏的 3F 能稳稳当当地落冰，他们就已经满足了，在这一跳结束后，音乐的前奏结束，少年进行了一组联合旋转，再次站直时，脸上已经带上热情的笑容。

虽然即使是张珏这样的天才也不可能通过短时间的学习就成为专业的踢踏舞者，可他精准地把握住了这支舞的精髓——生命力。

在这段接续步法中，他不断腾跃，像个小太阳一样，用他热烈奔放的肢体情绪展现热力，舞姿不够专业，他就用自己的跳跃来弥补。

当他在冰上腾跃时，那不同于舞王科林，却有着十足青春气息的舞姿，搭配着如同奔腾不息的河流一般的音乐，观众们也不知不觉露出笑容，开始合着音乐为他打节拍。

郑波下意识地搓了搓手臂，发现自己不知何时竟然已经起了鸡皮疙瘩，冰上舞者的感染力如此惊人，隔着屏幕都能感染到他！更别提现场的观众了。

他喃喃道："小朋友有点东西。"

场馆内，白叶冢妆子和观众们一起打着节拍，脸上带着纯粹的喜悦，虽然《秋日》很美，但 tama 酱最让她喜欢的节目还是《大河之舞》啊，无论看几次，她都觉得这种活泼的生命之美最棒了！

tama 酱就像是一朵跳跃的火焰一样，正灼灼地散发着光芒，古老的爱尔兰人追逐的太阳一定也是这样富有活力，才能点燃他们的文明之火，让凯尔特人的历史在自然中萌芽生根。

当张珏再次完成一组 3lz+1lo+3S 的三连跳时，观众们的欢呼声比接续步之前要热烈得多。

显然，张珏已经成功用他的表演将观众的情绪带动起来，并拉着他们进入了自己的舞蹈世界！

"啊！"

尹美晶轻呼一声，小鳄鱼在跳 3lo 时摔了一跤，但他很快就爬起来继续表演，绝不让任何失误影响到自己的表演。这孩子就像一个小太阳，让冰冷的冰场也变得温暖热闹起来。

刘梦成看了一阵，微微一笑："虽然踢踏舞表演还有点粗糙，但这种粗糙也有粗糙的好。"

与太阳共舞本就讲述着蛮荒时代，人们对太阳原始而粗犷的崇拜，孩子的表演纯真且不够完美，但契合主题，弗兰斯·米勒果然是编舞天才，而将《大河之舞》演绎出这种风味的张珏则是表演的天才。

这是一份天才与天才碰撞而诞生的杰作，张珏今日的状态更是上佳，看着他的身影，刘梦成居然都能感到内心生出一阵纯粹的快乐，这对他而言简直太难得了。

原本在被教练欺负之后，他就已经产生了抑郁倾向，在被禁赛的上个赛季，他甚至在医生的建议下服用一些不含违禁成分的中成药进行调整，这个赛季开始后虽然断了药，但偶尔陷入阴暗的情绪里也是不可避免的。

但无论何时看到这个孩子，刘梦成都能感受到希望和美好，刘梦成在心里说道：这样的节目，也只有拥有小太阳一般的内心的张珏才可以演绎得出来吧？

保持着高质量的表演的同时进行跳跃是非常吃力的事情，自由滑的时长与需要完成的技术动作也比短节目多得多，所以张珏没有 clean 过自由滑。

但就算发生了失误，明眼人也都看得出来，张珏是本次大奖赛总决赛开始后，赛场上表演最棒的那个！

在之后的表演中，张珏再次出现把原定的 3A 变成了 2A，但有意思的是，全场除了教练、张珏和裁判，居然没有任何人觉得他的跳跃空掉了有什么不好。

因为看着少年的表演，就仿佛也能跟着他一起踏上天梯，围绕着光明奔跑跳舞，张珏作为单人滑表演者只能在场上独舞，但他完全将《大河之舞》所需的奔放与激情传达给了观众。

打节奏的掌声一直没有停止，张珏也越滑越快，当节目结束时，会场的上万名观众一起站起来，为这位优秀的小运动员献上掌声与欢呼。

张珏吐了下舌头，表演时的欢快情绪还没完全消退，所以他的肢体依然雀跃，连对观众席鞠躬行礼的动作都看着比其他人更活泼些。

等鞠完躬，他回眸看着镜头，比了个大大的耶。

张珏：因为又赢了，所以对电视机前的父老乡亲们耶一个。

张珏的出色表现，意味着他的对手们再次与胜利失之交臂。

阿雅拉听到哈尔哈沙失落的叹气声，抬手按住学生的肩膀，心中满是无奈。她明白，在张珏升组前，哈尔哈沙是很难挑战大奖赛总决赛、世青赛这两大 A

级赛事的金牌了。

不，应该说，除非哈尔哈沙能走到挑战 A 级赛事领奖台的程度，否则他以后恐怕连张珏的背影都看不到，因为从今天的表现来看，张珏绝对已经具备挑战顶级赛场的能力了。

那孩子现在欠缺的已经只有年龄。

另一边，旋转之王拍拍学生的肩膀，无论是他手下的阿伦，还是那位加拿大的滑行天才，在这孩子面前完全没有抵抗之力，没想到在索契周期居然会出现这么厉害的后辈，阿伦若是再不努力，恐怕整个竞技生涯都要待在张珏的阴影中。

张珏胜利是短节目结束后，就已经被许多人确认的事情，大家现在好奇的只有他最后会赢成什么样而已。

而当张珏的分数出来的那一刻，许多解说员都用带着笑意的声音惊呼起来。

"是 163.12 分，离他自己在上一场分站赛创造的世界纪录仅有 0.5 分的分差，真是太了不起了。"

"来自中国的小鳄鱼又赢了，他摘下了自己的首枚总决赛金牌！达成了青年组的满贯！"

68. 教练

"洪湖水浪打浪啊你！"

张俊宝扇了张珏后脑勺一下。

"划船不用桨，全靠浪！"

沈流也扇了一下。

"唉，年轻人收敛一点，注意身体啊。"

宋城叹息着，也来了一下。

新科总决赛青年组男单冠军捂着后脑勺蹲着，委屈得差点跺脚："我都赢了，你们还揍我，信不信我以后每次上场比赛先唱一曲《让我们荡起双桨》！"

老舅闻言更恼怒，提着他的衣领子到一边训孩子去了。张珏现在也有 80 来斤，哪怕是张俊宝这样的健身达人提他也要费点劲，鼓起的手臂肌肉让周围想劝话的人都闭上了嘴。

在大部分人眼里，张俊宝就是一个肌肉猛男，而且动不动就在公众场合扇小鳄鱼脑袋，甚至是直接在有镜头拍摄的 kiss&cry 打张珏的小手。

虽然张珏就是那种典型的妈妈见打、老舅见打、教练也想打的熊孩子，但打归打，看到自家孩子夺冠，教练们心里还是很欣慰的。

青年组的满贯指的就是把大奖赛总决赛和世青赛的金牌集齐，虽然没有成年组的满贯难度那么大，但张珏好歹也是中国第一个做到这点的小选手。

这熊孩子从进入赛场开始就一直在创造历史。像 A 级赛事的冠军，还有世界纪录什么的，张珏冒头前，他们想都不敢想。

弗兰斯·米勒大概是除教练组之外最为张珏夺冠而高兴的人，因为他高兴地发现，虽然他刷爆了自己的信用卡，可是张珏这一场表现力太好，他回——本——啦！

就在刚才，刘梦成和他约定了下个赛季找他编自由滑，哈萨克斯坦的总教头阿雅拉也和他互留了联系方式。克尔森来自出过诸多杰出编舞的加拿大，自然不会舍近求远，可白叶冢妆子也拉着妹妹庆子、教练一起过来询问他的编舞价格。

这些孩子年纪不大，却都极有实力，尤其是表现力都在平均值以上，把节目给他们不用担心他们滑不好。只要和他们建立起稳定的合作关系，可以预见的是，弗兰斯以后的生意会越来越兴隆。

有史以来第一次，张珏发现自己站在领奖台上的时候，台上三人没有形成一个"凹"字。

站在他右边的银牌得主克尔森、左边的铜牌得主阿伦·海尔格都比张珏小，单人滑选手普遍个头不高，他们都只有一米六不到，加上冠军领奖台的高度，张珏还看着比他们高不少。

不少冰迷看着这一幕，都情不自禁地感叹今年是不折不扣的新秀年，不仅成年组的老将们要面临索契周期崛起的小将们的冲击，就连青年组也是小朋友在称霸。

张珏捧着总决赛金牌，嘴角翘起。

升旗仪式开始前，他听到克尔森问他："明年你就要升组了，对吗？"

张珏发现阿伦也转头听着他们的对话，似乎很关注这个问题。

他诚实地回道："对，我明年就会升成年组。"

准确来说，他必须升组了，毕竟男单已经断档了一年，张珏有挑战顶级赛场的能力，没人舍得放他继续在青年组浪费时光的。

成为冠军、让红旗因自己在这片赛场升起的成就感是常人难以想象的，在升旗仪式的时候，有那么一瞬，张珏真的有想过永远留在冰场上不再离开。

纷乱的思绪在他脑海中闪过，然后张珏想起来，过量训练和保持低体脂会使发育出现推迟，与之相反的是，肥胖会导致小孩提前发育和性早熟，因此有的教练会通过狠练运动员以及让其节食，刻意地推迟运动员发育，这种手段在女单项目中比较常见。

不过老舅是不会允许他节食的，他比张珏自己还重视张珏的健康。

克尔森和阿伦看起来都像是松了口气的样子，再次恭喜张珏夺冠，然后三个小选手友好地绕场滑行一周，在镜头前互相搂着肩膀，露出礼仪性的微笑。

张珏是高兴的笑，因为笑得太可爱，看起来还有点憨，克尔森和阿伦则是强行挤出的笑，哪怕心中不甘，但脸上依然要带笑，输归输，风度不能丢。

才下场，老舅就带着他去了采访区，一个看起来眼熟的记者带着摄影师一起跑过来。

"你好，张珏，我是央视五台的记者。"

张珏看着这哥们儿，眯起眼睛辨认了一下，试探着叫道："你是淑芬记者？"

旁边的摄影师笑出声，舒峰瞪同事一眼，转头对着张珏时又是一张看起来颇为慈祥的笑脸。

沈流戳了张珏一下："人家叫舒峰！"

舒峰咳了一声，将话筒往前送了送："恭喜你拿下总决赛冠军。"

张珏眨眨眼睛："谢谢。"

舒峰："你在本赛季的两个节目都质量极高，而且风格独特，之前听沈教练说，选曲都是你自己定的，你是怎么想到在冰上使用踢踏舞元素的？"

张珏："呃，其实我不是第一个在冰上跳踢踏舞的，2002年冬奥会的男单冠军在短节目的直线步也有一段看起来像踢踏舞，而且那一段步法给我的感觉很活泼，很有生命力，我是因为看到前辈的节目才有的灵感。"

2002年冬奥会的男单虽然因为先天性的髋骨缺陷退役极早，在役时却是难得的表现力、跳跃能力、滑行、旋转皆上乘的强者，其在2002年冬奥会留下的短节目和自由滑，时至今日依然是冰迷们铭记于心的经典。

"在滑这两个节目的时候，你在想什么？"

听到这个问题时，张珏明显地停顿了一阵，他长长地嗯了一声，笑起来。

"我想让看到节目的人感到快乐。"

他想将秋季的美景、太阳的热力，都送到那位小观众面前，虽然对方看完《秋日》就走了。

张珏觉得这不是什么值得拿出来大做文章的事情，他在机缘巧合下为了一个病重的小女孩滑了两个节目，对方最后在父母的陪伴下离开，故事到此为止，他也没能为对方做更多的事。

为了不让别人打扰到那两位才失去女儿的悲伤父母，张珏也不会在媒体上吐露事情的全部，所以他转移话题，开始使劲夸教练组，说是他有今天全靠教练们的悉心教导，他非常感激。

可能是熊孩子平时很少这么直白地说好话的关系，旁听的沈流、张俊宝、宋城都觉得心里泛甜，又怪不好意思的。

最后张俊宝拉着他的领子往后扯："行了行了，打住啊，瞅这小嘴甜的，别人听了还以为今天是什么大喜的日子呢。"

沈流摸摸张珏的小脑袋："我带了包松子，你吃不吃。"

张珏摇头："我不会剥松子。"

他不擅长剥任何坚果类食物，所以只要弟弟不在身边，他就懒得吃这些，直接买果仁的选项也不在张珏的考虑范围内，他嫌贵。

沈流："我会就行了，走吧，青年组女单的自由滑也要开始了，咱们去看看你徐师妹的比赛。"

这群人在镜头面前也不避讳自己有多宠自家孩子，舒峰看得在心里感叹，独苗果然是教练们的宝贝蛋。

不过这孩子看起来也没被宠坏，比赛成绩亮眼说明训练绝对很努力，被采访的时候也很有礼貌，说话时条理清晰，嘴巴还甜，舒峰也觉得张珏很讨喜。

而作为国内女单希望的徐绰也拥有不低的关注度。

舒峰整理了一下手中的素材，就和摄影师赶去场馆继续拍摄，摄影小哥扛着器材，嘴里念叨着："峰哥，你说徐绰这次能不能也上领奖台啊？"

舒峰："不好说，她有技术优势不错，但滑行只能说是中上，表演的曲子也没选好。"

他压低声音："徐绰这姑娘是女单选手里很罕见的力量型，今年她看起来瘦了不少，转速提高，但跳跃时的高度也降了，她绝对有被控制饮食，但据说在进了国家队后训练量又提升极大，我怕她会有伤病。"

练得狠又不让吃好，受伤概率可不就上去了吗？那古时候说穷文富武，就是因为只要下狠力气锻炼身体，就绝对要补充足够的营养，不然身体就要抗议。

摄影小哥一听也纳闷："你说她好好的换什么教练啊，我记得她跟着张教练的时候，表演比现在有灵气多了，在张教练之前，我还没听说过哪个教练会陪着学生一起写对表演曲目的理解心得呢。"

这事是张珏在接受采访时说出来的，张俊宝要求孩子们不能只是跳跃好，滑行和旋转也不能弱，而且会在必要的时候主动给他们调整训练量，关注他们的食谱，以保证运动员的长远发展不受影响。

孩子们跟着张俊宝，不说立刻练出什么成绩，但综合水准不会太差，也不用担心他把人练废，因为他比运动员自己还关心运动员的身体健康，而从张珏和徐绰来看，张俊宝的执教水准真的不差。

他这不已经培养出一个新一哥以及一个预备一姐了吗？

最重要的是，他会让孩子们自己去想要滑什么曲子，实在不行才替孩子们决定比赛曲目，而他陪学生写曲目理解可不是光坐在旁边，而是真的拿着笔和他们一起写，学生们只要写自己的，张俊宝却是所有学生要滑的曲子的理解都写。

在写理解前，他还会先带着学生一起找曲目资料以及曲目创作的时代背景，在抓运动员的表演时，也会通过和他们谈心的方式提升孩子对曲中情感的理解，比语文老师带孩子写阅读理解还费心。

然而徐绰的妈妈认为张俊宝在张珏身上花了太多心思，女儿也不能和教练的外甥争关注和心力，便硬是让女儿换了教练，还让徐绰练了古典舞，但看徐绰今年的比赛，她的肢体的确是柔软了，灵气却少了。

不，与其说是灵气减少，倒不如说是选曲问题。徐绰的性格活泼可爱，长得也娇小可爱，十分适合少女感强的曲目，但她今年的节目都是古典乐，青年组的小朋友大多驾驭不住古典乐，徐绰很努力，却依然没能例外。

舒峰摇头："前阵子国家队接受采访的时候，徐绰妈妈说的那些话你没听见？她觉得只要张珏在，张教练的主要心思就在张珏身上，她大概是觉得宁做鸡头不做凤尾吧。"

这事总结起来其实就是外行对内行指手画脚，舒峰也是冰迷，在他看来，力量型的女单选手虽少，但只要训练方法对了，她们的潜力都会很高。

现今完成了 3lz+3lo 和 3A 的日本一姐白叶冢妆子也是力量型，她的跳跃看起来高远而美观，在业内备受好评，徐绰要是努努力，把表现力和旋转、滑行也练好，说不定就是下一个白叶冢妆子。

可惜了。

在花滑四项中，女单的人气一直最高，现场观众的反应也十分热烈，然而福冈的问题冰场在今天再次发挥了威力，第一个上场的小选手节目还没开始呢，就先在滑行的时候摔了一跤。

第二位小姑娘上场时谨慎了一些，结果因为绷得太紧，技术动作虽然都成了，却质量不佳，表演分直接跌入谷底。

第三位小姑娘心态看起来不错，虽然摔了一跤，但表演没有毛病，观众们的反响终于热烈起来。

张珏看了一阵，就看到赵教练急匆匆地赶过来，和宋城打着招呼："宋教练，请问杨队医在不在？"

宋城紧张起来："他在厕所，徐绰怎么了？"

赵教练犹豫一阵，才小声说道："徐绰在六分钟练习的时候不是摔了一跤吗？脚踝扭了一下，判断是软组织挫伤，需要队医处理一下才能上场。"

听到这话，张俊宝的脸色立刻就变了，他起身干脆地说道："我现在就去找老杨。"

张珏拉过自己的运动包打开，掏出止痛药："这是我平常吃的止痛药，可以过药检的那种。"

运动员磕磕碰碰是避免不了的，偶尔受了不严重的伤也会照样上场比赛，止痛药就成了随身携带的必需品。

沈流打开自己的背包："我有效果很好的膏药，是在役的时候就在用的牌子，也很安全，对了，师兄包里还有他经常用的云南白药喷雾！"

赵教练突然沉默了。

为什么你们掏药的动作都那么熟练啊！

69. 取笑

在受伤的时候徐绰并没有觉得太疼，只是妈妈提醒她，在上场前可以适当跳绳，保持身体的活跃状态："张珏在自由滑总是倒数第一个上场，他就经常在赛前跳绳对不对？小绰，他拿了那么多冠军，就说明他的做法一定有可取之处，你不用跳太多，200 下就够了。"

她总是很听妈妈的话，可是跳完 100 下的时候，徐绰就感到了不对。

在脱下运动鞋换冰鞋时，她看着红肿的脚踝愣住了。

脚踝肿了，怎么办？这下她还能上场比赛吗？

徐绰是不甘心退赛的，她今年几乎没有吃饱过，很努力地训练，终于将跳法改成了适合自己娇小纤瘦身材的轻盈型跳法，好不容易才到了总决赛，领奖台已经近在咫尺了，她不能在这个时候受伤。

"冷静，徐绰，冷静下来！别慌！"听到熟悉的声音，徐绰抬起头，看到鼓鼓的胸肌，她顿时眼睛一酸，声音颤抖地叫道："张教练。"

小姑娘嘴巴一撇，直接栽到张俊宝的怀里呜呜哭了起来。

张珏一手拿矿泉水，一手拿止痛药，蹲在她边上："徐绰，先吃颗止痛药，这玩意药效发挥起来没那么快，要早点吃。"

"还有，从我老舅温暖的怀抱里出来，那是我的地盘，你已经不是我老舅的学生了，没资格要抱抱知道吗？"要不是觉得这话说出来要挨老舅的打，张珏差点就说出口了。

其实有这想法也不能怪张珏，徐绰的妈妈讥讽张俊宝偏心的采访张珏也看了，要是张俊宝真的偏心张珏也就算了，但就张珏自己的感觉，老舅给他的关注度是很正常的教练对手下王牌运动员的关注度，但他宁肯夜里加班，也不想忽视其他学生。张珏偶尔训练得晚了，还能看到老舅坐在一边修改学生们的训练计划。

孩子们觉得训练辛苦，张俊宝还会拖着受过伤的腿陪他们一起跑步、游泳、做器械训练。

徐绰抽抽搭搭地吃药喝水，细声细气地说"谢谢师兄"，然后打了个哭嗝。

张珏被这一声师兄叫得心软了，他别扭地挥手："没事，不用谢。"

唉，虽然师妹如今改换门楣，但同队那会儿，她还给张珏当过剥蒜小妹呢，自从她走了，张珏就只有沈流、许德拉这两个剥蒜小哥小弟了，看到她惨兮兮的，张珏也不是不心疼。

杨志远检查完，开始翻自己的药箱："软组织挫伤，不严重，但上场比赛会很疼。"

由于张珏不乏带伤出场比赛的不良记录，治疗这个我行我素的小运动员的次数太多，杨志远也没把话说死："我作为医生是建议徐绰退赛的，但孩子不想放弃的话，上场拼一拼也不是不行。"

不过徐绰伤的是作为落冰足的右脚，就不要指望她这一场的成绩了，徐绰的实力还没到张珏那种受着伤照样把同龄人压得爬不起来的程度。

徐绰立刻坚定地说道："我要比！"

赵教练应道："那就比吧，但是徐绰，咱们现在身处的是国际赛场，如果你放弃就现在退赛，上场以后你就不能再下来，懂吗？"

徐绰坚定地点了头。

如徐绰这个年纪的小运动员，在场上的表演都和音乐有一种强烈的割裂感，就是音乐归音乐，他们滑自己的，合乐能力与情绪释放都不够成熟。

徐绰的表演天赋并不算差，但轻柔舒缓的古典乐本就是她最不擅长的类型，所以她成了这场总决赛里，表演割裂感最严重的的小选手。

张珏靠在一边说："女单的自由滑表演分满分只有80，按徐绰之前的表现，我要是裁判的话，连50都不会给，这选曲也太糟了，根本就不适合她，现在技术分没保障，表演分上不去。"

徐绰这一场要糟。

沈流拍他一下："别嘴碎！"

人家的教练就在旁边听着呢！

赵教练苦笑着摇头："其实我是想让徐绰滑《卡门》的，这曲子内容丰富，滑过的人多，可供参考学习的前人也多，但徐绰妈妈说滑《卡门》的人太多，撞曲以后容易尴尬，而且女孩应该尝试优雅柔软的风格，徐绰又听她妈妈的话，我就答应让徐绰试试。"

试完以后，孩子的能力果然跟不上选曲，赵教练嘴上不说，心里却很不快。

张俊宝面露同情，伸出手："你也不容易。"

他是被徐绰妈妈折腾过的，太知道这种家长多难缠了，还说不得，一说人家就闹着换教练，这么搞对孩子影响也不好，而且徐绰妈妈很坚定地认为她也是花滑教练，她的方法是最适合女儿的。

但徐绰妈妈以前是双人滑教练，没带过单人滑，她懂单人滑怎么带吗？

哈萨克斯坦的阿雅拉教练作为单人滑教练，执教尹美晶和刘梦成这对冰舞组合后就从不干涉运动员本身的意志，尊重他们的选择，她只从旁辅助，并给予基础体能、柔韧等训练的建议。

赵教练和张俊宝对视一眼，两人俱是心有戚戚焉。

徐绰在场上的表现并不好，但她很聪明，开场便将3F+3lo降为难度更低的3F+2T，连跳也都换成了3+2和3+1+2的跳法，并且将节目中她最不擅长的3lo换成了2lo。

虽然这样一搞节目的基础分就会大降，但因为今天的冰场格外异常，之前便摔了好几个，只要不出错便是胜利。

宋城看得眼熟："这一招我们小玉也用过。"

受伤以后在赛场上临时换动作和降难度是常见做法，张珏更绝，他现在编舞的时候都会先确定起码两套跳跃方案，如果状态不佳，就换难度低的那套。

有时如果他在节目的前半段失误了，后半段他还会视自身状态提高跳跃难度，把丢失的技术分补回来，但这就需要运动员具备极强的心理素质和临场应变能力，许多运动员光是在赛场上完成自己练了多次的原定方案都不容易，更别说像张珏这样应变了。

这也是宋教练把张珏当宝的缘故。小孩脑子活，心理素质好，赛场名次稳得住，关键时刻格外敢拼，只要没半路折在伤病上，不说四年才能比一次的冬奥会，世锦赛的领奖台是绝对能上的。

此时，徐绰给了他们一个惊喜——在节目进入后半段后，她身上那种表演者与音乐怎么都契合不了的割裂感，居然慢慢消失了。

张俊宝看得高兴起来："小绰的乐感一直不错，今天是状态爆发了。"

在张教练看来，徐绰的表演天赋并不低，之前搞不定这个节目，一是风格不合的缘故，二是徐绰没让自己沉到音乐里去。

"要是她能碰上合适的音乐，凭她的能力，表演分怎么也能拉到60分以上才对。"当徐绰的分数出来时，张俊宝满脸可惜，他叹着气，"要是换了我，肯定不会让徐绰滑这种优雅柔软的曲子，也不会给她滑《卡门》。"

沈流："那你会让她滑什么？"

张俊宝："当然是推荐她滑昭和少女偶像的那种风格啦，比如石井明美的'Cha cha cha'。"

那可是老舅的童年记忆里最活泼可爱的曲子。

虽然单人滑的赛用曲目不能有人声，但去掉人声，仅用曲调也没有问题，"Cha cha cha"本来也是舞曲改编的。

"到时候小姑娘两根麻花辫扎起来，发尾编个粉红色的绒球，白衬衫、蓝色百褶裙摆，绝对能把这个年纪的女孩该有的活泼可爱展现得淋漓尽致。"

张珏的表情立刻变得一言难尽："老舅，你这品味和我妈还真是一模一样。"

张青燕女士也喜欢粉红色的绒球头饰，但她30岁以后就没再戴过了。

张俊宝咳了一声："她小时候可崇拜那些偶像了，房间里全是她们的海报，家里还有一套她妈妈做的水手服。"

不然他对昭和少女偶像的童年记忆从何而来？

徐绰最后拿到了第四名，距离领奖台仅有0.8分，但对初次进入总决赛的13岁小孩来说，大家都觉得够了。

她还小，起码要在青年组待两年，今年赢不了还有明年，哪怕是张珏，也没能一进青年组就在总决赛夺冠。

教练们纷纷安慰她："这几天好好养伤，咱们世青赛再战。"

在徐绰的比赛结束后，张俊宝回头想问张珏是打算继续留在这里比赛，还是回酒店吃饭睡觉，结果居然没找见人。

老舅连忙低头又扫了一遍周围，还是没看到张珏的身影。

他疑惑地叫道："小玉？"

刚才这里那么大一外甥呢？

教练们赶紧找人，而就在离他们不远的楼梯间，张珏扶着白叶冢妆子坐下，随后用纸巾止住她的鼻血。

他慢吞吞地说道："你的考斯腾衣领已经被血浸湿了，牙龈炎不会流鼻血的吧？"

白叶冢妆子咳了两声，不正面回答张珏的问题："我没事，歇一下就可以去比赛了，这是我……最靠近A级赛事冠军的一次，必须赢。"

她的脸色苍白，额头起了一层冷汗，张珏看她如此坚决，也不说话，按住她的膝盖。

"疼吗?"白叶冢妆子顿住了,她的笑容消失,眼中含着哀求:"别说了,小玉。"

张珏垂下眼眸。

"你的牙龈、鼻腔出血,我以前还见过你月经量大到弄脏衣服,如果再加上关节疼痛的话……妆子,你是不是有血液病?"

张珏不知道"白血病"的单词怎么念,只能问她是否有"blood disease"。

白叶冢妆子不说话,张珏叹了口气,从口袋里摸出两个暖贴撕开,贴在她的膝盖上。

一滴眼泪落在裙摆上,给衣服染上一个深色的小点,张珏突然被抱住,耳边是女孩的哭声。

他拍拍女孩的后背,安慰着,哼着歌,妆子听了一阵,发现他唱的居然是1992 年巴塞罗那奥运会的主题曲 "Amigos Para Siempre"。

她破涕为笑,接过张珏递来的纸巾擦脸:"真是的,明明我连教练都瞒过了,现在却被你猜了出来。"

张珏提醒她:"你不能一直瞒着,出于友谊,如果你再不说,我会告诉你的教练。"

妆子很是无奈地叹气:"知道啦,其实我爷爷和爸爸都因为白血病在 30 岁之前就走了,家里怕我和庆子遗传这种病,早就给我们存了造血干细胞,我比完这一场就会和教练说的。"

张珏歪歪脑袋:"也就是说,你不会死?"

妆子弯弯眼睛:"嗯,我不会死的,因为我还没看到庆子和小玉成为成年组的世界冠军,就算死神站在我的床头,我也会抄起拖把将他打回去的!"

用拖把打过人的张珏想:我觉得这个日本丫头在取笑我。

张俊宝找了几分钟人,就发现自己找得满头大汗的那小子双手插在兜里,提着两罐饮料溜达回来,递给他一罐,笑得和没事人一样。

"老舅,喝饮料啊?"

张俊宝眯起眼睛看着张珏,半晌,他接过饮料,居然什么都没说,揽着臭小子去了观众席。

比起青年组的比赛,成年组运动员的表现力就成熟得多,节目观赏性更高,但最精彩的果然还是白叶冢妆子的节目，她的自由滑节目是拉赫玛尼诺夫的《C小调第二钢琴协奏曲》。

在花样滑冰的项目里，素来都有"拉二魔咒"的传闻，也就是只要滑了"拉二"，哪怕是本来有能力夺冠的选手，最后都只能拿第二。

妆子却在今天打破了这个魔咒，她的表演饱含热情，带着独特的力量感，每个跳跃都完美得不可思议。

少女的脖子上系了一条红丝巾，伴随着跳跃，丝巾在空中飞扬，像是一道在空中飞舞的火焰。

有心人发现这条丝巾和张珏滑《秋日》时拿来绑头发的那条很像，但张珏在总决赛滑《秋日》时用的是正儿八经的发带，他应该是没带丝巾过来的。

张珏看着她的身影，轻声说道："不可思议。"

一位白血病患者，居然能带着病痛做出这样富有生命力的表演，简直就是奇迹。

70. 短片

2011年花样滑冰大奖赛总决赛，成年组女单赛场，白叶冢妆子一反短节目时的低迷状态，将成年女单的自由滑世界纪录往上提了29分，成功夺冠。

她是主场夺冠，加上是在短节目落后的情况下逆风翻盘，场馆内的掌声比张珏赢的那会儿还要热烈得多。

沈流评价道："如果没有意外的话，未来几年都将属于这个小姑娘。"

白叶冢妆子的技术超越当前时代，表现力也是一线水平，加上她已经完成发育，身体娇小却力量十足，明摆着还能统治赛场起码一个冬奥会周期。

如无意外这个前提很重要，花样滑冰的伤病率一直很高，运动员们也都是23岁到25岁就可以退役了，沈流和张俊宝都是猝不及防遭受伤病最后只能退役。

看着小姑娘高高兴兴跳上领奖台的模样，张珏还是翘起嘴角。

至少她看起来情绪还好，他也就放心了。

成年组男单自由滑的冠军并非大众看好的俄罗斯一哥瓦西里，而是意大利一哥麦昆，这事也不让人意外。

俄罗斯国籍有优势，欧系优势也不低，在裁判的偏爱不相上下的情况下，瓦西里因脚踝伤病在比赛中失误了一次，麦昆却 clean 了节目，那自然就是他赢了。

瓦西里以 3 分之差拿了银牌，谢尔盖拿了第三。

张俊宝和张珏说："在索契周期开始至今，只要这三人一起参赛，领奖台上就只有他们三个，顶多位次不同，就跟我们小玉和寺冈隼人、伊利亚一起比赛时，领奖台上只有你们三个一样。"

张珏双手托腮："那都是他们还在青年组时的事了。"

成年组强者如云，青年组小将升入成年组后，都要先适应赛场，然后去挑战老将们的地位。在青年组表现出彩的选手因为适应不了成年组的赛场，最后泯然众人的也不在少数。

寺冈隼人今年的赛季前半段表现就不算好，而伊利亚靠着国籍优势和四周跳闯进总决赛，最后却垫了底。

"对了，黄莺和关临他们也拿了这次总决赛的青年组冠军，我们要不要一起庆祝一下？"张珏突然想起这个事，用一种饱含期待的目光看着老舅带着稚气的帅脸。

张俊宝揉揉他的脑袋："我已经把面团揉好了，回去就能给你做刀削面。"

张珏心满意足地往老舅壮实的胳膊上一靠。

当天晚上，舒峰带着器材和助手抵达运动员住宿的酒店。

摄影师小靳嘀咕着："大晚上的还来做专访啊。"

舒峰脚步略快："这次我们的运动员成绩前所未有的好，青年组有两个项目夺了冠，领导说要我们去拍个素材，万一小孩进了成年组以后能滑出更好的成绩，我们就可以拿这些素材剪纪录片用了。"

小靳问道："这素材也准备得太早了吧？"

舒峰回道："不早不早，像日本那边比我们更注重青年运动员的发展，很多电视台都会刻意关注那些小运动员，在他们还没进青年组的时候就开始跟拍，只要这些运动员进入成年组后成绩好些，就立刻有材料可以播。"

在张珏出来前，日本媒体还将寺冈隼人和伊利亚作为同时代的男单天才放在一起比较，甚至做过专题节目，收视率不低。

小靳听着，嘴角一抽："听起来，这些人特别喜欢搞宿敌的噱头。"

舒峰摇头:"等张珏升组以后,估计和他相关的类似话题也不会少,但也是因为他们肯关注和炒作这些,所以日本的花滑商演市场一直很好,许多其他国家的运动员也愿意来这里做商演赚钱。"

"好了,现在就开镜头吧。"

第二日,早上10点,央视五台播出了一个时长为40分钟的视频,在冰迷群体中引起了巨大关注。

短片的开头便是晃动的镜头,然后宋城教练带着亲切的笑脸迎了上来。

"记者朋友们晚上好,来吧,咱们中国队的运动员都住在23楼,我带你们上去。"

接着,镜头便跟随宋城的身影上了电梯。穿过铺着柔软地毯的走廊,打开一扇门,舒峰惊呼一声。

"哇,好香啊,这是洋葱吗?"

宋城呵呵一笑:"对,孩子们成绩好,张教练给他们做了刀削面和洋葱炒牛肉。"

舒峰不好意思:"哎呀,我是不是打扰你们吃晚饭了?"

张俊宝挥手:"没有没有,本来就是加餐。"

张俊宝和沈流住一间,现在他们的床被推到靠近墙的地方,靠近落地窗的部分摆着桌子和几张折凳,张珏和黄莺、关临围着一张小圆桌坐着,动作一致地埋头大吃。

他们一边吃,张俊宝还一边给他们的杯子里续上果汁,马教练则和沈流在旁边用电脑复盘孩子们白天的表现,笔记本上记录着他们的技术动作,后面书写有他们的失误之处。

这些失误的地方,等回国以后都是要通过训练去修正的。

舒峰眼神好,一眼就看到每个孩子的碗里都有煎蛋和鸡腿。

娃们吃得还挺好。

有冰迷看到这里已经开始笑了。

可惜张俊宝做的分量不多,没有记者朋友们的份,更是没有请他们的念头,于是记者们只能忍着馋,坐在不知道哪里来的塑料圆凳上做采访。

张珏捧着面碗,一脸蒙:"我要停下来吗?"

舒峰连忙挥手："不用不用，你一边吃一边说也行，我们不讲究这个的。"

电视机前的冰迷们也想：对对，你尽管吃，我们也不讲究的。

张珏点头："哦，好，你们问吧。"

黄莺应着："对，尽管问，知无不言，言无不尽。"

她说完，把自己碗里的青菜都夹到关临碗里。

关临一顿，沉默着继续吃，还是张俊宝看不过去，从锅里捞起生菜往黄莺碗里放："莺莺，不能不吃蔬菜，不然会便秘的！"

黄莺被呛了一下，她捂着胸口咳了起来，关临给她拍着背。她才缓过来，就对拍摄组挥手。

"这个别播，剪掉剪掉。"

舒峰回道："好的，知道了。"

【哈哈哈哈，结果这段还是播出来了，莺妹真可爱。】

【临哥真疼莺妹，张教练管他们的样子也有意思，之前看他抽张珏的样子，还以为他是那种打孩子很凶的教练，没想到这么"贤惠"。】

【临哥和莺妹青梅竹马，感情自然好啦。】

舒峰看着"欢迎光临"组合的相处，内心也险些燃起嗑CP的念头了，他克制地咳了一声，开始进行采访。

"马教练告诉我，三位小朋友明年都要升组，你们有压力吗？"

捧着碗的三人异口同声："没有。"

关临耸肩："我们早就有准备了。"

他比张珏大3岁，今年17岁，也就是说他两年前就到了升组的年龄，是因为女伴年龄不够才一直等着的。

黄莺也笑嘻嘻的："迟早都要升组的，早点升也好，毕竟我是女孩子，万一发育胖了，还不知道能不能继续做抛四。"

她和关临这次能在总决赛夺冠，就是靠着两人本赛季才练出来的抛4S以及抛四周捻转，但这个技术优势也不知道能保持多少年，尤其是练抛4S的时候，黄莺的脚还受过不轻的伤。

接下来舒峰又问了他们不少问题，这期间主要是关临回答问题，而黄莺时不时说几句话活跃气氛，两人看起来十分默契。

旁白响起。

"一直以来，国内的花样滑冰项目都存在着后继乏人的问题，在男子单人滑的沈流因伤退役后，成年组男单已经断档两年，而我国的双人滑金牌选手金梦、姚岚在本赛季因伤病入院，所以镜头里的这三个孩子，虽然年纪尚轻，却已经做好了要扛起本项目大旗的准备。"

张珏这时喝完最后一口面汤，擦干净嘴，把碗收到镜头之外的地方，又回来坐好，手里捧着张俊宝递给他的苹果，但没吃。

见他有空，镜头就干脆对准张珏。

旁白："这位小朋友是张珏，我国男子单人滑的王牌选手，年仅 14 岁，便接连刷新了短节目、自由滑、总分三项青年组世界纪录，并拿下总决赛、世青赛的金牌，成为我国男单项目的首位青年组满贯选手。"

舒峰又问道："这次比赛的时候紧不紧张？"

张珏摇头："不紧张，因为我知道我优势很大，一定能赢。"

舒峰调侃着："你看起来很自信啊。"

张俊宝："这熊孩子就是不晓得谦虚。"

张珏反驳："我很谦虚啊，我说的是实话，我就是很有优势！"

舒峰问他："那你现在已经拿满了青年组的金牌，下一步是什么？"

张珏想了想，露出一个灿烂的笑："我想成为世界冠军，成年组的那种。"

舒峰："有信心吗？"

张珏握拳，挺胸抬头地说道："必须有啊，我知道，想看我拿冠军的人很多，我绝对不能辜负他们的期待。"

舒峰："那你呢，你自己想不想做世界冠军？"

张珏眨眨眼，想了想，笑容看起来有些腼腆："我自己的话，当然是想在成年组的总决赛、世锦赛成为世界冠军啦！"

他直视镜头，说："每个运动员都想做冠军，我也一样。"

舒峰："这条路会很难走，能有勇气说出想成为世界冠军的梦想就已经很了不起了，我们都会支持你的，张珏，加油。"

张珏笑着点头："嗯！"

他想把老舅带去更高的舞台，还想让那个说因为他还没拿到成年组的冠军，所以她不会被死神带走的女生看到他滑出更多的好节目，还有不断地与友人们在赛场重逢、竞争。

他真的爱上这个项目了。

旁白："世界冠军，是每个运动员都想得到的至高荣誉，就在此时此刻，这个年幼的孩子告诉我们他的梦想，我们也衷心祝愿张珏能够得偿所愿。"

下一瞬，镜头一转，三位小运动员在赛场上的比赛节目开始播放，伴随着一句又一句"Representing China"，孩子们穿着冰鞋，勇敢地奔赴他们的战场。

抛跳、螺旋线、托举、四周跳、旋转……一个又一个技术动作出现，年轻的孩子们自然还不够完美，但即使摔倒，他们也会立刻爬起来。

看到这一幕，冰迷们内心也燃起了对未来的期望。

就算断档了又如何，这些孩子还在努力地拼搏，而且真的拼出了很棒的成绩，他们就是这个项目的未来之星！

节目的末尾，伴随着张珏做出《大河之舞》的结束姿势，镜头突然静止，一行字缓缓浮现——冰上的未来。

71. 彩虹

排练表演滑的时候，张珏的冰鞋坏掉了。

小孩俯身捡起断掉的冰刀，耸肩，右脚往冰上一蹬，靠着左脚的单足滑行下冰。

张俊宝提起他的冰鞋晃了晃："这双破鞋可算坏了，就你平时那个训练量，这鞋也是饱经沧桑。"

沈流瞟一眼："我还以为是先塌帮呢，没想到是冰刀坏了，你刚才没受伤也是万幸。"

张珏属于那种对于冰鞋很敏感的类型，只要换了新鞋，就必然会经历起码半个月的不适应期，所以他一直可着自己的旧冰鞋穿，冰鞋磨损也因此格外快。

"没办法了，甭管你多嫌弃备用冰鞋穿起来没感觉，现在也要换了。"

张珏穿的冰鞋是 fly 牌的 dreamer 款，纯黑鞋身，银色冰刀，换鞋的时候，小孩吸了口凉气，他和老舅抱怨："这冰鞋我不想穿，本来脚上就有血泡，还换这种磨脚的新鞋，这不折腾人吗？"

老舅叹气："那怎么办啊？难不成你也和白叶冢妆子一样退出表演滑？"

这娃也是怪了，带伤上场比赛的时候，多疼都不吭一声，但只要比赛结束，尤其是在他身边的时候，立马变得格外娇气，让张俊宝总是怀疑自己是不是宠张珏过头了。

这不太好啊，毕竟排练都快结束了，表演滑的出场次序都定好了，张珏又是开场的选手，这会儿改口说不上了，主办方怕是要恼。

张珏挠头："那就换一个不费脚的节目呗？"

张俊宝："瓜娃子，滑冰怎么可能不费脚？"

张珏竖起大拇指："鄙人从 4 岁开始接受专业的声乐训练，老舅，我不仅滑冰是专业的，唱歌也很专业啊！"

张俊宝：行行行，你多才多艺，那你自己去和主办方掰扯。

虽然瓜娃子临场说要把节目换成唱歌这事好像很不靠谱，但他硬是用磕磕绊绊的英语，和主办方谈好了这件事，那张俊宝也懒得管了。

表演滑在下午 4 点开始，根据规定，选手不能穿着赛用节目服装上表演滑敷衍观众，不然要交罚款，但张珏不滑冰，也懒得穿不保暖的表演服，于是他干脆换上白衬衫和运动裤，提着从附近的乐器店借来的电吉他上了冰。

不少人看着他这身行头都相当疑惑。

咋啦？这孩子又要换表演滑节目啦？

赛季初，张珏的表演滑节目是《天堂电影院》，后来换成了《战场上的快乐圣诞》，这要再换，就是第三个节目了。

瞧，他还带了新道具呢，其实在表演滑带道具不是什么稀奇事，像加拿大选手总是喜欢表演清道夫主题的节目，这些年来时不时就能看到那里的运动员带着扫把上冰，和张珏的拖把一样已经成了花滑项目的哏，而且张珏是新哏，人家那可是几十年的老哏了。

但直到工作人员给张珏送上话筒，才有人觉出不对劲。

等会儿，看他这架势怎么好像……下一瞬，鼓声响起，张珏把话筒往嘴边一搁，在花样滑冰的表演滑上，唱起了经典摇滚曲目，逃亡乐队的"Cherry Bomb"。

别说观众们目瞪口呆，不少运动员也张大嘴，完全没想到张珏还能来这一手。

场上的少年每唱一句就一甩头，仍然卷曲的头发甩起来个性十足，看起来兴奋得不行。

白叶冢妆子穿着厚厚的衣服，抱着暖手袋坐在场边，一边听一边摇晃起来，她伸手使劲摇教练的胳膊："教练，你看 tama 酱，他看起来好帅！"

教练眼圈红红的，还没从最宝贝的学生身患绝症这事里缓过来，就看着她站起来，跟随着音乐摇晃身体，她那个傻乎乎的妹妹居然也跟着摇。

主办方把张珏安排在首位登场，本是打算再让他捧个蜡烛出来，营造优雅唯美的现场氛围，但现在别说唯美了，现场氛围直接被炒得火热，观众席上一群举着小鳄鱼团扇的冰迷尖叫，现场和演唱会似的。

在张珏之后登场，准备表演 "Song from a Secret Garden" 的朱林、斯蒂芬妮对视一眼。

斯蒂芬妮疑惑："我们之后就要在这种热烈的氛围里，滑这首曲子吗？"

他们那个忧伤唯美的节目和现场氛围已经不搭调了啊！

朱林硬着头皮回道："没问题，他唱他的，我们滑我们的，反正是表演滑啊。"

表演滑又不算分，随便滑滑也没问题的！这么想着，朱林对女伴比了个拇指。

张俊宝面无表情地站在场边，他想，这破歌有句歌词是什么 "Hello daddy, Hello mom, I'm your c-c-cherry bomb"，也不知道电视机前看到这一段的姐夫和姐姐是什么感想。

还有，张珏跟的声乐老师明明是唱歌剧的啊，张俊宝还以为张珏要上去来个《今夜无人入睡》呢，以前他还听张珏拿着音乐剧那边的《歌剧魅影》的谱子练，怎么这就玩起摇滚了呢？

居然还玩得挺好……

2011 年的花滑大奖赛在无比热烈的气氛中结束了，而张珏最后一个横扫青年组的赛季，才刚走过一半。

离开日本的时候，张珏站在登机口等了一阵，寺冈隼人气喘吁吁地跑过来，递给他一条绶带。

张珏接过带子，不解道："这是？"

"是妆子第一枚世青赛金牌的绶带，她说送给你，以后的比赛加油，还有谢谢你的丝巾。"

张珏收好绶带，语调轻松地回道："不客气，也替我转告她，要加油战胜病魔，不过我觉得她应该没问题。"

寺冈隼人笑起来，伸出拳头："那就下赛季见了。"

接下来张珏唯一需要出国比的只有世青赛，跟四大洲锦标赛、世锦赛都不是一个场地，他们要见面的确是只能等到下个赛季了。

届时张珏升组，他们绝对有的是机会碰面。

张珏和他对拳："下赛季见。"

等到下个赛季，他们就又要做对手了。

张珏的成绩好，这让他一度获得了非常高的赞誉，冰迷们对他的称呼包括但不限于"几十年灵气集于一身的天才""天降紫微星""万顷地里一根超级杂交水稻苗"。

张珏还以为自己在赛季结束后就要进入发育期了，不过可能是体脂太低，加上运动量太大，他的身高并没怎么变，整个人看起来也还是一副能冒充小学生的样子。

这感觉就像是头上吊着一把达摩克利斯之剑，原本说好了要2月掉，现在却被推迟到不知道什么时候，让人庆幸之余，心里总是有些忐忑。

但转念一想，如果运气够好，或许他能够在成年组多撑一阵。

认真生活的时候，时间总是过得很快，2012年3月末，张珏再次拿下一枚世青赛金牌，圆满地进入了青年组的休赛季。

清晨，窗外下着淅淅沥沥的小雨，张珏靠在窗边，手里握着手机，呆呆地看着天空，过了一阵，"噜啦噜啦咧"的铃声响起，他立刻接通电话。

"嘿，我是张珏。"

听到电话对面的声音，张珏松了口气。

"移植成功了？真是太好了，我和老舅都接了商演邀请，5月份会去日本一趟，到时候我去看妆子，放心啦，我都出国比赛那么多次了，买个从东京到福冈的车票绝对没有问题。"

妆子的手术很成功，现在已经进入了恢复期。

他又和电话那边的人用英语聊了一会儿，虽然口语不行，偶尔还有语法错误，但寺冈隼人还会中文，所以双方依然能进行完整的沟通。

结束通话时，太阳也完全升起了。

卧室外传来张青燕女士的喊声。

"小玉，出来吃早饭啊！给你做了肠粉！"

张珏回了一声："就来！"

窗外，雨不知何时已经停了，彩虹悬在天边，张珏伸了个懒腰，提着运动包，打开门，朝着新的一天走去。

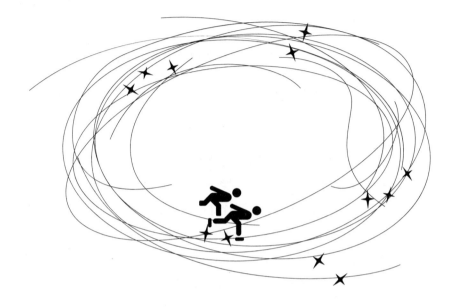

番外

剪发

张珏的头发很漂亮，年轻人发量多，加上食堂阿姨喂得好，他的头发泛着健康的光泽，如同头顶一匹黑色的缎子，很让人喜爱。

之前因学习和训练繁忙，张珏有一阵没打理头发，发尾就长了些，有热心冰迷就在沈流的微博底下提议，让张珏试试留长头发。

在花样滑冰项目，长发从不代表阴柔，比如1994年的冬奥会男单冠军乌曼诺夫就是长发，但他也是男子单人滑阳刚派的代表人物。

最重要的是，张珏是那种一看就知道留长发会很漂亮的孩子。

沈流问过他："要留长发吗？我记得你小时候也留过命辫，再留一次长发也没问题吧？"

张珏那时候没有回答，可是在到了日本一次后，他觉得自己果然还是喜欢短头发。

日本之行最开始很愉快，才下飞机就有热情的冰迷来接机，让张珏受宠若惊，因此他也接受了与冰迷握手、合影，甚至与一个看起来比自己还小的男孩拥抱了一下，感谢他们对自己的喜爱。

直到表演结束时，张珏去和冰迷们合影，有个看起来和张珏差不多高的女孩拉着他说："小鳄鱼，我有悄悄话要和你说，是我妹妹要我转告你，她有抑郁症，只能在家里歇着，但这句话我一定要告诉你。"

张珏眨眨眼，凑过去，过了一会儿，起身微笑："好的，我知道了，谢谢你妹妹的喜欢。"

寺冈隼人对过来的选手招待得精心，好吃好玩的能送都送了过来，表演完了，晚上还聚在一起玩UNO。张珏签运不行，玩这种小游戏却很厉害，他记性好，有时候多费点心，不说记住所有牌，记个大半，再连蒙带猜，赢是没问题的。

一场游戏下来，寺冈隼人、白叶冢庆子、白叶冢妆子、察罕不花脸上都是小纸条，张珏看起来却兴致不高。

妆子看他一脸恹恹，担忧道："你是觉得累了吗？"

如果张珏已经感到疲惫，那他们也不好意思再打扰下去。

张珏回过神来，摇摇头："没，其实我还挺精神的，之前在飞机上睡得太久，不瞒你们，我现在一点睡意都没有，恐怕能睁着眼睛到后半夜。"

察罕不花笑起来："师兄，不好好睡觉会长不高的。"

张珏垂下眼眸，揉了揉自己的耳朵，他今天一直觉得这里不舒服，妆子凑过来问："你中耳炎啊？"

张珏没有中耳炎，他就是不舒服，在顺着那位女冰迷的意，听她妹妹的悄悄话时，张珏让对方的嘴靠近了自己的耳朵，可是却没有听到那个女孩的妹妹想要告诉他的事情，只觉得耳垂被舔了一下。

当时他什么都没说，只是站起来，假装没事人一样，之后就立刻找到卫生间，用清水将耳朵洗了几遍，接着又找了酒精片擦耳朵，仿佛是在消毒。

张珏是个14岁不到的孩子，他还没有喜欢的女孩子，满脑子就是学习和训练还有更多的金牌，光是竞技运动里对于胜利的追逐便已经让他倾注了大半的精力，平时连看电视娱乐休闲的时间都不多。

可即使是这样一个活在很单纯的环境里的孩子，也知道自己被冒犯了，可是他没有证据说自己被骚扰了，而且就算说了，对方也可以说是不小心的。

他无法惩罚这个人，干脆为了节省麻烦而将一切平淡地遮掩过去，可他就是心里不爽，连带着这天也没有睡好。

在那以后，张珏便再也不和任何冰迷拥抱了，他连握手都会小心谨慎，合影时也会至少离身边的人30厘米，同行的人没发觉什么，因为张珏向来如此，他对不熟悉的人也不会热络，只保持着礼貌的态度。

这件事说大不大，说小不小，没有大动干戈去掰扯的必要，但他也没法就此忘怀，只能当作一片阴影藏在内心深处，如同在回忆的河流中放入一块灰色黏土。

第三天，张珏接到了尹美晶的电话，才知道他们决定转籍哈萨克斯坦后，就收到了一笔安置的费用。尹美晶算了算账，拨了一部分出来给张珏，说是先把之前欠他的钱还一部分。

张珏站在阳台上和她打电话，闻言忧虑地问道："可是梦成不是还有点抑郁倾向，需要按时去看医生排解吗？现在还钱会不会对你们来说太紧了点？"

尹美晶表示："没关系，阿雅拉女士给我们安排了很好的心理医生，而且费用她全包，我们这边压力不大的。"

然后张珏就沉默下来，似乎是感觉到他安静得过分了，尹美晶察觉到什么，温和地问道："小玉，发生什么事了吗？"

张珏思考了一阵，拐弯抹角地问她："我……我只是想问，是不是很多孩子受到伤害的时候，都不敢第一时间告诉父母？"

尹美晶看了已经睡着的刘梦成一眼，顺手给他盖好被子，走到卫生间里关好门，坐在马桶上，脑子转得飞快，语气却立刻柔和了好几倍。

"是有这样的情况，我小时候也会这样。"

张珏意外起来："美晶姐也会这样吗？"在他的印象里，尹美晶是个勇敢得不得了的女孩子，她居然也会胆怯？

尹美晶很自然地回道："我当然也会有啊，而且我还翻阅过一些心理书，知道这些心理机制的原理呢。"

其实在最初，孩子们受到伤害时都会告诉父母，因为父母是他们最亲的人，他们渴望从父母身上获得安慰，但有些父母看到孩子受到伤害时，第一反应不是立刻抱住孩子安慰他们，而是训斥、指责甚至是谩骂。

他们责怪孩子不小心，以此来说服自己作为父母没有失职。

尹美晶的父母就是这样的人，久而久之，她就养成了什么事都自己解决的刚强性格，有什么事也不想与父母分享，到最后，她更是看清了父母更偏爱她的兄弟的事实，从而选择和刘梦成远离那里，在另一个国度开始新生活。

张珏听着听着，突然明白了一件事，那就是尹美晶也是受到了伤害的孩子，但她把苦全部自己咽下，包容和安抚着身边人的伤痛。

她真的很温柔，也很坚强。

张珏觉得自己和尹美晶比起来是幸运的，因为他可以确定，自己并不是畏惧父母的斥责，才选择将自己被猥亵的事情隐瞒下来的。

他犹豫着将那件事说了出来："我在参加商演的时候，有一个冰迷对我做了很不妥的动作，我最开始完全蒙了，后来就是恶心。"

他将事情完整地叙述出来，补充道："但是到了后面，我觉得很难过，她用不知道存不存在的妹妹的名义伤害别人，如果她真的有妹妹的话，得知姐姐用自己的名义做这样的事情，一定也会很难过。"

"而且在受到伤害的时候，我还有些自责，我觉得是不是因为我表现得太没有距离感了，一副什么要求都可以答应的样子，所以她才会这么对我，也可能是我的头发长了，就像安格斯·乔骂我的那样，我看起来像个 ladyboy，所以她才……"

尹美晶打断张珏的话："就算你看起来亲切、没有距离感，就算你头发没剪，这也不是你受伤害的理由，你只是很善良，想要听听她妹妹的悄悄话，还记得你以前说过的吗？小玉，受害者无罪，有罪的是犯罪者，这个道理放在你身上也是没错的。而且对受到伤害的人来说，将他们的伤害告诉他人，摆在所有人面前，也是一种伤害。"

尹美晶想起刘梦成最初被教练做了那种事被她发现的时候，他的表情就像是恨不得死掉一样，她花了很长的时间才让梦成哥接受她的安慰和保护，并鼓起勇气去与恶人抗争。

可长得好看是永远没有错的，上天给予的美丽的外表是一份很好的礼物，无论是刘梦成，还是张珏，他们都没有错。

张珏说道："我也觉得我当时没把这件事说出口是出于这种心理，其实我父母都挺好的，他们在我受伤时会特别紧张，要么把我抱在怀里安慰，要么用幽默的语气调侃我让我放松，我只是不想让他们担心，才决定自己处理这件事。"

尹美晶鼓励道："只要这份伤害没超出限度，你能自己消化也可以啦，如果你觉得这样对自己更好的话。"

她是阅读过一些书的，这种时候，她不会否认张珏的想法，她只会鼓励他，让他更加豁达和勇敢地来面对这些，只有温柔的语句才可以为一颗心撑起更强大的屏障。

没人知道这天晚上张珏从尹美晶那里得到了多少安慰，大家知道的只有第二天清晨，张珏跑到酒店附近的理发店，用不熟练的英语请求理发师为他剪一个清爽的短发。

剪完头发以后，张珏看起来就是个很清爽的男孩子，张俊宝起床时，就发现张珏换了个形象，端着早餐坐在他床边，眼睛亮亮地看着他。

"老舅，我有件事想要告诉你。"

张俊宝从没见自家大外甥这副模样和表情，他内心咯噔一声，还以为这小子闯了什么祸，但是随着张珏的讲述，他的神情凝重起来。

张珏将他被猥亵，还有给尹美晶打电话，以及尹美晶安慰他的话语都说了，他坦诚而勇敢地面对了自己的内心，以及当时的心理状态，然后又腰得意地表示，他张小玉已经能直面这段不算好的回忆，再想起来也没那么难过，他想开啦。

这孩子看起来神气活现的，双眼一如既往地清澈有神，张俊宝定定地看了他许久，将张珏抱入怀里。

老舅坚定地说："小玉，你要知道，无论发生什么事，老舅都会站在你这一边，我会保护你，以后再碰到这种坏人，要记得和我说！"

这种事不该让一个孩子独自承担。

张珏埋在老舅温暖的怀抱里，舒服得眯起眼睛，小身体不再紧绷，而是真正放松下来，他应道："嗯！"

其实有些事情，说出来也没那么难，请求帮助也不是可耻的事情，就算反抗加害者，为了这件事情报警也不应该被视作小题大做。

张珏知道他是没有错的那个人，与此同时，张珏发誓，他永远不会让这种事导致的阴霾遮蔽自己内心的阳光。

而在这件事后，张珏的教练组就没再提过让他留长头发的事情，不过他们也并没有因为这件事畏惧过让张珏穿上闪亮的考斯腾，以美好的形象登上赛场，向世界展现中国花样滑冰运动员是多么美丽和强大。

尹美晶在关上张珏的电话后，又去看了刘梦成。他睡着睡着，竟不知何时将枕边一只小鳄鱼玩偶抱进了怀里，她想要关掉台灯，就看到刘梦成微微睁开眼睛。

"美晶，谢谢你。"

美晶温柔地回道："你不用谢我的，保护你就是我的天命，睡吧，我的小罗密欧。"

这一刻，尹美晶的脑海中闪过毒打与怒骂交织的童年，想起与男伴初次合作时他小心翼翼地牵着自己的手，想起第一次拿到全国冠军时的欣喜，想起他们一同在滑过洁白的冰面，目光交错时的心跳加速。

她还想起刘梦成受到伤害后，为了讨回公道，她冲到上级的办公室走廊旁举着纸牌求一个公道，却只得到冷眼和禁闭。想起刘梦成险些用水果刀割腕时流下的眼泪，想起自己主动服用带有药检违禁成分的感冒药时的决然与无助。

他们曾经的绝望有那么多，但是没关系，无论遭受伤害多少次，她都会紧握这个男孩的手，朝着希望的方向奔去。

在这个广阔的世界上，总有一束阳光属于他们。

赛季开始前的莫斯科趣事

在 2011—2012 赛季结束，2012—2013 赛季开始前，张珏应伊利亚的邀请，前往莫斯科参加商演。大家都知道俄罗斯冷得很，张珏下飞机的时候正好碰上雨夹雪，整个人都被冻到不行了。

他哆哆嗦嗦地掏出手机，想给伊利亚发个消息，结果看着手机的屏幕就僵住了。

小朋友抬头和老舅说："怎么办，我手机被冻到关机了。"

张俊宝也被冻得不轻，舅甥俩都是低体脂，抗冻能力一直低于平均水平，而当人感到温度过低，并觉得自己进入险境的时候，哪怕本人不乐意，但泪腺还是开始工作。

张家舅甥俩被冻哭了。

最后还是沈流一手一个，把他们拖上出租车，快速奔到了酒店。而同样受邀前来的黄莺和关临就很淡定，他们的马教练穿了件特别大的军大衣，衣服一敞正好能将两个孩子搂到怀里，就像老母鸡护鸡崽一样，将寒风牢牢挡在外面。

在高纬度地区，室内暖气不说家家都有，也普及度甚广，进了室内，暖烘烘的空气当面一冲，张珏终于好了。

他将弟弟织的格兰芬多配色的围巾一扒，从背包里拿出一条斯莱特林配色的围巾，跑到酒店前台旁，拍了瓦西里一下。

"嘿！"

瓦西里吓了一跳，转身，低头，看到张珏的笑脸，好脾气地问："什么事？"

张珏将围巾朝他那里一递："我记得这次的冰演是以你的生日做主题？这是送你的生日礼物。"

瓦西里惊喜地收下这份礼物，当下就说要让伊利亚请张珏好好在莫斯科玩一趟。伊利亚拍着胸脯说决不让人失望，转头就把张珏拉到自己的房间，一脸神秘地说："我给你看个好东西。"

张珏咽了下口水，认真地盯着伊利亚，瓦西里这时也走了进来，好奇地站在伊利亚身后看着。

然后伊利亚表情凝重地从床底拿出一个小罐子。

"Jue，这是我的表哥告诉我的极致享受，只要将胡萝卜、黄瓜、苹果浸泡到医用酒精中两个月，我们就能得到美味的果酒！"

张珏面露同情，他叫了一声："伊柳沙。"

伊利亚："嗯，怎么了？"

张珏指着他背后："瓦西里在你身后，他正在脱鞋子。"

瓦西里脱下皮鞋，对张珏一点头，拽着伊利亚的衣领子走了出去，走廊传来几声啪啪的声响，以及伊利亚的痛叫。

"瓦西里，你为什么要打我？不就是喝酒吗？你也喝啊，我还没和你计较上次你喝伏特加却不愿意和我分享呢！"

张珏心想，伊利亚能长到这么大还没被师长打死，一定是因为他的师长都太温柔了。

想来伊利亚的教练鲍里斯也是个性格和蔼、遇事从容淡定的好老头，才能把这人从 8 岁带到 16 岁，还从没在镜头前被伊利亚气得失态过。

可能是性格问题，张珏出身东三省，性格大大咧咧，直来直往，不是说他就没有细心的一面，但他一直是有啥说啥，而俄罗斯人在外也普遍被认为是粗中有细、直率、不藏着掖着的性格，反正从进入花滑赛场以来，张珏和俄罗斯籍的运动员关系都还行。

伊利亚是他的好朋友，而瓦西里就是很照顾他们的好前辈了。

张珏在他们这儿晃了一圈，回去的时候手里就多了一包黑巧克力和一支护手霜。众所周知，冷风吹多了皮肤会裂，手会冻出小口子，这种小口子不能泡水，里面还有血丝，疼得很，俄罗斯气候寒冷，人们应对这种情况的经验丰富，护手霜质量也好。

张珏用了以后感觉不错，第二天排练的时候，就特意询问了瓦西里这种护手霜在何处购买，打算给他爸妈也带几支。

小孩手头没卢布，正想回去找老舅要点，伊利亚拉住他："没事，你用人民币也可以。"

张珏："啊？不用卢布没关系吗？"

伊利亚："没关系。"

在张珏的记忆里，俄罗斯人一直坚定地认为俄语是最优美的语言，除了机场、地铁等公共设施，像超市里的商标上都不会有英文，他们能认卢布以外的货币？

他满心疑惑地被伊利亚带着把东西买回来。和沈流一说这个事，沈流愣了一下，小声告诉他："索罗斯没干好事，让卢布贬值了不少，人民币很稳定，你用它买东西的确没问题。"

张珏对金融不太了解，最后还是上网搜了一下，才弄明白事情的始末。他也不在自己的俄罗斯友人们面前说出这些，该怎样就怎样，买护手霜的时候，顺带着买了涂抹式玻尿酸，准备回去上供给爹娘。

他家的护肤品其实是许岩用得多一点，张珏的妈妈在 30 岁以前都是清水洗脸派，现在用得最多的也是大宝，不过她作息规律、饮食健康，皮肤状态好得很，而且从张珏有记忆开始从没生过病。

许德拉在健康方面像极了妈妈，让张珏特别羡慕。他在换季时常常鼻咽炎、扁桃体炎轮着发作，家里在医药方面的花销简直由他一肩扛起。

鲍里斯的冰场在圣彼得堡，到莫斯科都是要住酒店的，哪怕瓦西里在这边有房产，可那边也没收拾过，住不了人。

唯有谢尔盖为了自家的猫而住在另一间短租公寓里，据说他在俄罗斯国内行走的话，必然要带上猫主子同行。入住一处地方前，也要先询问能否带宠物一起，是个亲友群体内十分有名的猫奴。

伊利亚和张珏说："谢尔盖在莫斯科郊外有别墅的，去年我和瓦西里去那边玩的时候，还在公路上看到了狼，我还打开车窗给它们丢了鸡肉干，可好玩了。"

张珏眼睛一亮："真的吗？那我可不可以也去那条公路上玩？"

路过的张俊宝脸一黑，把张珏给拖走训了一顿。

小屁孩实在想和狼玩的话，大可以回家后和妈妈申请在家里养一条哈士奇或者阿拉斯加犬，反正它们和狼在外表方面很相似，但张珏绝对不能和狼玩！

要不要命啦!

而这还只是一个开始而已。

张珏骨子里就有点调皮,伊利亚是正宗的能与熊做朋友的俄罗斯孩子,这两人凑到一起,不夸张地说,威力可以翻倍。

第二天凌晨,伊利亚偷偷推出一辆山地车,载着张珏在天都没亮的时候跑去红场,两人在瓦西里升天教堂勾肩搭背地合影,一人竖一个大拇指,笑得露出满口白牙,伊利亚还教张珏学会了唱俄语版本的《喀秋莎》。

等他们回到酒店时,张俊宝和沈流一脸焦急地在酒店大堂找人,张珏还不知道发生了什么,就朝他们扑过去,开开心心地叫道:"伊利亚说今天要带我去看莫斯科国家芭蕾舞团的表演,你们要不要一起去?"

其实伊利亚本来是想带张珏去看莫斯科国家大马戏团的表演,但张珏从小就在妈妈的影响下拒绝看动物表演,伊利亚眨巴眼睛,立刻十分尊重张珏地换了个选择,说带他去动物园,再去看芭蕾。

本来两位教练一觉睡醒,发现张珏没了影子,急得差点报警,现在看他平平安安地回来了,又舍不得下手去打,只能不轻不重地训了几句。

这时伊利亚还在张珏身后微笑着说:"可惜我们的动物园里没有熊猫,不然就更好玩了。"

张珏回头和他说:"放心吧,你们以后会有熊猫的。"

伊利亚不明所以,又说道:"对了,Jue,我明年就可以考驾照了,到时候你再来俄罗斯玩的时候,我可以自驾带你去圣彼得堡,路上再一起喂狼。"

话说到这里,双方教练默契地将两人拉开。

行了行了,知道你们对狼感兴趣了,但如果他们真的放任两国的男单未来一起去公路上找狼群的话,按这两个人的性子,谁知道他们是用肉干喂狼,还是把自己喂了狼?

2012—2013赛季是索契冬奥会前的赛季,各国参加冬奥会的名额都将在这一赛季的世锦赛决出,而张珏还要在这个赛季开始他的成年组首秀,教练们疯了才会放任他们干这么危险的事。

后来那场商演人气颇高,张珏穿着鳄鱼连体衣,和穿着棕熊连体衣的伊利亚一起在冰上玩了一场男子双人滑,虽然他们不会做托举,也不会抛跳、螺旋线,但他们可以一起跳3A,还会一起卖萌。

主办方对演出效果相当满意，结款时十分爽快，张珏顺利将新赛季的两双新冰鞋的钱挣到手。

就在离开俄罗斯前，过来送机的伊利亚叫住他。

"Jue，下个赛季，我一定会赢你，下下个赛季，我们还会一起参加冬奥会，我这里一直欢迎你。"

张珏回头，对伊利亚笑着挥了挥手："知道啦，下个赛季见，伊柳沙。"

看着张珏离去的背影，鲍里斯拍拍伊利亚的肩膀："你很喜欢这个朋友，是吗？"

伊利亚认真点头："嗯，他很厉害，和他比赛的时候，我永远不知道下一刻会发生什么，那很刺激，而且会让我觉得，我自己也远远没有到极限，还可以去更高的地方。"

好的对手能激发运动员的潜力，这个道理放在任何项目上都是一样的。

鲍里斯搂着弟子往回走，然后他想起来一件事——那个叫张珏的孩子已经快 15 岁了，发育也就是这两年的事了。

在成年组第一个赛季发育可不是好事，如果他是下下个赛季发育可就更糟了，因为那是冬奥会赛季。

鲍里斯并不看好张珏的成年组表现，但在此时，他还是将话咽进肚子里，毕竟赛场是一个不断发生奇迹的地方，而张珏的个头不高，或许他的发育关会相当好过呢？

图书在版编目（CIP）数据

花滑 / 菌行著 . -- 长沙：湖南文艺出版社，
2022.2
ISBN 978-7-5726-0551-2

Ⅰ．①花…　Ⅱ．①菌…　Ⅲ．①长篇小说－中国－当代
Ⅳ．① I247.5

中国版本图书馆 CIP 数据核字（2022）第 009151 号

上架建议：畅销·青春文学

HUA HUA
花滑

作　　者：菌　行
出 版 人：曾赛丰
责任编辑：刘雪琳
监　　制：邢越超
策划编辑：郭妙霞
特约编辑：万江寒
营销支持：文刀刀
封面设计：商块三
版式设计：潘雪琴
插图绘制：凌家阿空
内文排版：百朗文化
出　　版：湖南文艺出版社
　　　　　（长沙市雨花区东二环一段 508 号　邮编：410014）
网　　址：www.hnwy.net
印　　刷：三河市中晟雅豪印务有限公司
经　　销：新华书店
开　　本：680mm×955mm　1/16
字　　数：388 千字
印　　张：23.5
版　　次：2022 年 2 月第 1 版
印　　次：2022 年 2 月第 1 次印刷
书　　号：ISBN 978-7-5726-0551-2
定　　价：52.80 元

若有质量问题，请致电质量监督电话：010-59096394
团购电话：010-59320018